Brennan Manning / Greg Garrett

Verlorener Sohn

Brennan Manning / Greg Garrett

Verlorener Sohn

Roman

Ins Deutsche übersetzt
von Renate Hübsch

BRUNNEN
Verlag GmbH · Giessen

Die amerikanische Originalausgabe erschien unter dem Titel
„The Prodigal. A Ragamuffin Story"
bei Zondervan, Grand Rapids, Michigan 49530

Die Lizenzausgabe wurde veröffentlicht aufgrund einer
Vereinbarung mit The Zondervan Corporation L.L.C. in der
Verlagsgruppe HarperCollins Christian Publishing, Inc.

MIX
Papier aus verantwortungsvollen Quellen
FSC® C014496

www.brunnen-verlag.de
Umschlagfoto: Eugenio Marongiu/shutterstock
Umschlaggestaltung: Olaf Johannson (spoondesign)
Satz: DTP Brunnen
Druck: GGP Media GmbH, Pößneck
ISBN 978-3-7655-0915-5

Ich bin ein Schuft, doch kein Betrüger.
Ich breche auf, dem Herrn zu dienen.
(Mumford & Sons, „Whispers in the Dark“)

1.

Jack Chisholm erwachte allmählich aus einem Traum, in dem er Hand in Hand mit seinem Vater an einem Strand entlanglief. Im Traum war er wieder ein Junge von sechs oder sieben Jahren gewesen und seine Familie war in Florida in den Sommerferien.

Sein Vater hatte immer den Strand geliebt, und als Jack ein Junge war, waren sie jeden Sommer in den Ferien an die warmen, weißen Strände von Destin gefahren: Jack; seine älteren Zwillingsschwestern Mary und Martha (Martha war nun schon beinahe dreißig Jahre tot); seine Mutter Marie, vor zehn Jahren verstorben; und sein Vater, Tom – noch am Leben, aber tot für Jack.

Der Traum hatte sich so real angefühlt. Er konnte noch spüren, wie die starke Hand seines Vaters ihn aufrecht hielt, wenn die mächtigen Wellen über ihm zusammenschlugen. Jack empfand ein intensives Gefühl von Verlust. Seit einem Jahrzehnt hatte er nicht mit seinem Vater gesprochen, zuletzt bei der Beerdigung seiner Mutter. Wenn er in seinen wachen Momenten an seinen Vater dachte, geschah es immer eher im Zorn als mit Bedauern. Der Mann hatte seine Kindheit zu einem einzigen Elend gemacht. Keinesfalls würde Jack zulassen, dass auch sein Erwachsenenleben an demselben unerfüllbaren Maßstab gemessen wurde.

Am offenen Grab hatten sie sich gestritten. Bei der Beerdigung hatte Tom ihn öffentlich blamiert, und Jack war gegangen und hatte seine Familie und Mayfield in Texas hinter sich gelassen – für immer.

Ein langsames, gleichmäßiges Wellenrauschen hatte den Soundtrack seines Traums gebildet, aber es hielt auch jetzt noch an, während er sich durch die Reste des Schlafs kämpfte, jetzt noch, wo das Sonnenlicht ihn zwang, die Augen zu öffnen.

Er hatte es so lange wie möglich von sich fernhalten wollen – das Wissen, wo er sich befand, die Erinnerung, warum er hier war. Aber nun gab es kein Entkommen mehr.

Es war Weihnachten. Jack war allein und lag auf der Sonnenliege auf dem Balkon eines Hotelzimmers, das auf die blaue Karibik hinaussah. Die Brandung übertönte die Hotelangestellten, die an seine verschlossene Zimmertür klopften und auf Spanisch oder in schlechtem Englisch immer dringlicher nach ihm riefen. Inzwischen konnte er Tequila trinken, in einen unruhigen Schlummer sinken und versuchen, die nüchterne Realität zu vergessen: Er hatte kein Geld und keinen Ort, an den er hätte gehen können.

In ein paar Stunden würden die Mitglieder von Grace Cathedral, der Gemeinde, die er in Seattle gegründet hatte, zu Tausenden in eine der drei großen Arenen strömen, in denen der Weihnachtsgottesdienst stattfand – dampfenden Kaffee in den Händen, Bibeln unter dem Arm. Menschen in ihren besten Sonntagskleidern würden ebenso darunter sein wie solche in verblichenen Jeans oder Freizeitkleidung. Manche von ihnen hielten Alkohol für eine Sünde; andere brauten sich ihre eigenen geistigen Getränke. Es gab solche, die schockiert waren, als er eine Predigtreihe über die Freude am Sex in der Ehe gehalten hatte; andere waren ihm so dankbar gewesen, dass sie es ihm gar nicht genug hatten sagen können. Die Menschen, die zu Grace Cathedral gehörten, waren weiße Amerikaner, Asiaten, Südamerikaner, Afroamerikaner, reich oder arm. Bei all ihren vielen Unterschieden hatten sie eines gemeinsam: ihren Pastor, Jack Chisholm.

Aber heute, wenn es Zeit war für die Weihnachtspredigt, würden die Gemeindeglieder aufs Podium – oder auf die gigantischen Bildschirme – sehen, und sie würden dort Danny Pierce erblicken, den zweiten Pastor, der sich anschickte, die Predigt zu halten. Sie würden sich fragen, wo Jack Chisholm war, warum er sie im Stich gelassen hatte, wie er sie so unglaublich enttäuschen konnte.

Sie würden sich fragen, was nun geschehen würde.

Jack hatte selbst keine Idee, was nun geschehen würde; er ahnte nur das Schlimmste, zumindest, was ihn selbst betraf. Er hatte noch so gerade eben seinen Kopf über Wasser zu halten vermocht, seit vor sechs Wochen alles bekannt geworden war. Aber er fürchtete, dass es nun rasch dem Ende zuging. Das Einzige, was Jack davon abhielt, sich vom Balkon in die tosende Brandung zu stürzen, war der Tequila, den er sich einschenkte, sobald er wieder wach wurde. Dann konnte er wenigstens versuchen zu vergessen.

Wenigstens versuchen.

Er griff unter die Liege und fand den vermutlich letzten Rest des Tequilas, den er gekauft hatte, bevor die Gemeinde seine Kreditkarte gesperrt hatte. Er schraubte die Kappe ab und setzte die Flasche an den Mund.

Dies war der erste Drink des Tages. Die klare Flüssigkeit rann weich und wohlig seine Kehle hinunter. Tequila war ein Vorschlaghammer, den man in Samt eingeschlagen hatte, dachte er und lächelte zufrieden, bevor er einen weiteren Schluck nahm.

„Fröhliche Weihnachten!“, flüsterte er.

Er steckte die Hand in die Tasche seines Pyjamas und spürte sein Smartphone, das wundersamerweise noch Verbindung zum Netz hatte. Vielleicht hatte die Gemeinde noch nicht gemerkt, dass sie nach wie vor dafür bezahlte; vielleicht wollte man auch großzügig sein. Egal. Das Smartphone war seine einzige Verbindung zur Außenwelt und es funktionierte.

„Ruf zu Hause an“, sagte er sich. Die Nummer leuchtete auf, aber wie in den letzten fünf Wochen begrüßte ihn nicht Tracy, seine Frau, sondern eine elektronische Ansage und ein Piepton.

Es machte ihn ärgerlich, aber nach einem Augenblick holte er tief Luft und hinterließ eine weitere Nachricht. „Tracy“, sagte er,

„falls das noch dein Telefon ist … falls du diese Nachricht überhaupt hörst … Es ist Weihnachten. Weihnachtsmorgen." Die Stimme versagte ihm und er musste ein paar Tränen wegblinzeln, bevor er sich wieder im Griff hatte. „Ich habe mich nur gefragt, was Alison dieses Jahr von Santa bekommt", sagte er viel forscher, als ihm zumute war. Alison war ihre Tochter, sie war acht und das Beste, was er je zustande gebracht hatte (wenn er das auch nie laut ausgesprochen hatte, da war er sicher). Der Gedanke – der Gedanke an sie – ließ seine Stimme wieder stocken. „Nein. Ich frage mich, ob du je wieder mit mir sprichst. Tracy, ich glaube, wenn du nur wieder mit mir reden würdest …"

Könnten wir alles in Ordnung bringen?

Könnte ich es dir erklären?

Es gab nichts, was er hätte sagen können. Er unterbrach die Verbindung und starrte dann auf das Handy, als berge es ein Geheimnis.

Die Dinge waren schon lange nicht mehr in Ordnung gewesen. Er war kein Mensch, der andere zu nah an sich herankommen ließ; Beziehungen waren nicht seine Stärke. Was er gut konnte, war seine Arbeit; das Einzige, das sich spürbar und rasch auszahlte. Sein ganzes Leben lang hatte er immer wieder Dinge verloren, und vielleicht hatte das in ihm die Furcht davor geweckt, zu sehr zu lieben. Aber das hieß nicht, dass er keine Liebe empfand und dass er seine Familie nicht vermisste.

Es hieß nicht, dass er sich im Moment anders als vollkommen verloren vorkam.

Letztes Jahr Weihnachten hatte Jack auf dem Podium der Hauptarena von Grace Cathedral gestanden, zwischen Tracy und Alison, die in roten Samtkleidern fantastisch aussahen, und sie hatten gelächelt und Weihnachtslieder gesungen.

Letztes Jahr um diese Zeit war er mit seiner Familie zusammen gewesen.

Die acht Mitglieder der Lobpreisband hatten ihre Rockversion von „O komm, o komm, Immanuel" beendet, und er hatte Tracy und Alison an der Hand genommen, wie er es jeden Sonntag tat, und sie nach einem Händedruck entlassen. Dann war er langsam und entschlossen die zwölf Stufen zum Rednerpult emporgestiegen.

Oben verharrte er einen Moment mit gesenktem Kopf. Jack liebte diesen Moment, bevor er seine Predigt begann, liebte den Moment, bevor er harte Worte an die Welt richtete, die ihn dafür liebte. Er ließ die Hand auf dem blanken Eichenholz des geräumigen Rednerpults ruhen, blickte kurz auf die Predigtnotizen auf seinem iPad, und dann lenkte er seinen Blick auf die viertausend Menschen, die sich hier in diesem exquisit renovierten ehemaligen Kaufhaus eingefunden hatten. Noch einmal so viele feierten in den beiden anderen Arenen in der Stadt den Gottesdienst, wo sie ihn per Video-Übertragung sehen konnten. Und noch zahllose andere sahen ihn per Live-Übertragung im Fernsehen oder auf dem Webcast der Gemeinde.

Ein Jahr zuvor hatte der „Guardian" Jack einen „Herzenspastor" genannt. Obwohl das eine Zeitung für eher links orientierte Briten sein mochte, so lag sie doch nicht ganz falsch. Wenige Pastoren in Amerika hatten ein größeres Publikum für ihre Predigten. Wenige hatten eine größere Anhängerschaft, die mit Interesse alles aufnahm, was sie schrieben. Jacks Worte schienen perfekt zusammenzustimmen mit den amerikanischen Werten von harter Arbeit, Leistung, Selbstperfektionierung und Schuldgefühlen.

Es war die perfekte Verbindung von Bote und Botschaft.

Hinter ihm leuchteten auf den Riesenbildschirmen die Worte auf: „Wir beten." Er schloss jetzt die Augen und verharrte im Schweigen, bis er das Schweigen der Menge spürte, bis er spürte, wie jene ungezählten Tausende hier und überall sonst an jedem seiner Worte hingen.

Dann erst sprach er, und seine warme, volltönende Stimme erfüllte jene weiten Räume und liebkoste all die aufnahmebereiten Gemüter. „Gott, unser Vater. Du hast uns geschaffen. Aber wir sind gefallen, Opfer unserer eigenen Sehnsüchte. Du liebst uns, aber wir haben dir den Rücken gekehrt. Du hast uns Propheten gesandt, die uns lehrten, Recht und Unrecht zu unterscheiden, aber wir wählten das Unrecht, immer und immer wieder. Du gabst uns dein heiliges Wort, damit wir deinen Willen erkennen könnten, aber wir haben ihn ignoriert, ignorieren ihn noch immer. Heute vor zweitausend Jahren hast du deinen Sohn gesandt, Jesus Christus, um uns zu zeigen, wie das Leben aussieht, das du dir für uns wünschst – und wir haben ihn dafür umgebracht.

Mit jedem Schritt versagen wir und fallen erneut. Immer tiefer sind wir gefallen, bis der Abstand zwischen uns unglaublich und unerträglich wurde. Wir haben uns so weit von dir entfernt, haben uns selbst durch unsere Sünde und unser Verlangen ruiniert, haben uns selbst so sehr verloren, dass wir dich kaum noch sehen. Und warum solltest du uns sehen wollen? Wir enttäuschen dich, wieder und wieder und immer wieder enttäuschen wir dich."

Er machte eine Pause, um den Worten Nachdruck zu verleihen und damit die Zuhörer wüssten, was nun kommen würde. Um ihre Erwartung zu steigern. Und dann sagte er es, mit Worten, zwischen denen er kleine Pausen machte, damit die Gemeinde einstimmen konnte, während er ausrief: „Strengen – wir – uns – mehr – an."

Er spürte einen Schauer über seinen Arm laufen und wusste, dass ähnliche Schauer seine Gemeinde und alle, die seinem Gebet zuhörten, durchliefen. Dies waren seine bekanntesten Worte, der Slogan, der sich auf Werbetafeln in ganz Seattle fand, der Titel seines ersten Bestsellers, eines Kurses für die Sonntagsschule und für eine Zwölf-Schritte-Gruppe.

Er nickte, schloss die Augen und flüsterte jetzt: „Wenn wir deine Liebe je verdienen wollen, o Gott, müssen wir uns mehr bemühen."

Jetzt waren sie bei ihm, er konnte es spüren. Sein Herz schlug rasch, und er unterdrückte das idiotische Grinsen, das ihm immer dann über das Gesicht zu kriechen drohte, wenn er spürte, wie die Wogen der Aufmerksamkeit über ihm zusammenschlugen.

Er umklammerte das Rednerpult fester. Jeder, der genau hinsah, würde sehen, wie sich seine Knöchel weiß färbten, während er das Thema dieser Predigt vorstellte, das Thema jeder Predigt, sogar heute, an diesem Weihnachtsmorgen. „Heute, wo wir wieder einmal feiern, dass du dich uns zugewandt hast, wo wir wieder daran denken, wie wir dich enttäuschen, verpflichten wir uns neu, die Kluft zwischen uns wieder zu schließen. Wir verpflichten uns neu, unser Leben zu bessern, damit es deiner würdig ist, makellos, tadellos, damit wir – wenigstens einmal – deine Aufmerksamkeit aus dem richtigen Grund finden.

‚Seid also vollkommen, wie euer Vater im Himmel vollkommen ist.' So sagt es die Bibel. Aber davon sind wir so unendlich weit entfernt. Und deshalb hat Gott sich von uns abgewendet."

Er unterbrach sich, lächelte, obwohl in seinen Augen Traurigkeit lag, ließ seinen Blick über die Gemeinde schweifen. Etliche Köpfe waren geneigt, viele sahen aufmerksam zu ihm hin.

„Und deshalb: Strengen – wir – uns – mehr – an."

Er endete, dehnte das Schweigen danach noch ein wenig aus und hob dann die Hand wie ein Dirigent. Er machte eine Faust und reckte sie ein paarmal, dann ließ er sie schwer auf das Holz des Pultes fallen. Er sah auf, über die Menge hin, und sagte: „Amen."

Die Lichter gingen jetzt an, die Bildschirme hinter ihm verblassten, und er klickte weiter zur nächsten Seite auf seinem iPad.

„Schlagen Sie mit mir die Bibel auf, Matthäusevangelium, Kapitel zwei", sagte er, und das Rascheln, mit dem man seiner Aufforderung folgte, klang durch den Raum wie Eschenlaub, das von einer heftigen Brise durchweht wird, dann wie das Tosen der Brandung am Ufer.

Fünf Schritte unter dem Podium zeigte ihm Danny Pierce in der ersten Reihe die hochgereckten Daumen. *Das mussten sie mal hören, Boss.*

Drei Plätze weiter blickte Sally Ramirez, seine schwarzäugige Assistentin, hoch und schenkte ihm ein warmes Lächeln. Jack nickte ihr kaum merklich zu und blickte dann wieder auf seine Notizen, bevor er aus dem Konzept kam, bevor seine Gedanken eine entschieden unfromme Richtung nehmen konnten.

O Mann, war sie sexy.

Heute war wieder Weihnachten, ein Jahr später, und alles war anders geworden.

Jack rekelte sich auf seiner Liege. Sally war zwar sein Untergang gewesen, aber er konnte ihr nicht böse sein. Sie sollte ein Buch schreiben, für den „Playboy" posieren und das meiste aus den fünfzehn Minuten Ruhm herausschlagen, den sie zwar nicht gesucht hatte, den sie aber trotzdem zu bekommen schien.

Er konnte auch keinen Groll gegen Danny in sich entdecken. Ein Junge aus einer Kleinstadt wie Jack, aus dem er einen weiteren Großstadt-Star gemacht hatte, war Danny ein Werkzeug der Gemeindeältesten, nichts weiter. Er war das prominenteste Gesicht der Gemeinde nach ihm selbst und Tracy, und sie würden beide nicht wiederkommen. Die Ältesten brauchten Danny, brauchten irgendeine Art von Kontinuität, wenn sie die Gemeinde zusammenhalten wollten.

Sie brauchten Danny, damit er auf die Kanzel stieg und vielleicht sogar in Jacks Fußstapfen als Hauptpastor trat.

„Viel Glück dabei, Bruder", murmelte Jack. Danny würde Glück brauchen, um auf diesem hohen Seil balancieren zu können.

Aber Jack fühlte sich elend. Er hatte sie enttäuscht. Hatte sie alle im Stich gelassen. Tracy. Alison. Danny. Vielleicht sogar Sally.

Bei diesem Gedanken zog er das Handy wieder hervor.

„Ruf Sally an", sagte er.

„Verbinde mit Sally Ramirez' Handy", signalisierte sein Gerät und dann hörte er den Signalton, einmal, zweimal, dreimal. Ihre Botschaft.

„Hier ist Sally. Du weißt, was du zu tun hast."

Er hatte gehofft …

Wer weiß. Wenn er diesen Gedanken zu Ende dachte, würde

er eine ganze Menge mehr Verantwortung für seinen Schlamassel übernehmen müssen, als er momentan bereit war, zu übernehmen.

Aber er fühlte sich schlecht. Oder er würde es zumindest, wenn er nicht noch mehr von dem guten mexikanischen Tequila in sich hineinschüttete, und das rasch.

Jack schraubte die Flasche auf, nahm einen Schluck, schraubte sie wieder zu und stellte sie sacht neben sich auf den Fußboden. Über der Karibik stieg die Sonne höher und brannte jetzt heiß auf ihn herab. Er müsste sich etwas überziehen, oder er würde sich einen noch schlimmeren Sonnenbrand holen, als er schon hatte. Sogar die milde Wintersonne Mexikos war jetzt nach fünfzehn Jahren in Seattle zu viel für ihn.

Warum war er überhaupt hier?

Warum war er zum Schauplatz seines Verhängnisses zurückgekehrt?

Vielleicht hatte er gedacht, es würde etwas lösen, wenn er zurückkam. Vielleicht hatte er gehofft, hier würde niemand nach ihm suchen. Vielleicht hatte er gedacht, Sally würde auch kommen. Es spielte jetzt alles keine Rolle mehr.

Er war nie in Mexiko gewesen, bis zum letzten September. Und dann hatte Sally den Anstoß gegeben. Sie hatte jeden seiner Schritte auf diesem Weg begleitet.

Es war nicht seine Idee gewesen.

„Nichts davon war meine Idee", murmelte er.

Er nahm sich noch einen Drink. Die Welt um ihn her versank in einem angenehmen Nebel. Es war besser, wenn er sich nicht erinnerte.

Vom Handy erklang sein Klingelton – die ersten Akkorde von Don Henleys Rocksong „Dirty Laundry". Grotesk, wie passend das war, nachdem die Medien ihm in den letzten Wochen die Hölle heißgemacht hatten. Er musste den Klingelton ändern, falls er das Handy behielt, falls er sich überhaupt je wieder dazu entschloss, Anrufe zu beantworten. Aber wenigstens rief Sally jetzt endlich zurück, nachdem sie wochenlang verschwunden gewesen war.

Er hob das Handy ans Ohr. „Warum hast du dich nicht früher gemeldet?", fragte Jack und bemühte sich, seiner Stimme den Ärger nicht anmerken zu lassen. Sie steckten beide in dieser Sache drin – oder zumindest sollte es so sein.

„Ich rufe immer am Weihnachtsmorgen an", sagte die sanfte Männerstimme freundlich.

Sein Vater.

Er riss sich das Handy vom Ohr und starrte es ungläubig an.

„Jack", sagte sein Vater, „ich bin nur …"

Jack legte auf und schmiss das Handy quer über den Balkon; sein Herz raste. Das wäre fast schiefgegangen. Er hob das Handy auf und überprüfte die letzten eingegangenen Anrufe – ja, das war die Nummer seines Vaters. Vor drei Jahren hatte er an Weihnachten einmal aus Versehen diese Nummer zurückgerufen, nachdem der alte Herr sich endlich ins digitale Zeitalter gewagt hatte.

Aber so viel zumindest war an den Worten seines Vaters wahr gewesen – er hatte in den letzten beiden Jahren immer zu Weihnachten angerufen.

Jack hatte jedes Mal ohne ein Wort aufgelegt. Vielleicht saßen sein Vater und Mary und dieser Trottel, ihr Freund Dennis, ja an Heiligabend zusammen vor „Kevin allein zu Haus". Vielleicht regte sich die unsterbliche Hoffnung in seinem Vater, er müsse einfach nur anrufen und alles, was zwischen ihnen stand, würde sich in einem Augenblick vom Tisch wischen lassen.

Warum rief er heute an, an diesem Weihnachtstag, an dem die ganze Nation sich über seinen Skandal den Mund zerriss? Vermutlich sogar mit Schadenfreude. Jack hatte es seinem Vater nie recht machen können. Niemand konnte das. Egal, was Jack auch erreichte, wie gut er gepredigt, wie viele Menschen er unterstützt hatte – immer hörte er die Stimme seines Vaters, der kritisierte und von ihm Rechenschaft verlangte.

Sogar jetzt konnte er ihn hören. Manche Eltern sagten: „Gib dein Bestes."

Tom Chisholm hatte immer gesagt: „Du kannst es besser."

Okay, Dad, dachte Jack. *Ich bin nicht nach Mexiko gekommen, um mein Leben zu vermasseln. Ich kam nicht hierher, um dich in Verlegenheit zu bringen. Ich kam aus guten Gründen. Ich dachte, ich täte das Richtige – bis ich nicht mehr das Richtige tat.*

Das galt doch wenigstens, oder? Er hatte mehr Gutes getan als Dinge verbockt, oder? Grace Cathedral hatte Unsummen an Hilfsgeldern für Projekte in aller Welt aufgebracht. Jeden Sonntag hatte er dazu aufgerufen, Gutes zu tun (es gehörte zu seinem Zwölf-Schritte-Kurs über „Geistliches Wachstum"). Er lehrte seine Gemeinde Hingabe und sich selbst an Gott zu verschenken. Sollten die Kritiker doch nörgeln – über die großen Gebäude, die Fernsehshows, die Werbekampagnen, über sein Gehalt, das schließlich wohlverdient war. Es hatte keine Grace Cathedral gegeben, bis Jack sie gebaut hatte.

Er hatte in dieser Welt etliches Gute getan.

Jedes Jahr im August, wenn das Steuerjahr endete, wählte die Gemeinde online zehn gemeinnützige Organisationen aus, die man in diesem Jahr unterstützen wollte, zusätzlich zu den Initiativen für sauberes Trinkwasser („Cleanwater") und gegen sexuelle Gewalt, die Jack gegründet hatte und die die Gemeinde unterstützte. Jedes Jahr reiste er mit Kamerateams rund um die Welt, um seiner Gemeinde – und den Kritikern – zeigen zu können, was mit ihrem Geld geschah, wie es Menschen aus Bordellen in Thailand rettete, wie es sauberes Wasser in afrikanische Dörfer brachte.

In diesem Jahr hatte Sally vorgeschlagen, ob man nicht etwas gegen die Drogenkriminalität in Mexiko tun könne. Bei diesem Thema kannte sie sich leider gut aus. Ihr Vater war als unbeteiligter Zuschauer in einer Schießerei zwischen Drogengangs getötet worden; ihre Großeltern lebten noch in einer Stadt im Grenzbereich.

Jack hatte sie gebeten, der Gemeinde darüber zu berichten, wie

Morde und Einschüchterung das Land, das sie liebte, für viele Mexikaner in einen Albtraum verwandelten. „Vielleicht werden wir das Problem nicht an der Wurzel packen können, es ist wohl zu komplex“, hatte sie gesagt, „aber die Frauen und Kinder, die ihre Männer und Väter verloren haben, brauchen dringend Hilfe.“ Was ihn schließlich überzeugt hatte, war, als er hörte, dass in den letzten vier Jahren mehr als achttausend Kinder allein in Ciudad Juárez zu Waisen geworden waren.

Sallys Worte hatten die Gemeinde ebenfalls bewegt. Man beschloss, die Witwen und Waisen des Drogenkriegs finanziell zu unterstützen und sich außerdem genauer mit der Problematik zu beschäftigen, um zu sehen, ob man noch mehr tun könnte.

Und so hatte Jack mit einigen Gemeindegliedern und einem Filmteam im Oktober einen einwöchigen Kurztrip nach Mexiko gemacht. Sie hatten ein Lager für Flüchtlinge vor dem Drogenkrieg besucht und ein Waisenhaus in Juárez, das Grace Cathedral jetzt unterstützte. Jack hatte an einer Konferenz mit Lokalpolitikern, Verwaltungsfachleuten und mexikanischen Kirchenvertretern teilgenommen, auf der es darum ging, was US-Amerikaner tun konnten, um zu helfen. Zum Abschluss der Woche hatten sie ein paar Filmaufnahmen in einem Dorf in Yucatán gemacht, wo es dank Cleanwater statt eines verseuchten Brunnens nun eine neue Pumpe gab. Es war eine großartige Gelegenheit für Aufnahmen – jede Menge lächelnde Kinder, die sich um Jack drängten, und etliche Filmmeter mit klarem, glitzerndem Wasser.

Es war geplant, dass sie an diesem Nachmittag von Cancún zurückfliegen sollten, aber die Fluggesellschaft hatte den Flug gestrichen, ebenso wie etliche andere – es gebe technische Probleme mit den Maschinen.

„Sie haben fünfzig 757er wegen Notfallreparaturen aus dem Verkehr gezogen“, berichtete Sally Jack, als sie vom Schalter der Fluggesellschaft am Flughafen in Cancún zurückkam. „Unsere auch. Wie es scheint, lösen sich während der Flüge Sitze vom Boden.“

„Tatsächlich?“ Jack nippte an seinem Starbucks Latte, den er gerade gekauft hatte. „Na, das ist jedenfalls keine gute Nachricht.“

„Ist wohl eine größere Geschichte“, sagte sie. „Der ganze Flugplan ist wegen der gestrichenen Flüge durcheinander. Sie sagen, über unsere Route über Dallas kriegen sie uns vor Sonntag nicht hier raus, nicht mal in der ersten Klasse, und bei den anderen Fluglinien gibt es bis dahin nur die Chance auf ein Stand-by-Ticket.“

„Zwei Tage? Und sie können uns keine andere Route anbieten? Ist das denn nicht ihr Fehler?“

„Ganz sicher. Na ja, vielleicht können sie uns heute Abend oder morgen noch über Miami oder Newark heimbringen.“ Ihr Gesicht war wenig hoffnungsvoll. „Was willst du jetzt machen?“

Jack grübelte über die Möglichkeit, über Nacht am Flughafen festzusitzen, über drei Anschlussflüge und achtzehn Stunden Flugzeit, über einen Flug zur Ostküste, um an die Westküste zu gelangen, und schüttelte schließlich den Kopf. Wenn man viel reist, wird das Reisen schwieriger, nicht leichter.

„Vergessen wir das“, sagte er. Plötzlich verlangte es ihn nach etwas Stärkerem als Kaffee. Er sog tief die Luft ein. Dann holte er sein Handy heraus, rief zu Hause an und berichtete Tracy, was los war.

Sie hatte schon von den lockeren Sitzen gehört. „Ich habe mich schon gefragt, ob dich das betrifft.“

„Danny predigt am Sonntag“, sagte Jack, „und ich habe vor Dienstag keine Termine. Ich kann also auf einen Direktflug warten. Sally wird das schon hinkriegen.“

„Wie immer“, sagte Tracy.

Er hatte nicht daran gedacht zu fragen, wie sie das meinte.

„Also“, sagte er, nachdem Sally ein Taxi zurück in die Stadt organisiert hatte, „wo ist für uns in Cancún der sicherste Ort?“

„Wir bleiben nicht in Cancún.“ Sally schenkte ihm dieses Lächeln, bei dem er sich nicht wohlfühlte. „Ich habe für uns Zimmer auf Isla Mujeres gebucht; mit der Fähre kommt man leicht hin.

Cancún ist für amerikanische Touristen leidlich sicher, aber kürzlich hat es trotzdem gewaltsame Ausschreitungen gegeben. Die Insel ist viel ruhiger, sicherer, und die Strände sind wunderbar. Wir machen uns eine nette Zeit, bis ich uns einen Rückflug ergattert habe."

„Nette Zeit? Ich hab keine Badehose dabei. Und ich bin so blass wie … ich weiß nicht." Er betrachtete seine bleiche Hautfarbe. „Wie etwas sehr, sehr Blasses."

„Du kannst dich ja unter eine Palme setzen und Cocktails mit kleinen Schirmchen drin bestellen", sagte sie. „Du verdienst doch mal eine kleine Belohnung, Jack." Sie fixierte ihn mit diesem traurigen kleinen Lächeln, das sie immer zeigte, wenn sie ihn zu überzeugen versuchte, er solle sich etwas Gutes tun. „Wenn es jemand verdient, sich ein wenig zu amüsieren, dann du."

„Okay", sagte er und hob die Hände. „Ich ergebe mich. Ich werd mir einen Margarita bestellen. Vielleicht ein paar Stunden am Strand. Wir sind in Mexiko, also lass uns Mexiko erleben." Er brachte von irgendwoher sogar ein winziges Lächeln zustande. „Ich meine, wie viel Ärger können wir schon kriegen, während wir hier auf Stand-by sind?"

Nicht viel.

Nur allen Ärger dieser Welt.

2.

Sie nahmen die Fähre über das klare blaue Wasser zur Isla Mujeres, wo Sally ihnen einen Golfwagen mietete, das Haupttransportmittel auf der Insel. Sie checkten in einer Hotelanlage am Nordende der Insel ein, nicht die teuerste, sagte sie ihm, aber die beste Unterkunft. Grandiose Aussicht auf die felsige Küste zur einen und weiße Sandstrände zur anderen Seite. Man war ganz für sich. Jedes ihrer Zimmer hatte einen geschützten Balkon, von dem aus man aufs Meer sah.

Am Abend fuhren sie zum Essen in die Stadt, und Jack fand sich dicht neben Sally an der Bar eines Open-Air-Restaurants auf der Avenida Hidalgo wieder.

„Jetzt werden wir uns diesen Margarita genehmigen“, sagte sie. „Und danach gibt's Ceviche.“

Sie legte ihm die Hand auf die Schulter.

Er sah ihre Hand an.

Er sah sie an.

Und das, so überlegte er später, war der Moment, in dem es passierte.

Der Moment, wo er alles hätte abbrechen können, wenn er es wirklich gewollt hätte.

Nachdem Jack seinen Margarita getrunken hatte, überredete Sally ihn noch zu einem Mezcal aus Merida, von dem der smarte junge Barkeeper sagte, er sei so glatt wie Glas. Der erste ging aufs Haus.

„Es ist das reinste Produkt der Agave", erzählte sie ihm. „Es tut einem gut. In Mexiko haben wir ein Sprichwort: *Para todo mal, mezcal, y para todo bien, también.*" Sie lachte über seine hochgezogenen Augenbrauen. „Für alles Schlechte Mezcal und für alles Gute ebenso."

„Es wäre wohl unhöflich, das abzulehnen", sagte er. Er fühlte sich schon ein wenig angeheitert nur von dem Margarita, nur von ihrem Lächeln, und er nahm das kleine Glas von ihr entgegen, trank und fühlte, wie er rot wurde. Ja, das war gut.

Er gestattete sich noch einen zweiten Schluck. Und dann einen dritten.

Bevor der Abend um war, fanden sie sich mitten in einer italienischen Hochzeitsgesellschaft wieder, der sie eifrig zuprosteten. Der größte Teil des Abends war in seiner Erinnerung verschwommen – oder fehlte schlicht ganz –, aber er wusste noch, dass sie alle Krabben mit Tequila-Geschmack gegessen und ordentlich mit Mezcal nachgespült hatten, unter begeisterten Zurufen einer Menge von Passanten in der Straße. „Gringos", hatte der Barkeeper glücklich vor sich hin gemurmelt, als er sein Trinkgeld überschlug.

Irgendjemand hatte sie mit dem Golfwagen in ihr Hotel zurückgefahren, und Sally hatte ihn gestützt und im Wagen gehalten, wenn der Wagen durch Schlaglöcher oder über Bodenschwellen auf der gepflasterten Straße ruckelte.

Irgendjemand hatte ihm in den zweiten Stock hinauf und in sein Zimmer geholfen.

Und spät am nächsten Morgen war er aufgewacht – in hellem Sonnenschein und zum Geräusch der Brandung. Mit dröhnendem Kopf hatte er sich aufgesetzt – in einem Bett, das ein wenig zu verwühlt war, als dass es nur von einer Person benutzt sein konnte.

Er zog seinen Pyjama an, tastete sich langsam ans Fenster, um es zu schließen – der Lärm der Wellen setzte seinen Kopf in Flammen. Dann klopfte es an der Tür. Sally öffnete, die Schlüsselkarte in der Hand. „Alles okay, Chef?"

Er rieb sich die Stirn und blinzelte sie an. „Was … was ist eigentlich passiert?“

„Ah, *querido*“, sagte sie und berührte seine Stirn sanft mit ihrem Zeigefinger – die Geste einer Geliebten, nicht die einer Angestellten. „Du hattest etwas mehr als einen Margarita.“ Sie seufzte, ließ ihre Hand fallen und wandte sich ein wenig ab. „Und ich ebenfalls.“

Einen Moment lang glaubte er, er würde sich übergeben. Das hatte er nicht gewollt. Oder doch? „Bitte, Gott“, stöhnte er, obwohl er sich nicht sicher war, worum er eigentlich bitten wollte.

Er begann Sally die Fragen zu stellen, die gestellt werden mussten. Was hatten sie getan? Und was sollten sie jetzt tun? Wie konnten sie die Dinge wieder in Ordnung bringen?

Aber plötzlich sagte Sally: „Die Fluggesellschaft hat gerade angerufen. Ich habe meine Verbindungen spielen lassen und uns im nächsten Flieger, der abgeht, zwei Plätze in der ersten Klasse besorgt. Die Fähre geht in einer Stunde, bis dahin müssen wir gepackt haben.“

„Okay“, sagte er. Er sah sie an. Sie blickte zurück. „Ich treffe dich unten in der Halle.“

Sie nickte, durchquerte den Raum, schloss die Tür. Sein Kopf dröhnte noch immer und ihm war übel, aber er ging zurück ans Fenster und öffnete es. Der Salzgeruch und der Lärm der Brandung schlugen über ihm zusammen. Und nicht zum letzten Mal fragte er sich, wie es wäre, einfach ins Wasser da unten hineinzugehen und nicht mehr zurückzukommen, einfach an einen Ort hinabzusinken, wo es weder Gedanken noch Erinnerung gab.

Während der Überfahrt nach Cancún sprachen sie nicht über das, was geschehen war; auch im Taxi nicht und auch nicht auf dem Rückflug nach Seattle.

Und so hatten sie an diesem Sonntag, als er seiner Gemeinde von seiner Reise berichtete, nichts gesagt, und daher war auch nichts geschehen. Und wenn nichts geschehen war, gab es keinen Grund, warum jemand davon erfahren musste.

Jedenfalls hatte er das geglaubt. Bis am nächsten Tag Martin Fox in Jacks Büro hineinmarschierte und die Tür hinter sich schloss. Martin war Investmentbanker in Seattle und gehörte zum Ältestenkreis von Grace Cathedral, dem Laiengremium, das die Gemeinde leitete.

Jack selbst hatte Martin die Hände aufgelegt, als er ihn für den Dienst als Gemeindeleiter gesegnet hatte. Er hatte gedacht, sie stünden einander so nahe, wie es zwischen ihnen überhaupt nur möglich war. Aber jetzt stand Martin vor ihm und warf ihm grimmige Blicke zu, als hätten sie nicht gerade die beste Jahresbilanz in der Geschichte von Grace Cathedral vorgelegt, als wüchsen die Mitgliederzahlen und Initiativen in der Gemeinde nicht stetig, als wären sie nicht eine der bekanntesten Gemeinden im ganzen gottvergessenen Nordwesten.

Plötzlich schoss Jack die Erinnerung an den Druck von Sallys Hand auf seiner Schulter durch die Erinnerung, an den Anblick des zerwühlten Bettes, und er fühlte, wie sich ihm der Magen zusammenzog vor etwas, das sich sehr stark wie Angst anfühlte.

Martin setzte sich, ohne zu fragen, und redete, ohne dazu aufgefordert worden zu sein. „Warum bist du nicht zu mir gekommen, als noch Zeit gewesen wäre, den Schaden etwas zu begrenzen?"

Jack spürte wieder, wie sich sein Magen zusammenkrampfte, aber es gelang ihm, ein ahnungsloses Gesicht zu machen. Fragend zog er die Augenbrauen hoch. „Wovon redest du überhaupt?"

„Ich hätte es wissen müssen", sagte Martin. „Niemand kann die Maßstäbe, die du predigst, erfüllen. Du hast uns lächerlich gemacht, Jack. An den Stammtischen zerreißen sie sich den Mund über uns."

„Martin", sagte Jack gleichmütig. „Wovon redest du?"

„Wovon ich rede?" Martin griff in die Tasche seines Tausend-Dollar-Anzugs, zog sein Smartphone heraus und hielt es Jack vor die Nase. „Das wurde heute getwittert. Irgendjemand hat auch Filmmaterial auf YouTube eingestellt. Jemand aus der Gemeinde hat es gesehen und mir zugeschickt."

„Martin …“, begann Jack und nahm das Smartphone.

Dann sah er das Bild.

Es war aus der Bar auf der Isla Mujeres. Jacks Gesicht war erhitzt und gerötet, er hielt eine Krabbe am Schwanz und schickte sich an, sie in den Mund zu stecken. Hinter ihm feuerte Sally ihn an. Ihre Hand lag auf seinem Rücken. Er war umgeben von etwa einem Dutzend ebenfalls angeheiterter Nachtschwärmer.

Jack sah Martin an, der den Kopf schüttelte. „Jack, bist du das?“

„Wer hat das gemacht?“, fragte Jack. Er atmete ruhig und gleichmäßig, während er Martin das Smartphone zurückgab.

„Eine amerikanische Touristin. Kam gerade vorbei und fand, du sähest irgendwie bekannt aus. Das Video, das ihre Freundin gemacht hat, ist noch schlimmer. Du küsst Sally. Und nicht als ihr Pastor, das kannst du mir glauben.“ Martin kochte vor Empörung.

„Das bin ich nicht“, sagte Jack, und er versuchte, es selbst zu glauben. „Es ist nichts dergleichen passiert.“

„Ich habe mit den Ältesten gesprochen“, sagte Martin, als hätte Jack gar nichts gesagt. „Wir haben eine Entscheidung getroffen. Jack, wir wollen verzeihen. Schaden wieder heilen. Den Menschen zeigen, dass man sündigen kann und doch Vergebung verdient, wie du immer gesagt hast. Wenn du dich am Sonntag vor die Gemeinde stellst, berichtest, was du getan hast, und um Vergebung bittest, haben wir vielleicht eine Chance, dich zu retten.“ Er zuckte die Achseln.

„Es würde eine Freistellung bedeuten. Vielleicht auch für länger. Wir würden entlastende Gründe finden – Sexsucht. Alkohol. Irgendwas.“

„Ich bin nicht sexsüchtig. Und ich habe kein Alkoholproblem“, sagte Jack. Allein der Gedanke daran, vor seiner Gemeinde zu stehen und über das hier zu reden, ließ ihn erstarren. Seine Stimme bekam einen scharfen Ton. „Ich werde nichts bekennen, was ich nicht getan habe.“

Martin sah ihn an. Die Trauer in seinem Blick sprach von mehr als nur der gegenwärtigen Situation. Er schien persönlich zutiefst von Jack enttäuscht zu sein.

Genau wie Jacks Vater.

Jack verschränkte die Arme vor der Brust und blickte Martin über den polierten Schreibtisch hinweg an. „Vergiss es. Das mache ich nicht."

„Ich biete dir eine Chance, deinen Job zu retten, Jack", sagte Martin. „Das einzig Richtige zu tun. Bitte, Jack, sei ..."

„Ihr könnt mir diese Gemeinde nicht wegnehmen", murmelte Jack. „Ich hab sie aufgebaut – aus dem Nichts."

„Und genauso schnell kannst du sie auch ruinieren", sagte Martin. „Wir haben schon ein paar Hundert E-Mails aus der Gemeinde bekommen. Die Leute fragen, was jetzt geschehen soll."

Jack erhob sich langsam, als wolle er das Ende des Gesprächs ankündigen. „Ihr könnt mir diese Gemeinde nicht wegnehmen", wiederholte er.

Martin stand auf und maß ihn mit seinen Blicken, bevor er seine Jacke zuknöpfte. Dann nickte er. „Tut mir leid, Jack. Es tut mir wirklich aufrichtig leid." Er schüttelte den Kopf, bot Jack aber keine Hand an.

Dann drehte er sich um und verließ den Raum.

Jack blieb einen Moment ruhig sitzen. Sein Herz raste. Er griff zum Telefon und begann, die Nummer seiner Familie zu wählen, überlegte es sich dann aber anders. Er tippte Sallys Durchwahl ein und lauschte, während der Anrufbeantworter aktiviert wurde.

Am Nachmittag hatte sich das Video verbreitet wie ein Virus. Seine Facebook-Seite quoll über vor Hasstiraden und „Ich-hab's-ja-gleich-gewusst"-Botschaften. Auf Twitter war „#Lügen-Jack" der meistaufgerufene Tweet. Die Website der Gemeinde war entweder unter dem Ansturm von Aufrufen zusammengebrochen oder sie war gehackt worden – jedenfalls war sie tot. Drei der größten Nachrichtenfeeds hatten das Video aus Isla gepostet, und Jacks Telefon und Smartphone klingelten ununterbrochen. Innerhalb von zwanzig Minuten sprach er mit der „Seattle Times", „CNN", „Fox News" und einem Lokalsender.

„Wir geben derzeit keine Stellungnahme ab", wiederholte er ein ums andere Mal, bis er schließlich seine Sekretärin anwies, keine bescheuerten Anrufe mehr durchzustellen.

„Jawohl, Sir", sagte sie spitz, als wäre er ein völlig Fremder.

Noch nie in den fünf Jahren, die sie für ihn arbeitete, hatte Carly ihn „Sir" genannt.

Er wählte noch einmal Sallys Nummer. Sie mussten ihre Geschichte abstimmen; noch war es nicht unmöglich, das Ganze glaubhaft abzustreiten.

Die Wahrheit würde – in diesem Fall – alles andere tun, als sie frei machen.

Sie nahm immer noch nicht ab.

Jack lief durch die Halle zu ihrem Büro. Es war dunkel, die Tür verschlossen, nichts wies darauf hin, dass sie heute überhaupt zur Arbeit gekommen war.

„Bitte, Gott", betete er. Noch immer war er nicht sicher, worum er eigentlich bitten wollte, aber er brauchte Hilfe, brauchte irgendetwas. Die Dinge gingen definitiv den Bach runter.

Er musste nachdenken.

Er zwang sich, ruhig zu atmen, die Anspannung auszuatmen.

Drei Türen weiter hatte Danny sein Büro. Er klopfte, öffnete die Tür und trat ein.

Dannys Augen waren rot, und für einen Moment sah er einfach zu Jack auf und sagte nichts. Als er sprach, klang er erschöpft. „Jack, was hast du getan?"

Jack schnaubte verächtlich, eine Art Lachen. Er durchquerte den Raum und trat an den Schreibtisch.

Danny sah zu ihm hoch. „Was an dieser ganzen Sache ist bitte komisch, Mann?" Er streckte sich in seinem Stuhl. „Dass sich die Leute über Grace Cathedral das Maul zerreißen, weil unser Pastor sich mal privat austoben musste, auf der ‚Insel der Frauen'? Dass die Leute den ‚Herzenspastor' jetzt den ‚Schmerzenspastor' nennen? Vermutlich." Er nickte. „Das ist schon ein Hammer." Seine Stimme sank zu einem Flüstern herab. „Oder dass ich der größte Idiot auf Gottes Erdboden war, weil ich an dich geglaubt habe?"

Jack konnte nicht zuhören. Er musste die Ruhe bewahren. Er musste die Dinge im Griff behalten. „Das Ganze ist lächerlich", sagte er. „Ein Irrtum. Ich habe schon Schlimmeres von der Kanzel herunter gestanden."

„Es ist kein ‚Irrtum'", erwiderte Danny und machte mit den Fingern Anführungszeichen in die Luft. Er schüttelte den Kopf, lehnte sich kurz in seinem Stuhl zurück, dann wieder vor und stützte die Ellenbogen auf. „Ein Irrtum ist es, wenn du, sagen wir, jemandem aus Versehen falsche Instruktionen gibst, weil du nicht genau weißt, was du willst. Dies hier ist schlimmer. Okay, ich hab schon gehört, wie du auf der Kanzel Fehler eingestanden hast: ‚Ich habe gesündigt', hast du uns erzählt. ‚Ich bin nicht vollkommen.'"

Danny unterbrach sich und biss sich auf die Lippen, als bereite es ihm Schmerz, weiterzureden. „Du erzählst uns ständig, wir müssten uns Gottes Liebe verdienen, wir müssten uns mehr anstrengen. Jetzt sieht es ganz so aus, als ob du selbst nicht tust, was du verkündest." Seine Stimme zitterte, als er sagte: „Nur ein Idiot folgt einem Führer, der nicht führt."

Jack spürte die Worte körperlich wie Schläge von einem Profiboxer. Er stand mit einem würgenden Gefühl auf; sein Gesicht war so gerötet wie auf dem Foto von der Isla Mujeres. „Du Blödmann", schnaubte er. „Du rotznasiger Teenager. Wie kannst du es wagen, so mit mir zu reden?"

„Ich habe dir vertraut!" Danny schrie es fast. Er stieß den Stuhl zurück und kam vor den Schreibtisch, um Jack anzustarren. „Ich habe dich geliebt wie meinen eigenen Vater, Jack. Ich habe dich verehrt. Als wärst du mein eigener Vater."

Danny hatte die Fäuste geballt und vorgestreckt, als brauche es nur noch die kleinste Provokation und er würde zuschlagen. Jack dachte kurz daran, ihm diese Provokation zu liefern – dann überfielen ihn Erinnerungen: Danny, immer hilfsbereit, immer umsichtig, immer unterstützend.

Die beste Nummer zwei, die er sich hätte wünschen können.

„Das hättest du nicht tun sollen", sagte Jack schließlich. Sein Zorn fiel in sich zusammen und er fühlte sich erschöpft. „Mir so zu vertrauen. Auch ein Vater enttäuscht einen früher oder später."

Er ließ sich in einen Stuhl fallen, saß dort mit hängenden Schultern. Danny setzte sich wieder hinter den Schreibtisch.

Schweigend saßen sie da.

Jack dachte daran, wie er Danny direkt nach dem College eingestellt hatte, wie er ihn gefördert, ihm Predigen beigebracht und ihn schließlich zum Pastor von Grace Cathedral ordiniert hatte.

Es waren schöne Erinnerungen. Erinnerungen, an die er nun nie wieder ohne Trauer würde denken können.

Was hatte er getan?

Bitte, Gott.

Schließlich brach Jack das Schweigen. „Was soll jetzt passieren, Danny?"

Danny starrte auf seinen Schreibtisch. „Die Ältesten treffen sich gerade. Martin hat mir gesagt, du hättest dich geweigert, ihnen die Entscheidung zu überlassen, wie mit dir verfahren wird. Geweigert, um Vergebung zu bitten."

Jack atmete tief ein und wieder aus. Es war zu spät. Nichts würde sich ändern. „Stimmt", sagte er.

„Dann sehen sie vermutlich gerade die Satzung durch und überlegen, was es bedeutet, wenn die Gemeinde dich feuert."

„Das ist meine Gemeinde", sagte Jack und seine Stimme klang zuversichtlicher, als er sich fühlte. „Sie können mich nicht feuern."

„Es ist Gottes Gemeinde, Jack", sagte Danny. Er stand auf, kam um den Schreibtisch herum und legte Jack eine Hand auf die Schulter. Er drückte einmal kräftig, dieser Junge, der ihm vertraut hatte, und das war schlimmer als jeder Schlag.

Jack konnte es nicht ertragen; er würde kaputtgehen. Er würde alles tun, was sie verlangten, um zu verhindern, dass alles so endete.

Dann verließ Danny den Raum und ließ Jack allein zurück. Schließlich, als deutlich war, dass Danny nicht wiederkommen würde, ging er zurück in sein eigenes Büro. Unterwegs begegnete er niemandem. Sallys Büro war immer noch leer, das Licht aus. Seine Sekretärin sah nicht auf, als er vorbeiging.

Es war, als ob er bereits gegangen wäre.

Und dabei blieb es. Bevor der Tag um war, hatte die Gemeinde ihren Gründer gefeuert, seine Frau informiert und ihr beträchtliche finanzielle Mittel angeboten, vorausgesetzt, sie ginge nicht ins Licht der Öffentlichkeit, das ziemlich grell geworden war und noch greller werden würde.

Sie boten Sally einen großzügigen Vergleich an, der nicht öffentlich werden würde, wenn sie ebenfalls ohne Aufsehen gehen und die Dinge nicht durch Enthüllungsgeschichten oder – was Gott verhüten möge – eine Anklage wegen sexueller Belästigung noch schlimmer machen würde.

Jack boten sie definitiv gar nichts an.

Als Jack nach Hause kam, war das Haus dunkel. Seine Familie war fort. Er rief ein paar Leute an, von denen er wusste, dass sie noch mit ihm sprechen würden, aber die Anrufe brachten ihn nicht weiter. Niemand wusste, wohin Tracy und Alison verschwunden waren – zumindest sagte es ihm niemand –, und niemand hatte etwas anderes zu bieten als schlechte Nachrichten.

Sheila, seine Agentin, teilte ihm mit, sein Verleger würde ihm unter Berufung auf den Paragrafen zu moralischem Fehlverhalten, den die meisten christlichen Verlage in ihren Verträgen hatten, keine Tantiemen mehr zahlen. „Er klang beinahe schadenfroh", sagte sie.

„Sie schulden uns noch eine Menge Geld", sagte Jack. „Klar, dass sie froh sind."

Tracy antwortete nicht auf seine Anrufe, auch niemand sonst aus ihrer Familie.

Sally wollte ihn allem Anschein nach nicht retten. Sie hatte immer noch nicht zurückgerufen.

Wenige Stunden zuvor hatte Jack noch Tausende, vielleicht Zehntausende Bewunderer gehabt. Aber er hatte nie viele enge Freunde besessen.

Jedes Mal, wenn er versuchte zu beten, fühlte es sich an, als führe er Selbstgespräche.

Er war ganz allein.

Und so kam es, dass er zu Weihnachten auf der Isla Mujeres saß, heimatlos, ohne Geld, allein, mit einer letzten Flasche Tequila, die er trinken würde, bevor der Hausmeister des Hotels die Zimmertür aufbrechen und ihn in eine leere Zukunft hinausstoßen würde.

Niemand würde ihn davor retten.

„Fröhliche Weihnachten", sagte Jack noch einmal. Bei diesen Worten brach etwas in ihm entzwei. Er wusste, es war Selbstmitleid, Kummer nicht über das, was er getan hatte, sondern was man ihm antat. Aber es fühlte sich trotzdem an wie echter Kummer. Tränen strömten ihm aus den Augen, und er umklammerte die Flasche, als wäre sie sein einziger Freund. Er schluchzte – ein tiefes, quälendes Schluchzen, das seinen ganzen Körper schüttelte.

Und dann klopfte jemand an der Tür.

Jack biss sich auf die Lippen, um sich selbst zum Schweigen zu bringen.

Er lauschte.

Das Klopfen erklang noch einmal, zaghafter. In den letzten Tagen war das Klopfen hart gewesen und von ärgerlichen Rufen begleitet: „Señor Chisholm?

Dies hier war anders.

Er kam schwankend auf die Beine, durchquerte den Raum und stellte sich darauf ein, sich in die Arme von allem zu werfen, was er nach Gottes Ansicht verdient hatte.

„Na dann", sagte er und öffnete die Tür. „Ich werde leise verschwinden …"

Dann blieb er wie angewurzelt stehen, er schwankte nur leicht.

Auf der anderen Seite der Tür stand sein Vater, Tom Chisholm, älter und dünner und, ja, trauriger als zehn Jahre zuvor, als Jack aus seinem Leben verschwunden war.

Sie standen da und sahen sich an. Jack hatte ein Gefühl, als ob er neben sich stand. Wie im Nebel bemerkte er, dass sein Vater ein Handy in der Hand hatte. Die andere war noch erhoben, wie um an die Tür zu klopfen.

Schließlich fand er die Sprache wieder und brachte das Wort heraus, das er seit Jahren nicht mehr ausgesprochen hatte. „Dad?"

Sein Vater nickte.

„Wie …" Es gab keine Worte, die seine ungläubige Verwunderung zum Ausdruck bringen konnten. Er brachte nur das Offensichtliche heraus: „Was machst du hier?"

Sein Vater ließ den Arm fallen und steckte das Handy in die Tasche. In seinen Augen standen Tränen.

Jack hatte seinen Vater noch nie weinen sehen, nicht einmal bei der Beerdigung seiner Schwester oder seiner Mutter. Er war zu stark dafür, zu distanziert. Er war ein Felsen. Eine Insel.

Und doch lief ihm da eine Träne die Wange herunter.

Jack blinzelte. War es der Tequila? War dies nur ein weiteres Kapitel seines Traumes?

Aber er konnte das Gewicht der Flasche in seiner Hand spüren, das Gewicht der Verzweiflung in seinem Herzen.

Dies hier war real, und es geschah jetzt.

„Was machst du hier?"

Tom Chisholm sah einen Moment zur Seite. Er wischte sich die Träne von der Wange. „Ich …"

Er räusperte sich und schwieg einen Moment. Dann streckte er Jack einfach die Hand entgegen und sagte: „Ich bin gekommen, um dich nach Hause zu holen."

Nach Hause.

Jack blickte auf die Flasche in seiner Hand. Sie war fast leer. Er ersparte sich einen Blick auf den Raum hinter ihm, der so verwahrlost war, als hätten hier Tiere gehaust. Er kniff die Augen einen Moment lang fest zusammen, um zu prüfen, ob das die Welt dazu bringen würde, sich nicht mehr so schnell zu drehen.

Schließlich öffnete er die Augen wieder.

Sein Vater stand vor ihm, die Arme ausgebreitet, immer noch wartend … Vielleicht hatte er die ganze Zeit so gewartet, all diese Jahre.

Ich bin gekommen, um dich nach Hause zu holen.

Er hatte sich entschieden.

„Also dann …“, sagte Jack.

Er setzte einen schwankenden Fuß vor den anderen.

Dann trat er über die Schwelle und sank in die Arme, die ihn damals vor der wilden Brandung gerettet hatten.

3.

Als er am nächsten Morgen erwachte, roch er den aus Kindertagen vertrauten Duft nach Kaffee und gebratenem Speck. Jack dachte einen Moment, er träume vielleicht noch. Er setzte sich auf und sah sich um. Ja, da lag er, in seinem alten Zimmer in dem übergroßen Bett, das seine Mutter für die Gelegenheiten gekauft hatte, wenn er und Tracy zu Besuch kamen. Unter der Bettdecke mit Laura-Ashley-Blumenmuster, die sie ausgesucht hatte. Die farblich passenden Kissen aus silberblauem Satin hatte er am Abend, als er ins Bett fiel, auf den Boden gefegt. Jetzt lagen sie dort verstreut wie Pilze aus Satin.

Er betrachtete das Bücherregal, in dem die Bücher von C. S. Lewis und Tolkien standen, die er als Kind verschlungen hatte, und noch jede Menge anderer, die aus irgendeinem anderen Regal im Haus herausgequollen waren. War das da ein altes Handbuch für die Steuererklärung?

Ein paar Pokale aus seiner Highschool-Footballzeit und ein Ball, jetzt verstaubt, schmückten die Kommode. „Mayfield Wildcats MVP 1990" las er auf dem größten und musste unwillkürlich lächeln. Es waren schöne Zeiten gewesen – damals.

Der Footballverein von Mayfield war inzwischen abgestiegen – von Mayfield selbst ganz zu schweigen.

Neben der Kommode stand der Schaukelstuhl, den sein Großvater ihm geschenkt hatte, als er dreizehn wurde. „Ein Mann braucht einen Schaukelstuhl", hatte Grampa Joe gesagt. Es war

Jack nicht gelungen, seine Enttäuschung zu verbergen. Grampa Joe hatte ihn wohl vor allem deshalb gemacht, weil er gern Dinge selbst machte. Aber später hatte Jack zahllose Stunden in diesem Stuhl verbracht, lesend oder, Jahre später, an der Predigt für die Beerdigung seiner Mutter schreibend, während Tracy in diesem Bett geschlafen hatte. Es war schließlich doch ein perfektes Geschenk gewesen. Und er hatte schreinern gelernt und sich vorgestellt, er würde einmal für seinen Sohn etwas Ähnliches machen.

Auch wieder so ein Traum, der sich nicht erfüllt hat.

Über dem Stuhl an der Wand hing eine Korktafel mit Bildern der Basketballstars Joe Montana und Peter Gardere. „Peter der Große" an der Universität von Texas, die die Universität von Oklahoma viermal besiegt hatte. Er betrachtete die Bilder seiner Schulfreunde. Da war er mit seiner Freundin von damals, Darla Scroggins, heute Darla Taylor. Sie hatte schon längst den verhassten Jamie Taylor geheiratet, der auch in der Football-Mannschaft gewesen war. Und dieses Bild von ihm und seinem besten Freund Bill Hall auf der Jagd hatte sein Vater gemacht. Jack hatte einen prächtigen Weißwedelhirsch, einen Zwölfender, erlegt. Mit Bills Hilfe präsentierte er das Geweih für das Foto. Er hatte weder Bill Hall noch Darla Scroggins noch James Taylor – der war für Jack ein für alle Mal gestorben – in den letzten zehn Jahren gesehen. Der Raum erschien ihm wie ein Museum seines Lebens, vor Jahren schon abgeschnitten. Es gab keine Bilder von Grace Cathedral, keinen Hinweis auf sein Leben als „Herzenspastor", nur ein kleines Bild auf dem Nachttisch von ihm und Tracy, das am Sonntag nach der Kirche bei ihrem, wie sich herausstellen sollte, letzten Besuch vor der Beerdigung seiner Mutter entstanden war.

Das Zimmer erinnerte ihn an eine Episode aus „Twilight Zone" oder vielleicht auch an diesen Roman von Kurt Vonnegut, den er auf dem College gelesen hatte. Darin hielten sich Außerirdische Menschen wie in Zoos, um sie zu bestaunen.

Er hörte, dass sein Vater die Nachrichten des Lokalsenders verfolgte, während er sich fertig machte, um den Eisenwaren- und Holzhandel zu öffnen, der seit drei Generationen der Familie gehörte.

Jack schlug die Decke zurück, stand auf und ging ans Fenster, um sich die Welt zu besehen.

Es war der Tag nach Weihnachten und er war in Mayfield in Texas. Schneewehen bedeckten den Vorgarten zentimeterhoch. Jack vermutete, dass der Live Oak Creek hinter dem Haus zugefroren war, etwas, was seiner Erinnerung nach nur sehr selten vorgekommen war.

Er stand am Fenster, hörte seinen Vater unten rumoren und fragte sich, was er wohl denken mochte. Sie hatten zwar einen guten Anfang miteinander gemacht, aber die lange Rückreise weitgehend schweigend verbracht. Als Jack endlich nüchtern genug war, um Toms Erklärung, wie er ihn gefunden hatte, aufzunehmen, war er auch nüchtern genug, sich zu fragen, ob er mit dieser Rückkehr eine kluge Wahl getroffen hatte. Doch er hatte keine andere. Das war nur zu wahr.

Aber was sollte er nun anfangen?

Tom hatte ihm erzählt, er habe die Gemeinde wochenlang nach Jacks Aufenthaltsort gefragt. Schließlich hatte Danny Pierce ihn angerufen. Er hatte seine Spur anhand der Abbuchungen über die Kreditkarte bis nach Isla Mujeres verfolgt.

„Klar“, hatte Jack gesagt und genickt. „Sie finden einen anhand der Kreditkarte.“

Es war also letztendlich kein Wunder gewesen, dass Tom plötzlich vor seiner Tür gestanden hatte. Aber bei dem Gedanken daran, dass sein Vater, der weder jung noch wohlhabend war, ins Ausland gereist war, um ihn nach Hause zu holen, kam er sich armselig vor.

So armselig, dass sie während der ganzen Rückreise um die bittere Wahrheit herumgeschlichen waren, und als sie spät am gestrigen Abend angekommen waren, hatte er nicht gewusst, was er sagen sollte. Der Sache am nächsten gekommen waren sie noch, als sein Vater ihn in sein altes Zimmer geführt hatte.

„Ich weiß, es ist nicht großartig“, hatte Tom gesagt. „Aber vielleicht tut eine vertraute Umgebung jetzt gut.“

„Es passt schon“, antwortete Jack. Er stellte den Koffer aufs Bett und machte ihn auf. Er enthielt, wie er jetzt feststellte, vor allem Shorts und T-Shirts. „Dumm, dass ich mich nicht in arktische Gefilde geflüchtet habe.“

„Unten im Schrank sind noch ein paar alte Jacken von dir“, sagte sein Vater. „Und hier oben sind bestimmt auch noch ein paar Pullover.“

„Die sind vermutlich ebenso warm wie modern“, sagte Jack.

Vernünftige Klamotten waren jetzt sein kleinstes Problem, und das wussten sie beide.

Eine Weile standen sie wortlos da.

„Dad“, sagte Jack schließlich und sah seinen Vater an, der mit der Hand auf der Klinke in der Tür stand. „Es war wirklich lieb von dir, dass du gekommen bist, um mich zu holen. Danke.“

Sein Vater hob die Hand, wie um den Dank wegzuwischen. Sie sahen einander an. Was auch immer hätte gesagt werden müssen, es war nicht verfügbar. Jedenfalls jetzt nicht.

„Gute Nacht, Sohn“, sagte Tom, drehte sich um und ging. „Vielleicht sieht morgen alles schon ganz anders aus.“

„Das bezweifle ich.“

Das ließ Tom einen Moment in der Tür innehalten. „Weißt du, Jack“, sagte sein Vater, „was immer du getan hast, es kann vergeben werden.“

„Nein“, sagte Jack. „Das glaube ich nicht.“

„Schön“, sagte sein Vater und seine Stimme klang wieder schroff, „du bist der Pastor. Aber ich hoffe bei Gott, dass du dich irrst.“ Er schloss die Tür und ließ Jack allein mit seinen Gedanken.

Jack wälzte sich stundenlang im Bett herum, bis er endlich einschlief.

Und heute morgen würde es genauso peinlich werden, da war er sicher. Worüber sollten sie auch reden? Alte Zeiten? Die Predigt, die er bei der Beerdigung seiner Mutter gehalten hatte? Bis gestern hatte er jahrelang kein Wort mit seinem Vater gewechselt, und es gab nur wenige schöne gemeinsame Erinnerungen, auf die sie zurückgreifen konnten.

Irgendwann heute oder morgen würde er seine Schwester Mary treffen müssen, dachte er. Seit er aus dem Haus gegangen war, hatte es zwischen ihnen nichts anderes gegeben als ein paar nichtssagende Weihnachtskarten. Er stellte sich vor, dass er früher oder später auch Leuten begegnen würde, die ihn von früher kannten und wussten, was kürzlich passiert war. Er konnte nicht für immer hier bleiben.

Als er zugestimmt hatte, mit seinem Vater nach Hause zu kommen, hatte er eine Schwelle überschritten: die Entscheidung, ob er leben wollte oder nicht. Aber das Leben würde nicht einfach sein. Zunächst einmal brauchte er Geld, und er musste seine Familie und seine Gemeinde zurückgewinnen. Er musste der Welt zeigen, dass er noch immer gut war, dass sein Fehltritt nicht alles war, was es über ihn zu sagen gab, und je eher er damit begann, desto besser.

„Jack", rief sein Vater von unten. „Frühstück."

„Ich komme", rief er zurück und fühlte sich, als wäre er fünfzehn. „Bin gleich unten."

Er stieg in seine einzige Jeans und ein abgetragenes University-of-Texas-T-Shirt, das er im Schrank gefunden hatte, tappte nach unten und fand seinen Vater am Küchentisch sitzend. Neben ihm wartete ein Teller mit Rührei, Schinken und Toast.

„Warmes Frühstück", sagte Jack und lächelte gegen seinen Willen. Seine Mutter hatte immer darauf bestanden, dass es etwas Warmes zum Frühstück gab, wenn es draußen kalt war.

„Ja", sagte sein Vater. Er blickte auf seinen Teller und sah dann Jack an. „Betest du?"

Jack zögerte und schüttelte dann den Kopf. „Warum nicht du?", fragte er.

Tom nickte unmerklich. „Herr, wir danken dir für das Essen, das wir vor uns haben, und für alles Gute, was du uns gibst. Amen."

Für die nächsten Minuten war das Klirren und Schaben von Besteck auf Tellern das Lauteste, das man hörte. Jack sah ab und zu auf; sein Vater aß langsam und gedankenverloren.

Schinken wurde zermalmt, Kaffee geschlürft.

„Wie läuft's im Laden?", brachte Jack zustande, als ihm klar wurde, dass er den Anfang machen musste.

„Oh", sagte Tom und schluckte, „wir kommen zurecht. Es ist für niemanden leicht."

„Arbeitet Mary noch bei dir?"

Tom schüttelte den Kopf. „Schon lange nicht mehr."

„Nein?" Jack schaufelte Rührei auf seine Gabel. „Ich dachte …" Er schüttelte den Kopf. „Was macht sie dann?"

„Sie wollte sich selbstständig machen", sagte Tom. „Sie hat jetzt ein eigenes Büro – Buchhaltung. Wenn die Steuererklärungen fällig sind, hat sie gut zu tun."

„Wow", sagte Jack. „Ich hab immer gedacht, sie stirbt noch mal hinter der Kasse."

Tom grinste leicht. „Sie wurde mir mit ihrem Betriebswirtschaftsdiplom auch zu teuer", sagte er. „Sie wird's dir sicher erzählen."

Jacks Lächeln verflog. „Bezweifle ich", sagte er. „ Ist sie noch mit Dennis zusammen?"

Tom nickte und strich Butter auf seinen Toast. „Er ist die Kasse, hinter der sie sterben wird", sagte er mild.

Jack nahm das Thema dankbar auf. „Sie sind verlobt, seit ich aufs College ging. Wollen sie je heiraten?"

Sein Vater sah auf und widmete sich dann wieder seinem Toast. „Frag mich lieber etwas, was ich beantworten kann."

Jack zögerte. „Hast du ihr gesagt, du würdest mich holen? Was hat sie gesagt?"

„Was erwartest du?" Tom zuckte die Schultern. Über den Tisch hinweg sah er Jack an. „Du kennst sie ja. Sie ist knallhart. Meinte, ich solle dich besser lassen, wo du liegst." Er schüttelte den Kopf. „Ihre Worte. Aber das hätte ich nicht übers Herz gebracht."

„Klar!", sagte Jack. „Ich hätte dir vermutlich denselben Rat gegeben." Ihm kam der Gedanke – das war die Rettung! –, worüber sie noch sprechen konnten. „Wie steht's denn mit unserer irgendwieauch-lutherischen Gemeinde, Saint Paul's? Ist Pastor Heinrich noch da? Der war doch so eine Art moderner Martin Luther."

Pastor John Heinrich hatte sich mit der Gemeinde vor fünfzehn Jahren wegen irgendeiner theologischen Streitfrage von der lutherischen Kirche getrennt. Seitdem stand auf dem Schild an der Straße in großen Buchstaben „lutherisch" und darunter, kleiner, „freie Gemeinde". Jack war damals im Studium gewesen. Als er wieder mal heimkam, stand er vor vollendeten Tatsachen.

Sein Vater lächelte einen Moment lang, sein Blick ging an Jack vorbei und kehrte dann zum Tisch zurück. „Nicht so gut, glaub ich. Pastor Heinrich ist vor drei Jahren gestorben, und wir können uns keine ganze Pfarrstelle mehr leisten. Wir haben immer wieder mal Gastprediger, aber das ist nicht dasselbe." Er zuckte die Achseln. „Und wir werden auch immer älter. Vielleicht ist es dran, uns geschlagen zu geben."

„Klingt, als wären die Zeiten überall nicht leicht." Jack wusste aus jahrelangen Gesprächen mit anderen Pastoren, dass Kleinstadtgemeinden allmählich austrockneten.

„Das ist wohl wahr", sagte sein Vater. „Es geht allen Gemeinden schlecht. Außer First Baptist. Die machen Front gegen die Liberalen." Tom hob langsam die Schultern. „Wenn die Zeiten unübersichtlich sind, hören die Leute gern ihre eigenen Befürchtungen bestätigt, stimmt's?"

„Weiß nicht", sagte Jack. „Kann sein."

Dachte sein Vater, dass es das war, was er tat?

War es das, was er tat?

Er durchsuchte sein Hirn nach einer Möglichkeit, diesen Gedanken abzuschütteln. „Könnt … könnt ihr keinen Studenten kriegen, der ein wenig Praxiserfahrung braucht?“

Sein Vater sah ihn an. „Was weiß denn ein junger Mann von heute von meinem Leben? Oder von dem von Schwester Clanton? Sie ist vierundneunzig, sie hat zwei Ehemänner und sieben Kinder zu Grabe getragen.“ Er seufzte wieder. „Nein. Wir haben's versucht. Hatten ein paar Lutheraner aus einem Kurs in Austin. Zwei Jungs, ein Mädchen. Sie war übrigens die Beste. Wenigstens hatte sie Mitgefühl.“

„Wow“, sagte Jack. „Tut … tut mir leid.“ Um die Wahrheit zu sagen: Er hatte diese kleine Gemeinde immer gehasst. Pastor Heinrich hatte ihn seine Kindheit hindurch mit seinem Gerede über seine Wertlosigkeit verfolgt, und schließlich hatte er das als theologische Wahrheit akzeptiert. Aber er wusste auch, dass diese kleine Gemeinde für seine Eltern ein Fels in der Brandung gewesen war. Und er erinnerte sich gut, wie das Gesicht seiner Mutter vor Freude gestrahlt hatte, wenn sie die alten Erweckungslieder sang. „Es ist Kraft, Kraft, wunderbare Kraft … in dem Blut des Heilands allein“, wie ein Refrain begann.

Die Uhr schlug acht Mal und beide sahen auf, irgendwie erleichtert über die Unterbrechung.

„Deine Schwester kommt heute zum Abendessen“, sagte Tom, tupfte sich mit der Serviette den Mund ab und stand auf. „Ich denke, ich bring uns auf dem Heimweg Hähnchen mit.“

„Okay“, sagte Jack. „Kommt Dennis auch?“

Tom zuckte die Achseln. „Wäre dir das recht?“

„Klar. Ich weiß nicht. Mach's, wie du denkst.“ Dennis Mays war zwei Klassen über Jack in der Schule gewesen. Sie hatten zusammen Football gespielt, aber wie so viele andere Menschen, die es in seinem Leben gegeben hatte – das wurde ihm jetzt klar –, waren sie einander sympathisch gewesen, aber keine Freunde geworden.

Sein Vater stellte das Geschirr in die Spüle. Er wischte sich die Hände mit einem Geschirrtuch trocken und sagte dann, ohne sich umzudrehen: „Ich vermute, du wirst ein paar Tage brauchen, um dich aufzurappeln. Dir Gedanken zu machen, wie's weitergeht. Nimm dir die Zeit, die du brauchst. Ich möchte nur, dass du weißt … du bist hier willkommen, Jack."

Jack dachte, er sollte etwas antworten, einen Laut von sich geben, aber ihm fiel nichts Passendes ein, das er aus seiner Kehle hervorbringen könnte, und so saß er schweigend da.

„Ich weiß, ich bin nicht geschickt mit Worten", fuhr sein Vater fort. „Ich wollte nur, dass du das weißt. Du kannst bleiben, solange du brauchst. Solange du willst."

„Danke", sagte Jack. „Ehrlich."

Tom nickte, wandte sich von der Spüle ab und ging zum Garderobenschrank. Jack hörte Stoff rascheln, während sein Vater seinen Wintermantel und Handschuhe anzog und Grampa Joes alten grauen Filzhut aufsetzte.

„Weißt du", sagte Tom und kam zurück in die Küche, „mein Vater hat diesen Hut 1950 gekauft, beim Herrenausstatter unten in der Stadt. War damals der neueste Schrei. ‚Windspiel' nannten sie ihn."

„Wirklich?" Jack stellte sein Geschirr in die Spüle. „Windspiel?"

„Wenn ich mal tot bin" – Jack hörte Schlüssel klirren, die sein Vater aus der Schüssel auf dem Tisch im Flur nahm – „sollst du diesen Hut haben."

„Ist ein schönes Stück", sagte Jack. Er würde diesen Hut nicht tragen, und wenn sein Leben davon abhinge. „Aber du wirst uns ja noch lange erhalten bleiben."

„Wir sehen uns heute Abend", sagte Tom. Er war dick eingepackt. „Dürfte ruhig bleiben heute. Am Tag nach Weihnachten."

„Batterien", sagte Jack, der sich plötzlich erinnerte. „Du wirst jede Menge Batterien verkaufen."

„Kann schon sein." Tom nickte, hob die Hand zum Winken und war verschwunden.

Jack setzte sich an den schönen Eichentisch, den Grampa Joe geschreinert hatte, bevor Jack geboren war. Er nippte an seinem Kaffee und starrte auf sein trübes Spiegelbild. Mit dem Finger strich er über den schimmernden dunklen Lack. Ein schönes Stück.

Als Junge hatte er hier gesessen, rechts von ihm seine Mutter, seine Schwestern gegenüber. Mary und Martha waren ein Jahr älter und glichen sich wie zwei Toastscheiben eines Sandwichs. Er hatte es nie gemerkt, wenn sie ihre Plätze tauschten, um sich einen Spaß mit ihm zu machen.

Die alte Traurigkeit überfiel ihn augenblicklich und er stürzte in einen Abgrund von Trauer. In der Woche nach Marthas Tod hatte sein Vater die Extraplatte aus dem Tisch genommen und den nun überflüssigen Stuhl in den Laden gestellt. Zu viert hatten sie wortlos dagesessen wie bei einem abgebrochenen Festmahl, seine Mutter mitgenommen und mit roten Augen, während sein Vater sich immer mehr zurückzog, noch weniger und noch schärfer sprach als früher. Jack hatte sich in sich selbst zurückgezogen, das Einzige, was man ihm nicht nehmen konnte.

Und die albernen Kommentare der Leute. Dass es doch ein Segen sei, dass die Mädchen Zwillinge gewesen waren. So würde man Marthas liebes Gesicht immer vor Augen haben.

Ein Segen?

Oder ein Fluch?

Jack stützte den Kopf in die Hände. Es war schwer, die Vergangenheit aufleben zu lassen. Er fühlte sich plötzlich erschöpft.

Er seufzte tief und nahm einen letzten Schluck Kaffee. Maxwell House. So weit war es mit ihm gekommen. Wenn diese Leute in Seattle ihn noch mehr verachten könnten als ohnehin schon, dann wäre der billige Instantkaffee Anlass genug. Er trottete die elf Stufen hoch in sein Zimmer, ließ sich ins Bett fallen und zog sich die Decke über den Kopf.

Er wollte wieder einschlafen, wollte von seiner Mutter träumen, als sie noch gelacht hatte, sich an eine Zeit erinnern, als es in diesem Haus immer ein Lachen gegeben hatte.

Sie war der einzige Mensch gewesen, der seinen Vater zum Lachen bringen konnte. Damals, vor so langer Zeit, war sein Vater ein anderer gewesen. Jack dachte daran, wie seine Mutter bei der Beerdigung von Grampa Joe an seine besondere Weise erinnert hatte, an Thanksgiving zu beten – ein Gebet von epischer Breite, das der alte Mann einmal im Jahr mit endlos vielen Sätzen und unter Einbeziehung aller Nachbarn in großer Sorgfalt komponierte: „… und, Vater, wir danken für den Regen und für die Vögel unter dem Himmel und die Lilien auf dem Feld, denn sie säen nicht und ernten nicht und sammeln auch nicht in die Scheunen …“ – endlos, bis dem siebenjährigen Jack aus Protest der Magen knurrte.

Er sah Tom noch vor sich, der zunächst befremdet schien, aber schließlich hinter der vorgehaltenen Hand ein Lächeln verbarg. Und dann hatte er wie alle anderen herzhaft gelacht. Gelacht, bis ihm die Tränen kamen, bis er sich setzen musste.

Das waren bessere Zeiten gewesen.

Bessere Zeiten.

4.

Als Jack wieder aufwachte, war es draußen dunkel. Er schüttelte sich, um wach zu werden, als wäre es Morgen und er hätte den Wecker verschlafen und müsse zur Arbeit.

Jemand klingelte an der Tür.

Jack stieg aus dem Bett und sah aus dem Fenster.

In der Auffahrt stand ein großer Dodge Pick-up. Sicher Dennis. Der fuhr nie was anderes als einen Dodge. Der Mann war ein Musterbeispiel an Beständigkeit.

Es musste Zeit fürs Abendessen sein.

„Hey, Dad", hörte er seine Schwester unten im Flur sagen und dann folgte eine gemurmelte Begrüßung von Dennis.

Er wollte sie nicht wissen lassen, dass er den Tag verschlafen hatte. Jack spritzte sich Wasser ins Gesicht, zog eine Jeans und ein schwarzes T-Shirt über, und turnte immer zwei Stufen auf einmal nehmend die Treppe hinunter. Als er unten ankam, unterhielten sich die drei in gedämpftem Ton im früheren Wohnzimmer, diesem steifen und ungemütlichen Raum zur Straße hin, der kaum je benutzt wurde.

Dennis hatte sich auf dem staubigen blauen Samtsofa ausgestreckt, das vielleicht so alt war wie er selbst. Mary und ihr Vater saßen auf dem dazugehörigen schmalen Zweisitzer daneben.

Dennis Mays sah auf, als Jack hereinkam, und über sein Gesicht verbreitete sich ein aufrichtiges Lächeln. „Zwölf", sagte er und wuchtete seine beträchtliche Körpermasse aus dem Sofa, um Jack zu begrüßen.

In seinen drei Jahren als Mayfields Stammquarterback hatte Jack die Nummer zwölf getragen; Dennis war ein Jahr lang sein Left Guard gewesen. Dennis war schon als junger Mann eine stattliche Erscheinung gewesen. Jetzt hatte er in etwa die Statur eines Öltankers. Jack fragte sich, wie ein Mensch rein medizinisch einen solchen Leibesumfang mit sich herumtragen konnte, ohne zusammenzubrechen. Es war zweifellos eine physische Meisterleistung.

„Achtundsiebzig", erwiderte Jack im Herantreten mit einem Lächeln. Sie gaben sich die Hand und der Händedruck ließ Jack zusammenzucken. Er war sich nicht sicher, ob seine Hand das ohne Operation überstehen würde.

„Schwesterherz", sagte er, als Mary ihm im Sitzen ihre Hand entgegenstreckte.

„Jack", sagte sie. Sie nickte, ließ seine Hand los und er trat zurück. Nicht gerade die herzlichste Begrüßung. Aber was hatte er schon anderes erwartet.

Er ließ sich in den hässlichen alten Fernsehsessel sinken.

„Schön, dich zu sehen, Zwölf", sagte Dennis. „Wirklich schön, dich zu sehen."

„Deine Schwester hat einen Auflauf mitgebracht", bemerkte Tom, „ich hab ihr gesagt, das hätte nicht sein müssen ..."

„Wenn ich nicht für dich kochen würde, würdest du jeden Abend dieses Fast Food vom Chicken Express futtern", beschwerte sie sich. Sie wandte sich an Jack. „Er weiß es eigentlich besser. Er sollte wirklich nicht ..."

Tom räusperte sich. Mary brach mitten im Satz ab.

Jack, der es bemerkte, machte sich eine kleine innere Notiz, für später.

„Mein berühmter Käse-und-Schinken-Auflauf", setzte sie wieder an. Sie sah zu Jack herüber. „Mochtest du früher immer gern."

Dass sie sich daran erinnerte, rührte ihn an. Nach Marthas Tod hatte Mary es übernommen, für sie zu kochen. Ihre Mutter war schon Jahre zuvor schwer depressiv gewesen und hatte kaum noch gekocht. Oft hatte sie ihre Tage im Bett verbracht und war nur zum Abendessen erschienen – in dem Pyjama, den sie den ganzen Tag getragen hatte.

„Danke“, sagte er. „Du musst mir mal das Rezept geben.“

„Steht im Fannie-Farmer-Kochbuch in der Küche“, erwiderte sie spitz. „Wenn du dich dort je aufhalten würdest, wüsstest du das auch.“

„Nun“, schaltete sich Dennis ein und hob die Hand, um sie zu unterbrechen. „Jetzt ist er ja schließlich da, oder? Zwölf, warum schnappst du dir nicht dieses Kochbuch und machst uns für morgen Abend was Schönes? Du hattest schon immer hausfrauliche Fähigkeiten.“ Er lachte – ein tiefes, dröhnendes Lachen, das den Raum ausfüllte.

Es gehörte zu den bekanntesten Legenden von Mayfield: Jack und sein Freund Bill hatten in der Oberstufe Hauswirtschaft belegt. Sie waren die einzigen Jungen auf dem Foto von „Amerikas Hausfrauen der Zukunft“ im Jahrbuch ihrer Schule. Sie hatten es nur getan, um sich um den Mathematikkurs herummogeln zu können – mit Erfolg –, aber für Dennis war diese Hauswirtschaftsgeschichte auch nach zwanzig Jahren noch ein Grund zur Erheiterung. Jacks Ruf im Blick auf seine Männlichkeit hatte das keinen Abbruch getan – als Stammquarterback „QB 1“ war man dagegen für alle Zeiten gefeit.

„Wie war dein Tag?“, fragte Tom, und nach dem dröhnenden Gelächter klang seine Stimme leise. „Produktiv?“

„Ganz gut“, antwortete Jack. „Ja. Ziemlich gut. Hab die eine oder andere Spur.“ Er nickte, ein paar Mal zu oft.

Beharrliches Schweigen. Jack dachte, sein Vater hatte bestimmt durchsickern lassen, dass das Haus dunkel gewesen war, als er kam.

„Wie lange bleibst du, Zwölf?“, fragte Dennis. „Ich könnte ein paar von den Jungs zusammentrommeln. Vielleicht können wir am Wochenende auf die Jagd gehen …“

Mary legte den Kopf schräg, auf diese typische Weise, für die sie bekannt war. Auch sie war interessiert an Jacks Antwort.

„Weiß ich noch nicht genau. Wohl, bis ich ein paar Sachen geklärt habe. Bis die Dinge wieder laufen. Nicht sehr lange."

Marys Blick war kühl und distanziert. „Bis die Medienleute dich finden?"

Dennis hob den Zeigefinger, um sie zu stoppen, aber sie spie ihm entgegen: „Ich lasse mir nicht länger den Mund verbieten!", bevor sie Jack ihre nächsten Sätze servierte: „Hast du eine Ahnung, wie viele Anrufe von Fernsehsendern und Zeitschriften aus Orten, von denen ich noch nie im Leben gehört habe, ich schon gekriegt habe? Wie viele Übertragungswagen sich schon vor Dads Laden in Position gebracht haben? Wie viele Schlagzeilen mir an der Kasse im Supermarkt entgegenstarren?" Sie schnaubte. „‚Herzenspastor im mexikanischen Liebesnest.'"

„Mary ..." – Tom wandte sich Jack zu –, „sie waren doch nur ein paar Tage da. Ich habe gesagt, ich wisse nicht, wo du bist, und dass ich mir auch nicht vorstellen könne, dass du hier auftauchst. Da sind sie verschwunden." Er zuckte mit den Schultern.

„Die kommen wieder", giftete Mary. „Und sie werden uns das Leben zur Hölle machen."

Jack ließ den Blick durch den Raum schweifen, sah erst seine Schwester an, seinen Vater, dann Dennis.

„Wenn ich euch peinlich bin", sagte er ruhig und bemühte sich, keine Schärfe in der Stimme zu haben, „dann kann ich auch gehen. Ich kann einfach verschwinden."

„Oh, klar, Jack", kam es von Mary. „Genau, wie du es immer machst. Einfach verschwinden. Seit zehn Jahren wolltest du doch schon nicht mehr zu dieser Familie gehören."

„Seit zehn Jahren hat es hier keine Familie mehr gegeben", gab er zurück.

„Also, hau ab, Jack", sagte sie, und die Röte stieg ihr ins Gesicht. „Geh doch zurück zu deiner perfekten Familie und in dein perfektes Leben.“ Sie bereute es sofort. Er sah, wie sie sich auf die Lippen biss, als sie merkte, dass ihre Worte ihm den Atem verschlagen hatten.

Aber die Worte waren nun einmal heraus.

Jack stand auf. Er konnte nicht bleiben, und er konnte nicht gehen. Vielleicht war alles, was er tun konnte, die ganze Situation für ein paar Stunden zu vergessen.

„Es … tut mir leid“, sagte er zu seinem Vater. „Ich … gehe dann morgen. Könntest du … kannst du mir einen Zwanziger leihen?“

Sein Vater sah aus, als hätte man ihm einen Schlag versetzt. „Ich … ähm … Jack, ich glaube, ich hab keinen Zwanziger.“

Jack lachte, tatsächlich. Er schüttelte den Kopf. Natürlich. War ja klar. „Oh, macht nichts. Wirklich.“

Tom griff zu seiner Brieftasche, blätterte einen Zehn-Dollar-Schein und drei Einer heraus und reichte sie Jack. Seine Hand zitterte leicht.

„Lasst euch den Auflauf schmecken“, warf Jack in den Raum. Er drehte sich um und ging durch den Flur und zur Tür hinaus in die kalte Nacht. Nachdem die Tür ins Schloss gefallen war, stand er einen Moment lang fröstelnd unter dem Vordach. Er hatte keinen Mantel an, aber es war ihm egal.

Von allen Möglichkeiten, sich den Tod zu holen, war dies nicht die schlechteste.

Er stiefelte über den Rasen in Richtung Stadt.

Dann hörte er, wie sich hinter ihm die Tür öffnete und Mary seinen Namen rief. Sie rannte ihm nach.

„Jack“, wiederholte sie und fasste ihn am Ellbogen.

„Geh wieder rein, Mary“, sagte er. „Es ist zu kalt hier draußen.“

„Jack“, sagte sie und er sah, dass sie weinte. „Wenn du gehst, brichst du ihm das Herz. Noch einmal. Weißt du überhaupt, warum er gekommen ist, um dich zu holen – nach allem, was passiert ist? Hast du überhaupt eine Ahnung?

„Nein“, gab Jack zurück und entzog ihr seinen Ellbogen. „Und es ist mir auch egal. Er war ein hundsmiserabler Vater. Ja, es war nett von ihm, dass er mich aus Mexiko zurückgeholt hat. Warum auch immer er das gemacht hat. Aber eine nette Geste ist noch lange kein Ausgleich für …“

„Er stirbt“, sagte sie und nahm wieder seinen Arm. „Er lebt nur noch von geliehener Zeit. Ich glaube nicht, dass er gehen könnte, ohne dass du …“

Sie verstummte. Einen Moment lang konnte sie vor Schluchzen nicht sprechen. Jack spürte, wie er gegen seinen Willen schlucken musste, sein Magen krampfte sich zusammen.

„Das tut mir leid“, sagte er. „Aber was kann ich schon machen? Ich habe nicht mal einen einzigen Dollar, der mir gehört. Ich kann noch nicht mal …“

„Das kannst du ihm nicht antun“, schluchzte sie. „Nur dieses eine Mal könntest du es dir überlegen, bevor du ihm das Herz brichst.“

Jack sah sie an.

Er schüttelte den Kopf und löste seinen Arm sanft aus ihrem Griff.

„Vielleicht hätten wir dieses Gespräch schon viel früher führen sollen“, sagte er. „Jetzt ist es zu spät.“

„Jack“, flehte sie.

„Zu spät“, wiederholte Jack. Er ließ sie stehen, seine Schritte knirschten im Schnee.

Dieses Mal folgte sie ihm nicht, und er sah sich nicht um.

Er ging an den acht Häuserblöcken entlang in Richtung Innenstadt – man nannte es jedenfalls noch so –, vorbei an der Bank, Chisholm's Eisen- und Holzhandel und dem kleinen Supermarkt an der Ecke. Die Stadt schrumpfte jedes Jahr ein wenig, wurde ein wenig schäbiger, rückte ihrem Ende näher. Was hielt die Leute eigentlich noch hier?

Endlich schob er sich in die Wärme von „Buddy's“, der örtlichen Bar, die schon seit ewigen Zeiten heruntergewirtschaftet war und wenigstens nicht vorgab, etwas anderes zu sein, als was sie war: der einzige Ort in der Stadt, wo man seine Probleme herunterspülen konnte.

Drei Leute saßen an der Bar, Jack eingeschlossen. Er erkannte die Bedienung, ein Mädchen, das zu Schulzeiten zwei Klassen unter ihm gewesen war. Inzwischen war sie zweimal verheiratet und wieder geschieden und lebte jetzt unverheiratet mit einem Mann zusammen. Ein weißhaariger Mann saß mit dem Rücken zu ihm am Tresen. Jack beachtete ihn nicht und hockte sich an die Bar. „Hi, Shayla. Einen Krug Bud Light. Ein Glas." Es war alles, was er sich von seinem geborgten 13-Dollar-Kapital leisten konnte.

Sie starrte ihn an. „Hey", sagte sie. „Mmmmh. Okay. Kommt sofort."

„Na, wenn das nicht Jack Chisholm ist", sagte eine spöttische, aber überraschend freundliche Stimme rechts von ihm. Er wandte sich um und beobachtete, wie der Sprecher seinen Drink über den Tresen schob und sich auf den Stuhl neben ihm setzte. Die Stimme gehörte einem Priester – zumindest war der Mann ganz in Schwarz und trug einen Stehkragen. „Ich bin Francis Xavier Malone."

Jack erkannte ihn sofort; trotzdem nahm er die ausgestreckte Hand und schüttelte sie.

„Pater Francis", sagte er. „Was machen Sie denn hier? Ich dachte …"

Er bremste sich. Francis Malone war schon Priester in Mayfield gewesen, als Jack noch nicht geboren war. Und Jack war mit zwei unumstößlichen Gewissheiten aufgewachsen: In Mayfield drehte sich alles um Football, und Pater Francis musste man vom Alkohol fernhalten.

Na gut. Jetzt war er sowieso schon ins Fettnäpfchen getreten. Also nickte er knapp in Richtung der goldbraunen Flüssigkeit auf Eis in Francis' Glas. „Ich dachte, in dieser Gegend sei kein harter Drink zu bekommen."

Francis lächelte grimmig. „Traurige Sache, wenn ein privater

Fehltritt in aller Munde ist.“ Er hob sein Glas und schwenkte es, sodass das Eis klirrte. Er nahm einen Schluck und leckte sich die Lippen. „Gingerale, Jack. Aber du hast es schon richtig in Erinnerung. Man kann in dieser Gegend hier tatsächlich keinen Drink bekommen; und selbst wenn es legal wäre, würde ich sicher hier keinen kriegen.“

„Die reine Wahrheit, Pater“, sagte Shayla und stellte Jack eine schaumgekrönte Kanne mit Bier und sein Glas hin. „Ich habe strikte Anweisung, ihm nichts anderes zu servieren als Gingerale“, bemerkte sie zu Jack. „Würde mich sonst den Job kosten.“

„Tja, das ist Mayfield“, sagte Francis, „das weißt du sicher noch ganz gut. Hier wissen wir alles voneinander. Aber an den guten Tagen lässt dich auch niemand im Stich, wenn du Hilfe brauchst.“ Er ließ wieder die Eiswürfel in seinem Glas kreisen. „Und wie kommt’s, dass du hier bist?“

„Familienbesuch“, sagte Jack wie nebenbei. „Ich bin nur für ein paar Tage da.“ Er begann, das Bier einzuschenken.

„Soso“, sagte Pater Francis und legte die Hände spitz vor seinem Gesicht zusammen. „Was ich sehe, ist, dass du hier im ‚Buddy’s‘ sitzt, wo man dich sonst eigentlich nie sieht, und dass es der Tag nach Weihnachten ist. Der Gedenktag des heiligen Stephanus.“

Er warf den Kopf in den Nacken. „Was ich außerdem sehe, ist, dass du in der kältesten Nacht des Jahres ohne Mantel aus dem Haus gegangen bist. Und“, er nickte in Richtung des Biers, das Jack in sein Glas goss, „was ich sehe, ist, dass du trinkst wie für zwei. Und dabei nicht sehr wählerisch bist, wenn ich mal so sagen darf.“

„Versuche nur, meine mädchenhafte Figur zu erhalten“, sagte Jack. Er nahm einen Schluck und verzog das Gesicht; es schmeckte bitter und wässrig. „Grrr.“

„Weiß schon“, seufzte Pater Francis. „Aber trotzdem hab ich immer noch einen Japp drauf.“

Jack betrachtete Pater Francis’ offenes, lächelndes Gesicht und machte Anstalten, aufzustehen und sich woanders hinzusetzen. „Geht nicht gegen Sie, Pater. Ich wollte einfach nur gern allein mein Bier trinken. Niemanden stören. Von niemandem gestört werden."

Francis nickte und nahm einen Schluck Gingerale. „Natürlich. Verstehe schon. Du wolltest uns etwas vormachen."

Jack verschluckte sich beinahe an seinem Bier. „Bitte?"

Er versuchte, Francis einen zornigen Blick zuzuwerfen, aber der alte Priester ließ sich nicht beeindrucken. Jetzt stand wieder dieses Grinsen in seinem Gesicht. „‚Bitte?' – Weil es sich nicht gehört, die Sache beim Namen zu nennen? Oder weil du denkst, dass deine jüngsten Erfahrungen in der Geschichte der Menschheit einmalig sind?"

Jack konnte ihn nur anstarren. Er blinzelte.

„Wir hatten das Haus gestapelt voll mit Presseleuten", sagte Shayla und machte eine ausladende Handbewegung. „Ist schließlich kein Geheimnis, was Sie sich geleistet haben."

„Gar nichts hab ich mir geleistet", murmelte Jack und goss sich ein weiteres Bier ein. Noch ein Glas und er würde sich so richtig wohlfühlen, das heißt, wenn nicht vorher noch irgendjemand irgendetwas sagte, was er nicht überhören konnte.

„Ob und was du dir geleistet hast oder nicht, spielt keine Rolle", sagte Francis leise. „Jedenfalls nicht für Gott."

„Bitte?", wiederholte Jack.

„Die Welt ist voll von abgerissenen, kaputten, ausgebrannten Typen", sagte Francis. „Das sind wir alle. Darin hattest du in deinen Predigten recht. Ja, ich habe immer verfolgt, was du so machst", sagte er angesichts von Jacks ungläubigem Blick. „Wir schicken hier von Mayfield aus nicht so viele große Gottesmänner in die Welt, weißt du. Wir sind Versager. Alle. In deinem Fall ist es nur ein wenig offensichtlicher, weil heutzutage anscheinend jeder von jedem alles weiß."

Jack goss sich das magische dritte Bier ein und nahm einen tiefen Zug, der ihm den Mut gab, das Gespräch fortzusetzen. „Pater Francis, Sie stecken jetzt schon seit – na, wie viel? – vierzig? – Jahren in diesem Nest fest. Was wissen Sie schon von der Welt?“

„Was weiß ich schon von Leuten, die nicht alles auf die Reihe kriegen?“ Francis fixierte ihn mit seinem Blick. „Nicht viel. Nur dass ich so einer bin. Aber, Jack, es gibt die Gnade. Im Überfluss. Wenn wir eingestehen, dass wir alle nur Bettler am Tor der Gnade Gottes sind, kann er etwas Wunderbares aus uns machen.“

Jack wandte den Blick ab und trank sein Bier aus. „Schön und gut, Pater“, sagte er. „Aber ich bin nicht hergekommen, um theologische Fragen zu erörtern. Warum sparen Sie sich das nicht für Ihren nächsten Bestseller auf: *Bettler am Tor der Gnade?* Der wird Sie bestimmt auch in jede Talkshow bringen.“

Pater Francis schüttelte den Kopf. „Ich bin nie etwas anderes gewesen als ein Priester in einer unbedeutenden Kleinstadt. Und das war die größte Freude meines Lebens. Aber wenn ich tatsächlich mal ein Buch schreiben sollte – wenn ich etwas vom Wesentlichen in meinem Leben hinterlassen sollte –, dann würde ich es tun, um diese Botschaft weiterzugeben: Wir mögen so kaputt und wertlos sein, wie wir wollen – aber wir sind trotzdem mehr geliebt, als wir uns vorstellen können.“

In Jacks Augenwinkeln glänzte es feucht. Er wischte es fort und wandte sich dann ab. Dieser Krug gab immer noch ein Glas Bier her, bevor er etwas unternehmen musste – nüchtern werden und nach Hause zurücktrotten oder einfach in der Nacht verschwinden.

„Ich hab deine Bücher gelesen“, bemerkte Pater Francis, während Jack das letzte Bier eingoss. Von der anderen Seite des Tresens schaltete sich jetzt Shayla ein: „Ich hab das erste angefangen, Jack. Aber ich konnte es nicht zu Ende lesen.“ Sie zog ein „Tut-mir-leid“-Gesicht. „Es hat bewirkt, dass ich mir ganz wertlos vorkam.“

„War auch so beabsichtigt“, murmelte Jack. „Wir halten viel zu viel von uns selbst.“

„Oh, ich habe den Eindruck, du fühlst dich schon schlecht genug. Mehr als schlecht genug", sagte Francis. „Und du hast diese Botschaft an alle Welt weitergegeben: Erkennt, wie wertlos wir sind." Er klopfte mit den Fingern auf den Tresen. „Wenn du die Leute aufgefordert hast, ihre Bibel aufzuschlagen, hast du sie je auf diesen wunderbaren Vers im Römerbrief hingewiesen: ‚Ich bin ganz sicher: Weder Tod noch Leben, weder Engel noch Dämonen, weder Gegenwärtiges noch Zukünftiges noch irgendwelche Gewalten, weder Hohes noch Tiefes oder sonst irgendetwas können uns von der Liebe Gottes trennen, die er uns in Jesus Christus, unserem Herrn, schenkt'?"

Dieses letzte Glas Bier hatte Wunder gewirkt; er konnte jetzt aussprechen, was er wirklich dachte. Jack wandte sich Pater Francis zu und lächelte ihn ein paar Sekunden lang an. „Ich war der ‚Herzenspastor'. Sie sind ein schäbiger alkoholkranker Priester in einer schäbigen, verschlafenen Kleinstadt. Und Sie wollen mir etwas über Gott beibringen?"

Francis senkte den Kopf, und Jack fürchtete, er sei zu weit gegangen. Von einem Priester hatte er noch nie einen Kinnhaken bekommen.

Da hob Francis den Kopf und sah Jack direkt in die Augen. „Ja, es ist so, wie du sagst, Junge. Aber vielleicht könntest du versuchen, die Frage zu beantworten, die aus deiner Frage folgt: Wie kommt es, dass der ‚Herzenspastor' ausgerechnet an Weihnachten mitten in der Nacht in einer schäbigen Kleinstadt an der Bar hockt und mit einem kaputten Alkoholiker redet, der sich Priester nennt?"

„Tut mir leid", sagte Jack und hob eine Hand. Er seufzte. „Das war gemein."

Francis zuckte die Achseln. „Du hast mir eine echte Frage gestellt", sagte er. „Ich stelle dir auch eine."

Jack hob den Krug. Er war leer bis auf einen Rest Schaum.

„Kann ich Ihnen noch was bringen, Jack?", fragte Shayla.

„Nein“, sagte Jack. „Danke, Shayla.“ Er legte die beiden letzten Dollar als Trinkgeld auf den Tresen und atmete tief durch.

Raus in die Kälte? Zurück in ein Haus voller Erinnerungen?

Er fragte sich, wo Tracy wohl heute Abend war, ob Alison schon schlief oder wach im Bett lag. Vermutlich schlief sie; wahrscheinlich bei den Großeltern in Kalifornien. Vielleicht lauschten sie nervös auf Geräusche an der Tür, in Sorge, er könnte sie ausfindig gemacht haben. Warum hatte er das gar nicht erst versucht?

Wahrscheinlicher war es, dass die Gemeinde dafür gesorgt hatte, dass sie irgendwo weit weg von Kameras und Scheinwerferlicht ein neues Leben beginnen konnten. Und heute würden die Großeltern zu Besuch sein, damit Tracy und Alison ihr erstes Weihnachten ohne ihn gut überstanden.

Den Schlag konnte nicht einmal das vierte Glas Bier abmildern. Er würde sie nie wiederfinden, würde nie in seine Gemeinde zurückkehren, nie wieder etwas anderes sein als der Gegenstand von Schlagzeilen.

„Ich bin am Ende“, sagte er. Er lehnte sich in seinem Stuhl zurück und spürte es bis in die Knochen. Alle hatten ihn im Stich gelassen. Gott hatte ihn im Stich gelassen. Er war erledigt.

„Was ist?“, fragte Francis.

„Nichts“, sagte er. Er lachte, ein bitteres „Ha“, und kam schwankend auf die Beine. „Vielen Dank für die Gesellschaft. Ich geh jetzt besser …“ – er stieß langsam den Atem aus – „… nach Hause.“

„Ich fahre dich“, sagte Francis und streckte die Hand aus, um ihm Halt zu geben. „Du hast eine Menge getrunken für die kurze Zeit, und Shayla hat für heute auch genug von meiner Gesellschaft.“

„Genau“, sagte sie und blickte von den Gläsern auf, die sie gerade abtrocknete. „Wer braucht die schon?“ Aber sie lächelte Francis dabei zu, und trotz seiner eigenen Verfassung sah Jack Liebe in ihren Augen.

„Na gut“, sagte Jack. „Ich wäre Ihnen dankbar.“

Sie traten hinaus auf den Gehweg. Der Wind peitschte eisig durch die Straße, und Jack schlug die Arme um den Oberkörper, um sich zu wärmen.

Pater Francis fuhr immer noch diesen uralten Chrysler LeBaron, braun, mit weißem Kunststoffdach.

„Ich weiß", sagte Francis und machte Jack die Tür auf. „1986. Genauso klapprig wie sein Fahrer."

„Sie haben diesen Wagen schon, solange ich Sie kenne. Oder besser: Solange ich von Ihnen weiß", verbesserte er sich und stieg ein. Francis stellte die Heizung hoch, während der Motor langsam warm lief.

„Er bringt mich immer noch überallhin, wo ich hinwill. Mehr muss er auch nicht. Und außerdem glaube ich nicht, dass ich all meine alten Kassetten überspielen könnte. Ein Priestergehalt gibt das nicht her. Der neue Wagen hätte bestimmt kein Kassettendeck."

„Na, wie Sie meinen", sagte Jack. Ihm wurde allmählich etwas wärmer und er fühlte sich angenehm schläfrig.

Pater Francis kramte irgendetwas vom Rücksitz hervor – eine Kassette. Er legte sie ein und der Klang irischer Volksmusik erfüllte das Auto.

„Nein, wirklich?", fragte Jack. „Pater Francis, Sie sind ein Ire, wie er im Buch steht."

„Was soll ich sagen?" Francis zuckte mit den Schultern. „Wir lieben, was wir lieben."

„Ich hatte eher Van Morrison erwartet", sagte Jack.

„Autsch", machte Francis, während er zurücksetzte und dann den Wagen in Richtung der schneebedeckten Hauptstraße wendete. „Und ich besitze die Frechheit, nur ‚Moondance' zu hören."

Die Fahrt war kurz, und sie ließen das Schweigen zu. Es war nicht peinlich.

„An der nächsten Ecke", platzte Jack heraus, vielleicht vorschnell, denn Francis bog schon in die Einfahrt und parkte den Wagen hinter dem seines Vaters. Dennis und Mary waren gegangen.

„Ich habe neulich mit deinem Vater gesprochen. Das bewusste Gespräch …", bemerkte Francis und schob den Schalthebel auf Parken. „Du kommst gerade zur rechten Zeit."

Wieder konnte Jack nicht anders – er musste einfach lachen. Sein bellendes Gelächter entsprach in keiner Hinsicht der Heiterkeit, die er verspürte. „Meinen Sie das ernst?"

„Ja", sagte Francis. „Das meine ich sehr ernst."

Jack suchte den Türgriff, aber Pater Francis streckte ihm die Hand hin. „Dieser kaputte alte Priester würde sich freuen, bei Gelegenheit wieder das eine oder andere Wort mit dir zu wechseln."

Jack drehte sich zur Seite, um auszusteigen. Dann nickte er. „Die Stadt ist klein", sagte er.

„So ist es. Grüß deinen Vater von mir. Gute Nacht, Jack."

Er winkte, während er zur Straße zurücksetzte, und verschwand dann in der Nacht. Jack sah ihm fröstelnd nach und fragte sich, ob er seinen Vater wecken sollte. Fragte sich, ob er überhaupt ins Haus gehen wollte.

Er trat unter das erleuchtete Vordach und hob die Hand, um zu klopfen, zögerte aber dann.

Die Tür öffnete sich von selbst. Jedenfalls schien es so.

Sein Vater stand im Bademantel da, aus dem die dünnen weißen Beine hervorschauten.

„Komm rein", sagte er. „Ich hab Kaffee gekocht."

„Hallo", stotterte Jack und schloss die Tür hinter sich, „ich …"

„Ich hab Kaffee gekocht", wiederholte Tom. Er nahm Jacks Arm und zog ihn zum Tisch. Sie setzten sich, nippten am Kaffee und fragten sich, was sie miteinander reden sollten.

„Es tut mir leid wegen deiner Schwester", sagte Tom. „Sie hätte das nicht sagen sollen."

Jack zuckte mit den Schultern. „War schon berechtigt. Sie war hier. Ich nicht. Tut mir leid, dass ich euch den Abend verdorben habe."

Sein Vater wischte die Bemerkung weg. „Einen Abend mit

Käse-Schinken-Auflauf kann man nicht verderben. Ich hab was für dich aufgehoben. Willst du's dir warm machen?"

„Ja, gern", sagte Jack und ging zum Kühlschrank. Er hatte seit dem Frühstück nichts gegessen, und da auch nicht viel. „Pater Francis lässt dich grüßen."

„So?", fragte Tom. „Pater Francis?"

Jack lud eine Portion Auflauf auf einen Teller und hielt dann inne. „Ich vermute, er hat dich ein wenig im Blick behalten." Jack warf seinem Vater einen Blick zu. „Weil du krank warst und überhaupt ..."

Tom nickte. „Ja, das hat er."

„Das tut mir leid", sagte Jack und setzte sich wieder an den Tisch. „Es tut mir leid, dass du es mir nicht sagen konntest. Kein Wunder, dass Mary nicht gut auf mich zu sprechen ist. Ich wäre fuchsteufelswild."

„Na ja", sagte Tom. „Jetzt bist du ja da."

„Aber das ist noch lange kein Ausgleich dafür ..." Jack unterbrach sich. Es klang entsetzlich vertraut.

„Warum kommst du morgen nicht mit ins Geschäft?", fragte sein Vater, nachdem keiner von ihnen für eine Weile etwas gesagt hatte. „Ich könnte etwas Hilfe gebrauchen, bei der Inventur. Vor allem im Lager. Du müsstest nicht mit Kunden reden. Und es würde dir guttun, deine Gedanken mit etwas Konkretem zu beschäftigen."

Die Mikrowelle klingelte und Jack nahm die dampfende Mahlzeit heraus. „Ich sage nicht Nein", antwortete er. „Aber wozu soll es gut sein, Hämmer zu zählen? Das bringt mir nicht zurück, was ich verloren habe."

„Ich weiß es auch nicht. Ich meine nur, dass wir eben tun, was wir können – mit den Möglichkeiten, die wir haben, und da, wo wir gerade sind." Er machte eine Geste, als wolle er auf den Tisch, die Stadt, den Planeten deuten. „Und wir sind ... hier."

„Das hätte auch Pater Francis sagen können", kommentierte Jack, während er sich setzte.

„Hat er vermutlich auch", sagte Tom. Er senkte den Kopf. „Vergiss das Tischgebet nicht."

Jack sah seinen Vater erwartungsvoll an.

Er betrachtete den Tisch, auf dem schon so lange so vieles fehlte.

Er betrachtete sich selbst, einen dunklen Schatten am Esszimmertisch seines Großvaters.

Er betrachtete seinen Vater, der mit gesenktem Kopf dasaß.

„Amen", sagte er.

Dann nahm Jack die Gabel und begann langsam und mit wachsendem Appetit zu essen.

5.

Manche Dinge änderten sich nie. Jack hatte miterlebt, wie die Welt sich weitergedreht hatte – von Wählscheiben zu Smartphones, von drei Fernsehkanälen zu YouTube. Aber in Chisholm's Eisen- und Holzhandel war immer noch Eisenhower Präsident – oder vielleicht Roosevelt.

Teddy Roosevelt.

Jack trat ein und ging einmal durch den Raum, wobei er alles in sich aufnahm: die groben Holzdielen und die hohen Regale voller Sägeblätter, Installationsbedarf aller Art und 4-Penny-Nägel.

Er war überrascht, dass Kunden jetzt an der Kasse auch mit Kreditkarte zahlen konnten. Sonst, so schien es, hatte sich seit seiner Kindheit nichts verändert, auch nicht der schäbige Fliesenbelag vorn am Tresen. „Es gibt jetzt großartige neue Fußböden", sagte Jack. „Linoleumbelag heißt das, glaub ich." Er schüttelte den Kopf. „Und dieser Hocker ... Den solltest du als Brennholz verwenden."

„Auf diesem Hocker hat deine Mutter immer gesessen", sagte Tom, nachdem sie die Tür aufgeschlossen, ihre Mäntel aufgehängt hatten und hinter dem Ladentisch standen.

„Kann mich gut erinnern", sagte Jack. „Du warst meistens hinten im Lager, und sie saß hier vorn und brachte die Leute zum Lachen. Jedenfalls bevor ..." Jack unterbrach sich.

„Ja", sagte sein Vater und ließ sich seufzend auf dem Hocker nieder. „Das war davor."

„Also, was soll ich machen?", fragte Jack und sah sich um. Er hatte als Schüler hier im Laden gearbeitet und später auch im Sommer, wenn er vom College nach Hause kam. Er hatte an der Kasse gesessen, Holz gestapelt, Lieferscheine unterzeichnet, Bestellungen ausgeliefert, lose Nägel gezählt. Alles, was es in diesem Laden zu tun gab, hatte er gemacht, außer der Buchführung. Das war Marys Gebiet. Diesen Laden schmeißen – das konnte er im Schlaf. Wie predigen, dachte er kopfschüttelnd.

Wie Händeschütteln nach dem Gottesdienst. Wie lächeln, bis es wehtat.

„Ich habe zum Jahresende wenig nachbestellt, damit wir nicht so viel zählen müssen."

„Wie immer", nickte Jack.

Tom griff nach einem schwarzen Aktenordner neben der Kasse. „Ich hatte gehofft, du könntest die Holzbestände grob überschlagen. Manny und ich können nicht mehr so gut umstapeln wie früher."

Manny war älter als Tom; hatte, um genau zu sein, schon für Toms Vater gearbeitet. Niemand, nicht einmal Manny selbst, wusste, wie alt er wirklich war. Jack vermutete, dass alles, wozu er noch zu gebrauchen war, das Ausfegen war – und als Gesellschaft. Und beides war nicht unwichtig.

„Alles, das lose Holz und die Pakete, richtig?"

„Ja, natürlich." Jack spürte, wie sich seine Mundwinkel zu einem winzigen Lächeln verzogen. Er würde sich draußen betätigen, wo er mit niemandem reden musste, und zwei Tage nach Weihnachten würde sicher niemand Bauholz kaufen wollen. Ein besseres Versteck vor aller Augen konnte er nicht finden.

Wie auf ein Stichwort klingelte die Türglocke, und eine ältere Frau in einem weihnachtlich grün-roten Sportanzug und Tennisschuhen trat ein. Ihre Beweglichkeit strafte ihr Alter Lügen. Nora Calhoun war in den Achtzigern, aber wie es schien noch immer in der Lage, ihren täglichen Morgenspaziergang zu machen.

„Jack Chisholm", sagte sie jetzt. Er blickte nach rechts und links, als rede sie vielleicht mit jemand anderem. Aber ihr Blick – und ihr breites Grinsen – waren pfeilgerade auf ihn gerichtet. „Ganz recht, Junge. Ich rede mit dir."

Gegen sein besseres Wissen erwiderte er das Lächeln. „Mrs Calhoun", sagte er. „Darf ich Ihnen an diesem zauberhaften Morgen ein paar Hämmer zeigen?"

„Spar dir deine frechen Sprüche", sagte sie, aber in ihren Augen lag ein Zwinkern. Nora Calhoun war in der fünften Klasse in der Gemeinde seine Sonntagsschullehrerin gewesen. Sie war die erste Erwachsene außer seinen Verwandten, die ihm gesagt hatte, wie leid ihr Marthas Tod tat. Sie war außerdem die eifrige Hüterin eines Geheimrezepts für ein Hähnchengewürz, das sämtliche Frauen einer Stadt, in der man tatsächlich noch selbst Hähnchen zerlegte und in Töpfe mit heißem Öl steckte, vor Neid erblassen ließ. „Sobald ich hörte, dass du wieder da bist, hab ich mich auf den Weg gemacht. Ich hoffe, du bleibst jetzt für eine gute Weile."

„Nein, um Himmels willen", platzte Jack heraus. „Ich meine, ich bin nur vorübergehend hier. Zur Aushilfe."

Nora Calhoun schüttelte den Kopf. „Das passt ausgezeichnet", sagte sie. „Dein Vater kann ein bisschen Hilfe gebrauchen. Und bei deinen Schwierigkeiten in jüngster Zeit ..."

Traurige Sache, wenn ein privater Fehltritt in aller Munde ist, erinnerte er sich. Er sollte sich besser ein dickeres Fell zulegen – oder das wieder hervorholen, was das Kleinstadtleben ihm einst hatte wachsen lassen.

„Was genau kann ich für Sie tun, Mrs Calhoun?", fragte er.

„Oh nein, so leicht kommst du mir nicht davon, Jack", erwiderte sie. „Was ich brauche, ist in diesem Laden nicht zu bekommen."

„Was Sie brauchen, ist ein neues Dach", bemerkte Tom, und Jack wandte sich zu ihm um, dankbar für die Gelegenheit, sich davonzustehlen.

„Als ob ich mir ein neues Dach leisten könnte", sagte sie. „Allein das Material würde ein hübsches Sümmchen verschlingen."

„Wir könnten eine Ratenzahlung vereinbaren", sagte Jack auf dem Weg zur Garderobe. „Immer nur einen Nagel auf einmal."

„Oh", sagte sie mit gespielter Entrüstung. „So schlecht geht es mir nun auch wieder nicht."

„Wir finden schon einen Weg", sagte Tom. „Nora, Sie brauchen wirklich ein neues Dach."

„Ja, stimmt", gab sie zu. „Lyndi ist neulich hochgestiegen und hat eine Plane über diese undichte Stelle gespannt; aber es regnet immer noch durch." Sie wandte sich Jack zu. „Lyndi ist meine Urenkelin. Sie kommt fast jede Woche vorbei. Aus Austin." Sie lächelte spöttisch. „Ich vermute, weil ihre Mutter das so will."

„Ich muss jetzt mal nach draußen", sagte Jack zu ihr gewandt und zog den Mantel über. „War schön, Sie zu sehen, Mrs Calhoun."

„Oh, wir sehen uns bald wieder", gab sie zurück. „Versprochen. Und jetzt muss ich weiter und für den Sonntagsgottesdienst üben." Nora Calhoun war schon die Organistin von St. Paul's gewesen, als Jack noch nicht geboren war. Sie lächelte und verließ den Laden, und er trat mit einem Klemmbrett in der Hand durch die Hintertür in den Hof, wo das Holz lag.

Es war frostig. Er zog sich Handschuhe an, setzte die Wollmütze auf, die er oben in seinem Schrank gefunden hatte. Seine Mutter hatte sie vor Jahren gestrickt; in Braun und Weiß, den Farben der „Mayfield Wildcats". Er streifte sie über den Kopf, und es fühlte sich an wie eine Umarmung von jenseits der großen Kluft. *Danke, Mama.*

Der Holzstapelplatz war nicht groß – anders als in den riesigen Baumärkten, wo das Holz riesige Flächen füllte. Gestelle und Regale waren an der Außenwand des dahinterliegenden Gebäudes befestigt, das Grampa Joe vor Zeiten gekauft, entkernt und vom Dach befreit hatte.

Es lag nicht viel Holz da. Wenn die Baufirmen Angebote für große Projekte abgaben, fuhren sie meist nach Kerrville zu Home Depot oder sogar bis nach San Antonio oder Austin. Jack versuchte sich vorzustellen, was sich sein Dad wohl dachte. Was sollte ihn eigentlich in diesem Laden noch lange beschäftigen? In dieser Stadt?

In diesem Leben?

Er nahm sein Smartphone heraus. Immer noch keine Nachrichten. Am Morgen hatte er, wie jeden Morgen, Tracy angerufen, ihre Eltern, Sally. Keine Antwort, kein Rückruf, kein Lebenszeichen von irgendjemandem.

Würde er überhaupt noch mal etwas von ihnen hören?

Er hatte nicht viele private Kontakte in seinem Telefonbuch. Jedenfalls nicht für jemanden, der an der Spitze einer millionenschweren Organisation gestanden hatte, der Pastor einer Megagemeinde, Bestsellerautor und häufig Gast in den Medien gewesen war. Aber es gab nicht so viele Menschen, mit denen er hätte reden wollen, oder sie mit ihm.

Vielleicht hatte es sie für ihn noch nie gegeben.

Aus einem Impuls heraus wählte er die Nummer von Danny Pierce. Es war Donnerstag, zwei Tage nach Weihnachten. Er glaubte eigentlich nicht, dass Danny bei der Arbeit sein würde, aber wer weiß? Vielleicht würde er abnehmen.

Er nahm nicht ab. Jack nahm das Smartphone vom Ohr, betrachtete es, runzelte die Stirn.

Dann schüttelte er den Kopf und sprach auf die Mailbox. „Danny. Jack. Wollte nur mal hören, wie es Weihnachten lief. Ich hoffe, es war okay. Mehr als okay." Er machte eine Pause und biss sich auf die Lippen. „Und wollte dir sagen, dass mein Dad mich gefunden hat. Hab ich wohl dir zu verdanken. Ich war ziemlich am Ende. Bin's immer noch. Aber wenigstens …"

Das war alles, was er hatte. Er wusste nicht, wo das Licht am Horizont war. Er konnte den Satz nicht beenden. Jetzt noch nicht. Vielleicht nie.

„Ich muss jetzt mal die Bretter zählen", sagte er stattdessen. „Ich hoffe, dir geht's einigermaßen, Danny. Ich hab dich in einem ganz schönen Schlamassel sitzen gelassen." Wieder eine Pause. Er seufzte kopfschüttelnd. „Hör zu. Pass auf dich auf, Mann. Sonst verschlingt dich dieser Job mit Haut und Haaren."

Er legte auf. Es war keine Entschuldigung. Das wusste er genau. In seiner Zeit als Pastor hatte er genug Pseudo-Entschuldigungen miterlebt. Aber seine Empfindungen waren echt. Zutiefst echt.

Er hoffte wirklich, dass Danny okay war.

Jack sah ein, dass er ihn in einem üblen Schlamassel sitzen gelassen hatte.

Und dieser Job – wie jede andere Gemeinde auch – würde ihn mit Haut und Haaren verschlingen, wenn er nicht aufpasste.

Er sah auf die Holzstapel vor ihm, zückte Klemmbrett und Bleistift und machte sich einen Spaß daraus, die Raummeter zu schätzen. Nachdem Mary ihm erklärt hatte, wie es ging, hatte er in seiner Highschool- und Collegezeit seine Sommerferien damit verbracht, Kalkulationen zu schreiben – eine Beschäftigung, die ihm, der als Studienhauptfach Englisch gewählt hatte, eigentlich fernlag. Beim Gedanken daran musste er lächeln. Er erinnerte sich an mörderisch heiße Sommer mit Darla, bevor sie ihn verlassen hatte. Und mit Bill, abends unten am Flüsschen, mit einem kalten Bier und dem Radio seines Chevys auf voller Lautstärke.

Zum ersten Mal wurde ihm bewusst, dass er in Mayfield auch glücklich gewesen war.

Vielleicht hörte er deshalb die Schritte hinter sich nicht. Erst, als er schon die Stimme hörte – dröhnend, barsch und nicht gerade freundlich. „Na, da schau her. Hab gehört, dass du wieder da bist. Hab kaum zu hoffen gewagt, dass es stimmt."

Jack spürte, wie sein Magen langsam Purzelbäume schlug, als er so plötzlich vom Flüsschen weg und aus seinen Collegejahren herausgerissen und auf den staubigen Schulhof hinter der Schule gestoßen wurde. Er erkannte die Stimme sofort und verband sie mit einem heftigen, weit ausholenden linken Haken, der an seinem Kopf abprallte. Mit einem Kreis von Jungen auf einem Schulhof, die einen von ihnen oder beide anfeuerten. Mit dem dumpfen Geräusch der Schläge, die sie beide einsteckten. Das war nicht das einzige Mal gewesen, dass er sich mit Jamie Taylor geprügelt hatte. Seit er sich erinnern konnte, waren sie nie Freunde gewesen.

Und das ging zurück bis in die Zeit im Kindergarten in Mayfield. Da waren sie beide gewesen.

Jack stieß langsam den Atem aus, sog ihn wieder ein und drehte sich gemächlich um. „Sweet Baby James", sagte er. „Oder sollte ich besser sagen: ‚Herr Bürgermeister'?"

„Wie du willst", sagte James Taylor. Er hatte die Arme vor der Brust gekreuzt und über sein Gesicht flatterte ein Lächeln. Neben ihm stand Randy Fields, ein getreuer Anhänger seit Kindergartenzeiten. Randy war inzwischen Polizeichef von Mayfield – wenn eine Mannschaft von vier Leuten, von denen zwei nur stundenweise arbeiteten, überhaupt einen Polizeichef brauchte. Jedenfalls trug er eine Uniform.

„Nette Mütze", bemerkte Jack zu Randy.

James legte den Kopf schief und maß Jack mit den Blicken. Er starrte ihn so lange an, dass es nicht mehr nur unhöflich war. Es war eine Herausforderung. Auch Randy stand einfach da, die Hände in den Taschen seiner Lederjacke vergraben, und lächelte. Er war nicht gerade der Hellste, aber er hatte ein feines Gefühl für Stimmungen. Ganz sicher teilte Randy die Freude seines Bürgermeisters über Jacks katastrophalen Absturz.

Jack spürte, wie ihm die Hitze den Nacken emporkroch, und war dankbar, dass sein Kopf unter braun-weißer Wolle steckte und man nicht sehen konnte, wie er rot wurde.

„Kann ich euch irgendwie helfen?", fragte er endlich. „Benötigt die aufstrebende Gemeinde von Mayfield vielleicht Bauholz?"

„Nein", sagte James mit selbstgefälligem Grinsen. „Ich wollte mir nur diesen Augenblick ins Gedächtnis einprägen. Ich möchte ihn nie, nie mehr vergessen. Stimmt doch, Randy, oder?"

„Nie mehr", nickte Randy.

„Wie geht's Darla?", fragte Jack. Es war ein Seitenhieb im Plauderton. James mochte das Mädchen bekommen haben – aber davor war Jack jahrelang mit ihr zusammen gewesen.

„Sie ist sehr glücklich", sagte James. „Wie wir alle. Die Mädels sind schon auf dem College. Cameron war in diesem Jahr QB 1, und wir sehen uns gerade Collegeausschreibungen an. Vielleicht Texas."

„Fantastisch", sagte Jack. Er nahm seine Gefühle unter die Lupe und entdeckte, dass er es tatsächlich so meinte. So wenig er James leiden konnte – Darla war ein feines Mädchen. Dass sie ihm das Herz gebrochen hatte, hatte er ihr schon vor langer Zeit vergeben. Und wer Quarterback bei den „Mayfield Wildcats" war, hatte einen Freibrief, egal, wer sein Vater war.

„Klingt, als ob für euch alles prima läuft."

Er nickte ihnen zu und machte Anstalten, sich wieder seiner Inventur zuzuwenden. Aber James war noch nicht fertig. „Also das hier passiert wirklich? Lieber Gott, mach, dass es wahr ist. Du steckst also tatsächlich hier in Mayfield fest?"

Jack überlegte, worüber sie sich wohl am meisten ärgern würden. „Ich bin nur für eine Weile hier. Ihr werdet froh sein, wenn ihr mich wieder los seid."

„Nein, mein Lieber", sagte James. „Ich hätte dich liebend gern für immer hier." Er kam einen Schritt näher und das wurde Jack ungemütlich; James war in seine persönliche Sicherheitszone eingedrungen.

„Liebend gern würde ich jeden Tag hier vorbeikommen und zuschauen, wie du Kanthölzer zählst." James grinste und wischte Jack mit dem Handrücken das Klemmbrett aus der Hand. „Nichts würde mich glücklicher machen."

Jack spürte wieder die Hitze, während er versuchte, die Balance zu halten und das Klemmbrett aufzufangen. Nicht zum ersten Mal kam ihm bei diesem Grinsen ein heftiger, weit ausholender linker Haken in den Sinn.

Das Grinsen verblasste etwas, als James Jacks Gesichtsausdruck bemerkte. Er hatte diesen Gesichtsausdruck schon einmal gesehen. James trat einen Schritt zurück.

Jack umklammerte das Klemmbrett mit verkrampften Händen. Er würde nicht die Beherrschung verlieren, würde James nicht diese Genugtuung geben, würde Randy nicht einladen, im Interesse der öffentlichen Ordnung einzuschreiten.

„Genieß es, so lange du kannst", sagte Jack. „Ich bin noch nicht am Ende." In diesem Moment glaubte er das auch, er glaubte es aus tiefstem Herzen. Er würde James nicht die Befriedigung geben, liegen zu bleiben, wo er hingefallen war. „Noch längst nicht am Ende." Während er die Worte aussprach, spürte er, wie sich sein Rückgrat streckte und seine Schultern sich strafften.

Er war noch nicht am Ende.

Bitte, Gott, lass das wahr sein.

Er atmete tief durch. „Wenn es sonst nichts mehr gibt ...?"

James schüttelte den Kopf und machte noch einen Schritt rückwärts. „Das hier reicht erst mal für heute. Für die ganze Woche."

„Sweet Baby James", sagte Jack. „Du bist schon eine Marke." Er schüttelte die geballte Faust verschwörerisch in Richtung Randy. „Immer auf der Seite der Polizei. Stimmt's, Randy?"

„Stimmt", sagte Randy. Dann blinzelte er, plötzlich unsicher, ob er gerade beleidigt worden war oder ein Kompliment bekommen hatte.

Nun, das würde Randy außerhalb seiner Dienstzeit analysieren müssen. Jack war mit beiden fertig. Er wandte sich ab und begann wieder, die Bretter zu zählen.

Die Schritte entfernten sich, hielten an, kamen wieder näher. Jack hörte, wie die Ladentür geöffnet wurde und sich dann wieder schloss.

Er stieß die Luft aus. Wie lange hatte er sie angehalten?

„Ich hab ihn nicht verdroschen", murmelte er vor sich hin, seinen wenn auch noch so kleinen Zipfel eines Sieges einfordernd. „Ich habe ihn nicht verdroschen."

Diesmal nicht.

Den Rest des Vormittags verbrachte Jack damit, Holzbretter zu zählen und umzustapeln, Einträge auf seinem Klemmbrett zu machen und sie dann in das Notizbuch auf dem Verkaufstresen zu übertragen. Mittags kam seine Schwester aus ihrem Büro zwei Häuserblocks weiter herüber. Sie trug eine Papiertasche mit drei Portionen Chili vom Imbiss. Ohne ihn anzusehen, bot sie ihm eine an.

Er hatte sich nicht überlegt, was er mittags essen würde, aber sein Magen knurrte. So zog er sich einen Schemel heran, setzte sich Mary und seinem Vater gegenüber an den Tresen und nahm den Deckel von der einen Schale. Darin schwammen Hackfleischklümpchen, weiße Bohnen und große, durchsichtige Zwiebelstücke in einer Soße, die zu gleichen Teilen aus Campbells Tomatensuppe und Chilipulver bestand. Solange Jack lebte, hatte Betty den Imbiss betrieben, und dies war das Chili-Rezept ihrer Mutter, das noch aus der Zeit der großen Wirtschaftskrise stammte.

Er war überrascht, wie glücklich er war, dieses Chili wieder zu essen.

„Danke, Schwesterherz", sagte er, während er zulangte. „Ich hatte Hunger."

„Ich dachte, du könntest etwas brauchen, was dir wieder zu Kräften verhilft", entgegnete sie. „Hab gehört, Jamie Taylor ist heute vorbeigekommen, um dich anzugaffen."

„Wer hat dir das verraten?", fragte Jack kauend.

„Wer nicht?", gab sie zurück. „In Mayfield gibt es keine Geheimnisse."

„Ja", stöhnte er. „Das hatte ich vergessen."

„Alle haben mich gefragt, ob du ihm eine verpasst hast. Nach allem, was ich gehört habe, ist kein Blut geflossen." Sie zog die Augenbrauen hoch. Für einen Moment sah sie aus wie ihre Mutter.

„Mary, ich bin Pastor", sagte Jack. „War Pastor." Er fuchtelte mit dem Plastiklöffel herum. „Egal. Was ich meine, ist: Ich sollte keine Leute schlagen."

„Es gibt vieles, was du nicht solltest", meinte Mary. Ihr Vater sah sie scharf an. „Tut mir leid", sagte sie.

„Du bist immer noch Pastor, Jack", sagte Tom. „Nur gerade heute bist du ein Pastor, der Holzbretter zählt."

Jack musste grinsen. „Genau", sagte er. „Und morgen – wer weiß?"

„Ich. Du könntest Nägel zählen", sagte sie. „Ich habe da vollstes Vertrauen in dich." Und sie schenkte ihm tatsächlich ein winziges Lächeln.

Während sie noch aßen, klingelte die Türglocke einmal. Charlie Gobel hinkte herein, schwer auf seinen Stock gestützt, und suchte ein Ventil für seinen Toilettenspülkasten.

Jack stand auf und holte das Gewünschte für ihn aus dem Regal. Tom ging zur Kasse, erkundigte sich nach Molly, Mr Gobels Frau, und gab ihm das Wechselgeld für einen Zwanziger.

„Ich habe ihn nicht verdroschen", sagte Jack, als die Tür hinter Mr Gobel ins Schloss fiel. „Aber bei Gott, ich hatte große Lust dazu." Er schüttelte den Kopf. Es war sinnlos. Sie waren erwachsen.

„Was hat er gesagt?", erkundigte sich Tom.

„Tja, erst einmal hat er nur lange herumgestanden." Jack kippte die Schale, um den Rest des Chilis herauslöffeln zu können. „Meinte, er genieße das so sehr, dass er diesen Moment nie mehr vergessen wolle."

„Dieser Hu…", schnaubte Mary, rot im Gesicht.

„Mary!", sagte Tom mit erstaunt aufgerissenen Augen.

„Stimmt doch. Er war schon immer einer."

Plötzlich musste Jack an den Tag denken, an dem Jamie Taylor ihn auf dem Schulhof der Grundschule untergekriegt hatte. Er hatte auf seiner Brust gesessen und mit der Faust auf seinen Kopf eingehämmert. Sie waren nur Zweitklässler, aber es hatte wirklich wehgetan.

Das war der Moment, in dem Mary sich auf Jamie geworfen und ihn rücklings auf den Boden gestoßen hatte. Damals waren sie und Martha größer gewesen als irgendein Junge in der zweiten Klasse, und Martha hatte sich auf Marys Seite gestellt und Jamie eine Portion deftiger Hiebe angeboten, sobald er wieder auf die Beine käme. Natürlich musste Jack es später ausbaden. Als es schon längst nur noch eine Schwester gab, hatte Jamie Jack noch immer spöttisch gefragt, ob seine Schwestern ihm wieder zu Hilfe kommen würden. Dabei wusste er sehr gut, dass es nur noch eine Schwester gab.

„Er ist einer." Mary blieb beharrlich.

„Es ist nur nicht gerade christlich", meinte Tom und sah Jack an, als erwarte er eine Bestätigung. Tom schien durchaus einverstanden mit der Einschätzung, ihm missfiel nur, wie sie zum Ausdruck gebracht worden war.

„Nein, nicht gerade christlich", sagte Jack, aber er lachte.

Mary schnaubte. Dann fing sie auch an zu lachen.

Tom sah von einem zum anderen und lächelte. Blut war eben dicker als Wasser.

Nach dem Essen sagte Mary zu Jack: „Deine Zahlen für die Zweimeterpfosten können nicht stimmen. Wir haben nie so viele auf Lager gehabt."

Er prüfte seine Notizen. „Oh. Ich habe eine Null zu viel reingeschmuggelt." Er berichtigte und zeigte ihr die Liste noch einmal.

Sie nickte und begann, den Müll einzusammeln. Sie hatte einen Verstand wie ein Taschenrechner.

„Dennis hat gesagt, ihr kommt heute zum Abendessen", bemerkte sie.

„Aber ihr müsst nicht …", begann Jack, aber weiter kam er nicht.

Mary fixierte ihn mit einem stahlharten Blick. „Ich weiß sehr gut, was ich muss oder nicht muss", sagte sie. „Dennis macht geräucherte Rippchen für dich. Und du musst nicht jeden Abend im ‚Buddy's' herumhängen, oder?"

Er sah sie verblüfft an. „Woher …“

„Schon vergessen? Keine Geheimnisse in Mayfield“, wiederholte sie. „Na ja, Pater Francis wird jede Menge anderer Angetrunkener finden, mit denen er reden kann. Er findet immer jemanden.“

Sie sahen sich an.

„Okay“, sagte Jack. „Wenn er Rippchen macht …“

„Macht er“, bestätigte Mary. „Dann sehen wir uns um sechs.“

Tom stand langsam von seinem Platz hinter dem Tresen auf. „Danke“, sagte er. „Du bist ein gutes Kind, Mary.“ Er küsste sie auf die Stirn.

„Ja, das bin ich wohl“, sagte sie munter. „Jack.“

„Schwesterherz.“ Er nickte.

In seiner Manteltasche begann das Smartphone zu summen. Er kramte es hervor und sah nach, wer anrief.

Es war Danny.

„Ich muss drangehen“, sagte er und verließ den Laden durch die Hintertür, bevor er das Gespräch annahm. Sein Herz schlug bis zum Hals.

Es war das erste Mal seit seinem unfeierlichen Rauswurf aus Grace Cathedral, dass jemand aus seinem alten Leben mit ihm sprach.

„Danny“, sagte er. Ihm fiel auf, dass seine Hand zitterte. „Hey, Danny.“

„Ich sollte eigentlich nicht mit dir sprechen“, sagte Danny. „Ich sollte überhaupt keinen Kontakt mit dir haben, gar keinen. Es heißt, du wirst einen Prozess anstrengen und versuchen, deinen Job wiederzubekommen.“

Jack spürte, wie seine Schultern herabsanken. „Was sagst du?“, brachte er mühsam heraus. „Danny, das würde ich nie tun.“

„Trotzdem“, sagte Danny. „Ich sollte nicht mit dir reden.“

„Du tust es aber“, sagte Jack. Er ging ein paar Schritte weiter in eine sonnige Ecke des Hofs und lehnte sich an die Südwand, wo es nicht ganz so kalt war.

„Jack, wo bist du gerade? Bist du, na ja, bist du bei klarem Verstand? Du hast was davon gesagt, dass du Holzbretter zählst. Ich dachte – Mannomann, ich weiß nicht, was ich denken sollte. Irgendein ausgeklügeltes Gerüst, um dich aufzuhängen?“ Er lachte nervös. „Deshalb rufe ich an.“

„Ich bin in Mayfield“, sagte Jack. „Mein Vater hat mich nach Hause geholt. Ich arbeite in seinem Eisenwarenladen. Im Moment stehe ich gerade im Hof und zähle Bretter.“

Danny schwieg. Jack schaute aufs Display, um zu sehen, ob er Netzverbindung hatte. Ja, der Empfang war gut. Drei Balken. Was ihm fehlte, war Danny.

„Danny?“, fragte er. Das Schweigen hielt an.

„Wow“, sagte Danny endlich. „Eisenwaren.“

„Ja“, sagte Jack. „Danny, hör zu. Hast du etwas von Tracy gehört? Sind sie und Alison okay?“

„Hör mal …“, begann Danny.

„Nein“, unterbrach ihn Jack. „Wenigstens das muss ich wissen. Ich habe ein Recht darauf. Ich bin mir ziemlich sicher, dass es gesetzwidrig ist, Alison von mir fernzuhalten. Und ich vermisse sie. Beide.“ Ja, er vermisste sie. Sein Magen krampfte sich vor Trauer zusammen. „Wenn du in meiner Lage wärst … Danny, wenn du an meiner Stelle wärst, würdest du nicht vor lauter Sorge die Wände hochgehen?“

„Wohl schon“, gab Danny zu. „Aber Jack …“

„Komm schon, Danny“, sagte Jack, hielt sich das Smartphone vors Gesicht und starrte es an, als hätte es ihn beleidigt. „Ich will doch nur wissen …“

„Ich hab nichts von ihnen gehört, Jack“, sagte Danny. „Warum sollten sie mit mir reden? Und ich weiß auch nicht, wo sie sind. Ich denke, das war Teil der Abmachung. Sie würden gehen, sie würden nicht an die Presse gehen, und wir würden für sie sorgen. Sie schützen. Die Gemeinde bezahlt die Anwälte. Mehr weiß ich auch nicht.“

„Schützen? Vor wem? Vor mir?“ Er erkannte die Wahrheit sofort.

„Nein. Vor den Medien.“

Empört stieß er die Luft aus. „Als ob Tracy reden würde.“ Sein Magen drehte sich schon wieder. „Als ob sie sich meinetwegen nicht so schämen müsste, dass sie nie im Leben darüber reden will.“

„Dein Vater hat mich schon gefragt, wo sie sind“, sagte Danny. „Er hat mehr als einmal angerufen. Sehr oft, um ehrlich zu sein. Ich hab ihm gesagt, ich wisse nichts.“ Danny hielt inne. „Ich denke, er glaubt mir nicht.“

„Ich glaube dir“, sagte Jack. „Und ich glaube, du würdest es mir sagen, wenn du könntest.“ Er seufzte. Er war mit seinem Latein am Ende, wie er seine Familie finden sollte. Aber wenigstens war das hier nicht das Ende der Freundschaft mit Danny. „Geht's dir gut? Wie laufen die Dinge bei euch?“

„Ich komme mir vor, als ritte ich einen bockenden Wildesel“, sagte Danny, und Jack musste unwillkürlich lächeln.

„Als ob man an eine Stromleitung fasst“, meinte Jack.

„Als ob man aus einem Hydranten trinkt“, bot Danny an und es klang, als ob er ebenfalls lächelte. Jack hatte diese Vergleiche damals gezogen, als Danny ihn gefragt hatte, wie er sich als Nummer eins einer Riesengemeinde so fühlte.

„Ich habe nicht im Netz geschaut, was vorgeht“, sagte Jack. „Wollte es vielleicht auch gar nicht wissen. Werdet ihr jemanden als Vertretung einstellen?“

„Jack“, sagte Danny, und Jack wusste, auch ohne ihn zu sehen, dass er den Kopf schüttelte. „Wen sollten wir wohl einstellen? Billy Graham? Den Papst? Nein, sie haben mich zum verantwortlichen Pastor gemacht, wir haben Hilfe in der Verwaltung bekommen und momentan versuchen wir, uns darüber klar zu werden, wie es jetzt weitergeht.“

„Wow“, sagte Jack. Er zögerte einen Moment, als ihm ein Gedanke durch den Kopf schoss, den er zwar nicht abschütteln wollte, den er sich aber auch auszusprechen scheute. „Ich vermute … niemand hat … ähm … erwähnt, dass ich zurückkommen könnte."

„Es wurde etwas davon gesagt", gestand Danny ein. „Aber niemand wusste, wo du steckst. Wenn du bereit wärst …" Seine Stimme verlor sich.

„Klar", sagte Jack. „Ich weiß ja selbst nicht, wo ich gerade stecke. Oder wozu ich bereit bin." Er stieß sich von der Wand ab und begann, im Hof auf und ab zu gehen. „Ich vermisse euch. Euch alle. Aber am meisten vermisse ich meine Familie."

„Ich wünschte, ich könnte dir helfen, Mann", sagte Danny. Beide schwiegen. Schließlich sagte Danny, als habe er gerade einen Entschluss gefasst: „Wenn ich irgendetwas höre, lasse ich es dich wissen. Pfadfinderehrenwort." Sie waren beide Pfadfinder gewesen. Es war kein leeres Versprechen, es war ein heiliger Eid.

„Danny, wenn du irgendetwas brauchst, Unterstützung, Hilfe, was immer – ruf mich an." Er blieb stehen. „Ich bin nicht so sehr mit Bretterzählen beschäftigt, dass ich keine Zeit hätte zu reden." Er lächelte traurig. „Ehrlich. Ich helfe dir, wo ich kann."

„Predigst du noch?", fragte Danny. „Du solltest wieder predigen." Er brach ab, riss sich am Riemen. „Ich meine, wenn zwischen dir und Gott alles in Ordnung ist."

Jack schüttelte den Kopf. „Meinst du das ernst? Du denkst, ich sollte wieder predigen?", fragte er. „Nein, warte. Gib mir keine Antwort. Es kommt nicht infrage. Damit ist es vorbei." Es war frostig hier draußen ohne Mantel. „Wie auch immer. Danke für den Anruf. Danke."

Am anderen Ende blieb es ruhig und Jack fragte sich, ob sie noch verbunden waren. Dann kamen leise ein paar Worte: „Du wirst keinen Prozess anstrengen?"

Es gab ihm einen Stich ins Herz. „Nein", sagte er. Er schüttelte den Kopf. Was brachte Martin Fox oder sonst jemanden dazu anzunehmen, er würde zerstören, was er selbst aufgebaut hatte?

Was er getan hatte, hatte er wohl getan, ohne an die Folgen für das zu denken, was er aufgebaut hatte.

Wieder schüttelte er den Kopf. Er war sich selbst nicht sicher, wer er zurzeit war. War es da ein Wunder, wenn das auch sonst niemand wusste?

„Nein, Danny", sagte Jack mit gedämpfter Stimme. „Das werde ich nicht. Pfadfinderehrenwort."

Er legte auf und ging wieder nach drinnen. Seine Schwester war gegangen, aber Tom hockte auf seinem Schemel hinter der Kasse und las in etwas, das aussah wie ein antiker „Reader's Digest". Früher hatte er die immer auf Flohmärkten gekauft, vielleicht tat er das immer noch. Neben der Kasse lagen auch die jüngsten Ausgaben von „People and Us". Jacks Mutter hatte die Zeitschrift gelesen und Jack vermutete, dass sein Vater sie immer noch abonnierte – und vielleicht sogar las, wenn wenig Kundschaft kam –, um die Verbindung zu ihr zu halten.

Tom sah auf, als sich die Tür öffnete, widmete sich dann aber wieder seiner Lektüre, während Jack durch den Laden kam, um sein Klemmbrett zu holen. Er hörte, wie Manny den Regalgang hinter ihm fegte. Er kam jeden Tag vorbei, auch wenn man ihn zurzeit selten sah.

„Hast du gewusst, dass Napoleon vergiftet wurde?", fragte Tom, ohne aufzuschauen.

„Ist das die neueste Theorie?"

Tom lächelte, schloss die Zeitschrift und suchte nach dem Erscheinungsdatum. „Sie stammt schon aus den frühen 1980er-Jahren", sagte er.

„Seitdem hat sich viel verändert", meinte Jack. Er blieb einen Moment stehen und suchte nach den richtigen Worten. „Hör mal", erzählte er, „ich hatte Danny am Telefon. Danny Pierce. Aus Seattle."

„Ach ja?", sagte sein Vater, ohne aufzublicken.

Wie sollte er anfangen? Mit dem Wichtigsten. „Er hat gesagt, du hast versucht, Tracy zu finden."

„War auch Zeit, dass er dich anruft.“

„Hast du ihn nach Tracy gefragt? Danach, wo sie sind?“

Tom nickte nur einmal, sah auf, dann wieder auf den Boden. „Natürlich“, sagte er.

Natürlich.

Für einen Moment spürte Jack wieder die Hände von Tracy und Alison in den seinen, wie immer, bevor er die Predigt begann. Es war der schönste Moment der Woche, bemerkte er jetzt. Nicht, weil er gleich am Rednerpult stehen würde, sondern weil er sich mit ihnen verbunden fühlte, weil sie ihm Kraft gaben, weil sie zu ihm gehörten.

Und er zu ihnen gehörte.

Er spürte, wie ihm Tränen in die Augen stiegen. Er hielt eine Hand vors Gesicht und wandte sich ab, damit sein Vater es nicht sah. Jack hatte schon sehr früh gelernt, nicht zu weinen – oder jedenfalls nicht dann, wenn jemand es sehen konnte. In seiner Familie weinte ein Junge nicht. Ebenso wenig wie in Mayfield.

„Hey“, sagte Tom. Er hörte, wie sein Vater langsam von seinem Hocker aufstand und um den Ladentisch herumkam. „Jackie“, sagte er und kam auf ihn zu. „Was ist los?“

Seit dreißig Jahren hatte ihn niemand mehr „Jackie“ genannt. Seine Mutter hatte ihn immer so genannt, wenn er vom Baum gefallen war oder von einer Biene gestochen wurde oder bei einer Rauferei mit Jamie Taylor den Kürzeren gezogen hatte.

„Tracy hat nicht mit mir gesprochen, seit … seit ich gegangen bin“, sagte Jack. Er wandte seinem Vater noch immer den Rücken zu, die Tränen drohten immer noch zu fließen. „Ich kann nicht glauben, dass sie mich so sehr hasst. Sie wird Alison auch beibringen, mich zu hassen.“

„Na, komm“, sagte sein Vater, legte ihm eine Hand auf die Schulter und drehte ihn zu sich. „Wir wissen nicht, was sie denkt.“

„Wir wissen, dass sie weg sind“, sagte Jack. „Wir wissen, dass sie die ganze Zeit nicht zurückgerufen hat.“ Er ließ die Hand sinken und spürte, wie ihm eine Träne über die Wange lief. „Und was am schlimmsten ist … Ich hab es nicht besser verdient.“ Er ließ die Schultern hängen. „Für das, was ich getan habe. Es geschieht mir nur recht.“

„Niemand verdient es, dass die Menschen, die er liebt, ihn im Stich lassen“, sagte sein Vater ruhig, und Jack verspürte einen Anflug von Gewissensbissen, weil er wusste, dass Tom ihm sein jahrelanges Schweigen vorhalten könnte, es aber nicht tat.

„Das ist das Schlimmste“, gab Jack zu. „Es zerreißt mich.“

„Wir finden sie“, sagte Tom. „Mach dir darum keine Sorgen. Die Welt ist klein heute, mit Internet und all dem.“ Er klopfte Jack leicht auf die Schulter. „Wir finden sie.“

Jack lächelte und wischte sich das Gesicht ab. „Sicher“, sagte er. „Mit dem Internet als Verbündetem.“

Er streichelte die Hand seines Vaters, die noch immer auf Jacks Schulter lag. Er hätte nie erwartet, dass diese Hand sich einmal tröstlich anfühlen würde, und fragte sich, worüber er noch alles im Irrtum gewesen war.

Er trat einen Schritt zurück. „Es ist okay. Es ist, wie es ist.“

Sie wechselten einen tiefen Blick und nickten beide. Dann nahm Jack sein Klemmbrett vom Ladentisch, warf sich den Mantel über und ging hinaus, um die restlichen Bretter zu zählen.

6.

Er machte eine Pause und trank eine Dr Pepper. Die sonnendurchglühte Wand, an die er sich lehnte, strahlte Hitze ab. Er hatte die Augen geschlossen, als er wieder Schritte hörte.

„Hast wohl beim ersten Mal nicht gut genug hingesehen", rief er. Es gelang ihm nicht, die Feindseligkeit in seiner Stimme zu verbergen, obwohl er es versuchte.

„Ich glaube, ich habe überhaupt noch nicht hingesehen", sagte eine ruhige weibliche Stimme.

Er öffnete die Augen, kam ungeschickt auf die Beine und goss sich dabei Dr Pepper auf die Schuhe. „Tut mir leid", sagte er. „Ich dachte, Sie seien jemand …"

„Ich hatte gedacht, ich bin jemand", sagte sie nicht unfreundlich. „Kommen Sie sich vor wie im Zoo, Jack Chisholm?"

Er lachte, obwohl ihm nicht danach zumute war. „Ja, könnte man wohl sagen. Tut mir leid. Kennen wir uns?"

Sie lachte. „Jack", sagte sie. „Ich bin Kathy. Kathy Branstetter."

„Niemals", sagte er. Er sah sie genauer an. Um die dreißig, zierlich, attraktiv, lockiges blondes Haar, eine Schreibmappe in der Hand. Sie war für Mayfield zu gut angezogen: Rock, knielange Stiefel und ein modischer Blazer. Er erinnerte sich an ein plumpes farbloses kleines Mädchen. Nichts wie diese Frau hier. „Niemals!", wiederholte er.

„Doch. Ich bin mir ziemlich sicher", sagte sie milde.

„Tut mir leid. Es ist nur … ich hab gehört, Sie arbeiten für die

‚Washington Post'. Ich habe Ihre politischen Artikel gelesen. Und ich habe Sie nicht gesehen, seit …"

„Ich war lange weg", sagte sie. „Dann wurde mein Vater krank. Er brauchte ein bisschen Unterstützung, um den ‚Courier' weiterzuführen."

„Oh, tut mir leid zu hören", sagte er. „Ich hab Ihren Vater immer gemocht. Geht es ihm besser?"

„Er ist letztes Jahr gestorben."

„Oh", sagte Jack. „Mensch."

„Sie waren auch lange weg", sagte sie. „Braucht Ihnen nicht leidzutun."

Er nahm einen Schluck von dem, was von seiner Dr Pepper noch übrig war. „Ihr Vater hat über jedes einzelne Spiel berichtet", sagte er. „Er gab mir das Gefühl, ich sei ein Medienstar. Er stellte so unglaublich gute Fragen zum Spiel, wollte wissen, welche Perspektiven ich sah. Er verstand wirklich was von seinem Job."

„Er hätte Sportreporter für eine der großen Zeitungen sein sollen. Wir haben immer zusammen Footballspiele angeschaut. Zum Schluss war das alles, was wir noch tun konnten. Er war zu schwach, um sie zu kommentieren."

Jack betrachtete die braunen Flecken auf seinen Tennisschuhen, dann wischte er den Schuh an seiner Jeans ab. Er sah zu ihr auf. „Das war also letztes Jahr. Warum sind Sie noch hier?"

Sie sah sich um, ließ den Blick über sechs verschiedene Arten von Holzbohlen gleiten und atmete tief durch. „Tja", sagte sie, „es gab eine Menge zu erledigen. Das Grundstück. Niemand da, der die Zeitung hätte übernehmen können. Und ich …" Sie biss sich auf die Unterlippe.

Er verstand, oder glaubte das zumindest, und er hakte nicht nach. Manchmal weiß man nicht, was man sonst tun soll.

„Und Sie sind immer noch hier", beendete er den Satz für sie.

Sie nickte. „Ich denke, ich sollte wieder gehen", sagte sie. „Will ich auch. Ich vermisse es so sehr: die ganz großen Storys. Immer ohne Netz und doppelten Boden."

„Ich weiß genau, was Sie meinen", sagte er.

„Aber ich habe den Eindruck, im Moment ist mein Platz hier."

Er lächelte. Als Pastor hatte er solche Sätze oft gehört. Musste ja auch so sein. „Meinen Sie, Gott will Sie hier haben?"

Sie schniefte. „Redet Gott jemals mit mir?", fragte sie zurück. Ihre Schultern entspannten sich ein wenig. „'tschuldigung. Gott und ich reden gerade nicht miteinander."

„Das kann passieren", sagte er. „Ich habe gerade auch Sendepause."

„Ach, wirklich?", fragte sie. „Der ‚Herzenspastor'? Vielleicht … vielleicht wollte ich gern glauben, dass Sie immer noch an etwas festhalten, Sie wissen schon. Trotz allem."

„Kathy Branstetter", sagte er und spülte die Dose aus. „Wir kennen uns nicht gut genug, als dass ich mit Ihnen über Gott sprechen könnte. Um genau zu sein, sollte ich wohl besser überhaupt nicht mit Ihnen sprechen. Denn ich und die Presseleute reden zurzeit auch nicht miteinander."

„Ich bin als Journalistin gekommen", gab sie zu. „Ich brauche noch etwas für unsere Kolumne ‚An den Ufern des Flüsschens'. Nur etwas ganz Kleines." Sie zeigte einen kleinen Abstand zwischen Daumen und Zeigefinger.

Er sah sie mit einer gewissen Neugier an. Noch nie hatte ihn ein Journalist um Stoff für eine Kolumne gebeten, schon gar nicht für eine Kolumne, in der es um die Wichtigkeiten im Leben von Kleinstadtbewohnern ging.

„Ich kann nicht so tun, als wären Sie nicht hier, Jack", sagte sie. „Nicht, wenn ich nicht das Gefühl haben will, ich hätte den letzten Rest meiner journalistischen Integrität in Washington gelassen." Sie öffnete die Schreibmappe, nahm einen Stift heraus und stand abwartend da, bereit, mitzuschreiben. „Also, Sie sind zurückgekommen, um Ihren Vater zu besuchen?"

„So, erzählt man sich das?“, fragte er. Es schien, als wäre sein Vater nicht der Einzige in der Familie, der die Augenbrauen hochziehen konnte.

„Sie wissen ganz genau, was man sich erzählt“, sagte sie mit einer Spur Hitze in der Stimme. „Und es wird sicher etwas Wahres dran sein. Aber wenn Sie mir erzählen, Sie seien hier, um Ihren Vater zu besuchen“ – sie zielte mit der Spitze ihres Stiftes auf ihn –, „dann schreibe ich, Sie seien hier, um Ihren Vater zu besuchen. Und dabei können wir es für heute auch belassen.“ Sie schrieb etwas auf. „Für heute. Und wenn ‚Time‘ oder die ‚Seattle Times‘ oder wer auch immer wieder anruft, kann ich sagen, was ich selbst überprüft habe – das nämlich und sonst gar nichts.“ Sie lächelte. „Was nicht heißt, dass sie nicht wiederkommen und ehrliche Texaner nach Ihnen ausquetschen werden.“

„Das tut mir leid“, sagte er. „Ich habe nicht gewollt, dass meine Schwierigkeiten auch anderen Leuten das Leben schwer machen. Aber es ist passiert. Passiert noch.“

Sie wartete noch auf etwas, das sah er.

Er atmete tief durch.

„Ich bin gekommen, um meinen Vater zu besuchen“, sagte er dann ohne besonderen Nachdruck.

„Genau.“ Sie nickte ihm zu. Sie hatten einen Vertrag geschlossen.

Sie steckte die Kappe auf den Füller, schloss die Schreibmappe, streckte ihm die Hand hin und schüttelte seine. „War schön, Sie zu sehen, Jack. Ich habe Ihre Karriere ein wenig verfolgt. Hat mir nicht gefallen. Aber ich habe Sie im Auge behalten.“ Sie sah auf die Uhr und verzog das Gesicht. „Und jetzt muss ich gehen und mir das Basketballspiel der Junior-Highschool ansehen.“ Es lag etwas wie Bedauern in ihren Augen.

„‚Wie sind deine Helden gefallen‘“, sagte er plötzlich. „‚Die Edelsten in Israel sind auf deinen Höhen erschlagen.‘ Das ist ein Zitat aus Davids Totenklage um Saul und Jonathan im zweiten

Buch Samuel“, erklärte er, als er ihre fragend hochgezogenen Augenbrauen sah. „Ich merke gerade“, sagte er mehr zu sich selbst als zu ihr, „darüber habe ich nie gepredigt. Eine der eindrücklichsten Trauerbekundungen in der ganzen Bibel.“ Einen Moment lang standen sie schweigend da und betrachteten den Fußboden zwischen ihnen. Schließlich sah sie wieder auf die Uhr und stöhnte. Das Basketballspiel konnte nicht warten.

„Ich hoffe, Sie finden, was Sie suchen“, sagte sie. „In vier Minuten fängt das Spiel an.“

„Danke“, sagte er. „Das wünsche ich Ihnen auch. Hals- und Beinbruch. Oder etwas in der Art.“

„Oder etwas in der Art“, wiederholte sie und eilte davon.

Er ging hinein, um die Limodose in den Müll zu tun. Da sammelten sich schon einige. Wieso wurden in Mayfield eigentlich Dosen nicht recycelt? War das so schwer? Überall recycelte man Blechdosen, oder?

Nach zehn Jahren in Seattle war er ökologisch bis auf die Knochen. Vielleicht konnte er an den Gemeinderat herantreten und James nahelegen, ein paar Angebote von Recyclingfirmen einzuholen. Es war nicht so weit bis Kerrville oder auch bis San Antonio. Vielleicht machte jemand sogar ein lukratives Geschäft daraus.

Plötzlich fiel ihm auf, dass er sich eine Zukunft in Mayfield vorstellen konnte. „Keinesfalls“, sagte er laut, während er die Hintertür öffnete und in den Laden trat. „Kommt absolut nicht infrage.“

„Absolut was?“, fragte sein Vater.

„Ach, nichts“, antwortete er.

„Wie war dein Pressetermin?“ Tom hatte die Nummer der „People“, die er gelesen hatte, nur schlecht versteckt. Katie Werauch-immer, die Tom Cruise geheiratet hatte, lugte unter dem Kassenbuch hervor. Sie hatte ihr Leben wieder im Griff, las Jack.

„Ich konnte mich überhaupt nicht mehr an sie erinnern“, sagte Jack. Er kam um den Tresen herum, setzte sich auf einen der Hocker und stellte die Dose vor sich hin, um sie später zu entsorgen. „Kathy Branstetter, meine ich. Nicht deine Katie Wer-auch-immer."

„Du hast sie ja wohl auch seit der Mittelstufe nicht mehr gesehen", meinte Tom. „Vielleicht noch mal sonntags in der Kirche. Aber du hättest ihr keinen zweiten Blick gegönnt. Niemand tat das. So ein unscheinbares Mädchen." Er lächelte. „Aber dafür aufgeweckt. Und waren wir schließlich nicht alle stolz auf sie? Diese Schule im Osten – Radcliffe?"

„Smith", sagte Jack abwesend. „Vielleicht auch nicht. Diese feministischen Colleges klingen für mich alle gleich." Er lächelte. In seiner Gemeinde hatte es jede Menge Frauenrechtlerinnen gegeben.

Er lächelte auch, weil er gerade das Wort „feministisch" gegenüber seinem Vater in den Mund genommen hatte, was er sich nie hatte vorstellen können.

„Egal", sagte sein Vater. „Wollte sie ein Interview?"

Jack schürzte die Lippen. „Tja, das war das Komische. Sie wollte eigentlich keins." Er schüttelte den Kopf. „Es war eher, als wolle sie mir ein wenig Luft verschaffen. Sie sagte, sie habe gehört, ich sei zu Besuch hier. Das war alles. Sie bat mich nur, das zu bestätigen."

„Na, du sitzt hier in diesem Raum", sagte sein Vater. „Das scheint mir Bestätigung genug zu sein."

„Ich glaube, sie wollte mich wissen lassen, dass …" Jack schüttelte wieder den Kopf. Was auch immer. „Merkwürdig. Kleinstadtbewohner stecken ihre Nase in alle deine Angelegenheiten. Aber wenn man es am wenigsten erwartet, lassen sie dich in Ruhe."

„Grundkurs ‚Leben in Mayfield'." Sein Vater lachte. „Willkommen zu Hause." Er sah auf die Uhr und schaute dann hinaus auf die Straße, ob jemand käme. Es war fünf Uhr. Ladenschluss. Er glitt vom Hocker, hängte das Schild „Geschlossen" vor die Tür und schloss ab.

„Manny", rief er nach hinten. „Zeit zu gehen."

Er stellte die Kasse auf null, nahm einige Belege heraus und gab sie an Manny weiter, der aus dem Nichts aufgetaucht war. Manny war inzwischen so dünn wie sein Vater, aber noch gebeugter, altmodischer und altersloser.

Mannys Mutter hatte Pancho Villa noch gekannt, den legendären mexikanischen Kommandanten. Der Kerl kannte Geschichten, die einen Tränen lachen ließen oder einem das Herz brachen.

Manny schlurfte durch die Hintertür hinaus. Jack wusste, er würde den Hof durch die Hintertür verlassen und dann um sieben Blocks zu seinem Wohnwagen trotten, der im Osten der Stadt stand. Jack fing an, seinen Mantel zuzuknöpfen, und drehte sich um, um zu erfahren, warum sein Vater noch an der Kasse stand.

„Jack", sagte Tom, „denkst du manchmal noch an die Beerdigung deiner Mutter?"

Sofort war alles wieder da: die Scham, der Zorn. In Sekundenschnelle. Wann dachte er jemals nicht an diese Beerdigung? Jack erinnerte sich an jede Einzelheit – das Blumenbukett auf dem bronzefarbenen Sarg, die überfüllte Kirche, seinen Vater, klein und bleich in seinem einzigen schwarzen Anzug.

Er sah vor sich, wie er aufgestanden war, um die Predigt zu halten. Sie zielte auf seine Lieblingsthemen: dass wir alle nicht gut genug sind, dass wir bedenken sollten, dass das Leben zu Ende sein könnte, während wir noch weit weg sind von Gott, dass wir uns alle mehr anstrengen müssen, es besser zu machen.

Vor allem sah er wieder, wie sein Vater mitten in der Predigt aufstand und sich einen Weg zu ihm nach vorn bahnte, wo er wie eine stumme Anklage stehen blieb. Und dann, mit einer Stimme, die in der totenstillen Kirche widerhallte, hatte er gesagt: „Jack. Bitte. Setz dich."

Er wusste noch genau, dass sein Gesicht vor Scham gebrannt hatte. Er hatte noch eine kleine Ewigkeit lang auf dem Rednerpult gestanden und gespürt, wie sich die Spannung im Raum ausbreitete wie Wellen in einem Teich. Damals, in dieser Situation, die zugleich zutiefst persönlich und öffentlich war, hatte sein Vater es ihm wieder gesagt: Er war nicht gut genug.

Es war seine ganze Kindheit, zusammengefasst in diesen Moment.

Jack ließ die Hände herabsinken.

Er nickte einmal kurz und traf eine Entscheidung, die von diesem Augenblick an Folgen haben würde.

Er verließ das Rednerpult, stieg die Stufen vom Podium hinunter, legte im Vorübergehen eine Hand auf den Sarg seiner Mutter, und dann verschwand er aus dieser Gemeinde, aus dem Leben seiner Familie, aus Mayfield, für immer.

Keine Kränkung mehr von seinem Vater. Keine Schuldgefühle mehr. Niemand mehr, der sagte: Du kannst es besser.

Jedenfalls hatte er das gedacht.

Und nun war es wieder passiert.

„Wie bitte?", fragte er. Die Röte stieg ihm ins Gesicht. „Ich habe keinen Ort, an dem ich bleiben kann, ich bin auf Gnade oder Ungnade auf dich angewiesen – buchstäblich, Tom – und ausgerechnet darüber willst du reden?"

„Wir haben noch nie darüber geredet", sagte sein Vater und ließ sich wieder auf seinem Schemel nieder. „Ich möchte dich nicht verletzen, aber in unserer Geschichte tickt jetzt eine Uhr." Er sah Jack eindringlich an. „Ich weiß, deine Schwester hat dir schon gesagt, dass ich nicht einfach gebrechlich werde, sondern dass ein Todesurteil über mir schwebt." Er lächelte. „Das klang jetzt sehr melodramatisch. Wie ein schlechter Dialog im Fernsehen. Ich entschuldige mich."

„Ich …", begann Jack, wusste aber nicht, wie er weiterreden wollte. „Woher weißt du …?"

„Ich kenne doch Mary", sagte Tom. „Und ich weiß, deine Schwester hat, seit du hier bist, mindestens dreimal die Gelegenheit gehabt, dir diese Neuigkeiten um die Ohren zu hauen." Er zuckte die Schultern und drehte die Handflächen nach oben. „Und da Mary ist, wie sie ist, hat sie mindestens einmal zugeschlagen. Ich liebe Mary. Und ich liebe dich. Aber sie ist immer noch sehr, sehr zornig."

Jack nickte. Ihr Zorn war berechtigt. „Es tut mir leid. Wirklich. Ich weiß nicht, was ich sagen soll. Aber warum …"

„Es gibt einen Grund dafür, dass ich diese alte und schwere Geschichte noch mal anspreche", sagte Tom. „Ich habe nicht mehr viel Zeit. Ich möchte behutsam mit dir umgehen, Jack. Ich weiß, dass du es gerade wirklich schwer hast, und das Leben hat mir endlich beigebracht, gut mit Leuten umzugehen, die es nicht leicht haben. Ich will dich nicht beschämen. Bitte glaub mir das."

Tom nickte, biss sich auf die Lippen und nickte noch einmal, bevor er wiederholte: „Aber ich habe nicht mehr viel Zeit. Ich möchte mein einziges Enkelkind noch sehen, bevor ich sterbe. Ich möchte, dass du weißt: Ich habe nie aufgehört, dich zu lieben." Er schüttelte den Kopf. „Und ich möchte verstehen …" Er seufzte tief, als ob allein der Gedanke ihm Schmerz bereitete. Was er vielleicht auch tat. „Ich möchte verstehen, warum du uns bei der Beerdigung deiner Mutter in unserer Seelenqual und Trauer unbedingt verkünden musstest, was für erbärmliche Sünder wir sind."

„Aber es ging mir doch gerade um eure Seelen", sagte Jack hitzig, bevor er erkannte, wie oft er schon ähnlich klischeehafte Antworten gegeben hatte. Er war sich nicht mehr sicher, warum er das damals getan hatte. Er hatte es eben so gemacht, wie er es immer machte.

„Und unsere Herzen?", fragte sein Vater. „Wie wäre es gewesen mit ein wenig Verständnis für das Leben deiner Mutter? Es war schwer genug. Wie wäre es gewesen mit einer aufrichtigen Bekundung von Trauer?"

„Ich …"

„Sicher", sagte sein Vater, „hat ein Mann Gottes doch Besseres zu tun, als die Menschen für ihre Unvollkommenheit zu schelten. Ganz besonders bei einem Anlass wie diesem."

Wieder hatte er nichts aufzuweisen. Er hatte auf Hunderten von

Beerdigungen gesprochen, immer wieder dieselbe „Wir-müssen-uns-mehr-anstrengen"-Botschaft vorgebracht, und die Leute hatten sich bedankt, dass er sich um ihr Seelenheil sorgte. Aber nicht ein einziges Mal, so fiel ihm plötzlich auf, hatte sich jemand bei ihm dafür bedankt, dass seine Worte tröstlich gewesen wären, dass sie den Schmerz gemildert hätten. Das rief etwas in ihm wach, und er konnte nicht anders, als die Worte laut auszusprechen: „‚Die Edelsten in Israel sind auf deinen Höhen erschlagen. Wie sind die Helden gefallen!'"

Jack schüttelte den Kopf. Er schämte sich noch mehr als zuvor. Was hatte er getan?

Die Worte aus dem zweiten Samuelbuch hatten sich in den Laden ergossen und blieben dort.

Sein Vater legte den Kopf schräg, atmete tief ein, sah zu ihm auf. „Jack, ich weiß nicht, ob ich noch eine Woche habe oder einen Monat oder drei Monate. Ich muss jetzt ehrlich zu dir sein. Wir müssen miteinander ehrlich sein. Und das waren wir lange nicht. Wir mussten es noch nicht."

Jack setzte an, um etwas zu sagen, aber sein Vater hob eine Hand – es war jetzt weder die Zeit für Proteste noch für Erklärungen. „Wie lange mir auch noch bleiben mag – es ist nicht lange genug, um einander etwas vorzumachen. Du hast Beachtliches zustande gebracht, nach allem, was uns lieb und wert ist. Aber wo sind deine beachtlichen Leistungen jetzt? Du hast vor Tausenden von Menschen gestanden. Wo sind diese Leute jetzt? Du hast jedem, der es hören wollte, eingetrichtert, wie sündhaft wir sind. Und wer war bereit, dir beizustehen, als du den Beweis dafür selbst geliefert hast?"

Jacks Magen zog sich zusammen. Genau dieselbe Frage hatte er sich seit jenem ersten Trip nach Mexiko wohl schon hundertmal gestellt. Aber das konnte er nicht zugeben. Es war leichter, eine andere Schlacht zu schlagen, nicht über das eigene Versagen zu reden, sondern über das von anderen.

„Du hast mich immer nur verurteilt", sagte Jack und verschränkte die Arme. Er seufzte. Selbst in seinen eigenen Ohren klang er wie ein Fünfzehnjähriger.

Tom sah ihm in die Augen. „Ja, das habe ich lange getan. Und es tut mir leid. Aber ich habe dich immer geliebt. Ich hoffe, das zählt auch ein wenig, Junge. Jetzt zum Schluss."

Sie blickten einander wortlos an. Ein Pick-up mit frisiertem Auspuff ratterte die Straße herunter. Jack fragte sich, ob das wohl Dennis war, der nach Hause fuhr, um die Rippchen zu machen.

Vielleicht dachte sein Vater dasselbe. Er nickte, atmete tief aus und ließ das Thema fallen.

„Gehen wir", sagte er. „Damit wir uns vor dem Essen noch ein wenig säubern können. Du hast den ganzen Tag draußen gearbeitet."

„Ich kann morgen vielleicht die Halle fegen", sagte Jack.

„Damit Manny arbeitslos ist?", fragte sein Vater und lächelte ein wenig. „Da sei der Himmel vor." Er glitt vom Hocker und ging sich den Mantel anziehen und den Hut seines Vaters aufsetzen.

Jack empfand eine unerklärliche Liebe und Traurigkeit, während er zusah, wie sich der alte Mann für die Kälte rüstete.

„Dad", sagte er. Er wollte noch etwas sagen. Mehr sagen.

Etwas wie: „Ich liebe dich."

Etwas wie: „Es tut mir leid."

Aber er konnte es nicht herausbringen. Noch nicht.

„Ja, Jack?", fragte Tom, während er den Schal ein zweites Mal um den Hals wickelte.

Jack zögerte. Er brachte es nicht über sich, die Sache beim Namen zu nennen. Schließlich sprach er doch. „Was soll ich machen?"

Sein Vater überlegte. Das war ja eben die Frage.

Tom zog die Handschuhe an, schlug die Hände zusammen und sah zu ihm herüber. „Was machen wir denn alle, Jack. Wir versuchen unser Bestes." Er kam heran, nahm seinen Sohn bei beiden Armen und sah ihm direkt ins Gesicht. „Ich weiß, du erlebst gerade dunkle Zeiten. Und du hast ja schon deinen Anteil daran gehabt. Wie ich auch. Aber ich weiß auch: Deine besten Tage liegen noch vor dir."

Jack konnte und wollte ihm nicht glauben. Aber er nickte, einmal, zweimal, dreimal, und ein zaghaftes Lächeln zog sich über sein Gesicht.

Es fühlte sich an wie ein Segen. Wie ein Vermächtnis.

„Okay", sagte er. „Das mag sein."

Sein Vater lächelte. Für ihn war das Thema abgeschlossen. Jetzt wartete anderes auf ihn. „Gehen wir ein paar Rippchen essen."

Denn man musste die Dinge nüchtern betrachten. Selbst, wenn die Welt um einen zusammenbrach.

Wenigstens eins stand fest: zarte Rippchen, bei kleiner Hitze geräuchert und serviert mit selbst gemachter, scharf gewürzter Barbecuesoße, waren ein Vorgeschmack des Himmels.

7.

Eine Eisenwarenhandlung in einer Kleinstadt hat von Montag bis Samstag geöffnet. Jack war das in irgendeinem Zipfel seines Gehirns dunkel bewusst gewesen, und doch war er einen Moment lang lächerlich enttäuscht, als er am Samstagmorgen seinen Vater in der Küche das Frühstück machen hörte und ihm klar wurde, dass dies ein Tag wie jeder andere war. Er war fünfzehn Jahre lang Pastor gewesen und hatte sich daran gewöhnt, freitags und samstags freizuhaben, auch wenn diese Tage selten ganz ohne Gemeindeverpflichtungen waren.

Die Leute hatten so eine Art, ausgerechnet am freien Tag des Pastors zu sterben oder in Unfälle verwickelt oder von ihrem Ehepartner verlassen zu werden. Und egal, wie viele Mitarbeiter er für die Seelsorge einstellte, er konnte sich selbst nicht ganz aus dieser Aufgabe herausziehen. Es ging ihm plötzlich auf, dass er darüber froh war. Seine schönsten Erinnerungen waren die an die belastenden Zeiten, in denen sein Leben wirklich mit dem anderer Menschen in Berührung gekommen war.

Er stieg in seine Sachen, dieselbe Jeans, die er schon die ganze Woche trug, und ein T-Shirt, und sprang die Treppe hinunter.

„Morgen", sagte Jack zu Tom, als er in die Küche kam. „Weißt du, eigentlich sollte ich dir das Frühstück machen."

„Oh, ich koche gern", sagte sein Vater. „Und was ich noch lieber tue, ist essen. Während der Chemo konnte ich nicht. Wenn ich also für den Rest meines Lebens Eier zum Frühstück essen will", sagte er und ließ perfekte Spiegeleier auf die Teller gleiten, „dann werde ich das, weiß Gott, auch tun. Ein Mann sollte essen können, was er will."

„Ich könnte dir auch Eier machen", sagte Jack. Aber seine wären nicht annähernd so gut gelungen wie diese, das Eiweiß wie zarte gebratene Spitze, das Gelbe noch flüssig.

„Du kannst den Toast machen", sagte sein Vater. „Darin warst du immer gut."

Jack steckte vier Scheiben Toastbrot in den Toaster. „Erledigt."

„Macht es dir was aus, heute zu arbeiten?" Tom unterbrach sich, nachdem er Orangensaft und Butter aus dem Kühlschrank geholt hatte. „Ich könnte heute wirklich deine Hilfe gebrauchen; wir müssen ein paar Holzbestellungen ausliefern."

„Nein, es macht mir nichts aus, Dad. Was soll ich denn sonst machen?"

„Gut", sagte sein Vater. „Ich wollte dir heute … sagen wir mal, deinen Lohn geben. Und vielleicht einen kleinen Vorschuss für Kleidung. Wenn ich noch eine ganze Woche lang immer dieselbe Jeans zu sehen bekomme, garantiere ich nicht dafür, was ihr zustoßen könnte."

Jack sah auf seine Röhrenjeans hinunter. Sie war schwarz, hip, passte ihm perfekt – und passte kein bisschen nach Mayfield. Um ehrlich zu sein, war auch sein Unterlippenbärtchen, sein zynisches T-Shirt, überhaupt seine ganze Erscheinung unpassend für diesen Ort.

„Jedenfalls", sagte sein Vater, „dachte ich, du nimmst vielleicht gern den Truck und fährst ein wenig in der Gegend herum. Vielleicht kannst du in Mayfield ein paar Einkäufe machen. Und am Nachmittag schaust du dir die Gegend an. Ich weiß, dass du das früher gern getan hast."

Jack nickte. Ein Tag in den Hügeln von Texas, zwischen Weinbergen und verschlungenen bewaldeten Kuppen, klang plötzlich wie ein Stückchen Himmel auf Erden.

Der Tag erschien jetzt ein wenig vielversprechender. Er hatte schon seinen allmorgendlichen Anrufversuch bei Tracy erledigt, ebenso bei ihren Eltern und auch bei ihrem Bruder und ihrer Schwester. Niemand hatte abgenommen.

Es ist fast eine geistliche Übung, dachte er. Du strengst dich an, und vielleicht antwortet niemand.

Aber es wird auch niemand antworten, wenn du nicht anrufst.

Es war ihm aber heute Morgen, als er schon fast ihre Nummer eingegeben hatte, klar geworden, dass er aufhören sollte, Sally anzurufen. Wie es schien, hatte sie beschlossen, dass er in ihrer Zukunft, wie immer die aussehen mochte, keinen Platz mehr hatte. Und er hatte den Eindruck, dass das auch richtig so war. Es machte jetzt viel mehr Sinn als damals, als er sich auf dem Balkon über dem Meer in Mexiko betrunken hatte. Das Unglück hatte Gesellschaft gebraucht, und – so vermutete er jetzt – war vielleicht nicht so wählerisch gewesen, was für Gesellschaft das war.

Denn jetzt, stocknüchtern, konnte er sich der Realität stellen, dass das, was sie getan hatten, falsch war. Egal, was sie jetzt taten, es würde nichts daran ändern, dass es falsch gewesen war.

Und alles, was er wirklich wollte, war eine neue Chance für seine Familie. Nichts sonst.

Also hatte er diesen Anruf nicht gemacht, ein stilles Gebet für Sally gesprochen und war dann runtergegangen zum Frühstück.

„Dad“, fragte er, nachdem sie sich gesetzt hatten und sein Vater das Tischgebet gesprochen hatte. „Hast du Bill in letzter Zeit mal gesehen?“

Jack war seinem besten Freund aus Schulzeiten noch nicht begegnet, seit er wiedergekommen war, und er fragte sich, warum. Jeder sonst schien hier immer neue Gründe zu finden, um im Laden vorbeizuschauen und ihn aus seiner Kleinstadtperspektive zu betrachten. Tom war gestern Abend von einem Basketballspiel zurückgekommen und hatte berichtet, dass jede Menge Leute nach ihm gefragt hätten und sich wunderten, warum er nicht mitgegangen war. Jack musste lächeln. Er konnte sich nicht vorstellen, wieder im Fokus von so vielen Augen zu stehen. Nicht so bald.

„Vielleicht, wenn sie gegen Llano spielen", sagte er, wobei er den Namen der gegnerischen Mannschaft mit einem echten texanischen L statt des spanischen Y aussprach. „Das sind immer spannende Spiele."

„Nun ja", sagte Tom, „gestern Abend bei dem Spiel hab ich ihn gesehen. Wir haben uns eine Weile unterhalten. Aber nicht über dich." Er schüttelte den Kopf. „Über dich haben wir schon lange nicht mehr gesprochen. Ich glaube, er denkt, du hast den Kontakt abgebrochen." Er unterbrach sich. „Ich weiß, dass er das tut. Und er kann es nicht so gut verkraften."

„Ja, ich habe den Kontakt schleifen lassen", stimmte Jack ihm zu. „Und das tut mir leid. Vielleicht kann ich etwas wiedergutmachen."

„Vielleicht", sagte sein Vater. „Aber sei nicht enttäuscht, wenn du das nicht kannst. Manchmal ..." Er legte das Messer hin und beschloss, doch lieber nicht mehr zu sagen.

Stattdessen sagte er: „Bill Hall ist ein feiner Kerl. Er hat fünf Kinder allein großgezogen, alles Mädchen. Er arbeitet hart auf seiner Ranch und hat viel für unsere kleine Gemeinde getan. Dieses Jahr ist er Vorsitzender des Kirchengemeinderats."

Jack hatte eine Vision von Martin Fox und seinen 1000-Dollar-Anzügen, seinem scharfen Urteil. Bill war damit nicht zu vergleichen. Ganz sicher nicht.

„Vielleicht laufen wir uns mal über den Weg", sagte Jack. „Früher oder später muss das ja mal passieren, stimmt's? Ich würde ihm gern sagen, dass es mir leidtut." Was dann passieren würde, hatte er nicht in der Hand. Bill würde ihm entweder verzeihen oder nicht. Er konnte sich, das wurde ihm plötzlich mit leisem Erstaunen klar, die Verzeihung nicht verdienen. Aber zu sagen, dass es ihm leidtat – das war, wie er jetzt erkannte, ein wichtiges und oft vernachlässigtes Teil des Puzzles.

„Ich bin auch überrascht, dass er noch nicht im Laden war",

sagte Tom. „Und ich fürchte fast, ich weiß auch, warum. In der Woche, bevor ich dich nach Hause geholt habe, war er mindestens fünfmal da." Er kaute und erwog, was er gerade gesagt hatte. „Er fährt ja wohl hoffentlich jetzt nicht nach Kerrville."

„Hoffentlich nicht", sagte Jack. „Das ist sehr weit. Und es gibt keinen Grund."

„Vielleicht solltest du mal ein Wort mit ihm reden", sagte Tom. „Nur, damit er Bescheid weiß." Er zuckte mit den Schultern. „Vielleicht glaubt er, er ist nicht mehr willkommen oder so was."

„Vielleicht", sagte Jack. Er trank seinen Orangensaft aus, dann seinen Kaffee. Als er aufstand, um das Geschirr abzuräumen, sagte er: „Ich kann wenigstens den Tisch abräumen. Diese Eier übersteigen allerdings meine Fähigkeiten."

„Und abwaschen", sagte sein Vater. „Du warst schon immer ein exzellenter Tellerwäscher."

„Die Eier sind wirklich gut", sinnierte Jack noch. „Spiegeleier. Komisch. In Seattle hatte ich immer Omelett aus Bioeiern von glücklichen Hühnern. Ich nehme nicht an, dass die Nachfrage nach so etwas hier sehr groß ist."

„Jack", sagte sein Vater und erhob sich langsam. „Du hast selten ein wahreres Wort gesprochen."

Sie fuhren gemeinsam in die Stadt, ohne ein Wort, aber das Schweigen war nicht unangenehm. Die Kältewelle war abgeflaut, der Schnee geschmolzen, und sie genossen schon den zweiten Tag mit frühlingshaftem Wetter.

„Texas im Dezember", sagte Jack. „Das muss man einfach lieben." Die Temperatur lag um die 15 Grad, sollte aber am Nachmittag über die 20-Grad-Marke klettern.

Sein Vater knurrte. „Was man lieben muss, ist, dass wir nicht in Amarillo oder Lubbock wohnen", korrigierte er. „In diesen Ecken von Texas kann das Wetter ziemlich hart werden."

„Trotzdem", sagte Jack. „Heute Nachmittag kann ich mit offenen Fenstern fahren." Er seufzte. „Ist doch prima, oder?"

Sein Vater schien tatsächlich innezuhalten und über diese Frage nachzudenken. An der Ampel, die unerklärlicherweise rot war, obwohl weit und breit kein Fahrzeug in Sicht war, nickte er.

„Ja, prima!", sagte er. „Wirklich prima."

Jack dachte, dass sein Vater eine echte Wertschätzung für die kleinen Dinge entwickelt haben musste. Und warum auch nicht? Er war ja dabei, all diese kleinen Dinge zu verlieren – und die großen ebenfalls. Wer konnte sagen, was man am Ende mehr vermissen würde?

Jack begann seine Arbeit an diesem Morgen damit, dass er den Lieferwagen des Ladens mit den Waren belud, die heute früh auszuliefern waren. Es war eine bunte Mischung aus Bauholz, zwei Dutzend Säcken schnell härtendem Beton – ungefähr alles, was sie auf Lager hatten – und einer Ladung Hohlfalzziegel, die wohl für ein Dach reichen würde. Zu viel für eine Tour; er würde wohl eher drei- oder viermal fahren müssen.

Er sah, dass die Ziegel und Nägel für Mrs Calhoun bestimmt waren. Irgendjemand musste ihr Dach erneuern. Drei Hämmer. Gott sei Dank gibt es Nagelpistolen, dachte er. Er würde keine Dächer decken wollen, egal, zu welcher Jahreszeit. Es war Knochenarbeit.

Zuerst beförderte er eine Sendung in die River Road zu den Marquettes. Er kannte die Familie, wenn auch nicht gut. Sie waren nach Mayfield gezogen, als er schon zur Highschool ging. Tom sagte, sie gehörten zur Gemeinde – und wie die meisten Gemeindemitglieder sah man sie dort nicht oft. Vor dem Haus stand ein Schild neben einer amerikanischen Flagge. Es trug die Aufschrift: „Gott liebt dich. Schon immer. Und für immer."

Mr Marquette kam aus dem Haus, als er in die Einfahrt einbog. Er war ein großer, kräftiger Mann in den Fünfzigern. „John Marquette", sagte er und reichte Jack die Hand. „Ich glaube, wir sind uns noch nicht begegnet."

„Jack." Sie schüttelten sich die Hände.

„Ich baue eine Hundehütte“, erklärte John, als Jack begann, die Bretter abzuladen.

John Marquette war keiner, der herumstand und zusah. Zusammen luden sie das Holz auf Stapel. John stand abwartend dabei, als Jack die Menge mit dem Lieferschein verglich und ihm dann das Klemmbrett zum Unterschreiben reichte.

„Soll ich gleich bezahlen?“, fragte John Marquette, während er seine Unterschrift daruntersetzte.

„Wir setzen es auf Ihre Rechnung“, sagte Jack. Er schüttelte John die Hand. „Wenn wir Ihnen sonst noch helfen können, lassen Sie es uns wissen.“

John Marquette lächelte. „Willkommen zu Hause, Jack“, sagte er.

„Danke.“ Auf dem Rückweg zum Laden fragte er sich, ob es irgendjemanden in der ganzen Gegend gab, der nicht wusste, dass er wieder da war.

Es war schon gegen zehn, als Jack die zweite Fuhre, die Betonsäcke, zur Koenig-Ranch hinausfuhr, zwölf Meilen westlich von Mayfield. Die beiden letzten Meilen gab es nur eine Schotterpiste, gesäumt von Eichen und Pekannussbäumen. Eine weiße Staubwolke folgte ihm, und an beiden Seiten der Straße knabberten Ziegen auf felsigem Boden herum.

Warren Koenig, der jüngste Bruder, saß auf der Veranda vor dem großen Haus und nippte an einem Kaffee. Er stand aus seinem Schaukelstuhl auf und ging zur Wendeschleife, als Jack die Einfahrt hinauffuhr. Jack hatte mit Warrens älterem Bruder Van Football und Basketball gespielt, aber Warren war vier Klassen unter ihnen gewesen. Er war früher ein oft kränklicher Junge gewesen, ein lästiges Anhängsel, der sie von der Tribüne aus anfeuerte und das Training beobachtete. Jack fragte sich, wie die Zeit ihn wohl verändert hatte.

„Hallo, Warren“, rief Jack, als er aus dem Wagen stieg.

„Jack“, sagte Warren und kam näher, um ihm mit beiden Händen die Hand zu schütteln. Er war immer noch eher schmächtig, der jüngste und kleinste seiner Brüder. „Schön, dich zu sehen. Seit wann bist du wieder hier?"

„Anfang der Woche", sagte Jack. „Und, wie geht's?"

„Wir setzen diese Woche einen neuen Zaun", sagte Warren. *„Du liebe Güte!"*, sagte er auf Deutsch. Warren war Deutsch-Amerikaner in der dritten Generation, aber etwas Deutsch klebte anscheinend noch an ihm. Jack hatte in den Jahren in Mayfield jede Menge Deutsch zu hören bekommen. Deutsche hatten das Hügelland im 19. Jahrhundert besiedelt, Weinberge angelegt, Bier gebraut und die reiche Tradition geräucherter Fleischsorten mitgebracht, aus der schließlich das texanische Barbecue geworden war.

Jack war bereit, den Deutschen wegen ihres Biers und des Barbecues viel zu vergeben.

„Du meine Güte", stimmte Jack auf Deutsch zu und schüttelte den Kopf. Einen Zaun zu setzen war noch so etwas, das er in diesem Leben lieber nicht noch einmal tun würde. „Ihr habt doch hoffentlich einen Drillbohrer für die Löcher?"

„O ja", sagte Warren. „Mensch, kannst du dich noch erinnern, wie es war, die Löcher mit der Hand zu graben?"

„Und wie", sagte Jack. Er konnte fast noch die Blasen und Schwielen spüren, die seine Hände am Abend des Tages verziert hatten, an dem er ohne Handschuhe Zaunpfostenlöcher ausgehoben hatte. Welcher robuste junge Mann trug schon Handschuhe bei der Arbeit? „Wo soll ich die Sachen hinbringen?"

„Drüben zur Scheune", sagte Warren.

Jack wendete den Wagen und manövrierte ihn rückwärts vor die Tür einer großen Scheune aus Blech. Sie hatte das Ausmaß von vier übergroßen Garagen und war wohl zehn Meter hoch. Ein Kleinlaster, ein riesiger John-Deere-Traktor, ein Mähdrescher und jede Menge Werkzeug und Gerätschaften füllten den Raum. Vor einer Wand erspähte er einen kleinen Stapel Betonsäcke. „Da rüber?"

„Ja, das wäre prima“, sagte Warren. Er griff sich mit jeder Hand einen Betonsack, und die beiden begannen, die Säcke umzuladen.

„Ähm, Jack“, murmelte Warren, als sie den Weg zum vierten Mal gemacht hatten und er gerade einen Zementsack auf einen Stapel geworfen hatte, der wohl schon etwas zu hoch war, um sicher zu sein.

„Ja?“, sagte Jack und begann einen neuen Stapel.

„Bist du hier, um zu bleiben?“

„Ich weiß es nicht“, sagte Jack und kehrte zum Wagen zurück. Er trug die Säcke jetzt auf den Schultern. Er hatte zwar bis vor Kurzem regelmäßig Sport getrieben, aber dies hier war eine neue Kategorie von Schmerz.

„Van meinte, du bleibst wohl nicht. Hat gesagt“ – seine Stimme hatte einen entschuldigenden Tonfall – „hat gesagt, du passt hier nicht mehr her.“

„So, hat er das gesagt?“ Jack sah an sich herunter, wie er so staubbedeckt dastand. „Ist es wegen meiner engen Jeans?“

Warren johlte, als hätte Jack den Witz aller Zeiten gemacht.

„*Nein*, Mann, nein.“ Er machte eine wegwerfende Bewegung. „Obwohl natürlich hier niemand enge Jeans trägt, der älter ist als fünfzehn.“ Er wurde plötzlich ernst. „Du weißt schon, was er meinte. Du hast in einer anderen Liga gespielt. Warst in den Nachrichten. Im Fernsehen.“

„Ja“, knurrte Jack und ließ einen Sack auf den Stapel gleiten. „War ich. Ich glaube, das ist wohl vorbei.“

„Nein“, sagte Warren. „Denk doch so was nicht, Jack. Glaubst du nicht an eine zweite Chance?“ Er unterbrach sich. „Vielleicht ist es das. Vielleicht denkt Van, du bist hier, um einfach mal durchzuschnaufen.“

Genau das tat Jack in diesem Moment gerade. Er hielt sich an der Heckklappe fest und rang nach Luft. „Warren“, sagte er, als er wieder zu Atem gekommen war. „Warum sollte ich hierbleiben?“

„Warum bleiben andere hier?“, fragte Warren. Dann gab er selbst die Antwort. „Wegen des Biers. Wegen des Rindfleischs. Wegen der Sonnenuntergänge."

„Wegen des Footballs. Der Pekannüsse. Und des Nusskuchens."

„Wegen der Badestelle am Flüsschen", sagte Warren. „Bei vierzig Grad im Schatten, wenn du glaubst, die Welt zerfließt."

Jack griff sich zwei weitere Säcke. „Ich bin ein bisschen außer Form", sagte er.

„Du hast schon lange nicht mehr richtig zugepackt, was?", fragte Warren. „Hast mit dem Kopf gearbeitet."

„Hmhm", antwortete Jack. Es war nicht eigentlich eine Zustimmung. Er hatte sich vor Knochenarbeit gedrückt, das war wahr.

War es ehrliche Arbeit?

Konnte er stolz auf das sein, worauf er so stolz war?

Mit einem dumpfen Aufprall fiel der letzte Sack auf den Stapel. Jetzt waren sie beide außer Atem. Jack hoffte, Nora Calhouns Handwerker, wer immer die sein mochten, würden dort sein, wenn er kam, damit er nicht allein abladen müsste.

„Ein Bier?", fragte Warren.

Jack war durchgeschwitzt. Er wischte sich den Staub vom Handrücken, dann mit der Hand die Augen, und sah auf seine Rolex.

„Ja, *gern*", sagte er.

Sie saßen um elf Uhr morgens in der Sonne auf der Veranda in Schaukelstühlen und tranken ein kühles Bier.

„Gib's zu", sagte Warren. „Das ist doch nicht schlecht."

„Nein", sagte Jack. „Es ist prima." Er dachte flüchtig an seinen Vater und ihre kurze Fahrt in den Laden, und er spürte plötzlich eine Wärme, die nichts mit der Sonne zu tun hatte. „Wirklich prima", sagte er.

„Van ist in Austin." Warren schaukelte beim Reden. „Ist ja Saison." Jack brauchte einen Moment, um zu begreifen. Van war zum Senator gewählt worden, und alle zwei Jahre musste er einen großen Teil seiner Zeit in Austin verbringen, wo das Parlament Gesetze schmiedete.

„Ich hätte gedacht, er wäre heute hier“, sagte Jack. „Die haben doch sicher am Wochenende keine Sitzung?“

Warren stieg eine leichte Röte ins Gesicht. Er rutschte in seinem Stuhl hin und her.

„Tut mir leid“, sagte Jack. „Hab ich was Falsches gesagt?“

„Wir glauben … wir glauben, Van hat sich in Austin was Hübsches angelacht“, sagte Warren, und jetzt war er so rot, wie es nur jemand mit einer blassen deutschen Haut werden kann.

„Was ist mit Candace …“, begann Jack empört und brach dann ab.

Er hatte kein Recht, sich zu äußern. Überhaupt kein Recht.

Sie schaukelten schweigend ein wenig vor sich hin. Warren war noch immer tiefrot vor Zorn oder Trauer oder Scham.

Sie nahmen noch einen Drink.

„Traurige Sache“, bemerkte Jack schließlich, „wenn ein privater Fehltritt in aller Munde ist.“

Warren nickte.

Vielleicht war das eine allgemeingültige Wahrheit. Vielleicht gab es in jedem Leben etwas, wofür man sich schämte. Einen Familienskandal, einen persönlichen Fehltritt.

Natürlich, dachte er. Wir sind alle kaputt. Wir sind alle gefallene Sünder.

„Wir müssen uns mehr anstrengen“, murmelte er automatisch. Es klang seltsam.

„Was?“, fragte Warren. Er stellte scheppernd die Bierdose neben seinem Stuhl ab.

„Ach, nichts“, erwiderte Jack. Er trank sein Bier, bedankte sich bei Warren und stand auf.

„Jack, du bist doch noch ein Mann Gottes, oder?“, fragte Warren, während sie zum Wagen gingen.

Jack blieb stehen, um darüber nachzudenken. Er schüttelte den Kopf. „Warren“, sagte er dann, „gerade jetzt bin ich mir nicht sicher, zu welcher Spezies ich überhaupt gehöre.“

„Nein“, sagte Warren. „Ich habe dich predigen gehört. Es müssen bestimmt tausend Leute da gewesen sein.“

„Zehntausend“, verbesserte Jack. „Tut mir leid. Nicht, dass das etwas ausmacht.“

„Na ja“, sagte Warren. „Würdest du für Van beten?“

„Was meinst du, was soll ich beten?“, sagte Jack, ohne sich zu verpflichten.

„Dass er sich mehr anstrengt?“, sagte Warren fragend. Er hielt inne, überlegte, was er sagen könnte. „Es ist sehr schwer für seine Familie. Es ist sehr schwer für uns alle.“

„Ich kann dafür beten“, sagte Jack. Er nickte wie zu sich selbst. „Ich werde dafür beten.“ Er stieg in den Wagen und sah Warren an. „Kannst du etwas tun, was wirklich schwerfällt? Kannst du ihn weiterhin lieben, auch wenn er dir so wehtut? Das ist nämlich entscheidend.“

Warren blinzelte ein- oder zweimal. Dann nickte er langsam. „Man kann es ja nicht lassen“, sagte er. „Oder?“

„Nein, ich wüsste nicht wie“, meinte Jack. „Nicht, wenn andere uns lieben, obwohl wir sie enttäuscht haben.“ Er startete den Motor. „Nicht, wenn Gott uns noch liebt.“

Sie hoben die Hände, ein texanischer Gruß für jede Gelegenheit.

„Wir sehen uns“, sagte er.

„*Auf Wiedersehen*“, sagte Warren auf Deutsch. „Ich sag Van, dass du nach ihm gefragt hast.“

„Tu das“, stimmte Jack zu. Er fuhr zurück in die Stadt und belud den Wagen mit den Ziegeln für Mrs Calhoun. Die Packen wogen gut dreißig Kilo, und Jack musste sich eine Pause gönnen, eine Dr Pepper trinken und erst einmal wieder zu Atem kommen. Für diese Arbeit war er total untrainiert. Als er zwanzig war, wäre das ein Kinderspiel gewesen. Er war zu alt für so etwas.

Er fragte sich, wie sein Vater in den letzten Jahren wohl zurechtgekommen war.

„Dad“, rief er und steckte den Kopf in den Laden.

„Ich habe Kundschaft", rief sein Vater nicht unfreundlich zurück.

Jack lud die letzten Ziegelpakete und Filzrollen auf und ging zehn Minuten später zurück in den Laden. „Ich fahre jetzt die letzte Lieferung raus", sagte er, während sein Vater Dutzende von Batterien für Shirley Martin, die Musiklehrerin der Highschool, testete.

„Für mein Keyboard", sagte sie. „Das frisst die nur so."

„Vielleicht könnten wir ja mal Akkus anbieten", sagte Jack, ohne nachzudenken. Sicher war das wieder seine grüne Ader aus Seattle. „Ich meine, Dad, wir könnten doch ..."

„Gute Idee", sagte Tom und gab ihr das Wechselgeld heraus. „Und es wäre sicher ein wenig besser für diese gute alte Erde." Er nickte Jack zu. „Du kannst am Montag schon mal einen Platz im Lager freiräumen."

Mrs Martin ging, und die Ladenglocke klingelte aufgeregt.

„Ich mach mich jetzt auf den Weg", sagte Jack. „Könnte ich vielleicht etwas ..."

„Oh", sagte Tom und ließ die Kasse gerade noch rechtzeitig offen. „Richtig." Er nahm einige Zwanziger heraus, zählte sie und gab sie Jack.

„Genieß den Nachmittag", sagte er.

„Ich bring uns auf dem Rückweg Hähnchen mit", bot Jack an. „Okay?" Er lächelte. „Ein Mann sollte essen können, was ihm schmeckt."

„Oh, und heute Abend läuft ein Footballspiel", bemerkte Tom.

„Football", sagte Jack. „Spielt Seattle?"

„Nein, die spielen nächsten Sonntag", antwortete Tom. „Wenn wir von der Kirche zurück sind."

Keine Chance. Das musste er sofort klarstellen.

„Dad", sagte er. „Ich gehe nicht zur Kirche. Morgen nicht. Und nächste Woche auch nicht."

„Nein?" Tom sah ein wenig enttäuscht aus. „Ich wäre zu gern mit dir da aufgekreuzt."

„Das glaub ich dir gern", sagte er. „Aber ich glaube nicht, dass alle anderen mich dort auch so gern sehen würden."

Tom lachte. „Du hast doch nichts Schlimmeres getan als die Hälfte der Leute dort. Pater Francis sagt, trau keiner Gemeinde, die nicht akzeptiert, dass sie aus lauter Sündern besteht." Jetzt schloss er die Kassenschublade. „Ehrlich, Jack, es ist hier genauso wie überall sonst auf der Welt. Manche werden entrüstet sein, wenn du auftauchst. Andere werden dich mit offenen Armen willkommen heißen."

„Ich kann das noch nicht", sagte Jack. „Zu viele Erinnerungen."

„Erinnerungen können gut oder schlecht sein. Kommt drauf an, was man mit ihnen macht."

„Na schön", sagte Jack. „Ich erinnere mich nur zu gut. Als ich das letzte Mal in dieser Kirche war, gab es da jemanden, der mir befohlen hat, die Predigt zu beenden. Es ist ein wenig bitter fürs Ego."

Tom hatte Mühe, seine Gesichtszüge zu kontrollieren. „Könnte es sein, dass es besser war, dich zu bitten aufzuhören, als dich weiterreden zu lassen?"

Jack konnte sich nicht mehr zurückhalten; er musste kichern. „Könnte sein", gab er zu.

„Also, schönen Nachmittag", sagte Tom. „Heute Abend ist es der Alamo Bowl. Texas spielt."

„Weißt du", sagte Jack, „das klingt richtig gut." Und er meinte es auch so. Texas, Football, Brathähnchen, Zeit mit seinem Dad. Überhaupt nicht schlecht.

Er wollte schon gehen, als er sich erinnerte, was er hatte fragen wollen. „Dad", sagte er, „wie hast du es geschafft, diesen Laden ganz allein am Laufen zu halten?"

Tom sagte für eine ganze Weile gar nichts. Jack sah, wie sein Vater ehrlich erstaunt den Kopf schüttelte. Er zuckte die Schultern. „Ehrlich, Junge – ich weiß es nicht. Irgendwie werden die Dinge erledigt. Lieferwagen werden abgeladen."

„Die Dinge werden erledigt?", hakte Jack nach. Der Philologe in ihm bemerkte die Passivform und er schob die Lippen vor. „Von wem werden die Dinge erledigt, Dad? Von Heinzelmännchen?"

„Manny und ich haben die Stellung vierzig Jahre lang gehalten", sagte sein Vater. Er lächelte. „Von Heinzelmännchen habe ich in dieser Zeit keine Spur gesehen."

„Aber …" Jacks Muskeln schmerzten nach diesem Vormittag, und er war Jahre jünger. Und hatte keinen Krebs, wenn sie schon dabei waren. „Wie hast du das gemacht – die Stellung halten?"

„Ich bin froh, dass du jetzt da bist", war alles, was sein Vater sagte. „Und du hast jetzt deine Freizeit verdient. Zieh los. Und fahr vorsichtig."

„Okay", sagte Jack. „Bin schon weg.

8.

Jacks letzte Station war Nora Calhoun und lag schon auf dem Weg aus der Stadt heraus. Während er zum Wagen ging, überlegte er, ob er seine Einkäufe auch hier erledigen konnte. Der kleine Supermarkt an der Ecke hatte nur die neuesten Texas-Shirts, Sears lieferte fast nur noch auf Vorbestellung. Er brauchte neue Kleidung, auf der Stelle. Er würde nach Kerrville fahren müssen. Aber das war in Ordnung. Die Strecke dorthin war wunderschön.

Auf der Fahrt zu Mrs Calhoun hielt er beim Imbiss für einen Hamburger und ein paar Fritten, die er unterwegs essen konnte. Im Supermarkt an der Ecke kaufte er eine Dr Pepper und ein paar Kassetten für den Wagen. Die Auswahl war begrenzt, aber er fand eine „Best of Guns N' Roses" und eine „Al Green's Greatest Hits" und noch ein paar andere Bands, die am besten in der Vergessenheit verschollen blieben. Nicht einmal Pater Francis würde sich die auf den Rücksitz legen.

Jack parkte in der Einfahrt, sah niemanden, stieg aus, ging zur Tür und klingelte.

Nora Calhoun öffnete die Tür langsam, aber statt zu lächeln und zu sagen, sie sei froh, ihn zu sehen, machte sie einen Schritt vorwärts und sank in seine Arme.

Sie weinte und hatte die gichtigen Hände fest an die Brust gepresst.

„Mrs Calhoun", sagte er bestürzt. Er sah auf den grauen Scheitel hinunter. „Nora. Was ist denn? Ist etwas passiert?"

Er spähte ins Haus. War jemand verletzt? Brannte es vielleicht irgendwo?

„Oh, Jack“, sagte sie schließlich. „Ich bin wirklich eine törichte alte Frau.“

„So etwas würde ich Sie nicht aussprechen lassen, und wenn ich Ihr schlimmster Feind wäre“, erwiderte Jack und nahm sie bei den Schultern. „Und ich bin nicht Ihr schlimmster Feind.“

Vielleicht war das genau das, was sie hören musste. Sie schniefte, trat einen Schritt zurück, streckte sich dann würdevoll und bat Jack herein. Sie gingen nach hinten in die Küche und sie bot ihm einen Stuhl am Esstisch an, der unter einem großen Wasserfleck an der Decke stand.

„Es tut mir leid, Jack“, sagte sie, während sie ihm einen Kaffee eingoss. Maxwell House. Der war wohl jetzt sein Schicksal. Sie senkte den Blick und schüttelte den Kopf. „Ich kann diese Ziegel nicht annehmen.“

„Ich kann sie wieder mitnehmen“, sagte Jack. „Aber Mrs Calhoun, Sie brauchen ein neues Dach.“ Es war das Erste, was ihm in den Blick gefallen war, als er auf das Haus zufuhr. Die Ziegel waren schäbig und abgeplatzt. Er sah zum Wasserfleck hoch – vermutlich saß er genau unter dem Leck, das Lyndi zu flicken versucht hatte.

„Das weiß ich“, sagte sie. „Und nachdem ich neulich mit deinem Vater gesprochen hatte, dachte ich, ich hätte auch ein paar günstige Handwerker gefunden. Diese Jungs kamen zufällig vorbei, sahen mein Haus und sagten, sie würden heute Morgen das Dach neu decken, wenn ich die Ziegel bestellen könnte.“ Sie reichte ihm die Tasse, wärmte ihre eigene und setzte sich dann auch an den Tisch. Antik, notierte Jack innerlich, Kirschbaum, wunderschöne Maserung. Brauchte nur mal ein bisschen Lack.

„Ich hätte es wissen müssen. Das war zu schön, um wahr zu sein“, sagte sie.

„Sie wollten den Lohn vorab“, sagte Jack. Ihm schwante Schlimmes.

„Woher weißt du das?“, fragte sie. Sie schüttelte den Kopf. „Sie sagten, dann müssten sie mich nicht mehr belästigen, wenn sie fertig wären. Aber heute Morgen sind sie nicht aufgetaucht. Sie hätten ja die alten Ziegel herunternehmen müssen. Und die Telefonnummer, die sie mir gegeben haben, ist tot.“

„Bar oder per Scheck?“

„Sie wollten Bargeld“, sagte sie und hob eine Hand zum Mund. „Ich hätte es wissen müssen. Ich bin wirklich eine törichte alte Frau.“

„Aber nein“, sagte Jack. „Das ist ein verbreiteter Trick. In meiner Gemeinde sind einige ältere Leute auch darauf hereingefallen. Genau dieselbe Masche. Und die waren keine Spur törichter als Sie.“

„Es tut mir so leid, dass ich dich extra hab hier herausfahren lassen“, sagte sie. „Diese Ziegel sehen ganz schön schwer aus.“

„Das kann man wohl sagen“, meinte Jack. „Und abladen muss ich sie ja auch noch.“

„Aber ich habe kein Geld.“

„Aber Sie brauchen ein neues Dach“, beharrte Jack.

„Ich habe nichts mehr übrig“, wiederholte sie.

Sie saßen einen Moment nur da, tranken ihren Kaffee und seufzten.

Schließlich nahm Jack den letzten Schluck von seinem Maxwell House und schob den Stuhl zurück. Er wusste zwar noch nicht, wie er es bewerkstelligen sollte, aber er hatte einen Entschluss gefasst.

„Das klingt jetzt vielleicht etwas merkwürdig, Mrs Calhoun, aber ich werde Ihre Ziegel jetzt hier abladen. Ich glaube nämlich, dass Ihr neues Dach irgendwie gedeckt werden wird.“

Sie sah ihn skeptisch an. „Von den Heinzelmännchen?“

„Genau“, sagte er. „Von den Heinzelmännchen. Gehen Sie morgen zur Kirche?“

„Bin ich noch am Leben?“, fragte sie zurück.

„Sie sind doch eine Frau des Gebets“, sagte er. „Ich möchte Sie um etwas bitten. Gehen Sie doch morgen zur Kirche und beten Sie dafür, dass diese Sache irgendwie in Ordnung kommt."

Ihre geschürzten Lippen sagten deutlich, was sie von diesem Vorschlag hielt. „Ist das dein Rat als Pastor oder sprichst du als jemand, der keine Lust hat, die Ziegel wieder mit zurückzunehmen?"

„Sowohl – als auch", sagte er.

„Ich glaube nicht mehr sehr an Wunder", sagte sie milde. Er wusste, dass es in ihrem Leben viel Tragisches gegeben hatte.

„Wunder können sehr groß sein oder sehr klein", sagte er und tätschelte ihre Hand. „Gehen Sie einfach zur Kirche. Beten Sie. Ich glaube, es wird etwas Gutes passieren."

Draußen lud er die Ziegel unter dem Vordach ab, wobei er mit jedem Packen lauter stöhnte. Sie sah ihm ruhig zu; ihr Gesichtsausdruck war eine Mischung aus Skepsis und Verzweiflung. Als er fertig war, ging er zu ihr und nahm sie in den Arm.

„Rufen Sie Randy an", sagte er. „Sagen Sie der Polizei, was passiert ist. Wir können wenigstens verhindern, dass diese Kerle noch jemanden hereinlegen."

Sie nickte nachdrücklich. Es war ein Schlag für ihren Stolz – aber lieber nahm sie diesen Schlag hin, als dass jemand anders übers Ohr gehauen würde.

„Noch einmal … bitte glauben Sie, dass etwas Gutes passieren wird."

Sie konnte es nicht. Das konnte er sehen, wenn er nur ihr zerknittertes Gesicht und ihre niedergeschlagene Haltung sah. Wunder jeder Art waren mehr, als sie noch hoffen konnte. Sie hatte zu viele Schläge einstecken müssen.

Er kannte dieses Gefühl gut und er wollte nicht, dass irgendjemand es erleben musste, wenn er das verhindern konnte.

„Wir sehen uns bald", sagte er.

Eher, als sie ahnte.

„Vergelt's Gott", sagte sie, obwohl er nicht viel getan hatte, das eine göttliche Vergeltung wert gewesen wäre. „Du bist ein feiner Kerl, Jack, weißt du."

„Freut mich, dass das noch irgendjemand denkt", meinte er.

Er winkte ihr zu, stieg in den kleinen Lieferwagen und war schon auf dem Weg aus der Stadt.

Bis zum Highway fuhr er durch die schattigen Kurven der Uferstraße. Dann bog er nach Süden ab, ließ die Fenster herunter und den Wind durchs Fahrerhaus brausen, drehte die Musik auf und beschleunigte auf gut hundert Stundenkilometer.

Schon lange war er nicht mehr so schnell gefahren … und so weit. Fünfundvierzig Minuten später erreichte er zum dröhnenden Klang von „Paradise City" Kerrville, und an jeder Ampel folgte ihm genervtes Kopfschütteln. Unten am Guadalupe River – in reinstem Texanisch „Gwad-a-luup" gesprochen – hielt er bei einem Textilkaufhaus, und nachdem er Designerjeans, Poloshirts und Union Bay aussortiert hatte, fand er, wonach er suchte: Wrangler Cowboy Cut.

Er kaufte zwei Paar, eine blaue, eine schwarze, dazu ein paar schwarze T-Shirts und einen Wollpullover mit rundem Ausschnitt, der nicht so aussah, als hätte seine Mutter ihn gestrickt. Beige, dachte er. Ecru verkündete das Schild. Wie auch immer, er war zufrieden.

Auf dem Weg aus der Stadt zum Highway 16 hielt er noch bei „Billy's Westernkleidung" und probierte jede Menge Cowboystiefel an – Noconas, Justins, Ariats. Nachdem er in allen eine Weile herumgestiefelt war, entschied er sich für ein Paar Tony Lamas aus braunem Büffelleder. Eigentlich hatte er ein Paar schwarze Tony Lamas aus Straußenleder nehmen wollen, aber sein Geld reichte dafür bei Weitem nicht. Er kaufte noch einen passenden Gürtel, nachdem er mit einer großen Gürtelschnalle mit Texasstern geliebäugelt und sich dann dagegen entschieden hatte.

„Zu viel", gestand er gegenüber dem Verkäufer. „Zu viel zu schnell." Als Junge hatte er eine riesige Gürtelschnalle mit einem bockenden Wildpferd darauf gehabt, und Jamie Taylor hatte sich daran die Knöchel aufgeschlagen, als er versucht hatte, ihm in den Magen zu boxen.

Jack lächelte, als er daran dachte.

Vielleicht später einmal.

Als er zum Wagen ging, fiel ihm noch etwas ein. Gleich nebenan war „Home Depot“. Er fuhr auf den Parkplatz, ging hinein und nahm in Augenschein, was sie dort in der Batterieabteilung anboten. In einem Regal befanden sich aufladbare Batterien und Ladegeräte. Er griff nach einem Paket mit vier AA Batterien plus Ladegerät. Er würde es seinem Vater zeigen. Außerdem wollte er die Artikelnummer wissen.

Mannomann, dachte er, als er in der Schlange stand und sich umsah. Es war ein unübersehbares Warenangebot, das nichts zu wünschen übrig ließ. Dieser Laden hatte wirklich alles. Kein Wunder, dass Leute eine Dreiviertelstunde Fahrt in Kauf nahmen.

Er verscheuchte diesen Gedanken aus seinem Kopf. Die Leute liebten seinen Vater. Schließlich hatten sie Chisholm's Eisenwaren schon seit drei Generationen in der Familie geführt – vier, wenn man seine Tochter Alison dazurechnete. Wo immer sie jetzt auch war.

Es sprach eine Menge dafür, mit allem Anstand ein kleines Geschäft in der eigenen Heimatstadt zu führen.

Der Kassierer steckte Jacks Batterien in eine weiße Plastiktüte, und er schlenderte zurück zum Wagen. Er bemerkte einen F-150, der neben dem Pick-up seines Vaters parkte, und jemanden, der sich daran lehnte.

Sie bemerkten einander im selben Moment. Wer von beiden mehr überrascht war, war kaum zu sagen.

Es war Bill Hall, den grauen Cowboyhut aus Filz leicht aus der Stirn geschoben, einen Finger im Gürtel. Er war mächtiger – hatte einen substanziellen Umfang, allerdings bei Weitem noch nicht so wie Dennis – und an den Schläfen zeigte sich ein wenig Grau.

Aber er sah gesund und kräftig aus, und es war wahrhaftig der Billy Hall, den er sein Leben lang gekannt hatte.

Bill richtete sich auf, als er Jack sah, als hätte man ihn bei irgendetwas Unanständigem ertappt.

„Ich dachte, es wäre dein Vater", sagte er. „Wollte ihm erklären, warum ich hierherkomme."

Er legte den Finger an den Hut und machte Anstalten, zu gehen.

„Bill", sagte Jack und streckte die Hand aus, um ihn zurückzuhalten. Beide blickten auf die ausgestreckte Hand, dann einander an.

„Weißt du, Zwölf", sagte Bill, „ich glaube, wir beide haben uns nicht viel zu sagen." Er wischte Jacks Hand beiseite und ging an ihm vorbei.

„Bill", rief Jack ihm nach. Nach ein paar Schritten blieb er stehen. „Ich wollte nur … Mensch, es tut mir leid."

Bill drehte sich nicht um. „Vermutlich tun dir im Moment eine ganze Menge Dinge leid. Für mich ändert das nichts."

„Da hast du ganz recht", sagte Jack. „Ich bin gerade ziemlich fertig. Aber deswegen kann ich trotzdem manche Dinge bereuen. Es tut mir leid, dass ich so wortlos verschwunden bin. Ich habe nicht daran gedacht, wen ich hier sonst noch zurücklasse, als ich meinen Vater verließ."

„Nein", sagte Bill. Er drehte sich jetzt zu Jack um. „An uns hast du bestimmt nicht gedacht."

In seinem Gesicht stand kein bisschen Verständnis, keine Wärme. Früher wären sie füreinander durchs Feuer gegangen. Jetzt sahen sie sich an wie Fremde. Weniger noch als Fremde.

Bill drehte sich um und ging weiter.

Ich würde immer noch für ihn durchs Feuer gehen, dachte Jack.

„Billy", sagte er. „Du warst der beste Freund, den ich in dieser Welt hatte. Es war blödsinnig, aber ich wollte mit allem hier abschließen."

„Du warst ja auf deinem Höhenflug", sagte Bill und seufzte tief.

„Direkt in die Zukunft." Er ließ seinen Blick über den Parkplatz schweifen. „Und heute stehen wir hier."

Er zielte mit dem Finger auf Jacks Herz, als wolle er ihn aufspießen. „Ich hab mich auf dich verlassen. Und wenn du am anderen Ende der Welt wärst, hab ich mir gesagt, wenn ich dich bräuchte, würdest du kommen. Wenn ich ihn wirklich brauche, kommt er in jedem Fall."

Bill sah Jack nun mit einem Blick an, in dem so etwas wie Hass lag, sein Kiefer war seltsam eckig, als er weitersprach. „Als Sarah krank wurde, hab ich dein Büro angerufen. Du bist nicht gekommen. Als sie starb und ich die Beerdigung organisieren musste, hab ich dein Büro angerufen. Du hast noch nicht mal zurückgerufen."

Es war ein Schlag in die Magengrube, den auch eine Gürtelschnalle nicht hätte ablenken können. „Ich hab es nicht gewusst", sagte Jack. „Ich hab nicht von jedem Anruf erfahren. Es waren einfach zu viele." Er schüttelte den Kopf, holte tief Luft. „Das ist keine Entschuldigung. Wenn ich es gewusst hätte, wäre ich gekommen. Ehrenwort."

Jack sah Bill in die Augen. Er hatte diesen Mann gekannt, seit sie fünf Jahre alt gewesen waren.

Und jetzt wollte dieser Billy, sein ältester und bester Freund, nichts mehr mit ihm zu tun haben.

„Ich habe meine Frau begraben, und mein bester Freund war nicht da", sagte Bill ruhig. „Ich habe meine Mädchen großgezogen, und mein bester Freund war nicht da." Er wurde etwas lauter, sodass ein paar Leute, die über den Parkplatz gingen, schon in ihre Richtung sahen. „Ich habe zehn Jahre hier gelebt, und mein bester Freund war nie da. Weißt du, was ich jetzt denke, Zwölf?"

Er kam näher, als wollte er etwas Vertrauliches sagen, und Jack beugte sich tatsächlich erwartungsvoll vor.

„Was?", fragte er. Er neigte sich noch näher und war plötzlich hoffnungsvoll. „Was denkst du, Bill?"

„Ich denke, mein bester Freund kann zur Hölle fahren."

Wenn Blicke töten könnten, wäre Jack jetzt hingestürzt und auf dem Asphalt verglüht.

Bill Hall drehte sich auf dem Absatz um und ließ Jack fassungslos stehen.

Er war sich nicht sicher, wie lange er dort gestanden und Bill nachgestarrt hatte; in jedem Fall lang genug, um die erstaunten Blicke einiger Vorüberkommender auf sich zu ziehen.

Er dachte, Bill würde vielleicht bald wiederkommen. Wenn sie die Dinge schon nicht klären konnten, könnten sie sich doch vielleicht weniger feindselig trennen.

Der Bill, den er vor zehn Jahren gekannt hatte, hätte ihm zugehört, vielleicht sogar einen Weg gesucht, ihm zu verzeihen.

Aber der Bill, der jetzt bis nach Kerrville fuhr, um Dinge zu kaufen, die er früher in Mayfield gekauft hatte, der Bill, der er geworden war, seit Jack Mayfield verlassen hatte – dieser Bill hatte mehr Ausdauer als er. Dieser Bill würde lieber im „Home Depot" sterben, als zurückzukommen und noch ein weiteres Wort mit ihm zu wechseln.

Als ihm das klar wurde, kroch er zurück in den Wagen. Er nahm Axl and Slash aus dem Recorder, legte Reverend Al Green ein, und die melancholischen Klänge von „Tired of Being Alone" füllten das Fahrerhaus, während er aus der Parklücke setzte und vom Parkplatz fuhr. „Müde, allein zu sein", das passte.

Auf dem Rückweg spulte er das Gespräch wieder und wieder innerlich ab. Was hätte er anders machen können? Was sonst sagen?

Als er in die eigene Einfahrt einbog, war die Folgerung klar und unumstößlich.

Was immer er hätte anders machen können – er hätte es schon Jahre zuvor anders machen sollen.

Was immer er für Schwierigkeiten mit seinem Vater hatte, Jack hätte bleiben sollen – für die Menschen, die er liebte.

Aber vielleicht ist es noch nicht zu spät, die Dinge in Ordnung zu bringen, dachte er. Vielleicht nicht gerade als Pastor. Da war er ein totaler Versager. Aber vielleicht als …

Er hatte das Hähnchen vergessen. Er setzte aus der Einfahrt und fuhr zurück in die Stadt. Auf dem Weg kam er an der katholischen Marienkirche vorbei, schräg gegenüber der nicht-ganz-so-lutherischen Gemeinde und gerade gegenüber von der First Baptist Church, die trotz der Zeichen des Niedergangs und des allgegenwärtigen Chaos wuchs und gedieh. Vermutlich boten sie jeden Sonntag einen traditionellen und einen modernen Gottesdienst an.

Aus der Marienkirche kamen Gottesdienstbesucher von der Nachmittagsmesse. Jack sah Pater Francis an der Tür Hände schütteln. Dabei wandte er sich jedem seiner Gemeindeschäfchen mit einem Lächeln zu, als habe Gott bei dessen Geburt wahre Wunder vollbracht.

„Das ist mal ein echter Hirte", murmelte Jack.

Er wünschte plötzlich, er könnte Hallo sagen. Aber er hatte versprochen, das Hähnchen mitzubringen. Mit etwas wie Bedauern fuhr er weiter und bestellte beim Chicken Express Hähnchennuggets, Kartoffelpüree und Soße, Kekse und gesüßten Tee. Er zahlte mit seinem letzten Kleingeld.

So viel zu irgendwelchen verrückten Samstagabendplänen, die er vielleicht gehabt hatte.

„Dann ist es wohl Football mit dem alten Herrn." Er seufzte.

Die Universität von Texas schlug Oregon im Alamo Bowl. Er und sein Vater verschlangen das Hähnchen und auch den Schokoladenkuchen, den Mary vorbeigebracht hatte. Und während Jack seine Begegnung mit Bill erst noch verkraften musste, wusste er doch, dass ihm vorhin eine tiefe Weisheit begegnet war: Bill würde ihm vergeben – oder auch nicht. In jedem Fall hatte er gesagt, was gesagt werden musste. Jetzt konnte sich vielleicht daraus etwas Gutes entwickeln. Denn schließlich konnten Wunder sehr groß sein oder sehr klein.

9.

Jack war schon wach und angezogen, als er seinen Vater in der Küche hantieren hörte. Er hatte nur begrenzte Zeit für das, was er vorhatte, und wollte schon unterwegs sein, bevor ihn jemand aufhalten konnte. Jack wusste wohl, dass es ein langer – und schmerzhafter – Tag werden würde, und daher wollte er anfangen, sobald er sich hier davonstehlen konnte.

Schmerzhaft, weil er noch von gestern ganz kaputt war. Rücken und Arme – schon jetzt schmerzten seine Muskeln an Stellen, von denen er nicht geahnt hatte, dass dort Muskeln saßen. Und es würde nur schlimmer werden.

Steif und langsam stieg er die Treppe hinunter und hoffte, die Bewegung würde seine Muskeln lockern. In der Küche nahm er ein paar Aspirin aus dem Schrank, spülte sie mit Wasser hinunter und steckte noch zwei oder drei für später ein.

„Also heute hätte ich wirklich ausgeschlafen, wenn ich nicht zur Kirche müsste", rief ihm sein Dad vom Tisch her entgegen. „Soll ich dir ein paar Eier machen?"

„Toast und Marmelade reicht", sagte Jack, steckte zwei Scheiben in den Toaster und legte zwei weitere daneben, um sich ein Sandwich zu machen. „Ist es in Ordnung, wenn ich heute den Wagen nehme?"

„Natürlich", sagte sein Vater und strich Butter auf seinen Toast.

„Und könnte ich auch die Schlüssel für den Laden haben?"

Sein Vater sah ihn an. „Hast du noch was zu tun, wovon ich nichts weiß?"

„Yes, Sir", sagte Jack.

Tom sah ihn nachdenklich an. Dann nestelte er den Schlüssel von seinem Schlüsselbund und schob ihn über den Tisch. „Bitte sehr."

„Danke, Dad."

„Ich gehe nach dem Gottesdienst zu Mary", sagte Tom. „Du bist auch eingeladen."

„Ich bin heute eigentlich beschäftigt", sagte er.

„Womit?", fragte sein Vater. Er sah ihn mit hochgezogenen Augenbrauen an. „Jetzt machst du mich neugierig. Hat es was mit deinen Batterien zu tun? Willst du die Welt retten?"

„Du wirst es schon früh genug erfahren", sagte Jack. „Keine Geheimnisse in Mayfield." Der Toast sprang hoch; er drehte sich um, nahm ihn heraus und legte ihn auf einen Teller.

Er setzte sich an den Tisch.

Sein Vater zerteilte sein Spiegelei mit Messer und Gabel in winzige Vierecke. „Übrigens", sagte Tom, „habe ich vielleicht auch eine Überraschung für dich. Diese Sache, um die ich mich kümmern wollte."

„Was ist es?", fragte Jack.

„Diese wichtige Geschichte", sagte sein Vater und musste unwillkürlich lächeln.

„Tracy und Alison finden?" Jack hielt fast die Luft an.

Sein Vater nickte. Jack sank das Herz.

Er würde sie finden, natürlich. Das Internet würde sie aufspüren. Kein Problem. Zum ersten Mal fragte er sich, ob der Krebs vielleicht schon Toms Hirn befallen hatte, ob es vielleicht gar nicht mehr da war. „Das wäre wunderbar, Dad."

Tom maß ihn mit Blicken. Sein Gesichtsausdruck verriet, dass er überlegte, ob er weitersprechen sollte oder nicht.

„Unsere Anwälte haben am Freitag in Seattle einen Antrag eingebracht", sagte Tom. „Sie haben argumentiert, man könne dich nicht ohne berechtigte Gründe von deiner Tochter fernhalten, und erst recht nicht ohne eine gerichtliche Verfügung, die noch niemand beantragt hat. Der Richter hat eine Verordnung zu unseren Gunsten erlassen. Unsere Anwälte konnten damit herausfinden, wohin die Gemeinde das Geld überweist. Eine Adresse in Boston. Und ein privater Ermittler glaubt, er weiß, wo sie sind. Sobald er Alison oder Tracy zu Gesicht bekommen hat, wird er sich melden."

Jack fühlte sich, als habe ihn ein Ziegelstein getroffen. Sein Mund stand leicht offen und er wusste, dass er aussah wie ein Fisch auf dem Trockenen.

„Boston", sagte er endlich. Er hätte sie nie gefunden. Tracy hatte niemals erwähnt, sie wolle nach Boston. Sie war nie mitgefahren, wenn er eine seiner Predigtreisen durch den Nordosten machte. „Du … hast es wirklich hingekriegt."

„Ich hab's dir gesagt, Junge", sagte Tom sanft. „Die Zeit läuft. Ich habe keinen Moment zu verschenken."

„Ich weiß. Aber das alles in dieser Woche! Wie … aber …" Er gab auf. „Ich versuche seit sechs Wochen, sie anzurufen."

„Um genau zu sein: in drei Tagen", meinte Tom. Da war wieder dieses Schulterzucken. „Die Leute können ganz schön flink werden, wenn man ihnen einen Grund dafür gibt."

Etwas dämmerte Jack und er sah voller Entsetzen auf. „Dad", sagte er, „wie viel kostet diese Sache dich?"

Tom schaute ihn an und sagte mit ruhiger Stimme und ohne besondere Betonung: „So ungefähr alles, was ich besitze."

„Dad." Jack schüttelte den Kopf. „Aber …"

„Aber nichts", sagte Tom kämpferisch, „was ich mitnehmen könnte. Für mich kann man nichts mehr tun. Keine Behandlung, kein Last-Minute-Heldentum. Dieses Geld wird mein Leben nicht verlängern. Meine Zeit wird kommen, und wenn es so weit ist, werde ich sterben." Er wies mit dem Finger über den Tisch. „Ich habe mit Mary geredet. Sie war meiner Meinung. Dieses Geld muss man jetzt ausgeben, und zwar genau für diesen Zweck."

„Aber du hast dein ganzes Leben lang dafür gearbeitet …",

begann Jack. Er dachte an die endlosen Stunden, die Opfer, die unermessliche Mühe. Sein Vater arbeitete härter als die meisten Menschen, die Jack kannte. „Du hast dir das erspart …“

„Es ist mein Geld, Jack“, sagte Tom. „Ich kann es ausgeben, wofür ich will.“ Seine Schultern entspannten sich. „Und ich will es ausgeben, um meine Enkeltochter zu finden.“

„Okay“, sagte Jack. „Okay. Verstehe.“ Jedenfalls glaubte er das. Er konnte sich vorstellen, dass er an der Stelle seines Vaters dasselbe getan hätte.

Aber es war schon eine Menge, was er da noch vor dem ersten Kaffee zu verdauen hatte. Und noch dazu, wenn dieser Kaffee ein Maxwell House war.

„Muss jetzt los“, sagte Tom mit einem Blick auf die Uhr. „Ich hab heute die Sonntagsschulklasse.“

„Dacht ich mir schon“, erwiderte Jack. Er hatte auf diese paar freien Stunden gewartet, darauf, dass sein Vater und andere früh zum Gottesdienst aufbrechen würden. „Wir sehen uns heute Abend, okay?“

Sein Vater ließ wieder diesen abschätzenden Blick auf ihm ruhen. „Du hast nicht vor, dich in Schwierigkeiten zu bringen, hoffe ich. Oder mich? Ich glaube, ich habe nicht mehr genug Geld übrig, um einen Anwalt für einen von uns zu bezahlen.“

„Dad“, kommentierte Jack. „Du wirst mir wohl vertrauen müssen.“

Tom sah ihn mit leicht zur Seite geneigtem Kopf an. Dann nickte er. „Das tu ich, Jack. Das tu ich.“ Er hob die Hand. „Schönen Tag.“

Kaum war Tom aus der Tür, machte sich Jack ein Sandwich, warf es mit einer Tüte Chips und ein paar Äpfeln in eine Tüte und ging dann eilig zum Pick-up. Er sah auf die Uhr – es war kurz nach neun. Der Gottesdienst würde mittags zu Ende sein, nicht früher. Man konnte natürlich nicht wissen, wie der Ablauf sich verschob, wenn sie keinen eigenen Pfarrer mehr hier hatten, aber länger als bis zum Mittag würde es nicht dauern. Schließlich war der Sonntagsbraten schon überall in der Röhre.

Im Laden sammelte er eilig alles zusammen, was er brauchte: Nagelpistole, die entsprechenden Nägel, einen robusten Eimer, Seil, Tischlerhammer, Nagelzieher, ein Cutter-Messer, Maßband, Kreide, eine gute, stabile Leiter.

Wieder sah er auf die Uhr. Inzwischen würden alle, die das wollten, in der Kirche sein.

Er fuhr zu Mrs Calhouns Haus, parkte in der Einfahrt und lehnte die Leiter an den Giebel. Langsam stieg er die Leiter empor, und schon schmerzten ihm Waden und Rücken.

Er zog die schwere Plane fort und war froh, dass er keine großen Löcher sah, wenn das Dach darunter auch in schlechtem Zustand war. Aber die Balken schienen stabil zu sein.

Er kletterte auf den Dachfirst und begann, Nägel herauszuziehen und die alten Dachziegel zu lösen. Zu Anfang zuckte er bei jedem Nagel zusammen, den er herauszog, aber dann wirkte entweder das Aspirin oder seine Muskeln wurden langsam warm. Er wusste: Später würde er jeden einzelnen Nagel spüren, den er hier gelöst hatte. Aber es war wichtig, dass er gut vorankam und zügig arbeitete.

Wenn er den größten Teil der alten Ziegel unten hatte, bevor Mrs Calhoun aus der Kirche kam, würde sie kaum etwas dagegen einwenden können, dass er das Dach neu zu decken begann, oder?

Das Wetter war immer noch schön – warm und sonnig, ein Dezembertag wie im Frühling. Es sollte die ganze Woche nicht regnen – das hatte er abgecheckt, als ihm die Idee gekommen war. Er wusste nicht, wie lange er brauchen würde, ganz allein das ganze Dach ab- und dann wieder neu zu decken – er hatte so etwas noch nie gemacht, außer einmal im Sommer, um sich ein bisschen Geld zu verdienen. Aber da waren sie ein Team gewesen. Jetzt, wo er allein war, konnte es gut mehrere Tage in Anspruch nehmen.

Er erinnerte sich an seine kurze Dachdeckerzeit, hatte sie noch einmal erlebt, bevor er sich entschloss, die Sache hier anzugehen. Es war eine Art Höllenvision gewesen – die Julisonne brannte unerbittlich herunter, die Ziegel unter ihm waren so heiß, dass sie einem die Haut verbrannten. Er, Bill und Van hatten sich alle gewünscht, sie wären nie vom College – jeder von seinem – zurückgekommen, um auf diesem gottverlassenen Dachfirst zu zerschmelzen.

Aber heute war es nicht annähernd so heiß. Außer dem Wind, der ein wenig böig war, und der Tatsache, dass die Höhe ihm ungemütlich war, war die einzige Herausforderung die Arbeit selbst.

Der erste Neugierige tauchte bereits nach zwanzig Minuten auf. Jack hatte angenommen, die ganze Stadt wäre in der Kirche. Aber die Wahrheit war, dass etliche Leute nicht gingen und die Katholiken meist schon am Vorabend in der Messe gewesen waren. Einer von Mrs Calhouns Nachbarn entdeckte Jack auf dem Dach, kam zum Zaun und rief: „Hey, *hombre,* was machen Sie da oben?"

Jack sah zu ihm hinunter. Es war Mr Rodriguez, Lehrer für Holz- und Metallarbeiten an der Highschool. „Hallo, Mr Rodriguez", rief er zurück. „Ich bin's, Jack Chisholm. Ich decke Mrs Calhouns Dach neu."

„Jack Chisholm?" Er stand einen Moment nachdenklich da, dann nickte er gedankenvoll und Jack sank das Herz in die Hose. Mr Rodriguez rief sich wohl gerade seine ganze Geschichte in Erinnerung, die ältere und die jüngere.

„Hast du nicht damals Hauswirtschaft gewählt?", rief er hinauf.

Jack löste einen weiteren Ziegel und warf ihn hinunter in den Vorgarten.

„Das wissen Sie doch", rief er zurück. „Das weiß doch jeder."

„Vielleicht sollte ich dann hochkommen und dir ein bisschen zur Hand gehen", sagte Mr Rodriguez.

„Dazu würde ich nicht Nein sagen", meinte Jack. „Haben Sie einen Nagelzieher?"

„Oh ja, no problemo", sagte er. Mr Rodriguez war berüchtigt für sein „no problemo".

Hast du dir einen Nagel in die Stirn gekloppt? No problemo. Geh zur Schulschwester, *hombre*.

Er verschwand in seinem Schuppen hinter dem Haus, und ein paar Minuten später hockte Mr Rodriguez neben Jack auf dem Dach und löste die Nägel mit so geschickten Bewegungen, dass Jack nur neidisch zusehen konnte.

Jack ging wirklich zu Werke wie jemand, der Hauswirtschaft gewählt hatte.

„Ich hab von diesen Kerlen gehört, die Mrs Calhoun um ihr Geld gebracht haben", bemerkte Mr Rodriguez jetzt. „Desperados. Alle. Schufte. Wer stiehlt einer alten Frau ihr Geld?" Er war ein zierlicher Mann, fit, schon in den Sechzigern, aber er bewegte sich auf dem Dach mit der Anmut und Kunstfertigkeit eines Tänzers. Ganz anders als Jack. Der tapste eher herum. „Ich hätte nicht gedacht, dass sie je ihr neues Dach kriegt."

„Ich auch nicht", erwiderte Jack.

„Und an das hier hätte ich schon gar nicht gedacht", sagte Mr Rodriguez. Sein Gesicht rötete sich. „Ihr das anzubieten."

„Schon gut", sagte Jack. „Ich hätte auch nicht dran gedacht. Jedenfalls nicht bis letzte Woche."

Sie sahen sich an, was jetzt zu tun war, lächelten, begannen wieder, die Nägel zu lösen und die alten Ziegel vom Dach zu werfen.

Sie arbeiteten zügig. Da sie jetzt zu zweit waren, räumten sie das Dach rasch bis auf die Dachsparren frei. Und es dauerte nicht lange, bis sich zwei weitere Aktivisten zu ihnen gesellten.

„Ich hab ein paar Schüler angerufen, bevor ich raufkam", erklärte Mr Rodriguez, als zwei Jungen von der Highschool die Leiter heraufkletterten und sich fragend umsahen. „Devon und Ricardo."

Die beiden Jungen sagten Hallo und gaben Mr Rodriguez und Jack die Hand. Sie hatten Tischlerhämmer dabei und trugen Knieschützer. Beide sahen aus, als stünden sie nicht zum ersten Mal auf einem Dachstuhl.

Als die Kirche aus war, hatten die vier das alte Dach so gut wie abgedeckt. Um Viertel nach zwölf kam Mrs Calhoun mit ihrem Lincoln die Einfahrt herauf und fand ihren Vorgarten voller Schaulustiger, sechs Männer auf ihrem Dach und vor der Haustür einen Haufen alter Ziegel.

„Jack Chisholm", rief sie hinauf, nachdem sie aus dem Auto gestiegen war und zunächst ein wenig ungläubig auf die Szene gestarrt hatte. „Du kommst auf der Stelle herunter."

„Ja, Ma'am", rief er zurück, riss einen Ziegel los und schleuderte ihn an eine Stelle möglichst weit von da, wo sie stand. Er erhob sich langsam – am meisten schmerzte sein Rücken vom Bücken – und stieg die Leiter hinunter.

„Was um alles in der Welt", sagte sie und zeigte auf das Dach, „geht hier vor?"

„Nun", erwiderte er, „ein paar Leute dachten, dies wäre vielleicht eine gute Weise, Ihnen ein wenig auszuhelfen."

„Ein paar Leute", sagte sie.

„Ja, Ma'am", bestätigte er.

„Ein wenig aushelfen."

„Ja, Ma'am." Unter ihrem bohrenden Blick vollführte er einen unbehaglichen kleinen Tanz.

„Sind das" – sie konnte das Lächeln, das sich über ihr Gesicht ausbreitete, nicht ganz verbergen – „sind das Heinzelmännchen?"

„Sicher, Ma'am", lächelte er.

„Jack, warst du der Engel hinter diesem kleinen Wunder?"

„Oh, nein", protestierte er. „Es … na ja … es hat sich einfach so ergeben. Sie wissen ja, wie das in einer Kleinstadt so geht." Er hob die Hände und zuckte die Achseln. „Man hilft sich eben."

In ihren Augen blinkten Tränen und ihr Gesicht zuckte. Sie hob ihre winzige geballte Faust vor den Mund und ein Zittern durchlief sie, während sie versuchte, nicht zu weinen.

„Hey", sagte Jack sanft und legte eine Hand auf ihre Schulter. „Mrs Calhoun. Sie haben so viel für die Leute in dieser Stadt getan." Er klopfte ihr auf die Schulter und stand dann unbeholfen da. „Sie haben viel für mich getan."

Sie blinzelte heftig, immer noch unfähig zu sprechen, und versuchte zu lächeln.

„Jack Chisholm", kam Mr Rodriguez' Stimme vom Dach. „Sag Mrs Calhoun, du müsstest deinen Hauswirtschaft liebenden Hintern jetzt wieder in Bewegung setzen und an die Arbeit gehen." Sie lächelten sich an. „Nun gut", murmelte sie. „Ich mach dann wohl besser mal einen Kaffee. Und Limonade."

„Das würde uns glücklich machen", sagte Jack. Er wandte sich um und wollte gehen.

Sie streckte eine Hand aus und griff mit überraschender Kraft nach seinem Arm. „Es ist ein Wunder", sagte sie.

Er sah auf ihren Arm, tätschelte ihn und lächelte. „Sie können sehr groß sein", flüsterte er. „Sehr groß, Mrs Calhoun. Oder sehr klein." Dann stieg er die Leiter wieder hoch und bewegte seinen Hauswirtschaft liebenden Hintern wieder an die Arbeit.

Nach dem Mittagessen kamen noch sieben weitere Helfer. Als die alten Ziegel abgedeckt waren, begannen sie, die Balken mit Teerpappe zu verkleiden, und deckten dann von den Rändern her die neuen Ziegel ein, bis sie den Dachfirst erreichten. Am späten Nachmittag waren mehr Leute auf dem Dach, als gut Platz hatten, und so schickte Mr Rodriguez seine beiden Schüler und ein paar von denen, die schon am längsten mitgeholfen hatten, nach unten. Er wollte auch Jack ablösen lassen, aber Jack hatte inzwischen zu viel Freude an der Sache. „Nein, *hombre*", sagte er. „Ich bin das Oberheinzelmännchen. Ich muss schon oben bleiben."

Warren hatte nach dem Gottesdienst von irgendjemandem einen Anruf bekommen und war gekommen. Jetzt machte er frohgemut Gebrauch von der Nagelpistole. Pater Francis hatte von der Dachdeckeraktion gehört und saß nun auf dem Kühler seines 1986er LeBaron in Mayfield-Braun-Weiß und unterhielt sich mit ein paar Frauen und Müttern, die Mrs Calhoun mit Erfrischungen unterstützten. Aus den offenen Fenstern eines der kleinen Lieferwagen in der Straße erklang Latino-Musik. Jemand hatte einen Grill aufgestellt und briet Hamburger und Bratwürste. Ein anderer hatte einen großen Topf Menudo angeschleppt und begonnen, Teller davon zu verteilen. Eine Flasche Rotwein machte die Runde, dann eine zweite und jemand füllte eine Kühltasche mit Lone-Star-Bier.

Jack war sich nicht sicher, wie viele Mayfielder im Lauf des Tages vorbeifuhren oder sich einfanden, aber es waren eine Menge. Einmal, als die Arbeit sich dem Ende näherte und Jack gerade keinen Platz mehr fand, um weiterzuarbeiten, schaute er hinunter in den Hof und erblickte mehrere tanzende Paare. Pater Francis dirigierte Mrs Calhoun vorsichtig in einer Art Stepp rückwärts im Vorgarten herum. Jack hörte sie herzhaft lachen. Es klang, als hätte sie einen Schluck von dem Rotwein getrunken oder auch zwei.

Jacks Vater und ein paar andere Senioren der lutherischen Gemeinde saßen in Gartenstühlen auf dem Rasen, als wären sie Zuschauer bei einem Mayfield Football- oder Basketballspiel.

Bruder Raymond, der Pastor der First Baptist Church, und ein paar Leute aus seinem Kirchenvorstand regelten den Verkehr auf der Straße.

Was die örtlichen Gesetzeshüter anging, sah Jack etwas weiter hinten in der Straße Randy in einem parkenden Polizeiwagen sitzen. Verdrossen beobachtete dieser das bunte Treiben und fragte sich vielleicht, ob hier etwa irgendeine Genehmigung erforderlich gewesen wäre.

Den ganzen Nachmittag über hatte sich eine Autokolonne Stoßstange an Stoßstange durch die Straße geschoben. Als Jack einmal hinuntersah, erkannte er sogar Bill Halls roten Ford, der einen Moment anhielt, um die Szene zu beobachten.

Vom Dach aus hob Jack die Hand zum Texasgruß.

Bill sah ihn.

Dann rumpelte der große rote Wagen ohne ein weiteres Zeichen des Erkennens die Straße hinunter.

Schließlich war das Dach fertig. Die Männer und Jungs auf dem Dachstuhl sahen sich an und brachen in Beifallsrufe aus. Sie klatschten und schlugen sich müde, aber glücklich auf den Rücken. Im Hof begannen die Leute, den Müll und die alten Ziegel aufzuräumen.

Es war geschafft.

Aber Jack hatte das Gefühl, ein Anlass wie dieser bedurfte einer besonderen Würdigung. Man konnte die Leute nicht einfach so wieder gehen lassen.

Er sah sich um, entdeckte Pater Francis und hatte eine Idee. „Würden Sie einen Segen für das neue Dach sprechen?", fragte er ihn. Es erschien ihm passend – falls nicht schon dieser gemeinsame Liebesdienst dem Dach über die Maßen viel Segen erteilt hatte.

„Wäre es Ihnen recht, wenn ich das tue?", fragte Pater Francis Mrs Calhoun, mit der er noch immer seinen seltsamen Tanz tanzte.

„Es wäre mir eine Ehre", sagte sie. „Und würde vielleicht verhindern, dass es wieder undicht wird."

Pater Francis bahnte sich einen Weg zur Leiter, setzte einen Fuß auf die unterste Sprosse und kletterte langsam und bedächtig hoch, bis seine ausgestreckte Hand die neu gedeckten Ziegel im Giebel erreichte.

„Im Namen des Vaters und des Sohnes und des Heiligen Geistes", begann er. Die Katholiken unter den Zuschauern bekreuzigten sich, einige Lutheraner ebenfalls. Jack tat es ihnen nach einem Blick in die Runde gleich.

„Friede sei mit diesem Haus und mit allen, die hier wohnen", sagte Francis mit einer lauten Priesterstimme und machte eine kleine Pause, in der eine Handvoll Katholiken, zu denen auch Mr Rodriguez direkt neben Jack gehörte, das übliche „Und mit deinem Geiste" erwiderten.

Pater Francis schlug das Kreuzzeichen über dem Dach. „Als Christus durch die heilige Jungfrau Maria Mensch wurde, hat er unter uns Wohnung genommen. Beten wir darum, dass er in diesem Haus Wohnung nimmt und es mit seiner Gegenwart segnet." Er beugte einen Moment lang den Kopf.

Dann stieg er langsam die Leiter wieder hinunter und ging über den Hof zu Mrs Calhoun, die ihm mit gefalteten Händen zusah. Als er wieder sprach, geschah es mit einer leisen, vertraulichen Stimme, die die Umstehenden nur mühsam verstehen konnten.

„Christus möge immer hier bei Ihnen gegenwärtig sein", sagte er zu Mrs Calhoun. „Er teile Ihre Freude, er tröste Sie in Ihrem Kummer." Er streckte die Hand aus und legte sie ihr auf die Schulter. „Sein Beispiel möge Sie ermutigen, dieses Haus vor allem anderen zu einem Ort der Liebe zu machen, von dem die Güte Gottes nach nah und fern ausstrahlt."

„Das werde ich", sagte sie und blinzelte. „Ich verspreche es."

„Ich weiß, dass Sie das tun werden, Nora Calhoun", sagte er sanft. „Sie haben es schon immer getan." Dann zwinkerte er ihr zu.

Pater Francis wandte sich zur versammelten Menge um – Helfer und Zuschauer, alle, die mitgefeiert hatten, Katholiken und Protestanten und Nichtgläubige gleichermaßen –, hob die Hände und sprach den Segen: „Und der Segen Gottes, des Vaters, des Sohnes und des Heiligen Geistes, sei mit euch – heute und alle Tage eures Lebens."

„Amen", ertönte es von allen. Es sandte Jack einen Schauer über den Rücken, und einen Augenblick lang konnte er sich nicht bewegen.

Es war, als wäre Gott herabgekommen und hätte etwas Neues ins Leben gerufen.

Er war nicht der Einzige, der das Gefühl hatte, gerade einen heiligen Moment mitzuerleben. Alle sahen sich bedeutungsvoll an und blinzelten, als hätte gerade vor ihren Augen ein Blitz eingeschlagen. Aber nach dem Segen verliefen sich die Menschen allmählich. Einige blieben noch einmal für einen Handschlag oder eine Umarmung stehen oder für ein letztes Bier. Ein altes spanisches Paar begann wieder, zur Latino-Musik zu tanzen. Mrs Calhoun gab jedem der Anwesenden die Hand, manchen auch mehrmals, als habe ihr Gedächtnis sie im Stich gelassen oder als habe sie tatsächlich zu viel Rotwein getrunken.

Schließlich stand sie vor Jack und er fürchtete schon, sie werde wieder in Tränen ausbrechen. Es sah jedenfalls ganz so aus.

„Ich habe um ein Wunder gebetet, Jack“, sagte sie. „Heute Morgen.“ Sie lächelte. „Nur um ein kleines Wunder.“

Er nickte. „Genau das haben Sie bekommen.“

„Was habe ich dir neulich gesagt?“, fragte sie. „Bei euch im Laden? Dass du genau im richtigen Moment zurückgekommen bist?“

Er lächelte. „Ja, es war genau der richtige Moment“, stimmte er ihr zu. „Sie brauchten ein neues Dach.“

„Ich brauchte noch etwas anderes“, sagte sie und gab ihm einen leichten Klaps mit der Hand. Plötzlich sah sie ganz ernst aus. „Nach dem, was gestern mit diesen Betrügern passiert ist, musste ich wieder an etwas glauben können.“

Jack nickte noch einmal. Er verstand sie besser, als sie ahnte.

„Ja. Ich auch“, sagte er.

„Und“, fragte sie in ihrer alten Sonntagsschullehrerinnenstimme, „was hast du entdeckt, woran du glauben kannst?“

„Na ja“, begann er zögernd, „nach einem solchen Tag? Ich weiß nicht.“ Er sah sich um. „Vielleicht fürs Erste, dass die meisten Menschen wohl einen guten Kern haben, ganz tief innen.“ Er zuckte die Schultern. „Ich weiß nicht, woher es kommt, dieses Gutsein. Aber es ist etwas, das einen hoffen lässt, oder? Dass die meisten Menschen das Richtige tun, wenn sie eine Chance bekommen?“

Sie sah sich im Vorgarten um, wo die Leute sich verabschiedeten, und dann auf das frisch gesegnete Dach.

„Ja, vielleicht“, murmelte sie.

„Es tut mir leid, dass jemand Ihr Vertrauen so missbraucht hat“, fuhr er fort. „Sie sind ein so guter Mensch. Das haben Sie nicht verdient.“ Er zuckte die Achseln. „Heute haben Sie etwas Besseres erlebt.“

Jack gähnte plötzlich und reckte sich. „Aber jetzt bin ich müde. Und könnte auf der Stelle ins Bett fallen." Er gähnte wieder. „Sehen wir uns im Laden?"

„Ganz bestimmt", antwortete sie. „Danke, Jack." Sie verschränkte die Arme vor der Brust. „Danke."

„Gern geschehen."

Er wanderte durch den Vorgarten, sammelte sein Werkzeug ein und half einigen anderen, die letzten alten Ziegel in einen Lieferwagen zu laden, der sie zum Bauhof fahren würde.

Seine Schmerzen hatten sich vervielfacht, aber trotzdem musste er unwillkürlich lächeln.

Sein Vater klappte seinen Stuhl zusammen und verabschiedete sich von seinen Altersgenossen. Er schaute zu Jack herüber, warf die Arme in die Luft wie ein Profiboxer, der gerade gesiegt hatte, rief: „Wir sehen uns zu Hause" und verschwand.

Pater Francis kam zu Jack herüber. „Soso, diese Dachdeckeraktion hat sich also einfach so ergeben, sagt Nora Calhoun."

„Ja, hat sie wohl", erwiderte Jack.

Francis warf ihm einen vielsagenden Blick zu. „Eines meiner Schäfchen hat mir erzählt, es habe da einen Rädelsführer gegeben." Er grinste. „Ein Oberheinzelmännchen, so sagte er, glaub ich."

Jack zuckte die Schultern. „Mag sein." Er beschloss, nicht zu vergessen, dass Mr Rodriguez eine Plaudertasche war. „Aber dann waren zwei Leute da und die Dinge entwickelten sich wie von selbst. Und dann war niemand mehr der Rädelsführer."

Francis zog Jack ein wenig von einer Gruppe lachender Menschen weg, nahm ihn beim Arm und sah ihm direkt in die Augen. „Wusstest du, dass jemand helfen würde, als du auf dieses Dach geklettert bist?"

Jack zögerte. Er schüttelte den Kopf. „Ich … hab es gehofft. Aber ich wusste, dass ich etwas tun musste. Mit oder ohne Hilfe. Ich musste etwas tun."

„Dieser Tag war schon etwas Besonderes", sagte Pater Francis. „Es … hat mich überrascht."

„Überrascht?"

„Als der verlorene Sohn nach seinem zügellosen Leben nach Hause gelaufen kam, hatte er bestenfalls gemischte Motive", fuhr Francis fort. „Er stolperte heim, um einfach zu überleben. Aber dann, als er zu Hause war, wer weiß, wie er sich verändert hat?" Er sah ihn lange und anerkennend an, als könne er bereits sehen, wie Jack vor seinen Augen ein anderer wurde. „Irgendjemand hat hier heute wirklich etwas Gutes getan, Jack."

Jack ließ seinen Blick über die Leute im Vorgarten und die Häuser dahinter schweifen. „Mir scheint, dass in dieser Stadt jeden Tag irgendjemand etwas wirklich Gutes tut, Pater Francis."

Francis nickte. „Da hast du recht", sagte er und streckte ihm die Hand hin. „Tja. Willkommen zu Hause, Bruder." Jack nahm die angebotene Hand und schüttelte sie zweimal. Francis lächelte. „Auf einen Drink?"

„Ein andermal", lehnte Jack ab. Er ließ die Schultern kreisen und dehnte sich. Alles tat ihm höllisch weh und morgen würde es noch schlimmer sein. „Ein heißes Bad und ein Massageöl rufen nach mir."

„Du weißt, die Einladung zu ‚Buddy's' steht", entgegnete Francis. „Shayla und ich werden es dir dort schon gemütlich machen. Du kannst natürlich auch jederzeit einen Schluck Wein im Haus Gottes bekommen."

Jack sah ihn an. „Ist das nicht … ich meine … gegen die Regeln?" Er drehte ahnungslos die Hände nach außen. „Ich bin nicht katholisch. Ich bin noch nicht mal so wahnsinnig christlich, wissen Sie, jedenfalls im Moment."

„Es ist nicht mein Tisch, Jack", sagte Francis. „Auch nicht der der Gemeinde, Gott segne sie. ‚Denn seine groß Barmherzigkeit tut über uns stets walten.'" Er grinste und zwinkerte ihm zu. „Jedenfalls verrat ich's nicht, wenn du nicht kommst."

Jack lächelte zurück. „Vielleicht“, sagte er. „Jedenfalls“ – er stieg in den Wagen – „jedenfalls sehen wir uns, Pater Francis.“

Sie winkten einander zu. Jack setzte vorsichtig zurück, um weder Menschen noch Kotflügel zu beschädigen. Alle winkten ihm zu. Alle winkten einander zu.

Irgendjemand hat hier heute wirklich etwas Gutes getan.

Mir scheint, dass in dieser Stadt jeden Tag irgendjemand etwas wirklich Gutes tut.

Seltsam. Er und die Menschen von Grace Cathedral hatten jede Menge guter Dinge getan – für Menschen am anderen Ende der Welt. Jede Menge guter Dinge. Für jede Menge Menschen, die es nötig hatten.

Aber er konnte sich nicht erinnern, wann er zum letzten Mal etwas für einen Menschen getan hatte, der direkt neben ihm stand. Zum letzten Mal jemandem ganz persönlich geholfen hatte.

Nichts dagegen, sich für Menschen in bitterer Armut oder ohne sauberes Trinkwasser einzusetzen. Aber er fragte sich, ob es vielleicht für die Helfer leichter war, etwas für Menschen zu tun, die sie nie wiedersehen würden, als für Leute, denen sie jeden Tag begegneten.

Als er den Wagen parkte, saß sein Vater in der Küche. Im Ofen schmorte etwas. „Lasagne“, sagte sein Vater. „Mrs Riley hat sie mir mitgegeben.“

„Mrs Riley war früher eine vorzügliche Köchin“, bemerkte Jack und spürte plötzlich seinen Hunger.

„Das ist sie noch.“

Auf dem Tisch sah Jack zwei gekühlte Gläser mit etwas, das wie Bier aussah. Sein Vater setzte tatsächlich gerade das Glas ab, nachdem er einen Schluck genommen hatte.

„Ich dachte, du hättest nie Bier im Haus“, sagte Jack. Sein Leben lang war das eine eiserne Regel im Hause Chisholm gewesen. Kein Bier, kein Wein, überhaupt kein Alkohol.

„Früher hab ich mir Sorgen gemacht, was die Leute sagen würden“, erklärte sein Vater und machte eine wegwischende Handbewegung. „Und dass es mir vielleicht zu gut schmecken könnte. Aber beides schreckt mich heute nicht mehr.“ Er lächelte. „Und ich dachte, an einem Tag wie heute hättest du ein kaltes Bier verdient.“

„Das hat Pater Francis auch gedacht“, sagte Jack.

„Um ehrlich zu sein – er hat mich auf die Idee gebracht.“

Jack setzte sich, schnupperte, hob sein Glas und trank. Es war ein helles Bier, mild, mit einem Hauch Zitrone. Genau das Richtige nach einem Tag harter Arbeit.

„Wow“, sagte er und hob das Glas ins Licht. „Das ist kein ‚Bud Light‘.“

„‚Fireman’s Number Four‘“, sagte sein Vater. „Aus einer kleinen Brauerei in Blanco. Hat bei irgendeinem Wettbewerb eine Auszeichnung gewonnen.“ Er zuckte mit den Schultern. „Wir sind hier nicht in Seattle. Aber wir brauen doch ein paar gute Biere in dieser Gegend.“

„Gott segne die Deutschen“, sagte Jack und hob sein Glas.

„Gott segne die Deutschen“, stimmte sein Vater ein. Sie tranken.

Sie redeten nicht, aber es war schön, einfach dazusitzen, auf die Gläser zu starren und zu genießen, wie gut das Bier schmeckte.

„Ähm, Dad“, begann Jack, als ihm einfiel, was er am Morgen alles aus dem Laden mitgenommen hatte – Nägel, Werkzeug und anderes, mehr, als er vermutlich mit einem Monat harter Arbeit bezahlen konnte.

„Ja“, sagte Tom und wischte sich mit dem Handrücken über den Mund, während er sein „Fireman’s Number Four“ abstellte.

„Ich fürchte, ich … ähm … musste heute einen ziemlich großen Vorschuss nehmen.“

Tom schmunzelte. Er reichte über den Tisch und streichelte Jacks schwielige und zerkratzte Hand.

„Warum klärst du diese Angelegenheit nicht mit Mary“, schlug er vor. „Mir scheint, Chisholm’s Eisenwaren hat gerade einen neuen

Geschäftszweig im Baugewerbe eröffnet. Überhaupt haben wir die Inventur, glaub ich, noch nicht abgeschlossen. Wer will wissen, was in diesen Regalen war und was nicht?“

„Morgen ist der Einunddreißigste. Nein, wir sind wohl noch nicht ganz fertig.“

„Silvester“, sinnierte Tom. Einen Moment lang schien es, als sei er tausend Meilen weit weg, dann blickte er Jack an. „Hast du schon irgendwelche Pläne?“

„Noch nicht“, erwiderte Jack. „Ich halte mir alle Möglichkeiten offen.“ Elton John könnte anrufen. Das Weiße Haus könnte um seine Anwesenheit bitten.

„Ja, tu das“, sagte Tom. „Halt dir alle Möglichkeit offen.“ Wieder hatte er diesen abwesenden Blick. „Ich glaube nämlich, es könnte morgen ein spannender Tag werden.“ Er hob sein Glas, nahm einen Schluck und – das war anscheinend jetzt zur Gewohnheit geworden – zwinkerte Jack zu.

Jack hob ebenfalls das Glas, leerte es und stand auf. Die Lasagne war fertig und roch verlockend, mehr als verlockend, aber wonach ihn jetzt noch mehr verlangte, war ein ausgiebiges heißes Bad.

10.

Jack wurde vom Klang seines Namens aus dem Schlaf gerissen. Jemand rief nach ihm. Wo war er?

In seinem Bett. In seinem alten Zimmer.

Welches Jahr schrieb man?

Er war sehr alt, wie es schien. Er konnte sich nicht bewegen.

Einen Moment lag er da und fragte sich, ob man ihn vielleicht im Bett angeschnallt hatte, bevor er zu einer besseren Schlussfolgerung kam.

Er konnte sich bewegen. Es war nur besser, wenn er es nicht tat.

Es war Montagmorgen, erinnerte er sich jetzt. Silvester, einen Tag, nachdem er geholfen hatte, Mrs Calhoun ein neues Dach aufs Haus zu setzen, zwei Tage, nachdem er drei Ladungen Bauholz und Beton und Ziegel ein- und ausgeladen hatte.

Vor ein paar Jahren hatte Jack als Teil seines täglichen Sportprogramms wieder angefangen, mit Hanteln zu trainieren, und beim ersten Mal mit Rücken und Bizeps begonnen, sich dabei aber viel zu viel zugemutet und versucht, seine athletische Vergangenheit auf eine Weise wieder aufleben zu lassen, die längst nicht mehr weise und auch gar nicht mehr möglich war. Er war kein Typ für halbe Sachen. Und am Morgen danach war er aufgewacht wie heute – steif, wund, elend.

Aber diesmal war es noch schlimmer als damals. Diesmal waren es Rücken und Schultern, Beine und Nacken und Bauchmuskeln, jeder Teil an ihm, den er benennen, und die meisten, die er nicht benennen konnte – der gesammelte Effekt von zwei Tagen harter Arbeit, wie er sie nicht mehr geleistet hatte, seit er auf dem College war.

„Jack!“, rief sein Vater von unten.

„Hmmmh“, antwortete Jack. Deshalb war er also aufgewacht. Er drehte sich auf die Seite und wuchtete sich irgendwie in eine aufrechte Position.

„Jack!“, rief sein Vater erneut.

„Was ist?“, erwiderte er. Wusste sein Vater nicht, dass er hier oben fast im Sterben lag? Was konnte wohl so wichtig sein?

„Wie viele Eier willst du?“

Jack stöhnte. Er sah auf die Uhr – 7.35 Uhr. Okay. Er hatte verschlafen. Fragen nach dem Frühstück hatten ihre Berechtigung.

„Zwei“, rief er. „Nein, drei.“

Alles tat ihm weh, aber er war auch hungrig – fast am Verhungern, um genau zu sein. Er hatte am Abend zuvor keine Lasagne mehr gegessen, sondern war aus dem Bad gestiegen, ins Bett gefallen und sofort eingeschlafen.

Jetzt versuchte er, sich anzuziehen, und stellte fest, dass er nichts ohne Schmerzen tun konnte. Ein Shirt überzuziehen schmerzte in den Schultern und im Brustkorb. Die Hose hochzuziehen ließ ihn seinen Rücken und Bizeps spüren.

„Das hat man nun von seinen guten Taten“, murmelte er vor sich hin.

„Es steht alles auf dem Tisch“, rief sein Vater von unten.

„Komme schon“, sagte er. „Es … geht heute alles ein bisschen langsamer.“

Er bewegte sich vorsichtig die Treppe hinunter, schlich in die Küche und ließ sich langsam auf einen Stuhl gleiten.

Sein Vater lächelte ihn an. „Du hast dich rasiert …“ Er tippte sich ans Kinn, um ein Bärtchen anzudeuten.

„Und ein paar Wranglers angezogen“, sagte Jack. Er stöhnte. „Mir tut alles viel zu weh, als dass ich an Röhrenjeans denken könnte.“

„Das hat man von seinen guten Taten“, grinste Tom.

„Ich weiß“, gab Jack zurück. „Oder? Nach einem Tag auf der Kanzel bin ich nie so kaputt aufgewacht.“

„Weil du gerade von der Kanzel sprichst …“, setzte Tom an.

„Das höre ich gar nicht gern“, unterbrach ihn Jack.

„Ich wollte dir nur sagen … es könnte sein, dass dich jemand bittet, ein paar Worte von der Kanzel zu sagen.“

Jack verschränkte die Arme und starrte auf die Tischplatte. „In der Kirche.“

„Der lutherischen Kirche“, ergänzte sein Vater.

„Der irgendwie-auch-lutherischen Kirche“, präzisierte Jack.

„Genau.“

„Ich kann nicht predigen“, sagte Jack.

„Nein“, bestätigte sein Vater. „Du sollst auch nicht predigen. Nur ein paar Worte sagen. Zu dem, was wir gestern erlebt haben.“ Er stieß sich vom Tisch ab und stand auf, um sich noch einen Kaffee zu holen. „In dieser Stadt hat es lange nicht viel gegeben, das einen hoffnungsvoll stimmt – schon gar nicht in dieser kleinen Ewigkeit zwischen dem Ende der Football-Saison und dem Vorsaison-Training.“ Er schüttelte den Kopf, obwohl er ein Football-Fan war, wie er im Buche stand.

„Gestern war etwas Besonderes, Dad. Die meisten waren ja da. Wir haben doch miterlebt, was los war.“

„Aber was bedeutet es? Du könntest einfach ein paar Worte dazu sagen.“

„Ich kann nicht, Dad. Ich habe keine Worte.“ Er nahm einen Bissen vom Spiegelei, dann noch einen. Es war perfekt. „Ich weiß nicht, was das gestern war. Wie kann ich mich hinstellen und den Leuten sagen, was sie glauben sollen, wenn ich es selbst nicht weiß?“

„Du könntest vielleicht den Teil mit dem ‚sagen, was sie glauben sollen‘ streichen“, schlug sein Vater vor und strich Butter auf den Toast. „Vielleicht sagst du einfach nur ein paar Worte, die von Herzen kommen.“

„Ich kann nicht predigen", sagte Jack zum letzten Mal und in seinem Herzen schloss sich eine Tür. „Ich glaube nicht, dass ich je wieder predigen werde."

„Dann wird es wohl schwierig werden, deine große Gemeinde wiederzubekommen, wenn du nicht mehr predigen willst", kommentierte sein Vater gutmütig. Er nahm seinen Löffel, unterbrach sich auf halbem Weg zum Marmeladenglas und zeigte damit auf Jack. „Denk noch mal drüber nach."

„Ich höre ja nie damit auf", sagte Jack. „Daran zu denken. An alles, was damit zusammenhängt."

Sein Vater nickte. „Es ist ein Familienfluch bei den Chisholms. Was hätten wir tun sollen? Warum haben wir es nicht besser gemacht?"

„Das hab ich von dir", sagte Jack und bemerkte erst jetzt, dass in seinem Tonfall zehn Jahre aufgestauter Vorwürfe mitschwangen.

Wenn er getroffen war, so zeigte sein Vater es nicht; er hob noch nicht einmal den Blick von seinem Toast, auf dem er gerade die Marmelade verstrich. „Und was glaubst du, von wem ich es habe?", fragte er.

Jack saß da und ihm dämmerte eine Erkenntnis. Er erinnerte sich wieder an die Marathongebete zu Thanksgiving, die ständigen Ermahnungen im Laden, die Dinge so und nicht anders zu tun, die Vorwürfe für jede kleinste Abweichung vom akzeptierten Lebensstil.

„Grampa Joe", sagte er.

Tom nickte, hob den Toast an den Mund und biss ab. „Und der hatte es vermutlich von seinem Vater, und der wieder von seinem", sagte sein Vater zwischen zwei Bissen. „Und so weiter bis zu Adam und Eva."

„Aber als du nach Mexiko gekommen bist, um mich zu holen", sagte Jack, „und seitdem … Du hast mir nie das Gefühl gegeben, ich sei nichts mehr wert."

„Vielleicht dachte ich", sagte Tom bedächtig, „es sei Zeit, dass wir dieses Muster unterbrechen. Ein für alle Mal, möglichst."

„Aber wie …" Jack hatte sich gefragt, woher die Veränderung kam, die er an seinem Vater bemerkt hatte, seit er nach Hause gekommen war – er hatte seine Selbstgerechtigkeit verloren und stattdessen etwas gewonnen, was man wohl Zärtlichkeit nennen musste.

Er hatte seinem Vater noch nie eine so persönliche Frage gestellt.

Er konnte sie unmöglich stellen.

„Du kommst mir … anders vor."

Sein Vater nahm einen Schluck Kaffee und stellte die Tasse ab. „Ich glaube, ich bin anders", sagte er.

„Was ist denn …"

„Ich habe herausgefunden, dass ich sterben werde", sagte Tom. Er hob die Hände, die Handflächen nach oben. „So einfach ist das. Das kann einen schon motivieren."

Jack starrte auf den Maxwell-House-Kaffee in seiner Tasse. War er das Wahrheitselixier von Kleinstadtbürgern? Er nahm einen Schluck und quälte sich dann mühsam auf die Beine. „Du hast ja sicherlich nicht diese Diagnose bekommen und dann einfach beschlossen, von jetzt ab ein anderer zu sein. Denn du bist ein anderer, Dad. Ich erkenne dich kaum wieder."

Sein Vater nahm einen weiteren Schluck und stellte die Tasse ab, diesmal heftig, sodass der Kaffee überschwappte.

Er biss sich auf die Lippen und sah auf den Fleck, den er gemacht hatte. Einen Moment lang glaubte Jack, sein Vater würde in Tränen ausbrechen.

„Lass mich das …", begann Jack, griff nach seiner Serviette und begann, den verschütteten Kaffee aufzuwischen.

„Als ich erfuhr, dass ich nicht mehr lange leben würde", sagte sein Vater und beobachtete, wie der feuchte Fleck auf dem Tisch langsam wieder trocknete, „habe ich es aufgegeben, so zu tun, als wäre ich unbesiegbar. Hab es aufgegeben zu versuchen, alles richtig zu machen. Eine Zeit lang hab ich einfach überhaupt aufgegeben. Punkt." Er sah zu Jack auf. „Ich konnte es nicht ertragen, so viel Unerledigtes zurückzulassen. Eine Zeit lang hab ich mich in einer Flasche verkrochen." Er kam Jacks erstauntem Gesichtsausdruck zuvor. „Ja, richtig gehört. Mary hat den Laden geschmissen. Ich weiß nicht, wer für mich gesorgt hat. Irgendwo tauchte immer ein Auflauf auf."

„Dad, du …"

„Ich hatte keine Angst zu sterben. Aber der Gedanke daran, dass ich sterben könnte, ohne dich wiedergesehen zu haben, ohne Alison überhaupt je gesehen zu haben, ohne die Dinge zwischen uns in Ordnung gebracht zu haben … dieser Gedanke war schrecklich." Er blickte nach unten und ließ die Hand über den Tisch gleiten. „Mary dachte, du hättest bekommen, was du verdient hast, aber daran stimmte für mich etwas nicht. Ich war vielleicht zornig, aber ich habe nie aufgehört, mir zu wünschen, alles wäre anders gekommen." Er zuckte die Schultern. „Da hab ich Pater Francis angerufen. Hab ihm gesagt, ich bräuchte Hilfe."

Er lachte, als er die Tasse hob. „Und jetzt kannst du ihn wahrscheinlich hören, oder? Wir saßen hier, genau da, wo du jetzt sitzt, mit einem schwarzen Kaffee in der Hand, und ich mit Kopfschmerzen vom letzten Kater. ‚Die Welt lebt von schlechten Nachrichten, Tom', sagte er zu mir. ‚Sie will uns dazu bringen, unser Leben von schlechten Nachrichten bestimmen zu lassen. Wir müssen bekehrt werden – von den schlechten Nachrichten zur guten Nachricht. Wir müssen aufhören, nichts mehr zu erwarten, und wieder etwas erwarten. Es ist an der Zeit, etwas zu erwarten.' Und dann redete er von den schlechten Nachrichten – über mich, über dich."

Jack konnte förmlich hören, wie Pater Francis das gesagt haben musste. Jedes Wort. Aber etwas beschäftigte ihn noch. „Was ist denn die gute Nachricht in diesem ganzen Elend?", fragte er.

„Meine Frage", sagte Tom und wies mit dem Finger auf Jack. „‚Die gute Nachricht', hat Francis gesagt, ‚ist, dass du deinem Sohn helfen kannst zu erkennen, dass er noch immer geliebt wird, auch wenn er einen Fehler gemacht hat. Denn wir machen alle Fehler, weiß Gott.‘ Und er hat mich vielsagend angesehen.“

„Dann …“ Obwohl er seinen Vater direkt ansah, obwohl er hörte, was er sagte, schien es immer noch unglaublich, dass jemand sich so grundlegend ändern konnte. „Was ist genau passiert? Hast du irgendwann genug gehabt von schlechten Nachrichten?“

„Ich hab genug gehabt davon, sie zu verbreiten, von ihnen zu leben. Denn ich habe endlich verstanden: Wenn wir am Boden sind und nicht mehr weiterwissen, kann uns nur die gute Nachricht helfen.“

„Aber was ist die gute Nachricht?“, wiederholte Jack, diesmal mit Nachdruck.

„Das kommt auf den Einzelnen an“, sagte sein Vater.

Jack warf ihm einen zornigen Blick zu. „Dad, wenn du jetzt den Zeigefinger hebst und mir sagst, das Geheimnis des Lebens sei das bewusste ‚Eine‘ aus den ‚Großstadt-Helden‘, dann kannst du was erleben.“

Sein Vater kicherte. „Die gute Nachricht“, sagte er und hob beschwichtigend die Hand, „die gute Nachricht ist, dass du hier neben mir sitzt. Das reicht fürs Erste als Wunder. Vielleicht sind noch mehr gute Nachrichten unterwegs. Und vielleicht ist die gute Nachricht noch viel tiefgründiger und umfassender als die Tatsache, dass du hier sitzt. Du und Francis, ihr könnt das besser verhackstücken als ich.“ Er trank seinen Kaffee schlürfend aus, stellte die Tasse etwas sanfter ab als vorhin und lehnte sich in seinem Stuhl zurück. „Aber dies ist schon mehr als genug. Ich hatte nicht mehr geglaubt, dass ich dich noch einmal wiedersehen würde.“ Er wies mit den Händen auf Jack, der vor ihm saß.

Voilà.

Toms Handy klingelte im Flur, und sein Vater schoss aus dem Stuhl hoch und aus dem Raum. Jack hätte nicht gedacht, dass er überhaupt noch in der Lage war, sich so schnell zu bewegen.

„Ja, der bin ich“, sagte er. „Sie haben's geschafft? Wann?“ Er sah auf die Uhr. „Ich besorge uns Tickets für den …“ – er sah etwas nach – „1.25-Uhr-Flug von Austin. Ankunft um 9.40 Uhr.“ Jack hörte, wie er etwas aufschrieb. „Ja. Machen wir. Machen wir. Danke.“

Tom war einen Moment still, und dann sagte er mit völlig anderer Stimme: „Danke.“

Tom kam zurück in die Küche und stellte sich hinter Jacks Stuhl. „Pack eine Tasche“, sagte er. „Und pack was Warmes ein.“

„Fliegen wir nach Boston?“, fragte Jack. Er konnte es nicht glauben. Er wagte nicht, es zu glauben.

Tom nickte und sein Blick war zugleich traurig und lächelnd. „Tracy hat gesagt, wir könnten Alison morgen sehen.“

Jack saß da und musste blinzeln. „Tatsächlich? Oh, Dad, das ist ein schlechter Scherz …“

„Tatsächlich“, bestätigte Tom.

„Und Tracy? Kann ich Tracy sprechen?“

„Du wirst es wohl müssen“, bemerkte er. „Ich hab schon gepackt. Wir müssen beim Laden vorbeifahren und ein Schild aufhängen …“

„Lass mich das rasch machen“, bot Jack an. „Ich hab Mantel und Hut dort gelassen.“

„Okay“, stimmte Tom zu. Er schien in Gedanken versunken.

„Dad“, sagte Jack.

„Hmmm? Oh. Ich war in Gedanken. Ich habe Alison ja noch nie direkt gesehen. Nur im Fernsehen.“

„Was?“

„Hab ich dir nicht erzählt, dass ich öfter deine Show gesehen habe?“, fragte Tom. „Immer sonntags nach dem Gottesdienst.“

„Ich dachte, meine Predigten haben dir nicht gefallen.“

„Ich hab nicht wegen der Predigten zugeschaut.“

„Wie auch immer“, sagte Jack. „Morgen ist Neujahr. Wir fliegen nach Boston, und wir werden meine Familie sehen. Wenn das kein gutes Zeichen ist.“

„Jack …"

„Ich habe englische Literatur studiert", sagte Jack. „Ich erkenne ein starkes Symbol, wenn ich eins sehe."

„Ich möchte nur nicht, dass du das Pferd von hinten aufzäumst. Tracy und du – ihr werdet über vieles reden müssen."

„Aber wenigstens werden wir überhaupt reden", sagte Jack. „Ich habe versucht, mit ihr zu reden, seit …"

„Ich möchte nur nicht, dass du das Pferd von hinten aufzäumst", wiederholte sein Vater.

„Okay, Dad", sagte Jack. „In Ordnung. Wie du willst. Das Pferd wird von vorn aufgezäumt." Er stand auf, stiefelte in den Flur und griff sich die Laden- und Autoschlüssel vom Schlüsselbrett. „Ich bin gleich zurück."

Er hoffte, die Sonne würde scheinen, wenn sie sich trafen. Es würde kalt sein, sicher. Es war schließlich Januar in Boston. Aber Tracy war immer gern im Freien gewesen. Vielleicht konnte er mit Alison und Tracy in einen Park gehen. Vielleicht konnten sie danach essen gehen. Er kannte ein Restaurant, wo man wählen konnte, was man essen wollte, es dem Koch bringen und der bereitete es frisch zu. Das würde Alison gefallen.

Tracy würde sehen. Er war wieder gut in Form. Er wusste, was er wollte. Es würde alles besser werden. Sie würde nicht anders können, als das anzuerkennen, oder?

Drei Straßen weiter war das Haus der Taylors. Es war ein altes, monumentales dreigeschossiges Haus mit Erkertürmen – vielleicht das schönste Gebäude in der Stadt. James war nicht nur Bürgermeister, er besaß auch die Bank, wie schon sein Vater vor ihm und wiederum dessen Vater.

Als Jack vorüberfuhr, sah er einen vielleicht vierzehnjährigen Jungen, der vor dem Haus Bälle ins Netz warf. Er musste schon eine Weile dort trainiert haben – der Rasen war übersät mit Bällen.

Der Junge nahm einen Anlauf, drehte Hüfte und Schultern und warf mit Schwung ins Netz.

Jack hielt an und ließ das Seitenfenster herunter. „Schöner Wurf", rief er.

„Danke", rief der Junge zurück, ohne zu ihm rüberzusehen. Er nahm den nächsten Ball aus einem grünen Plastikbehälter vor ihm, nahm Anlauf und warf sicher ins Netz.

Jack begann, das Fenster wieder hochzulassen. Dann zögerte er kurz und rief: „Weißt du, dein Schulter- und Hüftschwung sind wirklich gut. Aber beim Abwurf stehst du zu fest auf dem vorderen Fuß. Sieht aus wie bei Tim Tebow. Kein schmeichelhafter Vergleich."

Der Junge hatte schon den nächsten Ball in der Hand, nahm Maß, als wolle er gleich werfen, und sah dann zum ersten Mal zu Jacks Pick-up herüber.

„Tim Tebow hat den Heisman gewonnen", rief er zurück. Dann nahm er den Ball und setzte zum Wurf an.

„Wenn du den Wurf beginnst", rief Jack und der Junge erstarrte in der Bewegung, „musst du achtzig Prozent des Gewichts zunächst auf dem hinteren Fuß haben und nur zwanzig auf dem vorderen. Während des Wurfs kehrt sich dieses Verhältnis dann fast um. Du machst es gerade andersherum. Du fängst mit achtzig Prozent auf dem vorderen Bein an. Das bringt dich aus dem Gleichgewicht. Glaub's mir, ich weiß, wovon ich rede."

Der Junge hatte Anlauf genommen, aber diesmal warf er den Ball nicht ab. Er ließ ihn bis zur Hüfte heruntersinken, kam dann über den Rasen und blieb etwa drei Meter vom Wagen entfernt stehen.

„Sie sind Jack Chisholm", sagte er.

„Bin ich", sagte Jack. „Und du musst Cameron sein. QB 1, wie dein Dad mir gesagt hat. Gratuliere."

„Sie haben Mayfield ins Finale gebracht", sagte Cameron.

„Ich, dein Dad und noch jede Menge anderer."

Cameron warf einen Blick zum Haus, wandte sich dann wieder dem Wagen zu und schüttelte den Kopf. „Oh Mann, mein Dad.

Er kann Sie nicht ausstehen. Wenn er sieht, dass wir miteinander reden, dreht er durch."

„Ja." Jack räusperte sich. „Vielleicht. Hör zu. Denk drüber nach, was ich gesagt habe. Wenn du mit dem Standbein beginnst, hast du eine bessere Balance, erreichst mehr Weite und vermutlich auch präzisere Treffer."

Cameron warf den Ball hoch, fing ihn, warf ihn, fing ihn.

Ich bin hier der QB 1, schien seine Miene zu sagen. *Und wer bitte sind Sie?*

Na schön. Jack legte den Gang ein.

Er sah eine Bewegung und hörte ein Geräusch von der Veranda, als die Fliegentür sich öffnete und wieder schloss. Oh Gott, dachte Jack. Keine guten Nachrichten, egal, wer es war.

Es war Darla Taylor, früher Darla Scroggins, einmal, vor Urzeiten, seine Darla. Sie sah die Straße entlang, schirmte kurz ihre Augen ab, um zu sehen, wer da war, und hob dann grüßend die Hand.

Sie sah gut aus. Schön sogar. Sie trug Jeans und Pullover, die jede Kurve betonten. Sie sah nicht aus wie die Mutter von drei Kindern.

Mutter von drei Kindern. Wie war das möglich? Sie hatten sich in seinem letzten Schuljahr getrennt – wegen was? Er konnte sich nicht mehr erinnern. Es war vor dem Finalspiel gewesen, und in der ersten Hälfte des Spiels war Jack mit seinen Gedanken überall, nur nicht beim Spiel. Endlich brachte ein harter Schlag von einem gegnerischen Spieler – und ein ziemlicher Anpfiff von seinem Trainer – ihn dazu, nicht mehr daran zu denken, was Darla auf der Tribüne machte, sondern daran, was auf dem Spielfeld passierte. Aber da war es schon zu spät gewesen.

Nach dem Spiel war James mit ihr ausgegangen. Zwei Wochen später waren sie unzertrennlich. Ein Jahr später waren sie verheiratet.

Jack wusste bis heute nicht, wie das alles so schnell geschehen konnte, wie sie einfach ihre Liebe zu ihm in Liebe für seinen Erzfeind umtauschen konnte.

Etwas stimmte damit ganz und gar nicht.

Aber es war so passiert. Und dann hatten sie Kinder. Drei Kinder, und eines davon stand jetzt vor ihm und warf Bälle in die Luft.

Der Lauf der Welt, dachte Jack.

Das hätte meine Frau sein können.

Das hätte mein Sohn sein können.

Das war nicht hilfreich, schon gar nicht jetzt, wo er doch gerade dabei war, sich darauf einzustellen, wie er seine eigene Frau und sein Kind zurückgewinnen konnte.

Darla kam die Vordertreppe herunter und Jack entdeckte plötzlich, dass ihn so etwas wie Panik befiel.

„Muss los", sagte er und warf Cameron einen Blick zu. „Ich hoffe, Texas hat dir was zu bieten. Sie brauchen einen QB, weiß der Himmel." Er nickte beiden zu und fuhr eilig davon.

Er wünschte dem Jungen das Beste. QB 1 in Mayfield, Texas, zu sein, war eine riesige Verantwortung. Und außerdem hatte er nichts als Mitleid für jeden, der gezwungen war, mit James Taylor zusammenzuleben.

Im Laden griff er seinen Mantel von der Garderobe. Seine braunweiße Strickmütze steckte in der Tasche. Er sah sich im Laden nach etwas typisch Texanischem um, das er Alison als Geschenk mitnehmen konnte. Aber er konnte nichts entdecken, das nicht sehr stark danach aussah, als käme es direkt aus einem Baumarkt. Sie würden am Flughafen etwas finden.

Jemand klopfte an der Tür und Jack fiel ein, dass er das Schild noch nicht geschrieben hatte. „Wir haben geschlossen", rief er.

Es klopfte wieder. Es war Kathy Branstetter.

„Hallo", sagte er und öffnete die Tür einen Spaltbreit. „Wir haben zu. Tut mir leid."

„Ich habe Sie kommen sehen", sagte sie. „Ich wollte Ihnen etwas erzählen. Ich denke, es wird Sie freuen."

„Schön", sagte er. „Okay. Aber ich hab nicht viel Zeit."

Sie kam herein und sah ihn an, als verbände sie ein Geheimnis.

„Ja?“, fragte er.

„Die ‚Post‘ hat heute ein Bild von Ihnen gebracht.“ Sie sah ihn an und ihre Lippen zitterten, als wolle sie lächeln, wisse aber noch nicht genau, ob das schon angebracht war.

„Die ‚Washington Post‘“, sagte er.

„Genau die“, bestätigte sie.

„Hat ein Bild von mir gebracht.“

„Genau.“

„Woher haben sie wohl ein Bild von mir gehabt?“

Wieder sagten ihre Lippen: Lächle, aber ihr Hirn versuchte, die Stimmung einzuschätzen.

„Ich … nun, ich habe es ihnen sozusagen geschickt.“

Er verschränkte die Arme und sah sie stirnrunzelnd an. „Sie haben was?“

„Ich habe ihnen ein Bild von Ihnen geschickt, wie Sie gestern da auf dem Dach waren“, erklärte sie. „Sie haben es gleich heute gebracht. Und jetzt wollen sie von mir eine richtig ausgewachsene Story über Sie. ‚Die Rückkehr des Herzenspastors‘ oder so.“

Er fühlte, wie sich sein Magen zusammenkrampfte. „Sie haben ein Bild von mir auf Mrs Calhouns Dach an die ‚Washington Post‘ geschickt?“

Sie nickte.

„Warum hätten Sie das tun sollen?“

„Tja …“ Sie zuckte die Schultern. „Erstens: Es war ein gutes Bild. Und zweitens …“

„Und jetzt wissen sie, dass ich hier bin?“ Er schüttelte seine braunweiße Wollmütze in ihre Richtung.

„Die ganze Welt weiß, dass Sie hier sind“, sagte sie und trat einen Schritt zurück. „Ich hab an der Tankstelle gerade drei Zeitungsleute und zwei Fernsehfritzen getroffen, die alle wissen wollten, wo es zu Mrs Calhouns Haus geht.“

„Ja“, sagte Jack und stampfte mit dem Fuß auf. Er hatte gute Lust, nach ihr zu treten, aber das wäre weder nett noch ritterlich.

„Hören Sie, Kathy, das war nicht okay. Ich bin nicht auf dieses Dach gestiegen, damit die Leute mich dort fotografieren sollten. Oder damit die Stadt von Reportern überschwemmt wird, die Nora Calhoun belästigen.“

„Nein?“, sagte sie. „Und all diese Bilder und Tweets und YouTube-Videos, die Sie verbreitet haben, und all die Bücher, in denen Sie sich darüber auslassen, wie man in dieser Welt Gutes bewirken kann …“

„Das bin nicht ich“, sagte er. „Ich meine, ich war es. Aber das war nur Show.“

Er hörte auf, seine Mütze zu malträtieren, und steckte sie wieder in die Tasche. „Gestern bin ich auf dieses Dach gestiegen, um einer Freundin zu helfen. Das ist alles. Sie hatten kein Recht, dieses Foto zu machen. Und ganz sicher nicht, es in die landesweiten Nachrichten zu bringen.“

„Aber Sie sind ein Thema für die Nachrichten“, sagte sie abwehrend, die Hände in die Hüften gestemmt. „Das wissen Sie doch genau …“

„Ich war ein Thema“, sagte er. „Und jetzt lassen Sie mich bitte allein.“

Sie schnaubte. „Sicher. Allein lassen. Hören Sie, Jack, ich kann Ihnen helfen …“

„Sie haben nicht zugehört“, sagte Jack.

„Wenn wir nur ein wenig reden könnten …“ Sie begann, ihre Schreibmappe zu öffnen.

„Ich bin auf dem Weg aus der Stadt.“

„Sie gehen?“ Sie blinzelte hektisch.

„Ich werde eine Pressemitteilung machen, wenn ich zurückkomme“, sagte er. „Inzwischen können Sie mit Ihren Freunden Reporter spielen, bis ich zurückkomme. Vergessen Sie nicht, ein paar Bilder zu verstreuen. Ich glaube, von rechts kommt mein Profil am stärksten raus.“

„Sie sind wirklich sauer?! Warum?“ Sie drehte den Kopf leicht und sah ihn an, als suche sie eine neue Perspektive. „Es geht hier nicht um einen Neustart?"

„Um was?" Er schüttelte den Kopf. „Wovon reden Sie überhaupt?"

„Jack", sagte sie, „ich hab's Ihnen doch gesagt. Ich habe Ihre Karriere verfolgt. Hat es in den letzten zehn Jahren eine einzige Gelegenheit gegeben, in der Sie sich für eine gute Sache eingesetzt haben, ohne dass die Kameras liefen? Oder hat es das jemals gegeben?"

Es war, als hätte sich in seinem Brustkorb ein Abgrund geöffnet und er stürzte direkt hinein.

Sie hatte recht.

Sie hatte absolut und hundertprozentig recht.

„Das bin nicht ich", sagte er wieder, ganz ruhig, und hoffte, es wäre wahr.

„Jack, wenn ich nur diese eine Story kriege …"

Er sah sie scharf an. „Wir haben geschlossen", wiederholte er. „Und ich bin nicht in Mayfield, um meinen Neustart vorzubereiten oder was immer Sie denken. Ich bin hier, um mein Leben wieder in Ordnung zu bringen, mir über ein paar Dinge klar zu werden, und ich möchte nicht belästigt werden, solange ich damit beschäftigt bin."

„Wow", sagte sie. Sie sah ihn wieder von der Seite an. Dann hob sie eine Hand und rieb sich das Kinn. „Ich glaube … ähmm, ich glaube, ich habe die Situation falsch eingeschätzt."

Er wies mit einer Bewegung des Kinns zur Tür. „Nun, ich glaube, ich habe Sie nicht falsch eingeschätzt, Kathy. Ich hoffe, das sichert Ihnen einen Job bei der ‚Post'. Vielleicht können Sie zurückgehen und ihr altes Leben wiederbeleben." Er wies jetzt mit der Hand zur Tür. „Ich glaube, dieser Luxus ist mir nicht vergönnt."

„Es tut mir leid, Jack", sagte sie. „Ich habe es völlig falsch verstanden …"

Er öffnete die Tür, schob sie hinaus auf den Gehsteig und schloss hinter ihr ab.

Sie stand einen Moment lang da, als wolle sie noch etwas sagen, aber er sah sie nicht mehr an.

Als er wieder aufschaute, war sie gegangen.

Er kritzelte ein Schild und hängte es auf. „Bis zum 3. Januar geschlossen."

Dann spähte er die Straße entlang. Ein großer weißer Transporter mit elektronischer Ausrüstung auf dem Dach fuhr langsam in seine Richtung, als ob der Fahrer eine bestimmte Adresse suchte. Jack saß im Wagen und war verschwunden, bevor der Transporter vor dem Laden parkte.

Aber vor seinem Haus standen zwei Autos und etliche Kleinbusse, und ein gutes Dutzend Leute drängten sich in der Einfahrt und auf der Straße.

„Wow", sagte Jack zu sich selbst. „Saure-Gurken-Zeit."

„Reverend Chisholm", rief eine Frau, als er aus dem Wagen stieg.

„Jack", schrie ein Fotograf, und als er in die Richtung des Rufes blickte, schoss der Mann eine Serie von Fotos. Klick, klick, klick.

Sie drängelten und schubsten, und er ließ sie in den Vorgarten kommen, ließ sie nah an sich heran. Er war umgeben von Fotografen, zwei Fernsehkameras, etlichen Aufnahmegeräten und jeder Menge Mikrofonen.

„Ich möchte eine Erklärung abgeben", sagte Jack.

„Na endlich", murmelte einer der Reporter. Sie lehnten sich erwartungsvoll vor.

„Bitte lassen Sie mich in Ruhe." Jack sagte es langsam und betont. „Bitte lassen Sie meine Familie in Ruhe." Es gab ein unwilliges Gemurmel. „Bitte lassen Sie die friedlichen Bewohner von Mayfield, Texas, in Ruhe. Kümmern Sie sich lieber um ein paar echte Nachrichten."

„Sie sind eine echte Nachricht, Jack", sagte eine Journalistin in ihr Mikrofon, bevor sie es ihm entgegenhielt.

„Bitte", sagte er. „Ich bitte Sie. Ich versuche, mein Leben neu zu ordnen. Und wir alle hier wollen in Ruhe gelassen werden."

„Jack", redete jetzt ein anderer in sein Mikro, „haben Sie mit Sally Ramirez gesprochen?"

„Haben Sie Ihr Comeback hier in Mayfield vorbereitet?", fragte ein anderer.

„War dieser Einsatz auf dem Dach dazu gedacht, Ihr Bild in der Öffentlichkeit zu rehabilitieren?"

„Wann werden Sie wieder predigen?"

„Wie ist der Titel Ihres nächsten Buches?"

Jack hob die Hand. „Das sind wichtige Fragen." Er seufzte. „Aber ich bin in Eile, und ich habe nur Zeit für eine einzige Antwort. Also: Mein nächstes Buch", sagte er und begann, sich einen Weg durch das Gedränge zu bahnen, „wird heißen: *Wenn die Medien nicht verschwinden, hole ich die Polizei.*"

Irgendjemand begann tatsächlich mitzuschreiben. Dann hatten sie es schließlich verstanden, und es erhob sich ein Protestgemurmel.

„Einen schönen Tag noch", sagte er, öffnete die Eingangstür und schloss sie fest hinter sich.

„Sie sind wieder da", rief sein Vater aus der Küche.

„Ja", sagte Jack. „Ich … ähm … hab's gesehen. Tut mir leid."

„Wir müssen bald los."

„Ich bin gleich fertig." Jack zögerte im Flur und betrachtete sich selbst im Spiegel. Er sah anders aus ohne sein Bärtchen, in Wranglers und in einem T-Shirt, das keinen zynischen Aufdruck trug.

Er sah beinahe aus wie ein anständiges menschliches Wesen.

Beinahe.

„Dad", sagte er, „habe ich im Leben jemals etwas Gutes getan, ohne dass ich wollte, dass die ganze Welt davon erfährt?"

Er hörte, wie ein Stuhl zurückgeschoben wurde und sein Vater in den Flur geschlurft kam. Er sah über Jacks Schulter in den Spiegel. Jack spürte die Hand auf seiner Schulter, bevor er sie sah.

„Ich werde mir kein derartiges Gerede über meinen Sohn anhören", sagte Tom. „Komm. Geh packen. Und dann los nach Boston."

11.

Am Flughafen von Austin kaufte Jack eine „Washington Post" und eine „New York Times". Beide hatten Artikel über ihn, nicht auf der Titelseite natürlich, aber doch deutlich weiter vorn, als er erwartet hatte. Die Bilder zeigten ihn mit der Nagelpistole neben Mr Rodriguez.

Mr Rodriguez wurde nicht erwähnt. Sein Einsatz war anscheinend keine Nachricht wert.

„Irgendwann", murmelte Jack, als sie in der Luft waren. Jack war immer ein wenig nervös beim Fliegen. Er konnte erst wieder reden, wenn der Start geglückt und es klar war, dass der Flieger nicht auf den Boden zurückstürzen würde. Etwas in ihm war nie wirklich überzeugt, dass etwas so Großes tatsächlich in der Luft bleiben würde.

„Was?", fragte Tom. Er öffnete gerade das Magazin der Airline.

„Irgendwann wird das alles niemanden mehr interessieren, oder? Ich werde einfach mein Leben leben können. Wie immer das dann aussieht. Ohne dass mich die Kameras verfolgen."

„Und – das hältst du für eine gute Sache?" Tom blätterte eine Seite um.

Jack nickte. „Ich habe vor zu vielen Kameras gestanden, und nur aus den falschen Gründen."

„Du machst eine gute Figur vor der Kamera", sagte Tom, während er weiterlas. „Du hast einfach dieses markante Aussehen. Wie Grampa Joe. Der war ein gut aussehender Mann."

„Das ist nicht der Punkt, Dad", sagte Jack. Er bemerkte, dass er bereits nervös wurde, obwohl sie erst noch landen, ein Hotel finden und eine Nacht schlafen mussten, bevor sie Tracy und Alison treffen würden.

Wenn sie sicher landeten.

Wenn Tracy überhaupt kommen würde.

„Ich will nicht gut aussehen", sagte er und versuchte, seine zweifelnden Gedanken abzuschütteln. „Ich will einfach mein Leben leben und meine Familie lieben und versuchen, für irgendjemanden nützlich zu sein."

„Guter Vorsatz", meinte sein Vater, ohne den Blick von seiner Zeitschrift abzuwenden. „Aber du machst eine gute Figur vor der Kamera."

Der Detektiv hatte gesagt, er werde sie im Hotel treffen. Sie nahmen die U-Bahn zu einem „Best Western", das nicht zu weit von Back Bay entfernt lag, dem Viertel, in dem Tracy angeblich wohnte.

„Es ist nur eine Meile bis zum Stadion", sagte Tom erstaunt, als sie in ihrem Zimmer waren und er die Prospekte der Touristeninformation durchblätterte.

Toms Handy klingelte. Er nahm ab, sagte: „Wir sind sofort unten", und lächelte Jack an.

„Der Detektiv ist da", sagte er, als hätte er einen Staatsbesuch anzukündigen.

„Du hast dein Leben lang darauf gewartet, diesen Satz von dir geben zu dürfen, oder?"

Sie nahmen die Treppe nach unten und trafen Ronnie Romano, der draußen am Steuer seines Cadillac Escalade auf sie wartete.

„Hallo, wie geht's?", fragte Ronnie Jack, als sie ins Auto stiegen. „Schön, Sie zu treffen."

„Danke, gut", sagte Jack.

„Mr Chisholm", wandte Ronnie sich an Tom. „Fühlen Sie sich gut?"

„Müde, Ronnie", sagte Tom. „Und mir ist nicht ganz gut. Aber morgen früh wird's mir besser gehen."

„Ihr Vater hat mich gebeten, Ihnen heute Abend einen kurzen Überblick über die Situation zu geben", bemerkte Ronnie, „und dann bei der Wohnung vorbeizufahren. Aber dort werden wir sie morgen nicht treffen."

„Wo treffen wir uns dann?"

„Im Prudential Center", sagte Ronnie. „In der Ladenzeile im Prudential Center", korrigierte er sich. „Mögen Sie Japanisch?"

„Sprache oder Essen?", fragte Jack.

„Ha!", machte Ronnie. „Stimmt. Also, Ihre Frau – Mrs Chisholm – sagte, dass Alison dieses ‚Wagamama-Restaurant' mag. Japanische Küche. Man kann an einem großen Tisch sitzen, ein wenig für sich sein, um zu reden, und doch trifft man sich in aller Öffentlichkeit." Ronnie blickte jetzt zu ihm herüber. Sie fuhren gerade an der Tankstelle vorbei, die Jack in Hunderten von Baseball-Übertragungen vor dem Fenway-Stadion gesehen hatte. „Eine Sache noch. Und das war eine absolute Bedingung von ihr. Sie sagte: Keine Presse."

„Keine Presse?", fragte Jack zurück.

„Wenn sie eine einzige Kamera, einen einzigen Journalisten sieht, geht sie auf der Stelle."

„Keine Presse", versicherte Tom.

„Es ist nur so", fuhr Ronnie fort. „Bitte verzeihen Sie, wenn ich so deutlich werde. Ich habe heute morgen im ‚Globe' ein Bild von Ihnen gesehen."

Jack stöhnte und schüttelte den Kopf.

„Und wenn nur ein Fotograf auftaucht, Sie wissen schon, um die glückliche Versöhnung zu dokumentieren …" Er brach ab und zuckte die Schultern. „Sie verstehen, was ich meine."

„Ich habe niemandem gesagt, dass ich hier bin", sagte Jack. „Und wenn ich eine Kamera sehe, bin ich ebenfalls sofort verschwunden."

„Okay“, sagte Ronnie. „Das wird funktionieren. Ich werde es ihr so sagen. Wird sie ein wenig beruhigen. Ich habe den Eindruck, sie ist sehr nervös. Komisch.“ Er warf Jack einen raschen Blick zu und sah dann wieder auf die Fahrbahn. „Sie scheinen überhaupt kein übler Kerl zu sein.“

„Das dachte ich früher auch“, sagte Jack.

„Jack“, kam die Stimme seines Vaters vom Rücksitz, „Jack ist ein feiner Kerl.“ Er nickte Ronnie im Rückspiegel zu.

Sie verließen jetzt die Hauptstraße und bogen in eine Seitenstraße ein, die zwischen Reihen von Sandsteingebäuden verlief. „Da vorn“, sagte Ronnie. „An der Ecke von Newbury und Hereford.“ Er fuhr zur Seite und parkte in der zweiten Reihe.

„Was?“, rief Jack aus. „Dieses Schloss?“

„Sie müssen jede Menge Geld bekommen haben für Ihren Ausrutscher“, sagte Ronnie. Er besann sich eines Besseren. „Tut mir leid. Hätte ich vielleicht nicht so sagen sollen.“

Das Gebäude hatte Erkertürme aus Kalksandstein mit grünem Dach. Fehlten nur noch die Flaggen an der Brüstungsmauer. Und vielleicht ein Burggraben.

„Ist das hier eine sichere Gegend?“, fragte Jack.

„Zwei Blocks bis zum Messegelände“, antwortete Ronnie. „Jede Menge Fußgängerverkehr, Restaurants, Läden, Bars. So sicher wie nur irgendwo.“

„Gibt es eine Schule in der Nähe?“

„Das weiß ich nicht“, sagte Ronnie und hob entschuldigend die Hände.

Jack sah wieder auf das Haus. Die meisten Fenster waren erleuchtet. Hinter einem davon war seine Frau. Sein Kind. Ihnen so nah zu sein und sie doch nicht sehen zu können …

„Wann treffen wir uns morgen?“, fragte er.

„Um elf“, sagte Tom leise. „Ich habe Tickets für den Rückflug am Nachmittag.“

„So bald schon?“, fragte Jack. Er ließ die Schultern hängen.

Ronnie rutschte unbehaglich in seinem Sitz hin und her, startete den Wagen und fuhr die Straße zurück. Das Schloss war nur noch im Rückspiegel zu sehen.

„Wenn es irgendeine wunderbare Versöhnung geben sollte", sagte Tom, „oder nur das leiseste Anzeichen dafür, solltest du natürlich länger bleiben."

„Sie hat darum gebeten, dass wir nicht länger bleiben", stellte Jack aus einer plötzlichen Erkenntnis heraus fest.

„Sie hat gesagt, es ist zu viel auf einmal", erwiderte Ronnie. „Sie versteht, dass Sie Ihre Tochter sehen wollen. Aber sie sagte, das bedeute nicht, dass sie Sie auch sehen will." Er nahm wieder entschuldigend die Hände vom Lenkrad.

„Fahren Sie lieber", sagte Jack.

Ronnie nickte und konzentrierte sich wieder aufs Fahren.

Jack hatte eine unruhige Nacht. Er träumte von dem japanischen Restaurant, einem leeren Tisch, Kellnern, die bedauernd die Hände hoben wie Ronnie. *Tut uns leid. Wir wissen nicht, wo sie sein könnten.*

Aber als sie kurz vor elf bei „Wagamama" eintrafen, erwartete Tracy sie mit Alison an einem der Tische. Sie trug Rock und Bluse, sehr professionell, und kniehohe schwarze Stiefel. Sie sah fantastisch aus. Er sah sie eher als sie ihn. Sie spielte mit ihrem Haar, wie sie es immer tat, wenn sie sich nicht wohlfühlte.

Dann sahen beide auf und erblickten ihn. Über Alisons Gesicht zog ein strahlendes Lächeln. Tracy sah beherrscht und wie unbeteiligt zu, wie Alison Jack entgegenlief und ihn umarmte.

„Al", sagte Jack, kniete sich hin und atmete sie gleichsam ein. Sie war noch immer ein mageres kleines Ding und klein für ihr Alter. Etwa zehn Prozent unter Durchschnittsgröße und -gewicht, sagten die Ärzte. Tracy war ebenfalls zierlich. Sie stammte aus einer langen Linie von zierlichen Menschen. „Al. Oh, ich hab dich so vermisst, Prinzessin."

„Ich dich auch, Daddy", sagte sie, löste sich aus der Umarmung und lehnte sich ein wenig zurück, um ihn anzusehen. „Wo warst du denn?“

„Bei deinem Großvater“, sagte Jack und stand auf. „Alison, dies ist dein Grampa Tom.“

„Ich habe dich auf einem Foto gesehen“, sagte Alison. „Aber ich kann mich nicht an dich erinnern.“ Sie gab ihm höflich die Hand und wandte sich dann wieder Jack zu. „Wir wohnen jetzt in einem Schloss“, sagte sie. „Mein Zimmer ist in einem Turm.“

„Wie es sich für eine Prinzessin gehört“, sagte Jack. Sie gingen jetzt hinüber zum Tisch, wo Tracy wartete. „Tracy.“

„Du hast den Bart abgenommen“, sagte sie. Sie spielte wieder mit einer Haarsträhne und biss sich auf die Lippen, als es ihr bewusst wurde. Jack wusste nicht, was sie tun würde, um das Auf-die-Lippen-Beißen auszugleichen. So genau kannte er ihre Ticks denn doch noch nicht.

„Danke, dass du gekommen bist“, sagte er. „Es ist schön …“

„Mom sagt, du hast einen Detektiv angestellt, der uns suchen sollte“, sagte Alison. „Wie im Film.“

„Dein Grampa Tom hat das getan“, sagte Jack. „Ich bin gar nicht darauf gekommen.“ Er sah Tracy an und versuchte, ihren Blick auf sich zu lenken. „Ich bin auf eine Menge Dinge gar nicht gekommen. Wie ich schon sagte, ich bin wirklich froh …“

„Die Anwälte sagen, wir müssen über eine Besuchsregelung sprechen“, sagte Tracy. „Und das sehe ich auch ein. Aber bis nach Seattle ist es so weit …“

„Ich wohne nicht mehr in Seattle“, unterbrach Jack sie.

„Ich weiß, im Moment bist du bei Tom, aber …“

„Ich wüsste nicht, dass ich nach Seattle zurückginge“, sagte Jack.

„Dazu müsste man eine Menge ungeschehen machen“, sagte Tracy leise.

Das saß. Jack wusste nicht, was er antworten sollte. „Ich …“

„Es gibt einen Direktflug von Boston nach Austin“, mischte sich Tom ein. „Ich wäre glücklich, die Tickets zu kaufen. Vielleicht könnte sie noch ein paar Tage kommen, bevor die Schule wieder anfängt?"

„Das … das ist so plötzlich", sagte Tracy und hob abwehrend die Hand. Ihr Gesicht rötete sich. „Ich müsste darüber nachdenken …"

„Es muss dir doch klar gewesen sein, dass ich Alison früher oder später würde sehen wollen", sagte Jack. Er hatte es nicht beabsichtigt, aber er drängte jetzt. Zeit spielte hier durchaus eine Rolle, ob Tracy das nun wusste oder nicht.

„Ich wusste nicht, dass du das wollen würdest", sagte sie. „Ich wusste nicht, was du überhaupt wollen würdest. Ich wusste ja nicht einmal mehr, wer du bist."

Er betrachtete Alison, die auf dem Papiertischtuch zufrieden vor sich hin malte. Was sollte er dazu sagen? Er ließ den Kopf hängen und starrte auf die Tischplatte.

In diesem Moment kam der Kellner, stellte sich als Jeffrey vor und schrieb das auch deutlich auf das Tischtuch direkt vor Jacks Nase. „Was darf ich Ihnen bringen?"

„Wir brauchen noch einen Moment", sagte Tracy. „Vielleicht Eistee." Sie sah Tom an, der nickte.

„Für mich Apfelsaft", sagte Alison, ohne von ihrem Gemälde aufzusehen. Aber sie verfolgte alles aufmerksamer, als sie sich anmerken ließ.

„Hast du vor, in Boston zu bleiben?", fragte Tom freundlich.

Tracy sah Tom an, dann auf die Speisekarte, dann zu Jack, dann wieder auf den Tisch. „Ich weiß es noch nicht", antwortete sie. „Ich habe mich für den Frühling in Berkley für Gesang eingeschrieben. Und für Alison habe ich eine gute Schule gefunden." Sie seufzte. „Hier kennt niemand meinen Namen. Niemand äußert sich süffisant oder zeigt mit dem Finger. Wenigstens kümmert sich die Gemeinde gut um uns."

Jack empfand jedes Wort wie einen Nadelstich. Er legte die Hand aufs Herz und atmete tief durch. „Es tut mir so leid", sagte er. „Ich kann dir gar nicht sagen …"

„Nein", sagte sie und ihre Stimme wurde lauter. Die Gruppe am Nebentisch sah herüber und wandte sich dann schnell wieder ab. „Du kannst es mir nicht sagen, Jack. Du wirst nie verstehen, wie es ist, von dem Menschen, den man liebt, so bloßgestellt zu werden."

„Ich glaube, davon habe ich durchaus eine ziemlich gute Vorstellung", sagte Jack, während die Blicke vom Nachbartisch ihn abschätzend maßen.

„Wir haben nicht geglaubt, dass wir heute irgendetwas klären könnten", sagte Tom und hob die Hände, als müsse er zwei Ringer auseinanderhalten. „Das braucht Zeit. Das weiß ich wohl. Wir sind gekommen, um zu fragen, ob Alison Jack bald einmal besuchen kann. Ich bin …" Er brach ab, wandte den Blick ab und schaute dann wieder Tracy an. „Ich würde sie sehr gern einmal bei mir haben."

„Tom", sagte sie, streckte die Hände über den Tisch nach ihm aus und brachte es gleichzeitig fertig, Jack einen vernichtenden Blick zuzuwerfen. „Es tut mir leid, dass du deine Enkeltochter nicht kennst. Das war nicht meine Entscheidung. Ich weiß nicht, ob sie …"

„Ich möchte nach Texas", sagte Alison, auch diesmal ohne aufzuschauen. Tracys aufgebrachter Blick blieb ohne Wirkung. Wie es schien, hatten sie vorher etwas anderes besprochen.

„Ich weiß nicht, Tom", sagte Tracy und lehnte sich im Stuhl zurück. „Ich weiß es einfach nicht."

„Kann ich dich einen Augenblick allein sprechen?", fragte Jack sie. Das führte doch zu nichts. Er brauchte einen Moment mit ihr allein, ohne Zuschauer. Er sah aus dem Fenster auf die Ladenzeile. „Nur eine Minute."

„Das war nicht abgemacht", sagte sie. „Niemand hat etwas davon gesagt, dass ich dich allein sprechen sollte."

„Wow", sagte er. Er sah sie über den Tisch hinweg an, sah, wie sie wieder mit dem Haar spielte und dann zornig die Hände unter den Tisch sinken ließ. „Hasst du mich so sehr?"

„‚Hassen‘ sagen wir nicht“, kam es von Alison. „Es ist kein schönes Wort.“

„Richtig“, sagte Jack. Er war es gewesen, der Alison das beigebracht hatte.

„Ich habe allen Grund, wütend auf dich zu sein, Jack“, sagte Tracy mit zusammengebissenen Zähnen. „Ich glaube, selbst der egozentrischste Narzisst müsste zugeben, dass ich guten Grund dazu habe.“

„Und das bin ich?“, fragte Jack. „Denkst du das wirklich von mir?“

„Werd nicht laut vor deiner Tochter“, sagte Tracy. Sie legte die Speisekarte aus der Hand und machte Anstalten aufzustehen. „Oh, ich wusste ja, dass es ein Fehler war, dich zu treffen. Du hast alle Möglichkeiten – Anwälte, Detektive …“

„Ich habe überhaupt keine Möglichkeiten, Tracy“, rief Jack. „Ich habe kein Geld. Ich habe keine Freunde. Ich habe keine Bleibe …“

„Du hast Tom“, sagte Tracy, und ihr Blick bat ihn eindringlich, leiser zu reden und keine Szene zu machen.

„Tom wird nächstes Jahr um diese Zeit tot sein“, sagte Jack. Die Worte waren einfach aus ihm herausgebrochen. Er hob die Hand vor den Mund, wie um sie zurückzuholen.

Tracy starrte ihn mit offenem Mund an. Sie sah Tom an. „Du bist … krank?“

Er nickte, ernst, aber unbehaglich. Er wollte in dieser Verhandlung nicht als Druckmittel missbraucht werden. „Es wird wohl nicht mehr viel besser werden“, sagte er, „wenn du das meinst.“

„Tracy“, sagte Jack und lehnte sich über den Tisch zu ihr vor. „Es tut mir leid, dass ich dich so bloßgestellt habe. Ich habe es bereut. Ich bereue es. Was ich getan habe … es war ein Fehler. Ich bereue es zutiefst. Ich kann es besser machen. Mit dir. Mit Alison. Wenn du mir nur …“

„Nicht“, sagte sie.

„… eine Chance gibst“, endete er.

Sie sah ihn an und schüttelte den Kopf. „Nicht“, flüsterte sie.

Jeffrey kam an den Tisch und begann, Eistee und Apfelsaft in einer Kindertasse mit Strohhalm zu verteilen.

„Kannst du mir je verzeihen?“, fragte Jack.

„Ich verzeihe dir“, sagte Alison. Sie grinste Jack einen lebensspendenden Moment lang an, bevor sie ihre ganze Aufmerksamkeit ihrem Apfelsaft zuwandte.

Der Kellner stand erwartungsvoll neben ihnen. „Möchten Sie jetzt bestellen?“

„Wir brauchen noch einen Moment“, sagte Tom.

„Okeydokey“, antwortete er, lächelte bemüht und ging.

„Ich werde mit den Anwälten in Seattle sprechen“, sagte Tracy und ihre Stimme klang jetzt resigniert. „Ich weiß, du hast ein Recht, Alison zu sehen. Wir werden es besprechen. Einen Vorschlag machen. Sie werden deine Anwälte kontaktieren.“

„Toms Anwälte“, sagte Jack. „Um genau zu sein.“

Der Tisch versank in Schweigen, das nur dadurch unterbrochen wurde, dass Alison ihren blauen Malstift gegen einen grünen austauschte.

„Es tut mir leid, Tom“, sagte Tracy schließlich und sah ihn über den Tisch hinweg an. „Es tut mir alles schrecklich leid. Wenn ich es gewusst hätte, hätte ich etwas anders gemacht. Es ist nicht fair …“

„Ich bin sehr glücklich, gerade jetzt hier zu sitzen“, sagte Tom, und er machte ganz den Eindruck, als sei es auch so. Trotz der angespannten Atmosphäre hatte er von dem Augenblick an, als er sich seiner Enkeltochter gegenüber an den Tisch gesetzt hatte, nicht mehr aufgehört zu lächeln.

„Und …“ Tracy brach ab und blickte sich um, um sicherzugehen, dass der Kellner nicht gerade zurückkam. „Jack. Ich frage mich … was willst du eigentlich? Warum bist du nach all den Wochen hier aufgetaucht?“

Jack nahm einen tiefen Atemzug. Alles oder nichts.

„Ich möchte euch wiederhaben", sagte er. „Ich möchte, dass wir wieder eine Familie sind."

Tracy sah ihn an, als wäre er ein seltenes Insekt, das gerade unter einem Felsen hervorgekrochen war.

„Bitte, denk darüber nach", sagte er. „Tray, ich bitte dich um eine zweite Chance."

Jetzt kam der Kellner zurück, er wirkte hoffnungsvoll und verzweifelt zugleich. Gleich würde der Mittagsbetrieb einsetzen, und sie hatten noch nicht bestellt.

„Teigtaschen mit Ente als Vorspeise für mich", sagte Tracy, „und danach den Mandarinen-Sesam-Salat." Sie lächelte Alison zu, die lächelnd zu ihr hochsah. Jack sah, dass ihre Augen noch immer diese Fältchen bildeten, wenn sie so schaute. „Und eine kleine Glasnudelsuppe mit Krabben für die kleine Krabbe."

„Und Apfelsaft", sagte Alison.

„Noch einen Apfelsaft", bestätigte Tracy.

„Und für die Herren?"

„Nichts für mich", sagte Jack mürrisch.

„Noch nicht einmal Nachtisch?", fragte Alison.

„Du solltest die Entenbrust nehmen", sagte Tracy. „Du musst etwas essen."

„Yakisoba", sagte Tom vergnügt. Er hatte sich das offenbar genau überlegt. „Extraportion Krabben. Extra scharf."

„Sind Sie ...?" Der Kellner sah ihn fragend an. Dieser blasse, magere alte Mann? „Sind Sie ganz sicher, Sir? Das wird dann wirklich recht scharf."

Tom sah ihn an – sah ihn einfach nur an –, und ein breites Lächeln stand ihm im Gesicht. „Junger Mann", sagte er, „ich bin Bürger des berühmten Staates Texas. Der Tag, an dem mir etwas zu scharf ist ..." Er brach ab, lächelte noch breiter und lachte leise.

„Nun", sagte er und sah über den Tisch hinweg seine Enkeltochter an. „Dieser Tag ist noch nicht gekommen."

Sie aßen. Wenn die Schärfe für Tom eine Herausforderung darstellte, so ließ er es sich jedenfalls nicht anmerken. Und schließlich standen sie vom Tisch auf. Der Raum hatte sich gefüllt, und die häufigen Besuche des Kellners wiesen sie dezent darauf hin, dass sie die Gastfreundschaft des Hauses allmählich überstrapazierten. Jack hätte am liebsten den ganzen Nachmittag hier gesessen und Alison beim Malen zugeschaut, aber er bezweifelte, dass Tracy diesen Wunsch teilte.

Sie standen auf, gingen in den jetzt belebten Ladengang hinaus, und Alison sah erst Jack und dann Tom an. „Danke, dass du Detektive geschickt hast, um uns zu finden", sagte sie zu ihm. „Das war cool."

„War mir ein Vergnügen", erwiderte Tom lächelnd.

„Jederzeit", sagte Jack. „Und ich seh dich ganz bald, okay?"

Alison schaute fragend zu ihrer Mutter hinüber, die kaum merklich nickte.

„Okay", sagte sie. Sie lehnte sich an Jack und umarmte ihn um die Hüfte. Er schloss die Augen und wagte nicht zu atmen. Dann ließ sie ihn los.

Jack kannte kein Protokoll für einen Abschied von einer getrennt lebenden Ehefrau. Umarmung oder Kuss stand außer Frage. Ein Handschlag erschien ihm zwar lächerlich förmlich, aber Tracy schien so offensichtlich keinen Kontakt mit ihm haben zu wollen, dass selbst das wohl ausschied.

„Ich habe dich vermisst", sagte Jack.

Nichts.

„Ich habe jeden Tag angerufen."

Sie schob die Lippen vor. Fast gegen ihren Willen formte sich ein trauriges Lächeln. „Ich weiß", sagte sie. „Es hat ewig gedauert, alle Anrufe zu löschen."

„Bitte, denk darüber nach, was ich gesagt habe." Eine Bitte, die Jack in letzter Zeit ziemlich vielen Menschen gegenüber zu äußern schien. Er fragte sich einen Moment lang, ob Tracy ebenfalls zu viel Gewicht auf ihr Sprungbein legte.

„Auch ich habe dich vermisst“, sagte Tom zu ihr. Anders als gegenüber Jack schien sie einer Umarmung nicht abgeneigt.

„Ich bete für dich, Tom“, sagte sie, als sie sich aus der Umarmung lösten. „Es tut mir leid, dass wir dir so wehtun.“

„Ich bete auch für euch“, erwiderte er. „Pass gut auf meine Enkeltochter auf.“

Sie gingen auseinander.

„Wiedersehen, Tom“, sagte Tracy.

Er nickte. „Auf Wiedersehen, Tracy.“ Dann wandte er sich an Alison. „Komm uns bald besuchen, hörst du?“

Alison schüttelte ihm höflich die Hand. „Das mache ich“, sagte sie.

Jack sah auf die Uhr. „Wir müssen zum Flughafen.“

Tom blickte aufs Zifferblatt. „Ja, du hast recht.“

Jack hob die Hand. Texasgruß.

Tracy tat es ihm gleich.

Alison winkte einen Augenblick lang lebhaft, während sie an die Seite ihrer Mutter zurückkehrte.

Tom und Jack drehten sich um und reihten sich in den Menschenstrom ein, der sich durch das Prudential Center hindurchschob. Es war, als trügen Stromschnellen sie davon. Als Jack sich noch einmal umdrehte, konnte er weder Tracy noch Alison sehen. Sie waren weg. Von der Bildfläche verschwunden.

12.

„Ich hasse dieses neue Jahr“, sagte Jack, als sie sicher in Austin gelandet waren und zum Gate rollten. Tom hatte geschlafen – sogar noch, als die Maschine unsanft aufsetzte –, und einen Moment lang hatte Jack Angst gehabt, er werde vielleicht nie mehr aufwachen. Aber jetzt öffnete er verschlafen die Augen und Jack sah, wie erschöpft sein Vater war und dass diese Reise das letzte bisschen Kraft, das noch in ihm steckte, sehr strapaziert hatte. „Ich will ein anderes.“

„Was sagst du?“, fragte Tom. „Was hasst du?“

„Ich dachte, dieser Neujahrstag würde der Anfang von etwas Großem sein“, sagte Jack. „Nicht der Anfang vom Ende.“

„Nun mal langsam“, Tom hob die Hand und hörte sich an wie der alte Mann, der er tatsächlich war. „Wir wissen doch gar nicht, was passieren wird. Und Tracy hat gesagt, Alison dürfe kommen.“

„Ich weiß ja“, sagte Jack, als sie beim Gate angekommen waren und die Passagiere langsam aufstanden. „Ich weiß ja.“

Der Rückflug war lang gewesen und nicht gerade dadurch angenehmer geworden, dass eine Flugbegleiterin Jack erkannt hatte – und etwas irritiert erschien, als der Herzenspastor eine Cola Whiskey bestellt hatte. Für die dann auch noch dieser gebrechliche ältere Herr zahlte.

Als sie landeten, griff Jack zum Smartphone – aus reiner Gewohnheit. Er wusste nur zu gut, dass niemand angerufen hatte. Aber diesmal hatte jemand eine Nachricht hinterlassen.

„Was zum …“, setzte er an. Er überprüfte die Nummer. Seattle. Danny.

Er hätte warten sollen, bis sie aus dem Flugzeug waren, oder wenigstens erst die Nachricht abhören sollen.

Aber er konnte nicht warten.

„Hey“, sagte er, sobald Danny sich meldete. „Was gibt's?“

„Hast du sie gefunden?“, fragte Danny.

„Ja“, sagte Jack. „Wir haben uns heute getroffen.“

„Und – wie lief's?“

Jack sah sich um, um abzuschätzen, was sein Vater mitbekäme und wie weit die anderen Fluggäste weg waren. „Es hätte … besser sein können. Aber Alison zu sehen, war wunderbar.“ Er sah auf die Uhr. Es war hier schon spät, noch nicht ganz so spät wie in Seattle, aber doch später, als er jemals noch im Büro gewesen war. „Du arbeitest noch?“

„Ich muss am Sonntag predigen“, sagte Danny. „Wir haben – wie war das noch? – Epiphanias. Die drei Weisen.“ Er machte eine Pause – Jack vermutete, er nahm einen Schluck von seinem allgegenwärtigen Kaffee. „Der Gemeindevorstand hat beschlossen, dass wir uns in diesem Jahr an den liturgischen Kalender halten. Ich habe noch nie zu Epiphanias gepredigt. Ich weiß kaum, was es bedeutet.“

„Epiphanias“, sagte Jack, während er gleichzeitig überlegte und beobachtete, wie die ersten Passagiere ein paar Reihen vor ihm in den Mittelgang traten. „Na ja. Das ist Griechisch. Es bedeutet ‚Erscheinung‘ oder ‚Aufscheinen‘. Wenn wir die Dinge plötzlich so sehen, wie sie wirklich sind.“

Er hatte das in einem Seminar über James Joyce gelernt, nicht in einem Bibelkurs oder Predigtseminar oder gar im Griechischunterricht. Das hatte er alles ohnehin nicht belegt. „Die Weisen erblicken am Ende ihrer langen Reise das, was sie lange gesucht haben. Das spricht doch für sich.“

„Ich weiß einfach nicht, wie du das jede Woche fertiggebracht hast“, sagte Danny. „Jeder will, dass es so ist wie bei dir. Sie wollen lachen und weinen, und ich weiß nicht, was sonst noch alles. Du hast mir diesen Job hier ziemlich verdorben.“

Jack sah auf die Rollbahn hinaus in die tiefdunkle texanische Nacht. *Du hast es verdorben.*

„Bist du okay? Was ist los?“, fragte Jack.

Schweigen. Ein weiterer Schluck Kaffee. Aber die Pause wurde jetzt zu lang. Schließlich ertönte Dannys Stimme. Er klang jetzt niedergeschlagen. „Der Gottesdienstbesuch ist um ungefähr dreitausend Besucher zurückgegangen, seit du weg bist.“

„Oh. Und die Spenden?“

„Um die Hälfte.“

Jack pfiff. *„Lieber Gott“*, flüsterte er. Er wusste, was Grace Cathedral brauchte, um allein die Stromrechnung zu bezahlen, ganz zu schweigen von ihren Hilfsprojekten in der ganzen Welt. Und es hing ja noch jede Menge mehr daran.

„Ich schaffe das nicht allein“, flüsterte Danny. „Ich beschwöre sie, dass sie dich zurückholen. Und viele von denen, die nicht mehr kommen, sagen das auch. Er hat einen Fehler gemacht. Einen Riesenfehler. Holt ihn zurück.“

„Warum flüsterst du?“, fragte Jack.

Danny antwortete nicht.

„Rufst du aus einer Sitzung heraus an? Danny, das solltest du nicht tun.“

Danny kicherte. „Nee. Es ist nur … ich habe das Gefühl, dass mich jetzt jeder hier immerzu beobachtet.“

„Danny, du bist ein wunderbarer Pastor“, sagte Jack. „Die Lage wird sich beruhigen. Du wirst es schaffen.“ Er stand auf.

„Der Gemeindevorstand ist alarmiert“ – Danny flüsterte jetzt wieder –, „aber nicht halb so sehr wie ich. Du musst zurückkommen. Entschuldige dich, tu, was immer sie wollen, und komm zurück. Bitte, Jack.“

„Hey“, sagte Jack. Es war jetzt so weit, dass sie in den Gang treten konnten, und er musste ihr Handgepäck holen. „Es kommt alles zurecht. Ich ruf dich später noch mal an."

„Bald", sagte Danny. „Bitte bald, Jack."

„Na wunderbar", sagte Jack, nachdem die Verbindung beendet war. Er zerrte ihr Gepäck aus dem Gepäckfach und begann, beide Koffer aus dem Flugzeug zu bugsieren.

Tom war ein wenig wackelig auf den Beinen – er hatte sich an den Sitzen abgestützt, während sie durch den Mittelgang gegangen waren –, aber sie schafften es bis zum Auto. Nachdem Jack das Gepäck eingeladen hatte und sie auf dem Weg aus dem Parkhaus waren, rief Jack die anderen Nachrichten ab.

Es waren drei, alle mit der Vorwahl 0325. Mayfield.

„Diese Reporter", sagte er. „Rufen aus ihren schicken Hotels in Mayfield an."

Die „schicken Hotels" waren eine Reihe trauriger kleiner Motelräume am Highway nach Süden. Oder ein Etablissement mit drei Appartements, betrieben von Philip und Eric, die, so vermutete man in Mayfield, ein wenig zu nett zueinander waren, die man aber doch zu gern hatte, als dass man es ganz genau hätte wissen wollen. Er hörte die erste Nachricht ab – Nora Calhoun. Die Journalisten hatten ihr Haus gestürmt, ihren Rasen zertrampelt und ihr jede Menge ungebetener Fragen gestellt. Sie hatte ihnen kein Sterbenswörtchen geantwortet.

„Hab mich taub gestellt", sagte sie und dabei lachte sie, als hätte sie gerade wieder einen Schluck Rotwein getrunken.

Die nächste Nachricht war von Mr Rodriguez. Ausgerechnet. „Hallo, mein hauswirtschaftlich begabter Freund." Jack konnte sein spöttisches Grinsen fast durchs Telefon hindurch sehen. „Weißt du, das war eine ziemlich gute Aktion, was wir da am Sonntag gemacht haben. Pater Francis hat mich gebeten, ob wir nicht eine Rampe für Alice Gutierrez bauen könnten. Sie sitzt jetzt im Rollstuhl und, *hombre,* weißt du, sie braucht ein bisschen Hilfe. Bist du dabei?"

„Oh, sicher", murmelte er. Sie verließen gerade das Flughafengelände und bogen in die 290 ein, die nach Westen in die Weinberge führte. Er konzentrierte sich auf den Verkehr und fädelte sich ein, bevor er die letzte Nachricht abrief.

Der dritte und letzte Anruf war von Bill Hall. Er klang so steif und ungemütlich, als habe man ihn von Kopf bis Fuß zusammengeschnürt. „Der Gemeindevorstand hat mich gebeten, dich anzurufen", sagte er mit gepresster Stimme. „Ich soll dich fragen, ob du bereit wärst, am Sonntag ein paar Worte zu sagen. Ich hab gesagt, ich glaube nicht, dass du das machen würdest. Und jetzt bist du ja anscheinend nicht da. Aber ich habe versprochen, dich anzurufen, und das habe ich hiermit erledigt." Es gab kein Wort des Abschieds.

„Das ist schon verrückt, Dad", sagte Jack, während er das Handy in die Halterung zurücksteckte. „So viele Nachrichten habe ich in sieben Wochen nicht bekommen. Jedenfalls, wenn man die Anrufe von den Medien nicht zählt. Was ich nicht tue." Er sah zu Tom hinüber und stellte fest, dass er friedlich vor sich hin schnarchte.

Jack schüttelte den Kopf. „Dad, du hättest dir diese Reise nicht zumuten sollen." Er streckte die Hand aus und streichelte Tom zärtlich die Schulter, vorsichtig, um ihn nicht zu wecken. Die Hand ließ er auf der Schulter liegen.

Als sie zwei Stunden später zu Hause ankamen, weckte Jack seinen Vater, brachte ihn ins Haus und lud das Gepäck aus. Dann stand er noch ein wenig in der Einfahrt und betrachtete die Sterne. Es war kein vertrauter Anblick – so viele und so nah. Der Mond begann gerade abzunehmen und die Sterne schimmerten so zahlreich, als hätte jemand einen Pinsel mit Goldstaub genommen und ihn vor einer schwarzen Leinwand ausgeschüttelt.

„In Seattle hab ich nie etwas Vergleichbares gesehen", murmelte er und ließ sich auf einem Stuhl auf der Veranda nieder, um den Anblick noch länger zu genießen.

„Ah", ertönte eine vertraute Stimme. „Aber wenigstens hattest du guten Kaffee."

„Pater Francis", rief Jack aus. „Die Stimme aus der Finsternis."

„Um ehrlich zu sein, hatte ich gehofft, ich könnte dich abpassen", sagte Pater Francis vom Vorgarten her. „Ich hab mich hier herumgetrieben und gehofft, dass niemand mich für einen Einbrecher halten würde." Er kam die Stufen zur Veranda hinauf. „Darf ich?"

„Kommen Sie, setzen Sie sich." Jack zeigte auf den Stuhl neben seinem.

„Wie geht's deinem Vater?", fragte Francis, lehnte sich zurück und betrachtete ebenfalls die Sterne. „Ich war ein kleines bisschen besorgt um ihn."

„Er ist müde", sagte Jack. „Erschöpft wäre vielleicht zutreffender. Ich hoffe, diese Reise …"

„Es war die Reise, von der er hoffte, sie noch machen zu können", sagte Francis. „Hat er deine Tochter getroffen?"

„Alison, ja", sagte Jack. „Ich kann mich nicht erinnern, wann ich ihn zum letzten Mal so glücklich gesehen habe."

Francis nickte. „Das klingt gut. Und dir? Wie geht's dir?"

„Oh, tja …" Jack betrachtete wieder diese tief stehenden Sterne. „Ich hatte gute und schlechte Momente."

„Erzähl mir von den guten. Ich habe einen langen Tag hinter mir."

„Ich konnte meiner Frau sagen, wie leid mir alles tut. Glaube ich wenigstens. Ich bin nicht sicher, ob sie es auch gehört hat. Aber ich fühle mich jetzt besser."

„Schritt fünf", sagte Pater Francis.

„Was?" Jack sah zu ihm hinüber. Francis schaute immer noch in den Sternenhimmel.

„Ach so", sagte Francis. „Manchmal vergesse ich, dass nicht jeder in einer Selbsthilfegruppe ist. ‚Wir gaben Gott, uns selbst und einem anderen Menschen gegenüber unverhüllt unsere Fehler zu.' Das stammt aus der Zwölf-Schritte-Spiritualität."

„Oh", sagte Jack. „Richtig. Gelassenheit und so."

„Und so. Also: Hast du vor Gott und vor dir selbst ebenso klar eingestanden, dass du Fehler gemacht hast?"

Jack sah wieder zu ihm hinüber. „Wissen Sie eigentlich, dass Sie eine mächtige Plage sein können? Was kümmert es Sie, was ich tue oder nicht tue?“ Er war überrascht, wie scharf seine Stimme klang, aber auch für ihn war es ein langer Tag gewesen. Eine lange Woche. Ein langer Monat.

Aber Pater Francis beachtete seinen scharfen Ton gar nicht. „Ich kann den Polarstern nie finden“, sagte er, den Blick noch immer zum Himmel gerichtet. „Ich wüsste gern, wie man ihn bestimmt. Dann könnte ich mich nie mehr verirren.“

„Jetzt mal ernsthaft, Pater Francis“, sagte Jack. „Sie treiben sich hier im Dunkeln bei unserem Haus herum. Ich dachte, Sie seien einer dieser vermaledeiten Reporter.“

„Die ganze Medienmeute ist in der Bar“, erklärte Francis. „Deswegen bin ich auch gegangen und habe einen kleinen Spaziergang gemacht. All diese Leute, die über eine Story berichten sollen, in der es zutiefst um Religion geht – aber niemand darunter, der ernsthaft religiös wäre.“

Jack streckte die Hand aus und strich über Pater Francis' Schulter, um ihn zum Schweigen zu bringen.

„Ernsthaft. Warum – kümmern – Sie – sich – um – meine – Angelegenheiten?“

Francis hob die Hände. „Um das zu beantworten, muss ich eine Geschichte erzählen.“

„Natürlich“, sagte Jack. „Moment noch. Hab ich das wirklich gerade laut gesagt?“

„Vor ungefähr acht Jahren geschah etwas, das später in Mayfield als mein schlimmster Rückfall bekannt werden sollte. Man sprach darüber, wie man über Schneestürme redet: Dieser Schneesturm von '61. Pater Francis' Besäufnis von 2004. Ich konnte mich nicht mehr erinnern, warum ich aufgehört hatte zu trinken.“ Er schüttelte den Kopf. „Ich konnte mich noch nicht einmal erinnern, warum ich Priester geworden war. Nicht an mein ganzes Leben, nicht an all das, was ich aufgegeben hatte. Wozu hatte ich es getan? Und so trank ich. Und trank. Ich war eine Plage für andere und eine Gefahr für mich selbst, und ich stand in der Gefahr, meine Berufung ein für allemal zu verlieren."

„Nie davon gehört …", begann Jack, bevor ihm wieder einfiel, dass er seit zehn Jahren nicht mehr zu Hause gewesen war.

„Und dann", fuhr Francis fort und machte eine kleine Pause, bevor er weitersprach, „bekam ich Besuch von einem Mann, den ich kaum kannte und auch kaum ertragen konnte. Und was er mir gesagt hat, hat mich wieder auf die Beine gebracht."

„Wer?", fragte Jack. „Sagen Sie jetzt bloß, es war der Bürgermeister."

Francis grinste und schüttelte den Kopf. „Der Bürgermeister und ich haben uns noch nie viel in Gespräche verwickelt. Auch nicht in Raufereien, im Gegensatz zu einigen anderen Leuten. Nein." Er wurde wieder ernst. „Eines späten Abends klopfte jemand an die Tür des Pfarrhauses. Ich stolperte hin und öffnete. Es war John Heinrich."

„Nein", staunte Jack.

Francis nickte.

„Pastor Heinrich, dieser moderne Martin Luther?"

„Genau der. Ich bat ihn herein und bot ihm einen Drink an. Er sagte, ich hätte bereits genug gehabt für zwei. Ich hätte ihm am liebsten eins auf die Nase gehauen, auf der Stelle. Und dann sagte er es, und ich war mir sicher, dass ich es noch tun würde."

„Dann sagte er was?"

„Er lehnte sich über den Tisch zu mir und sagte: ‚Francis, ich glaube, Sie haben Ihre Berufung verloren.'" Francis imitierte Pastor Heinrich ziemlich gut, inklusive des deutschen Akzents.

„Wow", meinte Jack.

„‚Francis', sagte er zu mir, ‚ich komme gerade aus dem Krankenhaus in Fredericksburg. Zwei tote Babys. Ich bin müde bis auf die Knochen, aber als ich Licht bei Ihnen sah, wusste ich, dass ich mit Ihnen reden muss.' Pastor Heinrichs Blick ruhte auf dem Tisch, dann wieder auf mir. ‚Sie und ich, wir sind nicht in allen Dingen gleicher Meinung.'

‚Wir sind in nichts gleicher Meinung', gab ich zurück. Nicht ganz zutreffend, aber ich war nicht in der Stimmung für Höflichkeiten.

Er zappelte ein wenig mit den Händen herum, und da wurde mir klar, dass er eigentlich am liebsten nicht hier wäre. Am liebsten nichts von dem gesagt hätte, was er sagte. ‚Gott lässt nicht zu, dass ich untätig danebenstehe und zusehe. Sie werden es nicht wissen, aber vor neun Jahren ging es mir ganz genauso wie Ihnen jetzt.' Er wies mit einem Lächeln auf meine Flasche, und es war ein vielsagendes Lächeln, kann ich dir sagen. Dann fuhr er fort: ‚Schnaps statt Whiskey, aber ansonsten ganz genau dasselbe. Ich hatte vergessen, warum ich Pastor geworden war. Ich hatte vergessen, wie sich Freude anfühlt. Ich hatte meinen Weg verloren.'"

„Wow", wiederholte Jack. Er konnte sich nicht vorstellen, dass Pastor Heinrich all das gesagt haben sollte. Kein bisschen.

Konnte sich nicht vorstellen, wie es wäre, wenn all diese Dinge ihm selbst ins Gesicht gesagt würden.

Pater Francis betrachtete jetzt seine Hände. „Er hatte recht. Ich wollte es um keinen Preis zugeben. Aber er hatte recht." Er lächelte. „Ich hatte immer noch Lust, ihm eine zu verpassen. Aber dann sagte er noch etwas, und das ließ mich zögern." Francis sah Jack an und sein Lächeln wurde noch breiter.

„Los", sagte Jack. „Erzählen Sie schon."

Francis lachte jetzt und es schwang echte Freude mit. „Er hat mir gesagt, im Leben jedes glaubenden Menschen gibt es eine zweite Berufung, und sie ergeht dann, wenn die erste nicht mehr genügt – eine Berufung zu tieferem Glauben, festerer Hoffnung, größerer Freude. Das hat John Heinrich mir gesagt. Und er hatte recht."

„Ganz schön, sich das auszumalen", flüsterte Jack.

Francis blickte ihn immer noch an.

„Das hat alles Pastor Heinrich gesagt?" Jack war noch nicht bereit, Francis' Schlussfolgerung zu teilen. „Scheint mir … fast ein wenig zu tiefsinnig für ihn."

„Pastor Heinrich ist nicht sehr gebildet", sagte Francis. „Und jetzt, wo ich nüchtern bin, würde ich auch sagen, dass er ein paar Dinge gründlich missversteht. Für einen, der sich Lutheraner nennt, hat er von der Gnade ziemlich wenig verstanden. Aber, Jack, er betreut die Leute hier jetzt schon vierzig Jahre, in Regen und Schnee." Er blinzelte ein paarmal. „Und er kam zu mir, als es mir am dreckigsten ging. Und er viel lieber nach Hause gegangen wäre und seine Ruhe gehabt hätte."

Der Wind raschelte in den Zweigen. Unten in der Straße bellte ein Hund.

„Ich sage nicht, dass Sie recht haben. Oder dass Sie nicht recht haben", sagte Jack schließlich. „Aber ich komme gerade von einer Reise zurück, bei der meine Frau mir nicht einmal in die Augen gesehen hat. Meine Gemeinde hat mich rausgesetzt wie den Müll von gestern. Meine größte Hoffnung ist jetzt, dass ich meine Tochter bald wiedersehen kann. Davon abgesehen bleibt mir nichts. Nichts."

Er konnte nichts dagegen tun, dass er nagende Angst empfand. „Ich jedenfalls sehe keine Berufung zu irgendetwas Sinnvollem mehr. Keine Berufung zu überhaupt etwas."

Sie saßen wieder schweigend da. Die Sterne funkelten noch immer, der Wind wehte noch immer.

Nach einer Weile fragte Pater Francis: „Darf ich noch eine Geschichte erzählen?"

Jack stieß einen lang gezogenen Seufzer aus. „Was könnte Sie wohl daran hindern?"

„Nichts auf der Welt", sagte Francis. Er lehnte sich ein wenig zu Jack herüber. „Also, hier ist sie: Vor ein paar Jahren fuhr ich nach Jersey, um meine Schwester zu besuchen. Eines Abends machte ich einen Spaziergang und kam an einem Saal vorbei, in dem offensichtlich ein Fest stattfand. Mindestens hundert Leute standen vor der Tür Schlange. Sie waren alle schick gekleidet, als kämen sie gerade von einer Hochzeit, und jetzt gingen sie noch zu diesem Empfang, der bereits in vollem Gang war." Er lächelte bei der Erinnerung daran.

„Ich konnte Musik und Lachen hören, Jack, dass man trank und tanzte. Und dann erst ihre Gesichter! Sie strahlten vor Vorfreude, vor Erwartung auf ein herzliches Willkommen und einen wunderbaren Abend."

Er unterbrach sich, breitete die Hände in einer Geste aus, die anzudeuten schien, dass er fertig war, und sah Jack vielsagend an, ein Blick, der einlud, die Pointe zu verstehen.

„Was?", fragte Jack. Er wurde allmählich richtig ärgerlich. Das Letzte, woran er denken wollte, waren Hochzeiten und Empfänge. Er erinnerte sich an die bescheidene Hochzeit, die er und Tracy gefeiert hatten, an den Empfang, der ihrem Budget entsprochen hatte – lange bevor er der „Herzenspastor" geworden war.

Das waren gute Zeiten gewesen, das wurde ihm jetzt klar. Sie waren arm – aber glücklich.

Und sie hatten so viel gelacht.

Er schüttelte den Kopf. „Ich verstehe nicht ..."

„Dieser Empfang ist die zweite Hälfte deines Lebens", erklärte Francis. „Die meisten von uns stehen wie du, Jack, vor der Tür und spähen hinein, noch nicht ganz überzeugt, dass ein Bankett auf sie wartet, und voller Zweifel, ob es je wieder etwas geben wird, das eine Feier wert ist. Wir würden alle gern hineingehen, aber Gott bewahre! Was, wenn wir uns irren? Wenn es gar kein Bankett gibt? Wenn alles nur ein schlechter Scherz ist?"

Jack nickte langsam. Er wollte es so gern glauben. Er wollte wieder Freude empfinden. Aber woher sollte die kommen? „Und Sie glauben, irgendwo in dem allen" – er wies auf sich selbst, die Veranda, die Stadt – „gibt es eine zweite Berufung?" Er atmete tief und schwer. Er konnte nichts davon erkennen.

„Ja. Ein zweiter Ruf zum Glauben. Zur Hoffnung. Zu einem

Dienst.“ Francis taxierte Jack. „Ich glaube, etwas davon scheint schon durch. Du bist schon ein paar Schritte weit im Tanz.“

„Ich glaube, ich bin nicht einmal auf der Tanzfläche, Pater Francis.“ Jack lehnte sich im Stuhl zurück und schloss die Augen.

„Nein. Ich sehe, dass etwas geschieht. Aber da gibt es noch einen anderen Ruf. Und der hat nichts mit dem zu tun, was du beim ersten Mal falsch gemacht hast. Darum geht es bei einer zweiten Berufung nicht.“

Jack kicherte unwillkürlich. „Dann komme ich wohl am Sonntag doch ums Predigen herum.“

Pater Francis sah ihn scharf an. „Was?“

„Ach, nichts. Die nicht-ganz-so-lutherische Gemeinde hat mich gebeten, am Sonntag ein paar Worte zu sagen.“

„Das solltest du machen“, sagte Francis. „Unbedingt solltest du das tun.“

„Seien Sie doch nicht so altväterlich“, sagte Jack, öffnete die Augen und beugte sich zu Francis vor. „Ich bin kein Prediger mehr. Ich habe nichts zu sagen. Nicht den Leuten da oder irgendjemandem sonst.“

„Du solltest es unbedingt tun“, wiederholte Pater Francis.

„Sie sind nicht mein Priester“, wehrte Jack ab und spürte, wie ihm das Blut in die Wangen stieg. „Und auch nicht mein Vater.“

„Nein“, stimmte Francis zu und hob beschwichtigend die Hand. „Ich bin dein Freund. Nichts als dein Freund.“ Jack sah ihn an. Francis nickte. „Heute und morgen, Bruder. Ich werde da sein.“

Jack setzte sich in seinem Stuhl auf und sah in den Vorgarten hinunter. „Das ist … danke. Das ist nett. Aber, Francis, ich habe trotzdem nichts zu sagen. Weder heute noch morgen noch übermorgen.“

Pater Francis dachte einen Moment nach. „Sonntag ist Epiphanias“, sagte er.

„Hab davon gehört.“

„Die Weisen aus dem Morgenland, sie finden den neugeborenen Jesus.“

„Und? Das sagt mir nichts, Francis. Den neugeborenen Jesus zu sehen ist gerade nicht mein Problem."

Francis seufzte. „An Epiphanias geht es um eine Offenbarung, Jack. Es geht darum, sehen zu können, was direkt vor unseren Augen liegt. Ich habe heute Morgen meine Predigt geschrieben."

„Sehen, was direkt vor unseren Augen liegt", wiederholte Jack.

Pater Francis nickte. „Lies die Geschichte noch mal. Denk darüber nach. Wenn du magst, treffen wir uns morgen Abend bei ‚Buddy's' und reden darüber."

„Bibelstudium an der Bar", sagte Jack.

„Wo sonst?", gab Francis zurück. „‚Nicht die Gesunden brauchen den Arzt, sondern die Kranken. Ich bin gekommen, die Sünder zu rufen, nicht die Gerechten.'"

„Markusevangelium", lächelte Jack. „Hey! Vielleicht hat Bruder Raymond als Baptistenprediger Lust, seinen Mittwochsgottesdienst ein wenig abzukürzen und auch zu kommen."

„Vielleicht am Sankt Nimmerleinstag", sagte Pater Francis. „Er trifft sich gern mit Leuten im Donutladen – wenn er überhaupt geruht, sich mit jemandem zu treffen. Du kommst allein."

„Mal sehen", sagte Jack. Er stand auf und schob den Schaukelstuhl zurück. „Sie gehen jetzt besser nach Hause."

Francis schüttelte bedächtig den Kopf. „Ich glaube, ich schau noch mal bei den Medienleuten vorbei", sagte er. „Bring ihnen die neuesten Neuigkeiten."

„Ich nehme an, was wir hier besprochen haben, fällt unter das Beichtgeheimnis", sagte Jack. „Ist das nicht kirchliche Lehre?"

Francis kam auf die Füße, sah noch einmal zu den Sternen hoch und atmete tief durch.

„Ich werde dich nicht für dreißig Silberlinge verkaufen, Jack", sagte er. Dann lächelte er. „Aber wenn uns jemand eine neue Orgel spenden möchte ..."

„Schuft", schnaubte Jack und scheuchte Francis von der Veranda.

Francis ging grinsend hinaus auf den Gehsteig.

Jack wandte sich um, um ins Haus zu gehen. Dachte er wirklich ernsthaft darüber nach?

Bibelstudium bei „Buddy's"?

In Saint Paul's, der nicht-ganz-so-lutherischen Gemeinde, auf die Kanzel zu steigen?

Eine zweite Berufung?

Er lächelte, schüttelte den Kopf und ging ins Bett.

13.

Am nächsten Morgen räumte er im Laden die ältesten Batterien aus dem Regal, um Platz zu schaffen für die Akkus, die mit der nächsten Lieferung kommen sollten. Am Schluss hatte er jede Menge uralter Batterien daliegen, von denen die meisten wohl kaum noch eine Taschenlampe zum Glimmen bringen würden.

„Die kann man nicht mal mehr spenden", sagte Jack. „Sie sind vollkommen wertlos."

„Wirf sie weg", sagte Tom, der den neuesten „Reader's Digest" las.

„Das kann ich nicht machen", erwiderte Jack. „Chemikalien auf der Müllkippe. Die sickern durch ins Grundwasser."

„Ich nehme sie mit", bot Mrs Calhoun an. „Ich kann sie für meinen Rauchmelder gebrauchen."

„Aber sie funktionieren nicht mehr", wandte Jack ein.

„Mein Rauchmelder auch nicht", grinste sie.

Sie sahen einander an.

„Ich hole Ihnen eine Tüte", sagte Jack.

„Also, Jack", sagte Nora Calhoun, als er die Batterien in eine Plastiktüte gleiten ließ. „Wie ich höre, hat Bruder Bill dich gebeten, für uns auf die Kanzel zu steigen."

Tom sah hoch, um zu sehen, wie Jack reagierte.

„Als ob du das nicht gewusst hättest", sagte Jack zu ihm. Er sah Mrs Calhoun über den Ladentisch hinweg an. „Ich denke, ich werde am Sonntag kommen und ein paar Worte sagen."

Sie nickte. „Es ist Epiphanias“, bemerkte sie.

„Als ob ich das nicht wüsste.“

„Tut mir leid“, sagte sie. „Ich hatte nur gedacht, du warst Pastor in einer dieser Gemeinden, wo man eher tanzt und klatscht.“

„Ich weiß, was Epiphanias bedeutet“, sagte Jack. „Ich werde mich bemühen, etwas Passendes zu sagen.“

„Danke, Jack“, sagte sie, jetzt milder, und ihr Lächeln wurde geradezu verklärt. „Mein neues Dach ist wundervoll. Ich bestaune es jeden Morgen.“

„Das freut mich.“ Es war, wie er sagte. Ihre Worte wärmten ihn mit einer besonderen Zufriedenheit.

Die Glocke klingelte, als sie ging. Tom hob eine Augenbraue.

„Fang gar nicht erst an“, sagte Jack.

„Ich kann mich nur nicht erinnern, dass du erwähnt hast, dass …“

„Fang gar nicht erst an“, wiederholte Jack.

Irgendwo hinten pfiff Manny zwischen den Regalen einen alten Song. „Besame Mucho“ war es wohl, dachte Jack („Küss mich, küss mich ganz fest“). Draußen erhofften sich drei Kleinlaster, einen Blick auf Jack zu erhaschen, und drei Journalisten lagen auf dem Gehsteig auf der Lauer für einen Livebericht.

„Wer ist es heute?“, fragte Jack.

„Lokalfernsehen aus San Antonio und Dallas und CNN“, antwortete Tom. „Und ich hatte noch fünf weitere am Telefon.“ Er lächelte. „Ich habe sie freundlich gebeten, unser Geschäft nicht zu blockieren.“

Jack drehte sich zum Ladenfenster um. Die Journalistin auf der anderen Seite, Cynthia Irgendwie, kannte er von CNN; sie winkte ihm zu, er solle herauskommen. Er hob die Hände, Texasgruß, und drehte sich um.

„Sollte ich etwas unternehmen?“, fragte Jack.

„Sie werden schon von allein verschwinden“, sagte Tom und blätterte um. „Sobald etwas Interessanteres vorbeikommt, sind sie weg, denke ich.“

Der Vormittag schleppte sich dahin. Mary kam zum Lunch und brachte Hackbraten und Kartoffelgratin vorbei. Reste von Neujahr. Sie hatte am Morgen einen frischen Hefezopf gebacken.

„Kein Wunder, dass Dennis aufgeht wie ein Hefekloß", bemerkte Jack.

„Halt den Mund", sagte sie. „Er war schon stark, bevor ich anfing, für ihn zu kochen, das kann ich dir versichern."

Sie hörte sich an, was die beiden Männer von ihrer Reise erzählten, und lächelte nur, als sie erfuhr, dass Alison vielleicht bald kommen würde. „Ich muss etwas für sie besorgen."

„Du bist garantiert jetzt schon ihre Lieblingstante", sagte Jack.

Sie strahlte glücklich, bevor ihr etwas einfiel. „Ich bin ihre einzige Tante."

„Genau", sagte Jack.

„Kein Hackbraten für dich", sagte sie. Sie nahm die Platte vor seiner Nase weg und stellte sie dann wieder hin. „Ich könnte mit ihr in den Zoo fahren", überlegte sie. „Nach San Antonio."

„Wir reden noch darüber", sagte Jack. „Erst muss sie ja einmal da sein."

Die Reporter drängten sich um Mary, als sie in ihr Büro zurückging. Es hatte den Anschein, als ob sie ihnen körperliche Gewalt androhte. Jedenfalls zog sich die Menge auffällig hastig zurück.

„Manche Dinge ändern sich nie", sagte Jack zu seinem Vater, der im „Reader's Digest" einen Artikel „Lachen ist die beste Medizin" las und hin und wieder gluckste.

„Nein", sagte Tom. Er lachte wieder und blätterte weiter.

Am späten Nachmittag knarrte die Tür, ein leises Gemurmel folgte, und dann rief Tom ins Lager, wo Jack die Farbbestände auffüllte: „Jack. Vortreten, bitte."

„Fast wie eine Sprechanlage", murmelte Jack, während er aus dem Gang auftauchte, in dem er gearbeitet hatte. Er blieb wie angewurzelt stehen.

Darla Scroggins Taylor und ihr Sohn Cameron standen vor dem

Ladentisch. Sie lächelte, er starrte finster vor sich hin. Das ergab zusammengenommen eine völlig ausdruckslose Miene, um die sich Jack bemühte, während er näher trat.

„Hi“, sagte er zu Cameron. Darla nickte er zu.

„Ich glaube, Cameron möchte dir etwas sagen, Jack“, begann sie.

Jack sah genauer hin und wartete.

Cameron sah nicht so aus, als ob er etwas Bestimmtes sagen wollte. Er studierte die Kacheln auf dem Fußboden. Gelblich und dringend ersatzbedürftig.

„Cam“, sagte Darla, und in ihrer Stimme schwang ein bedrohlicher Unterton, den Jack nur allzu gut kannte.

„Hi“, sagte Cameron, und die Worte kamen so stockend, als habe eine deutsche Dogge die Gabe der Sprache verliehen bekommen. „Ich … habe ausprobiert, was Sie mir vorgeschlagen haben.“

Jack nickte. *Und weiter?*

„Ich … hab ungefähr vier Meter weiter geworfen als meine Bestmarke“, sagte er dann.

Jack nickte wieder. *Okay.*

„Ich … also, ich … wollte mich bedanken.“

„Keine Ursache“, sagte Jack. „Ich hab eine Menge Gutes über dich gehört. Ich möchte nur, dass du dein Bestes geben kannst. Mayfield braucht einen Top-Quarterback.“

„Jack war ein Top-Quarterback“, sagte Darla sanft.

„Sie sollten für Texas spielen, stimmt's?“, fragte Cameron. Er sah seine Mutter an.

Treffer. Es tat immer noch weh, sogar nach so vielen Jahren. Jack nickte und blies langsam die Luft aus. „Kreuzbandriss im Texas-Finale“, erklärte Jack. „Hast du gesehen, was Robert Griffin passiert ist?“

Cameron sah ehrfürchtig und erschrocken zugleich aus. „Jep. Hab ich gesehen. Es war furchtbar.“

„Das ist mir auch passiert. Nach der Hälfte des zweiten Viertels. Hab ihn nicht mal kommen sehen.“

Er hatte gar nicht an das Spiel gedacht. Alles, woran er denken konnte, war Darla, die bei den Cheerleadern auf der Tribüne stand, und warum sie mit ihm Schluss gemacht hatte. Es war nicht gerade ein Rezept für eine konzentrierte Vorstellung, und am Ende hatte es ihn eingeholt. Er hatte gespürt, wie sein Knie zur Seite flog und sich in eine Richtung bog, in die ein Knie sich nicht biegen sollte, und dann lag er zuunterst in einem Menschenknäuel und wand sich vor Schmerzen, die so schrecklich waren, dass er glaubte, er könne es nicht überleben. Jemand schrie und sein Freund Bill Hall beugte sich über ihn, versuchte, die anderen von ihm herunterzuziehen, und schrie: „Zwölf! Bist du okay?"

Er war nicht okay.

Drei Operationen später war er immer noch nicht okay. Er hatte nie wieder Football gespielt. Die Universität von Texas war großzügig. Sie hielten das Angebot eines Stipendiums für ihn aufrecht, und er hatte drei Jahre dort studiert, bevor er den Ruf in den geistlichen Dienst verspürt hatte. Aber er hatte nie wieder einen Snap angenommen.

Auch etwas, das er verloren hatte.

„Ich wusste, dass es schlimm war, als er nicht wieder aufstand", sagte Darla jetzt. „Ich hatte noch nie miterlebt, dass er nach einem Zusammenprall nicht sofort wieder auf die Beine kam."

„Es war schlimm." Jack seufzte, diesmal tief. „Ich dachte, es wäre das Ende der Welt."

„Aber Sie haben das Angebot trotzdem bekommen", sagte Cameron, der jetzt wieder zu seinen übergroßen Teenagerfüßen sprach. „Sie waren einfach gut." Er sah durch einen Vorhang von Ponyfransen zu ihm hoch. „Ich ... also ... vielleicht könnten Sie mir ja zusehen, wenn ich trainiere. Mir vielleicht ein paar Tipps geben."

Es war Cameron, der ihn fragte, aber Jack sah Darla an und sprach direkt zu ihr. „Das ist eine kolossal schlechte Idee." Wenn James Taylor mitkriegte, dass Jack hinter seinem Rücken mit seinem Sohn sprach, würde er ihn verklagen, in den Schwitzkasten nehmen, ihn bewusstlos schlagen. Oder ihn mit irgendeinem Vorwand einbuchten.

Verführung Minderjähriger. Illegaler Alkoholkonsum. Irgendetwas.

Aber Darla ließ sich nicht beirren. Das hatte er schon immer an ihr bewundert. „Jack, er war jetzt zweimal im Trainingslager. James hat einen Coach angestellt, der sonntags mit ihm trainiert, aber es ist nicht viel dabei herausgekommen. Cameron hat gesagt, du hast ihm kaum eine halbe Minute zugesehen …"

Jack schüttelte den Kopf. „Darla, ich habe nur mich selbst gesehen. Ich habe nämlich auch immer vom vorderen Fuß aus geworfen. Das ist alles."

„Na dann", sagte sie und sah ihn mit diesem eindringlichen Blick an, dem er nie widerstehen konnte. „Ich dachte nur, es könnte ja sein …"

„Ich will an die Universität von Texas", warf Cameron ein. „Davon träume ich schon, seit ich denken kann. Und ich weiß, dass ich dafür noch eine Menge dazulernen muss."

„Willst du nicht, dass die ‚Mayfield Wildcats' siegen?", fragte Darla Jack unschuldig, mit einer Stimme, die ihn immer verrückt gemacht hatte.

Jack sah Tom an, der es beflissen vermied, den Blick zu erwidern. Er sah Cameron an, der auf seine Schuhe starrte. Er sah Darla an und sie erwiderte den Blick mit hochgezogenen Brauen. Er winkte sie ungeduldig weg von den anderen. Sie folgte ihm in den nächsten Regalgang.

„D, wenn ich nur auf dem Spielfeld auftauche, um ihm zuzusehen, dann weiß es im Handumdrehen die ganze Stadt."

Sie zuckte die Schultern. „Na und?"

„Ich will nicht, dass es in eurer Familie Ärger gibt", sagte Jack und dämpfte seine Stimme. „Bitte, Darla. Ich habe schon mehr Ärger, als ich gebrauchen kann." Er sah aus dem Fenster zu den Übertragungswagen.

„Jack", sagte sie. „Sieh's dir einfach nur an. Gib ihm ein paar Tipps, wenn dir etwas auffällt. Es muss ja nicht offiziell sein."

„Ich weiß es", sagte Jack. „Du weißt es." Er seufzte. „Cameron weiß es."

„Ich verrate es niemandem", sagte Cameron von vorn aus dem Laden.

„Großartig." Er führte Darla aus dem Gang zurück zum Tresen.

Jack stand vor Cameron und schüttelte den Kopf. „Nein. Nicht ohne dass dein Vater sein Okay gibt. Ein Mann coacht nicht den Sohn eines anderen, ohne dass der davon weiß. Es wäre fast so, wie mit seiner Frau zu schlafen." Er wurde rot. „Oder etwas Derartiges."

Darla warf ihm einen amüsierten Blick zu und er schüttelte den Kopf. „Sorry."

Cameron biss sich auf die Lippen. Er ließ sich nicht viel anmerken, aber was man ihm ansehen konnte, sah aus wie eine herbe Enttäuschung.

Hatte Jack nur Angst vor James?

Oder hatte er Angst, er könnte das nicht?

Warum wollte er es nicht tun?

„Hör zu", sagte Jack. „Ich rede mit deinem Dad." Das würde ja nett werden. „Und du übst weiterhin den Wurf vom hinteren Bein aus."

Cameron sah auf und nickte. „Okay. Yep."

Der Junge stieß die Tür auf und ging. Darla zögerte noch einen Moment.

„D", fragte Jack, „was machst du hier gerade?"

„Gar nichts, Jack Chisholm", antwortete sie unbekümmert. „Ich nutze nur gerade eine alte Freundschaft aus."

„Kommt mir eher so vor, als nutzt du gerade einen alten Freund aus", sagte Jack mit einem Lächeln.

„Ich bin froh, dass du wieder zu Hause bist", sagte sie. „Ich werde versuchen, dafür zu sorgen, dass James vernünftig ist."

„Viel Glück dabei", wünschte er.

Als sie ging, näherten sich die Journalisten auf dem Gehsteig, zogen sich aber bald wieder zurück.

Jack wandte sich an seinen Vater, der es immer noch vermied aufzuschauen. „Der Artikel, den du da liest, muss wohl verraten, wie man Blei zu Gold macht", sagte er.

Tom konnte seinen unbewegten Gesichtsausdruck nicht aufrechterhalten. „Wenn du gedacht hast, dass ich mich da einmische", sagte er und schloss die Zeitschrift, „musst du verrückt sein." Er sah auf die Uhr. „Es ist fünf. Willst du rausgehen und die Presse treffen?"

„Oh, sicher", sagte Jack. Er sah sich prüfend im Laden um, während sein Vater Manny bezahlte, den Fensterladen herunterließ und sich das Jackett überwarf.

„Jack!", ertönten Rufe, als sie auf den Gehsteig hinaustraten. „Reverend Chisholm!"

Jack winkte. Er lächelte nicht. Während Tom die Tür abschloss, drehte er sich zu den vorgestreckten Mikrofonen und Kameras und sagte einfach: „Gutes neues Jahr!"

Dann ging er mit Tom zum Auto.

Sie riefen ihm nach. Er hörte eine Journalistin fluchen, aber es war schwer zu sagen, ob sie sauer auf ihn war oder auf das Universum im Allgemeinen.

Im Wagen erzählte er seinem Vater, dass er sich um sieben mit Pater Francis treffen würde. „Wir wollen meine Predigt durchsprechen", erklärte Jack.

„Bei ‚Buddy's'?", fragte sein Vater.

„Genau dort", gab Jack zurück. „Darauf kommt wenigstens keiner."

„Willst du, dass ich mitkomme?", fragte Tom.

„Wie fühlst du dich denn?"

Tom spürte einen Moment in sich hinein. „Müde", sagte er. „Diese Reise hat mich viel Kraft gekostet." Das war nur zu wahr.

Jack hatte seinen Vater am Morgen wecken müssen und eine nicht sehr zufriedenstellende Pfanne mit Spiegeleiern zubereitet, während sein Vater sich anzog.

„Ruh dich ein bisschen aus", meinte Jack. „Ich gehe nach dem Abendessen."

„Hast du Bill angerufen und ihm gesagt, dass du predigen wirst?"

„Oh, Mann", rief Jack. „Nein. Ich dachte, vielleicht hast du … oder Mrs Calhoun …?"

„Du rufst ihn besser an", sagte Tom. „Das gehört sich einfach."

„Ugh", machte Jack. Als sie nach Hause kamen, erledigte er das, während sein Vater den Rest des Auflaufs vom Sonntag aufwärmte.

Das Telefon klingelte viermal, dann nahm jemand ab. „Bill Hall."

„Bill", sagte Jack. „Ich bin's, Jack."

Schweigen am anderen Ende.

„Jack Chisholm."

Noch mehr Schweigen.

„Ich … hm … ich rufe an, um dir zu sagen, ich könnte am Sonntag ein paar Worte sagen. Wenn du das möchtest."

„Ich möchte es bestimmt nicht", sagte Bill und ließ sich damit endlich auf ein Gespräch ein.

„O … kay", erwiderte Jack.

„Dann wäre ja alles klar", sagte Bill.

„Okay."

„Man hatte mich gebeten, dich anzurufen. Nur deshalb habe ich es getan."

„Nun", sagte Jack, „ich denke, das hast du mehr als deutlich gemacht."

Und wieder … Schweigen.

Dachte Bill an all die Gelegenheiten, bei denen Jack ihn enttäuscht hatte? Erinnerte er sich an ihre gemeinsamen Jagdausflüge, ihren Badeplatz am Flüsschen? Dachte er daran, wie er die Leute von ihm heruntergezogen hatte, als Jack sich beim Landesfinale vor Schmerzen auf dem Spielfeld wand? „Wir sehen uns am Sonntag“, sagte Jack schließlich. Er hatte bereits gesagt, dass es ihm leidtat, und es gab so viel anderes, was gesagt werden musste, dass er nicht wusste, wo er anfangen sollte.

Auf der anderen Seite brach die Verbindung ab und Jack stand noch immer da, den Piepton des Telefons im Ohr.

„Alles in Ordnung?“, fragte Tom nach einem Augenblick.

„Nöö“, sagte Jack. „Nichts ist in Ordnung.“ Er setzte das Telefon ab. „Wird es vielleicht auch nie wieder.“

Tom zuckte die Achseln. „Oder es wird. Komm. Das Essen ist warm.“

Als sie am Tisch saßen, fragte Jack Tom, ob er am Donnerstag und Freitagnachmittag ein paar Stunden freihaben könnte, damit er sich Gedanken machen konnte, was er am Sonntag sagen wollte. „Am Samstag kann ich die Auslieferungsfahrten machen“, sagte er. „Und am Sonntag reden.“

Nach dem Gottesdienst hatte er bereits vor, mit Mr Gonzalez und wer sonst noch den Drang verspüren würde die Rampe für den Rollstuhl von Mrs Gutierrez zu bauen. Aber vor dem Sonntag brauchte er noch ein wenig Zeit, um zu beten, den Text zu bedenken, einfach über dem Matthäusevangelium zu sitzen – diese weisen Männer, der alte schlimme Herodes.

Was in der Welt hatte er überhaupt zu sagen, und ausgerechnet noch über diese Geschichte?

Die Woche verging, und er sprach immer noch nicht davon, dass er predigen würde; er blieb dabei, es „ein paar Worte sagen“ zu nennen, was anscheinend die Sache für alle Beteiligten weniger brisant machte. Er war kein Prediger mehr. Das war gründlich schiefgegangen. Er würde ein paar Worte sagen. Das war alles.

„Hast du Angst, wieder zu predigen, Jungchen?“, fragte Pater Francis ihn, als sie bei „Buddy's“ saßen und sich den Text ansahen – Francis über einem Gingerale und Jack mit einem kühlen Krug Shiner Bock. „Ist es das?“

Jack nickte, langsam zuerst, dann mit Nachdruck. „Ich habe komplett weiche Knie."

Francis warf Jacks Bier einen sehnsüchtigen Blick zu, schüttelte dann aber den Kopf. „Und könntest du mir verraten, warum du dann da hinwillst?"

Das war die Frage. Jack zählte seine Gründe an fünf Fingern ab. „Mein Vater liebt diese Gemeinde. Meine Mutter hat sie auch geliebt, wenn ich auch nie verstanden habe, warum. Die Lieder, nehme ich an. Die alten Choräle." Er trank sein Bier aus.

„Noch eins, Jack?", fragte Shayla. Sie hatte in letzter Zeit eine Menge Gläser zu polieren. Fünf Presseleute saßen an der Bar, drei weiter hinten im Raum, und alle schossen giftige Blicke auf Jack ab, weil er sich vorhin geweigert hatte, mit ihnen zu reden – und jetzt am Abend am einzigen Platz auftauchte, wo sie sich sicher fühlten.

„Nein danke, Shayla", sagte er. „Ich lass es heut nicht spät werden."

Francis ließ nicht locker. „Deine Eltern sind doch kein Grund, um diese Sache hier durchzuziehen", sagte er. „Warum willst du wirklich am Sonntag predigen?"

„Hey", sagte ein Kameramann. Er war schon ziemlich sternhagelvoll, aber noch wach genug, um mitzuhören. „Predigen Sie am Sonntag, Jack Chisholm?" Er schwankte ein wenig auf seinem Hocker. „In einer der Kirchen hier?"

„Jack predigt in Saint Paul's, und zwar am Sonntag", sagte Pater Francis. „Bestellen Sie es Ihren Freunden."

Der Kameramann lehnte sich zu einer Reporterin hinüber. Die glitt vom Hocker und ging zu den Tischen im Raum, an denen die Presseleute sich versammelt hatten. Alle begannen sofort eifrig die Handys zu zücken und Anrufe zu tätigen.

Jack sah mit wachsendem Entsetzen zu. Er wandte sich zu Francis um. „Sie … Sie sind ein großes, fettes Plappermaul von einem Priester." Er hob eine Hand und widerstand mühsam dem Impuls, Francis zu ohrfeigen. „Was sollte das denn?"

Francis stellte sein Glas ab. „Hast du gedacht, du kannst das Ganze so nebenbei abhaken, Jack? Einfach ein paar Worte sagen? Und niemand wird das mitkriegen oder groß daran interessiert sein?“ Er schüttelte den Kopf. „Predigen kann man nicht mal eben so nebenbei.“ Er lächelte kläglich. „Es sei denn, du möchtest nur hohle Phrasen dreschen.“

„Es muss ja nicht gerade über CNN bekannt werden“, sagte Jack. „Ich versuche einfach ein bisschen Schadensbegrenzung zu betreiben. Ein wenig …“

„Es ist eine gewaltige Verantwortung, im Namen Gottes zu sprechen“, erklärte Pater Francis. „Und einer Welt voller Leid die gute Nachricht auszurichten. Ich möchte nur sicher sein, dass du weißt, worauf du dich einlässt.“

„Francis, ich habe vor mehr Menschen gepredigt als …“

„Aber du hast nicht vor diesen Menschen gepredigt“, erinnerte ihn Francis. „Die meisten hier sind älter, die meisten kommen gerade so zurecht, die meisten haben Angst vor der Zukunft. Sie haben nicht viel Hoffnung. Sie haben Angst.“ Es klang, als redete er sich gerade selbst in Predigtstimmung.

„Ich weiß“, sagte Jack. „Die Dinge haben sich hier nicht so sehr verändert …“

Francis legte Jack seine Hand auf den Arm, um ihn zum Schweigen zu bringen. „Ich bitte dich, Jack. Hilf ihnen, sich besser zu fühlen. Nicht schlechter.“ Er zog seine Hand fort, klopfte auf die Bar vor ihm und Shayla schenkte ihm ein weiteres Gingerale ein. „Predige die gute Nachricht, Jack. Nicht, dass wir ungeliebt und nicht liebenswert sind. Jesus hat sich mit jedem an den Tisch gesetzt, der kommen wollte. Es geht um unfassbare Gnade, nicht um universale Ungnade.“

„Ich weiß nicht, was ich predigen werde“, erwiderte Jack hitzig. „Schon gar nicht, wenn CNN auftaucht.“ Er versuchte, Francis anzublitzen, aber es kam nicht sehr überzeugend.

Sie hatten sich über das Sonntagsevangelium unterhalten, über

Herodes und die Weisen, über den Moment, in dem Jesus denen, die ihn auf einer mühevollen Reise gesucht hatten, offenbart worden war.

Jack hatte schon früher über diesen Text gepredigt – über Herodes, über Sünde, über Macht in den falschen Händen. Er war sich sicher, dass er die Predigt irgendwo auf seinem iPad hatte.

Aber Francis bestand darauf, dass er etwas Neues sagen müsste, etwas Unverbrauchtes, etwas, das für diesen Ort hier stimmte.

„Ich weiß nicht, was ich sagen werde", wiederholte er. „Aber ich werde predigen."

„Na schön", sagte Pater Francis. „Ich nehme an, du hast nichts dagegen, wenn ich komme und zuhöre?"

„Genau", sagte Jack. „Etwa weil mein Stresspegel nicht ohnehin schon bis zum Himmel reichen wird? Vielleicht kann Bruder Raymond seine Mannschaft auch rüberbringen?" Er ließ den Kopf auf den Tresen sinken. Ein wenig zu schwungvoll. Es schmerzte. „Was soll ich tun?"

„Finde die gute Nachricht", sagte Francis. „Und sag die Wahrheit."

„Kann beides miteinander im selben Raum sein?", fragte Jack. Er hob den Kopf und rieb sich ihn. „Francis, hören Sie. Ich danke Ihnen für die Zeit, die Sie sich genommen haben." Er sah sich um, um sicherzugehen, dass niemand mithörte. „Und wir haben am Sonntag nach dem Gottesdienst wieder eine kleine Party mit der Bautruppe. Ich werd wohl das Seattle-Spiel verpassen."

„Aber du wirst es mehr genießen", sagte Francis. „Das ist viel besser für deine Seele."

Jack zuckte die Schultern. Die letzte Bauparty hatte sich als recht gelungen entpuppt.

Donnerstag und Freitagvormittag arbeitete Jack im Laden, nachmittags nahm er den Wagen und fuhr zu seinem alten Badeplatz, wo der Live Oak Creek stellenweise fast zwei Meter tief war. Das Wasser war klar, hohe Bäume standen am Ufer. Zu dieser

Jahreszeit waren die Äste kahl bis auf die puscheligen graugrünen Büschel, die auf den Ästen wuchsen und dem Baum die Nährstoffe entzogen. Muss Wolfsfuß sein, dachte Jack.

Der Freitag war sonnig und windig, die Temperatur stieg auf über zwanzig Grad. Es war ein so perfekter Januartag, wie man ihn sich in Texas nur wünschen konnte. Das Wasser kräuselte sich leicht im Wind und die Sonne drang durch bis auf den Grund des Flüsschens. Jack öffnete seine Schreibmappe, zog Schuhe und weiße Socken aus und setzte sich ans Ufer. Als ihm warm wurde, steckte er probeweise die Füße ins Wasser.

„Aaarrggh", stieß er aus. Eiskalte Nadeln schienen seine Füße zu durchbohren. Ruckartig zog er sie heraus und begann, sich abzutrocknen, obwohl es nicht viel half.

„Heute Nacht war die Temperatur runter bis auf null", sagte eine Frauenstimme hinter ihm.

Wenn er sich nicht umdrehte, würde sie vielleicht verschwinden. „Müssen Sie immer so aus dem Nichts auftauchen, Kathy?", fragte er.

„Da bin ich wie Batman", lachte sie. „Nützlich für eine Journalistin."

„Bat verschwindet eher, als dass er auftaucht", fauchte Jack. „Wie wär's damit, das mal auszuprobieren?"

„Hey", sagte sie. „Sie haben das Plätzchen hier nicht gepachtet. Ich habe meine ganze Teenagerzeit hier verbracht, schön versteckt, während die toll aussehenden Mädels in winzigen Bikinis auf dem Fluss herumpaddelten – oder wie immer sie ihren Spaß hatten."

Er drehte sich jetzt um und beäugte sie misstrauisch. „Sie sind mir nicht hierher gefolgt?"

„Schwachsinn", sagte sie. „Ich bin eher sauer, dass Sie hier auftauchen." Sie machte es sich auf der kleinen Felsbank bequem, von der man auch ins Wasser springen konnte. Der Abstand bis dahin war Respekt einflößend. Zwei Blaureiher schwebten mit langsamen Flügelschlägen über dem Wasser und landeten dann knapp zwanzig Meter entfernt am anderen Ufer. Sie konnten den Verkehrslärm von der anderen Flussseite hören, das Surren der Reifen und den Wind, der in den Zedern rauschte.

Es war perfekt. Es war perfekt gewesen.

„Vergiss es“, sagte Jack zu sich selbst, stand auf und sammelte Schreibmappe und Füller ein.

„Was?“, erkundigte sich Kathy.

„Genießen Sie den Tag“, sagte er und deutete eine spöttische Verbeugung an. Er drehte sich um, um zum Wagen zu gehen, aber sie rief ihm nach.

„Ich gehe“, sagte sie. „Sie waren zuerst da. Und ich sehe, Sie sind immer noch sauer auf mich.“ Sie schüttelte den Kopf. „Das Mindeste, was ich Ihnen schulde, ist ein wenig Ruhe und Frieden.“ Sie sprang auf und ging zielstrebig auf ihren kleinen roten Honda zu.

Ohne es zu wollen, rief er ihren Namen. Sie drehte sich um. „Man lässt Sie hier ungestraft eines von diesen Japse-Autos fahren – mitten im Herzen von Texas?“

„Wurde in Tennessee gebaut, glaub ich“, erwiderte sie und öffnete die Tür. „Ich komme wieder mal vorbei, Jack.“

„Hey“, rief er, bevor sie einsteigen konnte. Er machte einen Schritt in ihre Richtung. „Ja, ich bin noch immer sauer auf Sie.“ Er sah sich um, sah hoch zum endlosen blauen, wolkenlosen Himmel. „Aber der Himmel hier ist groß genug für uns beide. Ich muss nichts wirklich fertig kriegen. Ich dachte nur, vielleicht käme mir hier der eine oder andere gute Gedanke.“

„Meinen Sie das ernst?“, wollte sie wissen. Sie zögerte, hatte die Hand noch am Türgriff. „Sind Sie sicher?“

„Kommen Sie“, nickte er. „Bevor ich es mir anders überlege.“

Sie schloss die Tür wieder und kam langsam den Weg entlang. „Als ich vorhin ankam“, sagte sie, „dachte ich, Sie würden beten. Aber als Sie dann Ihre Füße ins Wasser steckten, klang es eher wie Fluchen.“

„Ein Mann kann gleichzeitig beten und fluchen", ließ er sie wissen.

Sie kam jetzt zurück und erwog, wie weit sie sich wohl von ihm wegsetzen müsste. Er wollte es ihr ein wenig leichter machen. „Kann ich Sie etwas fragen?"

Sie setzte sich in Hörweite ans Ufer. „Ja, sicher." Sie kreuzte die Beine.

„Bleiben Sie oder gehen Sie?"

Sie betrachtete die Zweige im Baum über ihnen. „Was ist das dort?", fragte sie. „Sieht aus wie Tribbles."

Er sagte nichts.

„Aus den alten Star-Trek-Folgen", erklärte sie.

„Ich kenne Tribbles." Er sah mit ihr hoch in die Zweige.

„Ich glaube, es ist Wolfsfuß. Parasiten."

„Parasiten", wiederholte sie. „Ugh." Sie bedeckten den ganzen Baum.

Sie saßen einen Moment nur da, die Sonne wärmte seine Schultern, das Wasser schlug gegen das Ufer. Jack schloss die Augen.

„Ich hab das Gefühl, ich sollte mein Leben wieder auf die richtige Spur bringen", beantwortete Kathy dann seine Frage. „Diese Zeitung hier am Laufen halten – hat das irgendeinen Sinn? Es kauft sowieso niemand mehr Zeitungen. Es ist, als ob man ein neues Album auf Tonkassette rausbringt. Das ist noch nicht mal cool und retro. Es ist nur blöd." Sie sah wieder hoch in die Baumkrone.

„Tun Sie es für Ihren Vater?"

Sie blickte über den Fluss zu den Reihern hinüber, die ihre weiten Flügel in Vorbereitung des Abflugs schüttelten. „Wie kann ich das wissen?", erwiderte sie achselzuckend. „Vielleicht."

Die Reiher schlugen ein paar Mal mit den Flügeln, erst jeder für sich, dann in völligem Einklang miteinander. Dann hoben sie ab und schwebten über den Fluss. Einer entfernte sich kurz in einem langsamen, trägen Bogen und folgte dann dem anderen den Fluss entlang und um die nächste Biegung, außer Sicht.

„Vielleicht sind es auch die Leute“, fuhr sie fort. „Es ist merkwürdig, aber ich habe das Gefühl, ich werde hier gebraucht.“ Sie tauchte eine Hand in den Fluss, schauderte, zog sie zurück und schüttelte sie trocken. „Selbst wenn das, was ich tue, lächerlich erscheint, hundertmal unbedeutender als das, was ich früher getan habe.“

„Ich dachte, was ich früher gemacht habe, war auch wichtig“, sagte Jack.

„Jack“, gab sie zurück, „Sie hatten ein Millionenpublikum.“ So wie sie es sagte, klang es, als habe er eine Kutsche aus purem Gold mit sechs weißen Rössern und einem Schokoladenbrunnen besessen. „Und jetzt …“

Sie brach ab und blickte ihn an, um zu sehen, wie er reagierte.

„Und jetzt was?“, hakte er nach. Es interessierte ihn.

Sie spuckte es aus: „Und jetzt werden Sie vor fünfzig Leuten predigen, von denen die Hälfte wahrscheinlich nicht einmal ihre Hörgeräte laut genug stellen können, um Sie zu verstehen.“

„Ich werde sehr deut-lich spre-chen“, versicherte Jack. Er sah sie von der Seite her an. „Sie haben es also gehört.“

„Die ganze Welt hat es gehört“, kam es von ihr.

„Die ganze Welt? Das höre ich nicht gern.“

Sie seufzte. „Tut mir leid, Jack. Ich dachte – also, sagen wir einfach, es wäre keine sehr gute Idee, wenn Sie im Augenblick gerade Ihren Namen googeln würden.“

„Das hab ich mir schon nach drei Tagen in diesem Abenteuer abgewöhnt“, ließ Jack sie wissen. Er lachte. „Ich habe früher immer darüber gepredigt, dass wir gar nicht deutlich genug sehen könnten, wie schlecht wir sind. Nach fünfunddreißig Sekunden im Netz habe ich mich so schlecht gefühlt, wie man es sich nur vorstellen kann.“

„Es werden wohl ein paar mehr als fünfzig Leute am Sonntag in Saint Paul’s sein.“

„Keine Kameras“, knurrte er.

„Sie werden draußen bleiben müssen", sagte sie. „Aber die Presse wird schon da sein. Das ist eine neue Perspektive. Eine Story. Die Auferstehung des ‚Herzenspastors'."

„Oh, das …" Er stand auf, drehte sich ganz um und sah ärgerlich zu ihr herunter. „Nennen Sie mich nicht so. Das bin ich nicht. Bin ich nie gewesen. Ein Pastor …"

Es war, als habe er Pater Francis im Kopf.

„Ein Pastor sorgt für seine Herde", sagte er ruhig. „Ich war …" Er schüttelte den Kopf und ließ sich schwerfällig wieder auf den Boden nieder. „Ich weiß nicht, was ich war."

„Ich hab gehört, dass es noch einen kleinen Empfang nach dem Gottesdienst gibt. Um Sie willkommen zu heißen."

„Oh, das werden sie verlegen müssen", kommentierte Jack. „Wir haben noch mal einen Baueinsatz. Sam Rodriguez sagte mir, wir bauen eine Rampe."

„Für Alice", ergänzte Kathy.

„Genau", bestätigte er. „Ich kann nicht bei der Kirche herumtrödeln. Wir haben was zu tun."

Sie lächelte, sah sich um, stützte sich wieder auf ihre Hände. „Ich glaube, vielleicht ist das der Grund, warum ich noch hier bin."

„Das Flüsschen?"

Sie breitete die Hände aus. „Es ist eine kleine Welt", sagte sie dann. „Trotz allem."

Sie stand auf. Er tat es ihr gleich.

Sie hielt ihm zögernd die Hand hin.

Er sah sie an.

Dann nahm er sie.

„Worüber werden Sie predigen?"

„Kommen Sie vorbei", sagte er.

Sie nickte lächelnd. „Vielleicht mach ich's."

14.

Am Sonntag kamen viele Menschen, um zu sehen, was vor sich ging. Der Parkplatz war überfüllt, Autos parkten entlang der Straße, und Jack hatte den Verdacht, dass First Baptist die überzähligen Parker abbekommen hatte. Sicher würde Bruder Raymond am Montag ein Wort darüber zu jemandem von St. Paul's verlieren. Medienleute standen auf dem Rasen herum und machten sich Notizen, und als Jack eintraf, umringten sie ihn in einem Schwarm.

„Was werden Sie …"

„Ist das heute Ihr Neustart …"

„War dieses Bauprojekt …"

„Hat man Sie gebeten, nach Seattle zurück …"

Er hob die Hand und schnitt die Fragen ab. „Ich habe hier zu predigen", sagte er. „Danke für Ihr Interesse."

„Worüber werden Sie predigen?", hakten sie nach. „Was ist …"

Er hob wieder die Hand. „Kommen Sie einfach und hören Sie sich's an."

Er zog die schwere Holztür auf und trat in die Vorhalle der Kirche.

Drinnen wartete Bill Hall in grauem Anzug und gelber Krawatte. Er sah so aus, als stünde er schon eine Weile dort. Jack trat näher, aber Bill streckte ihm nicht die Hand entgegen.

„Hab schon befürchtet, du würdest nicht auftauchen." Er sah Jack grimmig an. „Denn so machst du es ja üblicherweise."

Jack schluckte eine Erwiderung herunter. „Ich bin hier", sagte er.

„Willst du so auf die Kanzel?“ Bill musterte Jack von oben bis unten. „Pastor Heinrich trug immer einen Talar.“

„Ich bin nicht euer Pastor“, erinnerte ihn Jack. Er trug Wranglers, Stiefel und ein durchgeknöpftes Blue-Oxford-Hemd mit offenem Kragen. Er hatte sich, wie er fand, in Schale geschmissen. „Ich bin nur ein Typ, der gerade aus dem Eisenwarenladen rüberkommt, um ein paar Worte zu sagen.“

Er hielt die Tür für eine Familie auf, die ihn anstarrte, als sie ihn erkannte. Sie gingen weiter in die Kirche und fanden Plätze in einer der hinteren Reihen. Irgendwer – Bill und der Kirchenvorstand, vermutete Jack – hatte zusätzliche Stühle aufgestellt, und trotzdem war die Kirche voll.

Jack ging über den abgeschabten roten Teppich nach vorn zum Podium, auf dessen linker Seite Nora Calhoun auf der Orgel einen alten Choral spielte. Mit jeder Menge Vibrato. Rechts saß eine der Bates-Schwestern – er war nicht sicher, welche – am Klavier. Sie sahen alle gleich aus – schon ihr Leben lang.

„Freundlich und sanft ruft dich Jesus nach Hause.“ Es war Jahre her, seit er dieses Lied gehört hatte. „Kommt, alle Müden, kommt heim.“

Er bemerkte bekannte Gesichter, mit denen er nicht gerechnet hatte.

Pater Francis saß mit Tom in der dritten Reihe von hinten am Gang. Jack nickte ihnen zu und gab seinem Vater kurz die Hand.

Jack setzte sich in die erste Reihe. Auf dem Podium stand ein massiver geschnitzter Stuhl direkt vor dem Chor, aber Jack wollte nicht auf dem Platz sitzen, der dem Pastor zukam. Er wollte nicht, dass ihn den ganzen Gottesdienst hindurch Hunderte Augenpaare beobachteten. Er würde schon genug Mut aufbringen müssen, einfach nur aufzustehen. Er musste es sich nicht noch schwerer machen.

Jack überflog den Gottesdienstablauf. Er war einfach. Bill würde die Gemeinde begrüßen und die Lieder ansagen. Jack würde predigen, und dann würde der Kirchenvorstand im Altarraum Brot und Wein austeilen. Sie hatten ihn nicht gebeten, die Abendmahlsliturgie zu zelebrieren. Es würde auch keine Abendmahlsfeier im eigentlichen Sinn sein. Einfach frisch gebackenes Brot und guter Hill-Country-Wein, eine freundliche Geste, die auf ihre Weise auch heilig war.

Sie beendeten den Choral und stimmten „Seligstes Wissen“ von Fanny Crosby an. Mrs Calhoun liebte Fanny Crosby. Sie hatte Jack einmal erzählt, dass Fanny blind gewesen war, aber achttausend Lieder geschrieben hatte.

„Seligstes Wissen“ gehörte zu den Lieblingsliedern seiner Mutter. Er konnte sich noch daran erinnern, wie sie gesungen hatte: „Lasst mich's erzählen, Jesus zur Ehr …“

Früher hatten sie den Refrain immer so langsam gesungen, als würden sie mitten im Text stecken bleiben, mit einer Zäsur nach jeder Note: „Lasst … mich's … er …“, bevor der Gesang dann wie ein Betrunkener, der auf dem Fahrrad einen Berg hinabschwankt, auf die letzte Zeile zustürzte: „… zählen, Jesus zur Ehr.“

Bill stieg auf die Kanzel. Er begann zu sprechen, während die Orgel noch die letzten Akkorde spielte, zeigte sich nicht überrascht angesichts der Anzahl der Besucher und bat die Anwesenden schlicht, die Nummer 331 in ihren Liederbüchern aufzuschlagen. Alle erhoben sich und begannen zu singen.

Jack öffnete sein Buch, obwohl das nicht nötig war. Er hatte als Kind dieses Liederbuch vorwärts und rückwärts durchgesungen, und er konnte die meisten Lieder noch immer auswendig. Seine Mutter war im Chor gewesen. Jack sah zum Chor hinüber – er bestand jetzt nur noch aus vier alten Frauen, einem alten Mann und einem Jungen um die fünfzehn. Sie sangen mit einem hingebungsvollen Lächeln – ein Gesichtsausdruck, den auch seine Mutter immer gehabt hatte, wenn sie sang.

Nach „Seligstes Wissen“ wurde „Jesus, wie ich dich liebe“ angestimmt. Jack vergewisserte sich, dass er seine Notizen in der Tasche hatte. Er hatte sich entschieden, nicht auf die Predigt auf seinem iPad zurückzugreifen – es erschien ihm irgendwie unangemessen –, und er hatte sowieso nur erste Gedanken, aber keine fertige Predigt gespeichert.

Und dies hier war nicht die richtige Umgebung für PowerPoint.

Er hatte nur ein paar Worte, die er im Lauf der Woche hingekritzelt hatte. Und ein paar Pfeile, die er dazugemalt hatte.

Er war ganz bestimmt noch nie so schlecht auf eine Predigt vorbereitet gewesen.

Eine Jugendliche las die alttestamentliche Lesung und den Psalm des Sonntags. Es war Tom, der die Stufen erklomm, um das Evangelium des Sonntags zu lesen. Dann sagte er: „Ich bitte Sie, sich zur Lesung des Evangeliums zu erheben."

Die Gemeinde erhob sich schwerfällig. Nach dem relativen Schweigen klang es wie Donnergrollen. Tom las aus dem Matthäusevangelium: von den weisen Männern, die einen neugeborenen König suchten, von ihrer Frage an Herodes, wo er wohl zu finden sei, von ihrer Ankunft in Bethlehem, wo sie den neugeborenen Jesus fanden, ihn anbeteten und ihm kostbare Geschenke machten.

Alle setzten sich wieder.

Tom stieg langsam die Stufen hinunter.

Und Jack kam ihm entgegen, bedächtig Stufe für Stufe nehmend. Sie nickten einander kurz zu.

Dann stand Jack auf der Kanzel und ließ seinen Blick über den Raum voller Menschen schweifen. Er sah Gesichter, die auch bei dem Spontanfest vor Mrs Calhouns Haus anzutreffen gewesen waren. Hinten und auf der Empore entdeckte er etliche Medienvertreter. Er sah Männer und Frauen, die in dieser Kirche groß geworden waren und auch hier beerdigt werden würden.

Er sah seinen einstmals besten Freund, der in der zweiten Reihe saß, und dahinter dessen Vater in der dritten Reihe. Hinter ihm erkannte er Mary und noch ein paar Reihen weiter hinten Kathy.

Er betrachtete all diese Gesichter und allmählich wurde es still. Er erinnerte sich, wie er immer begonnen hatte.

Fang mit einem Gebet an, dachte er. *Mindestens das.*

Aber er hatte kein Gebet formuliert; er hatte über die Inszenierung dieser Predigt überhaupt nicht nachgedacht.

Er hatte überhaupt nicht über das Ganze nachgedacht – wie die Lieder zur Predigt und die Predigt zu den Lesungen passen würden. Alles Dinge, die er in Seattle bis aufs i-Tüpfelchen abgestimmt hatte. Wahrscheinlich hatte Mrs Calhoun die Lieder ausgewählt – ohne einen Gedanken daran, ob sie zu den Lesungen passten, außer dass sie alle von Jesus sprachen. Und wenn er jetzt betete – dann sicher nicht flüssig, sprachgewandt und eindrucksvoll. Wenn er betete, dann klang es derzeit weniger nach einem Gespräch und eher nach dem Hilfeschrei eines Ertrinkenden.

Das musste genügen.

„Lasst uns beten", sagte er und schloss die Augen, kniff sie regelrecht zusammen.

„Gott", sagte er und atmete tief durch. Er wusste, worum er beten sollte. „Bitte gib mir Worte, die zu hören sich lohnt."

Er öffnete die Augen. Alle Köpfe waren gesenkt. Sie warteten auf mehr.

„Amen", schloss er.

Zögernd sahen sie auf.

Er blickte auf seine Notizen.

Er holte tief Luft.

„Heute", sagte er, „feiern wir das Epiphaniasfest. In der Evangeliumslesung haben wir von den weisen Männern gehört, die aus dem Osten kamen, wie sie nach dem neuen König suchten, der geboren werden sollte, und wie sie ihn schließlich fanden."

Er sah wieder auf seine Notizen und merkte, dass seine Augen daran hängen blieben. Aber in einer Predigt über das Sehen musste er wenigstens ein wenig Blickkontakt zu seinen Zuhörern haben. „Beim Epiphaniasfest geht es darum, die Dinge als das zu erkennen, was sie sind. Dinge zu sehen, die wir schon lange gern sehen wollten. Darum, die Dinge als wirklich zu sehen."

Sie sahen erwartungsvoll zu ihm hin, Gemeindeglieder und Schaulustige und Medienvertreter gleichermaßen. Sie alle wollten etwas hören, das gültig war.

Okay, sagte er sich. *Okay*.

„Schon lange habe ich nicht mehr die Wahrheit gesagt", begann er ruhig. „Schon lange habe ich die Wahrheit auch nicht einmal mehr gepredigt. Jedenfalls nicht die ganze Wahrheit.

Manche von Ihnen kennen mich schon mein Leben lang. Manche sind heute nur gekommen, weil ich es bin, der hier an diesem Sonntag vorn steht. Und Sie alle fragen sich vermutlich, was ich hier zu sagen habe.

Nun, ich bin hier, weil ich die Wahrheit zu sagen habe." Er warf einen Blick auf seine Notizen. Schon längst hatte er den Faden verloren. Er faltete seinen Zettel zusammen und steckte ihn in die Hosentasche, dann stützte er sich mit beiden Händen auf die Kanzel. Sie gab ihm Halt.

„Ich bin hier, um darüber zu sprechen, wie gut es ist, wenn wir sehen, was direkt vor unseren Füßen liegt – auch, wenn uns das schwerfällt, auch, wenn wir nicht wissen, wohin es uns führt."

Alle blickten ihn an, lauschten. Sogar einige Presseleute hatten ihre Schreibmappen weggelegt.

Kathy Branstetter nickte ihm zu. *Weiter*, sagte ihr Blick, *ich möchte mehr hören.*

„Es ist eine Woche her, dass ich zurückkam", fuhr er fort. „Und ich bin ziemlich lange weg gewesen. Es hat sich viel verändert." Er überblickte die Gesichter und suchte Blickkontakt mit denen, die er von früher kannte.

„Häuser, in denen Freunde lebten, sind zugenagelt. In den Vorgärten wächst Unkraut. In der Innenstadt stehen Gebäude leer, die ich von früher kenne, leere Hülsen, die noch dastehen, aber ohne Grund."

Ein tiefer Atemzug. „Um ehrlich zu sein – genauso fühle ich mich heute Morgen hier oben auch. Als gäbe es keinen Grund mehr, warum ich hier noch stehen sollte. Ich habe es wirklich gründlich vermasselt. Ich habe Menschen verletzt, die mir vertraut haben, Menschen, die mich brauchten."

Er schüttelte den Kopf. „Und im Moment fühle ich mich wie eines dieser verlassenen Gebäude – es steht noch, aber innen ist es hohl und leer. Es gibt keinen Grund, warum es noch da ist."

Wieder hob er den Blick über die Menge. Einige sahen konzentriert zu ihm hoch, andere hatten den Blick abgewandt, lauschten aber aufmerksam. „Ich erzähle das nicht, um Mitleid zu wecken", sagte er. „Das will ich nicht. Ich erzähle es, weil ich hoffe, dass meine Geschichte vielleicht irgendwie von Nutzen sein kann." Er zuckte die Achseln. „In den letzten zwei Monaten habe ich alles verloren. Meine Familie, meinen Job, mein Geld, meinen Ruf, meine Selbstachtung." Er betrachtete die Gemeinde. „Vielleicht wissen einige von euch, wie es ist, etwas Wichtiges zu verlieren und nicht zu wissen, wie es weitergehen soll. Ich vermute, die meisten haben das in irgendeiner Weise schon einmal erlebt."

Einige Köpfe – meist ältere – nickten. Und dann noch ein paar.

Tom.

Mary.

Kathy.

„Ich dachte, so würde ich mich von jetzt an immer fühlen", fuhr er fort. „Verloren. Verlassen. Leer. Aber letzte Woche habe ich etwas ganz Neues gesehen, etwas, worin so viel Hoffnung lag, etwas, das aus Liebe heraus geschah." Er wandte sich zur Seite und sah zur Orgel hinüber, wo Nora Calhoun saß, vornübergebeugt und lauschend. „Viele von euch waren dabei, als wir bei Mrs Calhoun gemeinsam angingen gegen Verfall und Verlust und Ruin. Gemeinsam haben wir geschafft, was einer allein nicht hätte schaffen können. Gemeinsam haben wir das Leben eines Menschen ein bisschen besser gemacht, haben ihr gezeigt, dass sie geliebt und geachtet ist, haben uns selbst daran erinnert, dass wir zu so viel mehr fähig sind, als vor uns hin zu leben und um uns selbst zu kreisen."

Jack musste eine Träne wegblinzeln und er war nicht der Einzige. Mrs Calhoun schniefte und irgendwo hinten im Raum schluchzte jemand regelrecht.

Er hob die Hände. Er war nicht gekommen, um die Leute zum Heulen zu bringen, sondern um die gute Nachricht weiterzugeben.

Denn irgendwo war sie in dem allen – die gute Nachricht.

„Ein Freund hat mir in dieser Woche gesagt, dass es eine gewaltige Verantwortung ist, vor einer Gemeinde zu stehen und zu versuchen, im Namen Gottes zu sprechen." Er nickte zu Francis hinüber, der ihn von seinem Platz ansah, ohne mit der Wimper zu zucken. „Er hat mich aufgefordert, Sie an etwas zu erinnern: dass es mitten in all unseren schlechten Nachrichten, mitten unter verlassenen Grundstücken und vernagelten Häusern, mitten unter kaputten Dächern und kaputten Lebensgeschichten auch gute Nachrichten gibt."

Er nickte. „Hier die gute Nachricht."

„Sehen wir uns um", fuhr er fort. „Sehen wir hin und sehen wir, was ist." Er breitete die Arme aus, und einige drehten die Hälse wie Eulen, um die Menschen auf allen Seiten und auf der Empore wahrzunehmen.

Jack nickte. „Hier gibt es gute Menschen. Hier gibt es Liebe. Und es sollte auch Hoffnung geben."

„Sehen wir uns um", wiederholte er. „Sehen wir, was direkt vor unseren Füßen liegt. Nicht nur die vernagelten Häuser, die vernagelten Leben. Sehen wir die Möglichkeiten."

Er drehte sich ein wenig im Kreis. Wollte zum Schluss kommen. Und plötzlich sah er, wie alles zusammengehörte – die Geschichte aus dem Evangelium und das Leben seiner Zuhörer.

Sein Leben.

„Heute feiern wir Epiphanias", sagte er sanft, aber mit wachsendem Nachdruck. „Ein Fest, an dem wir uns erinnern, wie die

Geschichte von Jesus sich mit der Geschichte von Menschen verbindet, die kamen, um ihn zu suchen." Er hielt inne, sah hoch. Alle folgten ihm mit gespannter Aufmerksamkeit. Er setzte zum Schluss an.

„Die Geschichte von Jesus – von Jesus, der als Mensch jenen Weisen aus dem Osten offenbart wurde, von Jesus, der uns offenbart wird –, diese Geschichte sagt nicht, dass das Leben leicht ist." Er schüttelte den Kopf. „Sie sagt sogar das Gegenteil. Dass Hoffnung zerbrechen kann. Beschädigt werden. Sie kann sogar an ein Kreuz genagelt und als tot liegen gelassen werden."

Noch einmal schüttelte er den Kopf. „Aber das sollten wir nicht glauben. Nicht für eine Sekunde. Die Liebe Gottes, die unwiderstehliche Gnade Gottes durchflutet diese Welt wie ein mächtiger Strom. Sie ist nicht aufzuhalten. Sie ist nicht einzudämmen.

Hoffnung kann angeschlagen werden, aber sie stirbt nicht.

Das ist es, was ich heute Morgen mir selbst sage. Es ist das, was ich euch, glaube ich, sagen sollte. Und", sagte er, „es ist die Wahrheit."

Schweigen.

Einfach Schweigen.

Aber es war ein Schweigen, das von etwas erfüllt war – etwas, dessen Gegenwart er wohl beschworen hatte, das aber viel größer war als er selbst oder seine Worte.

Er schaute zu Pater Francis hinüber und erinnerte sich daran, wie er Mrs Calhouns Dach gesegnet hatte. Er hob die Hände über die Gemeinde.

„Im Namen des Vaters und des Sohnes und des Heiligen Geistes", schloss er.

„Amen", antworteten sie.

Langsam suchte er sich seinen Weg von der Kanzel zu seinem Platz in Reihe eins. Während das Schweigen anhielt, gingen Bill Hall und die anderen Mitglieder des Kirchenvorstands nach vorn, um Brot und Wein und die Kelche vom Altar zu holen.

„Wir möchten Sie einladen", sagte Bill und brach ab, um sich zu räuspern, „mit uns das Abendmahl zu nehmen." Er sah in den Kirchenraum, der zum Bersten voll war, sah zur Empore hoch. „Alle – alle sind willkommen am Tisch des Herrn."

In jedem Gang formten sich Schlangen – rechts und links von Jack, der vorgebeugt in seinem Stuhl saß und den Fußboden betrachtete. Er hatte keine Ahnung, ob seine Predigt ein furchtbarer Fehlschlag oder ein Erfolg gewesen war, wusste nicht einmal mehr, wie Fehlschläge oder Erfolge aussahen. Früher hatte er es gewusst – die Gemeinde war aufgestanden und hatte applaudiert, die Medien waren nach dem Gottesdienst explodiert.

Was er wusste, war: Es war die kürzeste Predigt, die er je gehalten hatte, vielleicht die unbeholfenste. Und es war ihm völlig egal.

Er hatte den Eindruck, dass etwas passiert war, als er zum Schluss kam. Etwas Wirkliches.

Er hoffte es.

Vor ihm stand Bill Hall mit dem Brot, brach kleine Stückchen davon ab und legte es jedem, der vor ihm in der Schlange stand, in die Hand. „Christi Leib", sagte er zu jedem Einzelnen, „für dich gegeben."

Etwas weiter links stand ein Mann, den er nicht kannte, mit dem Kelch. Er war jung. Vielleicht neu in der Stadt, seit Jack gegangen war. Er reichte jedem den Kelch, und sie tauchten das Brot hinein oder nahmen einen Schluck. Er sprach jedem zu: „Christi Blut, für dich vergossen."

Im anderen Gang empfing Mrs Calhoun das Brot von Archie Sandstrunk und den Wein aus dem Kelch, den Corinne O'Neal ihr anbot; dann stieg sie zurück auf die Orgelbank und begann mit dem nächsten Lied.

„Alles sei dir übergeben." Es war fast so, als seien sie bei den Baptisten und die Neubekehrten sollten an den Altar treten. Denn sie kamen; viele, viele kamen. Bill musste Brot nachholen, und die Kelche mussten ebenfalls mehrfach nachgefüllt werden.

Schließlich lösten sich die Schlangen der Wartenden auf, und die Männer links von Jack gingen zurück zum Altar. Er sah Bill Hall direkt vor sich und blickte auf, um zu sehen, was er tat.

Bill hielt ihm das Brot entgegen, und er hatte Tränen in den Augen.

Jack stand auf. Er streckte seine Hände aus.

„Christi Leib“, sagte Bill, brach einen großen Brocken vom Laib ab und legte ihn Jack in die Hand. „Für dich gegeben.“

Bill wischte sich mit dem Handrücken die Tränen aus den Augen und trat zurück.

„Amen“, brachte Jack gerade noch heraus. Es war selbst gebackenes Brot. Noch nie hatte ihm etwas so gut geschmeckt.

„Christi Blut“, sagte der junge Mann, trat vor und reichte Jack den Kelch, als sei es sein kostbarster Besitz. „Für dich vergossen.“

Jack nahm den Kelch. Er trank. Er gab ihn so vorsichtig zurück, wie er ihn erhalten hatte.

„Amen“, sagte er.

Die drei standen noch einen Moment beieinander. Alle standen jetzt, die Orgel spielte, irgendetwas sollte jetzt noch geschehen.

Bill machte einen Schritt in die Mitte des Raumes, das Brot noch immer in den Händen. Die Orgel verstummte und er hob die Stimme.

„Wir sind am Ende des Gottesdienstes angekommen. Vielen Dank, dass Sie gekommen sind. Gehen Sie mit Gott.“ Er stand da und es lag Erwartung in der Luft. „Der Kirchenvorstand wird Sie am Ausgang verabschieden.“ Dann sah Bill Jack an und machte einen Schritt auf ihn zu, bevor er fragte: „Und, Bruder Chisholm? Kommen Sie nächste Woche wieder, um uns ein paar Worte zu sagen?“

Jack sah Bill an.

Jack sah zurück zu seinem Vater und Pater Francis.

Und dann nickte er.

„Auf jeden Fall“, sagte er.

„Gut“, sagte Bill. „Gut.“

Er trat einen Schritt zurück, während die Menschen aus der Kirche strömten.

„Geht mit Gott“, sagte er noch einmal. „Geht mit Gott.“

Und das taten sie.

15.

Das Rathaus von Mayfield liegt an einem Platz gegenüber dem Gerichtsgebäude, einem alten neoklassizistischen, kuppelförmigen Sandsteinbau mit Treppen, die man weder ersteigen sollte, um von dort die Aussicht ins Umland zu genießen, noch um ein Date mit seiner Freundin bei einer Dose Lightbier zu haben.

All diese Dinge hatte Jack von Jugend auf gelernt.

Dem Rathaus hafteten keine solch gediegenen Erinnerungen an. Es stand seit mindestens vierzig Jahren an der Straßenseite eines alten Kaufhauses, hatte Säulen zu beiden Seiten eines großen Spiegelglasfensters und innen einen Empfangsbereich, die Büros der Stadtverwaltung und hinten die drei Zellen des städtischen Gefängnisses.

Jack konnte sich nicht erinnern, wann er zum letzten Mal dort gewesen war, so lange war es her.

Carlene Petsch war immer noch die Verwaltungssekretärin. Sie war zu einer harten, sehr stabilen Frau geworden, ein Typ Hausfrau, der einen Apfelkuchen backen und dann mit dem Ausrollholz einen Menschen erschlagen konnte. Jack spürte, wie seine schon jetzt nicht unbeträchtliche Anspannung noch wuchs, als er am Montag nach seiner Predigt in Saint Paul's die Eingangstür hinter sich schloss.

„Hallo", sagte er betont ruhig. „Carlene."

Sie sah zu ihm auf und wartete darauf, dass er den Zweck seines Besuches mitteilte. Jack hatte den Verdacht, dass sie etwas von der Feindseligkeit ihres Chefs durch Osmose aufgenommen haben könnte.

Jack steckte die Hände in die Taschen und sah sich im Büro um. „Ist … also … ist James da?"

Sie blickte konzentriert auf ihren Schreibtisch, auf etwas, das offensichtlich weit wichtiger war als er.

Ob es ein Exemplar der „People" mit Katie Wer-auch-immer auf dem Cover war? „Der Bürgermeister ist im Gespräch", sagte sie schließlich.

Sie bot ihm keinen Stuhl an, aber er setzte sich trotzdem. Jack sah die Zeitschriften durch, die auf einem Tischchen lagen. Er griff zu einem „TIME-Magazine", stellte fest, dass es die Ausgabe war, die über seinen Skandal berichtet hatte, und legte das Heft zurück.

Als er Stimmen vom Gang hörte, stand er auf. Eine Reporterin plus Kameramann betraten vor James den Empfangsbereich.

„Hallo, Jack", sagte die Reporterin, als sie ihn sah. „Sind Sie etwa auch vorgeladen worden?"

„Wenn man vom Teufel spricht", bemerkte James, „ist er nicht weit."

„Danke", sagte die Journalistin zu James. Wie hieß sie doch gleich? Cathy? Cathleen?

„Keine Ursache", erwiderte James.

„Möchten Sie vielleicht reden?", fragte sie Jack.

„Heute nicht", wehrte er ab.

„Sie werden schon noch wollen", sagte sie. „Vielleicht schon bald." Sie warf ihm einen Blick zu, den er nicht zu deuten wusste, und war zusammen mit dem Kameramann verschwunden.

James sah den beiden nach, wie sie hinausgingen, und richtete dann seinen Blick mit unverhohlener Missbilligung auf Jack. Carlene war ebenfalls nicht beglückt über Jacks Anwesenheit, wenn sich ihr Missfallen auch in einem süffisanten Grinsen ausdrückte.

„Danke, dass du Randy eine Fahrt ersparst", sagte James.

„Wovon redest du?“, erkundigte sich Jack.

„Ich nehme doch an, du hast Randy gestern bei deinem kleinen Abenteuer gesehen?“

Randy hatte gestern ein paar Häuser entfernt von Mrs Gutierrez‘ Haus in der Straße in seinem Streifenwagen gesessen. Jack fiel wieder ein, dass Randy jedes Mal, wenn Jack zu ihm hinübersah, eine finstere Miene gezogen und den Kopf geschüttelt hatte.

Aber Jack hatte nicht viel Zeit gehabt, sich um Randy zu kümmern. Jede Menge Leute waren aufgetaucht. Sie hatten eine Rampe vom Gehsteig bis zum Vordereingang gebaut – Pfosten verankert, ein Geländer gezimmert, alles, was eben dazugehörte. Es war überwältigend. Mr Rodriguez hatte den Bau geleitet und Jack hatte die Organisation übernommen – Zement abladen, mischen, Holz zusägen – und dann auch selbst ordentlich den Hammer geschwungen. Aus mehreren Jugendgruppen waren die Jungen aufgetaucht – auch Cameron Taylor, der Löcher für die Pfosten gegraben hatte. Männer aus allen Gemeinden der Stadt waren dabei und auch solche, die zu keiner Gemeinde gehörten. Marys Freund Dennis hatte die Schubkarre manövriert. Warren Koenig hatte noch zwei von seinen Leuten von der Ranch mitgebracht – und gegrillte Lammkoteletts. Wieder hatte sich ein Nachbarschaftsfest von beachtlichem Ausmaß entwickelt, noch größer als in der Woche zuvor, mit mehr Essen, mehr Getränken, mehr Menschen. Und mitten in dem bunten Treiben saß Mrs Gutierrez in ihrem neuen Rollstuhl, nickte glücklich und redete pausenlos mit jedem, der ihr zuhörte. „Das sind feine Jungs“, wiederholte sie immer wieder. „Feine Jungs.“

Wie es schien, war Randy anderer Meinung.

Und James offensichtlich auch.

„Carlene“, sagte James jetzt, „hast du die Sachen fertig?“

Sie lächelte ihn an und nahm etwas vom Schreibtisch vor sich auf. Dann gab sie ihm einen Briefumschlag. „Alles erledigt, Herr Bürgermeister.“

Er nahm den Umschlag und reichte ihn Jack mit einem Lächeln, das sich in ein schadenfrohes Grinsen verwandelte.

„Was ist das?", fragte Jack, ohne den Umschlag anzunehmen.

James' Hand blieb unerschütterlich ausgestreckt.

„Herr Bürgermeister?", fragte Jack.

„Jack", erklärte James, „bitte nimm hiermit die Unterlassungsanordnung der Gemeinde Mayfield zur Kenntnis."

Jack griff nach dem Umschlag und riss ihn auf. Seine Augen überflogen einzelne Sätze: „Bauunternehmer ohne Zulassung – ohne amtliche Genehmigung – öffentliches Ärgernis – Bedrohung der Sicherheit – Gefährdung für die Kommune."

„Was soll das sein?", entfuhr es Jack.

„Ich hätte gedacht, dass selbst jemand, der es nicht bis zum Collegeabschluss gebracht hat, in der Lage wäre, einen Brief zu lesen", spöttelte James.

Carlene kicherte dümmlich und senkte den Kopf, um Jacks Blick zu vermeiden.

„Moment mal", sagte Jack. „Moment. Ich bin kein Bauunternehmer. Versuchst du etwa, zu unterbinden, was wir …"

„In meiner Eigenschaft als Bürgermeister von Mayfield", erklärte James pompös, „ordne ich hiermit an, deine gesetzwidrige Bauunternehmertätigkeit mit sofortiger Wirkung zu unterlassen."

Jack hatte noch nie jemanden im Rathaus verprügelt. Er hielt sich gerade noch zurück und überlegte, ob die Nähe zum städtischen Gefängnis ihn vielleicht davon abhalten sollte. Er beschloss, dass das wohl der Fall war.

„Dieses Unternehmen ist ein spontaner Versuch von Bürgern dieser Stadt, einander zu helfen", sagte Jack betont leise. „Ein spontaner Akt schlichter Menschlichkeit."

„Es ist Anarchie", beharrte James. „Es ist ungesetzlich."

„Es ist das Beste, was dieser Stadt seit Jahren passiert ist", erwiderte Jack. „Und es war nicht deine Idee. Das ist der einzige Grund dafür, dass du dagegen bist."

„Carlene“, sagte James und wandte sich zum Gehen. „Den nächsten Besucher, bitte.“

„Wir werden nicht aufgeben“, versicherte Jack.

„Man hat dich gewarnt“, gab James zurück, ohne Jack anzusehen. „Mach ruhig weiter. Du wirst ja sehen, was dann passiert.“ Er drehte sich um und ging in sein Büro, aber Jack blieb wie angewurzelt stehen und sah ihm nach.

„War sonst noch was?“, fragte James, ohne sich umzudrehen.

„Ich wollte mit dir über Cameron sprechen“, sagte Jack mit einer Stimme, die kaum mehr war als ein Flüstern.

James wirbelte herum, starrte ihn an und kam mit zwei großen Schritten auf ihn zu.

„Was zum Teufel sollten wir beide – du und ich – einander wohl über meinen Sohn zu sagen haben?“

Ein halber Meter. Das war die physische Entfernung zwischen ihnen.

Die metaphysische war beträchtlich größer.

„Ich dachte, ich könnte Cameron vielleicht ein bisschen bei der Präzision seines Wurfes helfen. Seiner Beinarbeit. Ihm vielleicht das eine oder andere dazu sagen, wie man die Defense-Züge voraussieht.“

Die Röte in James' Gesicht schien sich mit jedem einzelnen Wort, das Jack sagte, zu vertiefen. Seine Hände ballten sich zu Fäusten.

„Lass meinen Jungen in Ruhe“, presste er zwischen zusammengebissenen Zähnen hervor.

„Ich …“, setzte Jack an.

„Nein!“ James schrie jetzt. „Meinst du, ich durchschaue dich nicht? Ich wüsste nicht, worauf du hinauswillst?“ Er kam noch näher und seine Stimme wurde gefährlich leise. „Du machst es so, wie du es immer machst. Es wird nicht funktionieren, sag ich dir. Wenn du meinen Sohn nicht in Ruhe lässt, sorge ich dafür, dass du aus dieser Stadt rausfliegst.“ Er schüttelte den Kopf. „Du wirst mir meinen Sohn nicht entfremden. Und auch meine Frau nicht.“

Er ging einen Schritt rückwärts, ohne den Blick abzuwenden. *Ist das klar?* Jack lächelte, aber es war kein glückliches Lächeln. „Man braucht keinen Collegeabschluss", sagte er ruhig, „um zu wissen, dass du nicht auf meine Hilfe angewiesen bist, um das zu tun."

James überwand die Entfernung zwischen ihnen im Bruchteil einer Sekunde. Er packte Jack am Kragen – unter seinem Jackett trug er Jeans und T-Shirt –, und es ist ungewiss, was geschehen wäre, hätte sich nicht in diesem Augenblick die Eingangstür geöffnet.

James ließ Jack los und trat einen Schritt zurück. Ein fast unmerkliches Lächeln stahl sich auf sein Gesicht.

„Kathy", sagte er.

Jack drehte sich um. Kathy Branstetter.

„Herr Bürgermeister", sagte sie. „Jack. Hat man Sie auch vorgeladen?"

„So ist es", sagte Jack und entfernte sich ein paar Schritte von James. „Und jetzt werde ich gehen. Jamie." Jack nickte ihm zu. „Ist das klar?"

Dann trat er durch die Eingangstür und ließ sie hinter sich zufallen. Er schaute an sich herunter. Er hatte den Brief noch in der Hand.

Er ging die drei Blocks zurück zum Laden, huschte an den Medienleuten vorbei, die auf dem Gehsteig warteten – seit letzter Woche waren noch vier dazugekommen, wie er mit Verdruss bemerkte –, und in den Laden, wo sein Vater saß und sich mit Charlie Gobel unterhielt.

„Jack", sagte er, „du erinnerst dich sicher an Mr Gobel?"

„Yes Sir", antwortete Jack. „Wie geht es Molly?"

„Danke, gut, Junge. Tut gut, dass du fragst."

Tom wandte sich an Jack. „Mr Gobel hat sich gefragt, ob unser Bauunternehmenszweig ein Interesse daran hat, Carports zu bauen."

Jack starrte seinen Vater verständnislos an. „Was?"

„Könntest du eine Mannschaft zusammentrommeln, die seinen

alten Carport abreißt und einen neuen baut, der nicht mehr schief steht?"

„Eine Mannschaft?"

„Ja, Junge. Ein Bauteam." Tom blickte seinen Sohn mit leicht gerunzelter Stirn an.

Jack sah auf den Brief, den er immer noch in der Hand hielt.

Er sah aus dem Fenster auf die Mediencrew. Sie wussten es zwar noch nicht, aber sie waren der nächsten Story auf der Spur.

Er sah wieder seinen Vater an.

Und er fasste einen Entschluss. „Ich denke, wir könnten das vielleicht am Sonntag nach dem Gottesdienst hinkriegen", sagte er. „Wenn Ihnen das passt, Mr Gobel."

„Tausend Dank", sagte Mr Gobel zu Jack und schüttelte ihm die Hand. Sein Griff war zaghaft wie der eines Kindes.

„Danke, Tom." Mr Gobel wandte sich um und schlich langsam in Richtung Tür.

„Es war uns ein Vergnügen", erwiderte Tom. Jack nickte ihm nach.

„Ich dachte, es wäre an der Zeit, dass auch jemand aus der Baptistengemeinde ein wenig Hilfe bekäme", erklärte Tom, nachdem die Tür sich geschlossen hatte. „Ich möchte nicht, dass man dir vorwirft, du seiest parteiisch."

„Nein", sagte Jack. „Das ist das Letzte, was ich will." Er starrte wieder auf den Brief in seiner Hand.

„Was hast du da?", erkundigte sich Tom.

„Ach, nichts", sagte Jack und stopfte den Umschlag in die Manteltasche. „Nicht der Rede wert."

„Ich … wir … haben gute Nachrichten", sagte Tom, kam näher und schloss Jack in die Arme.

Das war so ungewöhnlich – so untypisch für ihn –, dass Jack fast ausgewichen wäre, bevor er sich gerade noch fing. „Hey, was sind das für gute Nachrichten?"

„Alison kommt uns besuchen."

Jack stieß seinen Vater von sich und starrte ihm ins Gesicht. „Tatsächlich?"

Sein Vater strahlte ihn an und nickte. Jack bemerkte, dass er es ebenso machte. „Ich hab es gerade von den Anwälten erfahren."

„Von den Anwälten? Nicht … von Tracy?" Das erschien ihm … klinisch. Distanziert. Sein Vater verstand nicht, was er meinte. „Ihre Anwälte haben unsere in Seattle angerufen. Alison fliegt am 18. Januar."

„Nächsten Freitag", hauchte Jack. „Wirklich?"

Sein Vater nickte. „Nur übers Wochenende. Am Montag beginnt für sie die Schule. Aber, Jack …" Er konnte nicht weiterreden. Er hob eine Hand vor die Augen.

„Ich weiß", sagte Jack. Er umarmte seinen Vater wieder. „Danke, Dad. Ich zahl's zurück …"

Toms Miene verriet, dass dies das Dümmste sei, was er an diesem Tag gehört hatte.

Jack steckte die Hand in die Manteltasche und fand den Brief. „Hör mal …"

Er beschloss, es nicht zu tun.

„Das ist fantastisch. Alles ist fantastisch."

Jack setzte sich hinter den Tresen, zog das Telefonbuch hervor, suchte James' Nummer und wählte.

Er würde nicht in ständiger Angst leben.

Er würde tun, was richtig war. Koste es, was es wolle.

Darla nahm den Hörer ab. „Hallo", sagte er.

„Jack?", fragte sie.

„Genau der", bestätigte er. „Hey, ich …"

„Ich kann mir denken, warum du dich meldest", sagte sie. „Er hat mich gerade angerufen. Ich weiß, dass du Cameron nicht …"

„Ich werde diese Woche auf dem Spielfeld sein", sagte Jack. „Jeden Nachmittag nach Schulschluss." Er lächelte. „Nur zum Zuschauen. Das ist alles."

Darla sagte nichts.

„Okay", sagte sie schließlich.

„Wenn du dadurch Probleme bekommst …"

„Nein", sagte sie. „Danke. Das ist … wirklich großherzig von dir. Ich dachte nur …"

„Cameron ist ein feiner Junge", sagte Jack. Er dachte an ihre Zusammenarbeit bei Mrs Gutierrez. „Und er kann ein großartiger Quarterback werden. Wenn es für dich zum Problem wird, sag mir Bescheid. Das ist das Letzte, was ich wollte."

„Jack", sagte sie. „James hat Seiten, die ich liebe." Sie seufzte. „Und solche, die ich nicht ausstehen kann. Bitte glaub mir, wenn ich dir sage, dass ich lernen musste, meine Interessen zu verteidigen."

„Sag mir einfach Bescheid, D", wiederholte er. „Ich will auf keinen Fall, dass du darunter leidest."

„Ich werd's Cam sagen", sagte sie. „Und ich werd den Trainer wissen lassen, dass du auftauchst."

„Wow. Maximales Risiko?", fragte Jack. In einer texanischen Kleinstadt war der einzige Mensch, der höher stand als der Bürgermeister, der Coach des Footballteams.

„Ich habe schließlich nur einen Sohn", sagte sie. „Und du hast recht. Er könnte ein großartiger Quarterback sein. Ein großartiger Mensch. Er braucht nur einen Stups in die richtige Richtung."

„Okay", sagte Jack. „Ich melde mich wieder, D."

„Du weißt schon, was du tust, Zwölf", sagte sie und legte auf.

Tom zog eine Augenbraue hoch.

„Ich habe einen kleinen Coaching-Job angenommen", erklärte Jack.

Die Augenbraue hob sich noch ein wenig.

„Quarterback-Coaching."

Wenn diese Augenbraue noch höher stieg, würde sie gleich den Haaransatz erreichen.

„Für den Sohn meines Erzfeindes."

„Ach …", sagte Tom. „Wenn es nur das ist."

Jack schnaubte. „Du meinst Darla? Dad, dieser Zug ist schon lange abgefahren." Er schüttelte den Kopf. „Nein. Es ist nur … du solltest mal sehen, wie dieser Bursche wirft. Erinnert mich an mich selbst. Er könnte es weit bringen. Jemand werden."

„Pass nur gut auf dich auf", sagte Tom.

„Das, Sir, ist ein weiser Rat." Jack klopfte seinem Vater auf die Schulter. „Lass mich noch rasch Mr Rodriguez anrufen, wegen Sonntag, und dann kann ich mich an die Arbeit machen."

Am Nachmittag kamen die wenigen Mitglieder des Teams, die nicht Basketball spielten, zu einem leichten Training auf das Footballfeld. Cameron Taylor war auch dabei, und er hatte zwei Receiver und einen Runningback dabei. Sie begannen mit Aufwärmübungen, ein paar Routinezügen, und dann platzierte Mr Miller, der Coach, Cameron im Mittelfeld, und er und QB 2 begannen, Passroutes zu trainieren.

Jack saß etwa auf halber Höhe der Tribüne auf dem kalten Beton. Der Tag war bewölkt und ein wenig frostig. Er hatte eine Dose Dr Pepper neben sich stehen, auf der anderen Seite lag sein aufgeschlagenes Notizbuch. Ob er Ideen für die Sonntagspredigt oder Notizen zu Camerons Spiel festhalten würde, blieb abzuwarten.

Nachdem der Trainer die Guards und Tackles an den Blocking Sled gestellt hatte, kam er zur Tribüne und winkte Jack heran. Er wollte mit ihm sprechen.

„Sir", sagte Jack.

„Nennen Sie mich Mark", sagte der Trainer. „Sie sind jetzt ein gestandener Mann." Mark war in den Sechzigern, hatte eisgraue Haare und einen Bürstenhaarschnitt – ein Football-Coach der alten Sorte in einer Internetwelt.

„Yes Sir", sagte Jack.

„Sie sind hier, um den Jungen werfen zu sehen, wenn ich recht verstehe", sagte Mark Miller.

„Yes Sir", wiederholte Jack. „Ich will sehen, ob …"

„Ich denke, ich weiß, was Sie sehen wollen", sagte der Trainer.

„Ich kann Hilfe gut gebrauchen. Dieser Loser, den James aus Houston mitgebracht hat ..." Er schüttelte den Kopf und rieb die Hände aneinander. „Ich hätte ihn umbringen können."

„Schöne neue Welt, in der wir leben, Coach."

„Das kann man wohl sagen, Zwölf." Mark sah auf sein Klemmbrett.

„Trainer für die Quarterbacks und eine No-Huddles-Offense." Er seufzte. „Seit letztem Herbst spielen wir eine Oregon-Offense im Backfield", sagte er. „Aber für den Jungen sind breit gestellte Formationen in der Offense perfekt. Ich schwöre, er ist fast so gut wie Sie."

Jack lächelte, aber sein Gehirn lief auf Hochtouren. Eine Offense mit Wide-Receivern dehnte die Offense aus – aber ebenso auch die Defense und zwang sie so, preiszugeben, was sie vorhatte. Das gab den Blockern und dem Quarterback die Gelegenheit, zu erkennen, was geplant war. Passoptionen wurden sichtbar, aber auch Spielzüge durch die Mitte, wo ja jetzt die Defense nicht mehr geballt stand. Wenn die Safeties zurückblieben, um das offene Feld zu verteidigen, bot sich der Rush als klügster Spielzug an – fünf Blocker gegen fünf Defense-Spieler. Ein guter Quarterback sollte die Formation der Defense erkennen können und dann wahrnehmen, wo die besten Chancen lagen – Pass, Run oder Handoff. Ein Arm wie ein Katapult machte noch keinen Quarterback – entscheidend war, was auf den Schultern saß. „Wie liest er die Defense?", fragte Jack.

„Gut. Nicht großartig. Er ist noch dabei zu lernen, wie er sofort ein anderes Spiel aufrufen muss, wenn sich die Defense in letzter Sekunde umstellt."

„Ihr stellt das Backfield meistens in der Shotgun-Formation auf? Neulich hab ich zugesehen, wie er Drop-Backs trainiert hat."

„Wir spielen mit einem Mix: Spielzüge gegen eine Zone-Defense mit Shotgun-Aufstellung, ein paar klassische Play-Actions, ein paar Drop-Backs.""

„Sieben Schritte zurück, und er könnte die Geschehnisse beim Passspiel etwas besser erkennen."

Der Trainer nickte. „Wenn er ein paar Zentimeter größer wäre, könnte er die Footballwelt erobern. Er hat das Zeug dazu." Sein Blick schweifte über das Spielfeld. „War schön, Sie zu sehen, Zwölf. Jederzeit gern wieder hier auf dem Feld."

„Danke, Coach." Jack setzte sich wieder auf seinen Platz und sah den Spielern zu.

Er sah einfach nur zu.

Nach und nach kamen noch ein paar weitere Zuschauer. In Mayfield war nichts wichtiger als die ‚Wildcats' und Football. Noch bevor die Trainingssaison im Frühling begann, waren die Leute schon interessiert an den Spielen im Herbst.

Am Dienstagnachmittag saß Jack wieder dort und sah zu. Cameron hatte viele Talente – er warf gut und präzise, wenn auch nicht immer genau auf den exakten Punkt, der nötig gewesen wäre. Manchmal warf er auch über seine Passempfänger hinaus. Manchmal führte er sie nicht präzise genug in den Deep Routes. Das alles konnte man mit der Zeit und mit Training beheben. Er hatte eine gute Technik.

Jacks Telefon klingelte, während das Training noch im Gang war. Er nahm nicht ab. Als er später die Nachrichten abrief, sah er, dass der Anruf von Martin Fox gekommen war. Er hörte sich nicht an, was er gesagt hatte.

Am Mittwochnachmittag saß Jack gegen Ende des Trainings auf der Tribüne und machte sich ein paar Notizen, worüber er mit dem Trainer sprechen wollte. Unten auf dem Spielfeld liefen die Spieler ein paar abschließende Runden, bevor sie der Kabine zustrebten.

„Chisholm, was machst du hier?", ertönte eine Stimme hinter ihm, die er nur zu gut kannte.

Zwei Schuhe blieben auf dem Gang neben ihm stehen.

Irgendwie war James wieder sein umgekehrter Batman-Trick gelungen.

Jack schrieb in Ruhe seine Notizen zu Ende. Das Schlimmste, was passieren konnte, war, dass James den ersten Schlag würde einstecken müssen. Das wäre nicht das erste Mal.

„Ich hab dir gesagt, lass meinen Jungen in Ruhe", sagte James. Seine Stimme zitterte ein wenig und er atmete schnell. Jack fragte sich, ob ihm jemand erzählt hatte, dass Jack sich das Training ansah. Er musste aus der Stadt hierhergerannt sein.

„Sie machen eine gute Figur", sagte Jack, ohne aufzusehen. „Besonders QB 1. Ich glaube, sie können im Herbst ein paar Siege einsammeln."

„Ich will, dass du hier verschwindest." James schrie jetzt und Jack hörte seiner Stimme an, dass er sich anschickte, mehr als bloße Worte auszuteilen. „Dass du auf der Stelle verschwindest!"

„Taylor!" Die Stimme sandte Jack einen Schauer über den Rücken. Vermutlich ging es jedem anderen, der je die Mayfield Highschool besucht hatte, genauso. Jack sah aufs Spielfeld, und da stand Mark Miller am Rand der Tribüne und zeigte mit dem Finger auf sie. „Warum machen Sie solchen Lärm?"

James sah zum Trainer hinunter und dann wieder auf Jack. „Coach, ich hab ihm gesagt …"

„Chisholm hat meine ausdrückliche Erlaubnis, während meines Trainings hier auf meiner Tribüne zu sitzen", sagte Mark Miller und kam mit gerötetem Gesicht die Treppe herauf. „Er versucht, mir dabei zu helfen, aus Ihrem Jungen einen Quarterback zu machen."

Obwohl Miller drei Stufen unter ihnen stehen blieb, war nur zu deutlich, wer hier die Macht hatte.

„Ich will, dass er meinen Jungen in Ruhe lässt", beharrte James mit gesenkter Stimme.

„Das haben Sie hier nicht zu bestimmen", erwiderte der Trainer. „Warum gehen Sie jetzt nicht, bevor ich Sie von meinem Training ausschließe?"

James wagte einen zornigen Blick auf Mark Miller, konnte ihn aber nicht durchhalten und richtete ihn deshalb auf Jack.

„Ich krieg dich schon noch“, sagte er. „Darauf kannst du Gift nehmen. Das hier ist noch nicht vorbei.“

„Sweet Baby James“, sagte Jack. „Wir sehen uns sicher.”

Wenn der Trainer nicht danebengestanden hätte, wäre Blut geflossen.

James ging.

Jack setzte sich wieder.

Mark Miller setzte sich neben ihn.

„Ich würde aufpassen, wo ich hingehe, wenn ich das Spielfeld verlasse, Zwölf“, bemerkte der Trainer. „Dieser Kerl bringt Sie um, sobald er Sie zu sehen kriegt.“

„Er wird mich nicht umbringen“, sagte Jack. „Das ist nicht sein Stil. Er beschämt mich lieber. Und wie könnte er mich noch tiefer beschämen, als ich es schon selbst getan habe?“

„Trotzdem, Junge“, sagte Mark. „Passen Sie gut auf sich auf.“ Er sah ihn vielsagend an. „Dieser Mann hasst Sie. Hat Sie schon immer gehasst. Und so wird es auch bleiben.“

Jack seufzte. „Ich weiß, Coach. Wenn Sie nur ihn zum QB 1 gemacht hätten …“

„Dann hätten wir es nie ins Finale geschafft.“ Der Trainer schüttelte den Kopf. „Und glauben Sie nicht, dass ihm das nicht an jedem Tag, den Gott werden lässt, durch den Kopf geht. Wie auch immer. Was geschehen ist, ist geschehen.“

„Da haben Sie ein wahres Wort gesagt, Coach“, sagte Jack und öffnete sein Notizbuch. „Hier sind meine Beobachtungen von dieser Woche.“

16.

„Was hat er gemacht?“, fragte Mary am Abend, als sie bei Tom waren. Dennis hatte Roastbeef gegrillt, Mary steuerte Bratkartoffeln und Rosenkohl bei, und Jack und Tom sorgten für den Nachtisch – Käsetorte aus der Tiefkühlabteilung des Supermarkts. „Junggesellen!“, schnaubte Mary.

„Der Coach hat James aus dem Stadion geschmissen“, sagte Tom. Jack funkelte ihn an.

„Ich missbrauche hier nicht dein Vertrauen, Junge, falls du das denkst. Du warst noch nicht mal aus dem Stadion raus, da hatte ich schon drei Anrufe im Laden.“

„Es ist ja schön, dass du aushilfst, Zwölf“, sagte Dennis. „Aber das ist ein ziemlich großer, dampfender Misthaufen, in den du da trittst.“

„Ich bin in gar nichts getreten, was ich nicht schon an den Schuhen gehabt hätte“, antwortete Jack und reichte Dennis ein Bier.

„Sehr wahr“, sagte Dennis. „Wie machen sie sich dieses Jahr?“

Jack nickte. „Ich sehe eine Menge Talent. Und Cam Taylor schießt den Vogel ab. Er hat einen Arm wie ein Geschoss, und wenn er jetzt noch lernt, seinen Kopf entsprechend einzusetzen, dann werden sie es weit bringen.“

Dennis machte eine Faust, als wäre die Meisterschaft schon gewonnen.

„Was machen wir, wenn Alison kommt?“, fragte Mary.

„Alles, was sie will", sagte Tom, der den Käsekuchen aus dem Karton holte und eingehend in Augenschein nahm. „Sollte der noch gefroren sein?"

„Ihr seid mir schon welche", grunzte Mary. „Ich werde nicht zulassen, dass meine einzige Nichte verhungert, während sie hier ist."

„Sie mag Pizza", sagte Jack. „Und Hamburger."

„Ich werd uns was grillen", kündigte Dennis an.

„Und was Grünes", sagte Mary. „Sie wird nicht essen wie ihr drei, wenn ich es verhindern kann."

„Wie habt ihr es geschafft, dass sie kommt?", fragte Dennis.

„Die Anwälte in Seattle haben alles arrangiert", antwortete Tom.

„Seattle", sagte Jack. Das war der Auslöser für einen Gedanken, der schon lange im Hintergrund schlummerte. Was war das nur mit Seattle?

„Jack?", fragte Mary. „Alles in Ordnung?"

Jack ließ die Hand sinken, mit der er sich übers Kinn gestrichen hatte. „Ich hatte einen Anruf aus Seattle. Hab ihn nicht angehört."

„Und, willst du es noch tun?", fragte Tom.

„Nö", sagte er. Im Raum herrschte Schweigen.

Jack sah von einem zum anderen. „Ich könnte ihn einfach löschen."

„Rennst du jetzt vor den Dingen davon?", fragte Mary. „Ich dachte, das hätten wir hinter uns."

„Na, wenn's denn sein muss", murmelte Jack, holte sein Smartphone hervor, schob es auf und suchte die Mailbox. Der Anruf war noch drauf.

Martin Fox. 57 Sekunden.

„Mach schon", sagte Mary.

„Okay", sagte Jack. „Unglaublich."

Jack hatte Martins Stimme nicht mehr gehört, seit er seinen Job verloren hatte. Und damals hatte sie gewiss nicht so ... beschwingt geklungen. Fast fröhlich.

„Jack", sagte Martin, „ich habe gute Nachrichten. Der Kirchenvorstand hat getagt und war fast einstimmig dafür, dass wir dich bitten, zurückzukommen."

Jack hätte beinahe schon aufgelegt, aber die anderen beobachteten ihn, und so überwand er sich und hörte den Rest der Nachricht an.

„Ich will dir nichts vormachen, Jack. Wir werden an ein paar Dingen arbeiten müssen. Was dich angeht. Was die Gemeinde angeht. Aber der Gottesdienstbesuch ist um ein Drittel zurückgegangen. Die Spenden um die Hälfte. Du weißt, dass wir mit diesen Zahlen nicht vorankommen können. Also: Komm zurück. Wir finden einen Weg. Ich denke, mit dem, was Mayfield dir zu bieten hat, können wir ganz gut mithalten, oder?"

Er lachte leise. Und legte auf.

Jack blinzelte rasch ein paarmal.

„Und?", fragte Tom. „Was wollen sie?"

Jack ließ die Hand sinken, steckte das Telefon in die Tasche und wandte sich ab. „Sie wollen, dass ich zurückkomme."

„Oh", sagte Mary. „Grace Cathedral?"

„Das … das ist gut, oder, Zwölf?", fragte Dennis. „Ich wusste, sie würden es sich überlegen."

„Sie glauben, dass ich am besten geeignet bin, das Problem zu lösen, das ich ihnen hinterlassen habe", erklärte Jack, ohne sich umzudrehen. „Ich bin mir nicht sicher, ob das so ist. Was soll … Dad, was meinst du?"

Tom gab keine Antwort. Jack drehte sich um.

Tom studierte den Käsekuchen, als berge er den Schlüssel zu den Geheimnissen des Universums.

„Dad?"

Tom schüttelte den Kopf. Mary fasste Jack am Arm, zog ihn zum Tisch und bugsierte ihn in den Stuhl am Kopfende.

„Jetzt essen wir erst mal", sagte sie. „Wer möchte Rosenkohl?"

Am Abend bei „Buddy's" erzählte Jack Pater Francis von dem Anruf, von der Reaktion seiner Familie und dass sein Vater nicht mal mit ihm reden wollte.

„Was hast du empfunden, als du den Anruf gehört hast?", fragte Francis.

„Ich fühlte mich … ich kann es nicht sagen", erwiderte Jack. „Ich war freudig erregt. Erleichtert. Zornig. Martin tat so, als hätte er mich nie rausgeworfen."

„Willst du zurück?"

Jack starrte auf sein Bier. „Ein Teil von mir will schon. Der Teil, der die Routine beherrscht. Der könnte auf der Stelle zurückgehen, als wäre ich nie weg gewesen."

Francis studierte Jacks Gesicht. „Und der andere Teil?"

Jack nahm einen Schluck. „Der andere Teil weiß, dass das der leichte Ausweg wäre. Und dass ich nicht mehr der bin, der ich einmal war." Er schüttelte den Kopf. „Aber es wäre einfach. Und vielleicht wäre es so, als könnte ich auslöschen …"

„Was geschehen ist, ist geschehen", sagte Francis. „Und das weißt du auch. Alle wissen es." Er trank einen Schluck Gingerale, sah dabei aber aus, als wünschte er, es wäre etwas Stärkeres. „Ob du gehst oder ob du bleibst, ist deine Entscheidung, Jack. Aber …"

„Ich weiß", sagte Jack.

Francis sah hinunter auf seine Bibel. Sie hatten zusammen die Lesung des nächsten Sonntags studiert – die Taufe von Jesus. Dann ließ Francis plötzlich seinen Blick über die noch immer anwesenden Medienleute schweifen, die an den Tischen saßen, und seufzte.

„Haben sie dir vergeben?", fragte er.

„Was?"

„Sie bitten dich, nach Hause zu kommen. Grace Cathedral. Wie in der Geschichte vom verlorenen Sohn. Haben sie dir vergeben?"

„Nein", sagte Jack. „Das würde ich ernsthaft bezweifeln. Es ist eine rein finanzielle Entscheidung. Aber sie hat Sinn …"

„Als dein Vater dich bat, nach Hause zu kommen", fuhr Francis fort, „hatte er dir da vergeben?"

„Ja“, sagte Jack. „Das wissen Sie ja. Noch bevor ich darum gebeten hatte.“

„‚Als er aber noch fern war‘“, zitierte Francis, „‚sah ihn sein Vater und wurde innerlich bewegt und lief hin und fiel ihm um seinen Hals und küsste ihn.‘“ Francis schlug die Bibel zu und drehte sich zu Jack um. „Dieser Vater hat seinen Sohn nicht zur Rede gestellt, ihn nicht zur Schnecke gemacht, ihm keine Vorträge über Dankbarkeit gehalten. Er war so außer sich vor Freude, dass der Sohn zurückkehrte, dass er ihn willkommen hieß. Er nahm ihn so, wie er war.“

„Ich weiß“, sagte Jack, „aber …“

„Aber gar nichts, mein Jungchen“, fauchte Francis. „Entweder lieben sie dich und vergeben dir, oder sie lieben dich nicht. Wenn du zurückgehst, obwohl du weißt, dass sie dich nicht lieben, dann ist das deine Entscheidung. Aber es wäre eine armselige Entscheidung, wohlgemerkt!“

Jack sah Francis an. „Sie würden es nicht tun? Nicht, um vielleicht Ihre Ehe zu retten? Ihre Selbstachtung wiederzugewinnen? Ihren Lebensunterhalt wieder selbst zu verdienen?“

Francis weigerte sich, ihn anzusehen. „Es ist deine Entscheidung. Aber was passiert ist, ist passiert. Du weißt es. Alle wissen es. Mach dir nichts vor.“ Jetzt sah er direkt von Jack weg, in die Richtung der Mediencrew mit ihren Drinks. „Mach niemandem etwas vor.“

Sie hatten ihr Gespräch über den Lesungstext noch nicht wirklich beendet. Francis war verärgert und hatte nicht mehr viel zu sagen. Nach ein paar Minuten verließ Jack die Bar. Er ging zu Toms Auto, lehnte sich dagegen und starrte in den Himmel. Die Sterne funkelten klar und hell und so nah, als könnte man sie berühren.

Jack rief Martin am Donnerstag nicht an. Er ging in den Laden, spazierte nach dem Mittagessen hinunter zum Flüsschen und ging um vier Uhr auf einen Sprung beim Training vorbei. Er wollte mit Danny sprechen, erfahren, wie die Dinge wirklich waren. Er sprach wohl ein halbes Dutzend Mal auf die Mailbox. Es kam kein Rückruf.

Am Freitag – eine Woche, bevor Alison kommen würde – fuhr er mit Bibel und Notizbuch wieder zur Badestelle. Er beschäftigte sich noch einmal mit der Taufgeschichte. Was ließ sich dazu sagen? In der ersten Woche war es leicht gewesen – er hatte einfach die Wahrheit gesagt.

Nein. Es war alles andere als leicht gewesen. Die Wahrheit zu sagen, war höllisch schwer. Er hatte noch nicht einmal wirklich gewusst, was er überhaupt sagen würde, bevor er auf der Kanzel stand, und erst, als er schon mitten in der Predigt steckte, hatte sich alles zusammengefügt.

Er konnte sich nicht noch einmal da hinstellen und bekennen, dass er ein elender Sünder war. Das würde sich schnell abnutzen. Sag die Wahrheit.

Predige die gute Nachricht.

Wo war die gute Nachricht darin, dass jemand sich zum Zeichen der Vergebung in Wasser tauchen ließ?

Was war gut daran, Vergebung zu brauchen? Hieß das nicht, dass man etwas falsch gemacht hatte?

Jack tauchte die Hand in das klare, grünliche Wasser – immer noch kalt, aber nicht mehr so eisig wie letzte Woche.

Er ließ das Wasser durch seine Finger rieseln. Es war ein schönes Gefühl.

Hinter ihm näherte sich ein Auto, parkte, eine Weile lief der Motor noch, dann wurde er abgestellt. Eine Autotür öffnete sich und Schritte bewegten sich in seine Richtung.

„Was wollen Sie, Kathy?“, fragte er, ohne den Blick von seiner Bibel zu wenden.

„Woher wissen Sie, dass ich es bin?“

Er lächelte kopfschüttelnd. „Sind Sie’s nicht immer?“

„Okay“, sagte sie. „Ich hab mir nur gedacht, dass ich Sie hier finden würde.“

„Sie wussten es", korrigierte er sie.

„Okay", gab sie zu. Sie kam näher heran, und da sie nicht angeknurrt wurde, setzte sie sich im Schneidersitz auf den Felsvorsprung und atmete tief durch. „Ich habe einen Vorschlag. Sie sollten einmal sich selbst googeln."

„Korrigieren Sie mich, wenn ich mich täusche", sagte Jack, während er noch einmal Wasser in die Hand schöpfte und es herausrinnen ließ. „Sagten Sie mir nicht, dass ich gerade das nicht tun sollte?"

„Ich denke, da zirkulieren momentan eine Menge Meldungen über Sie, die Sie kennen sollten", beharrte sie.

„Und wie viel davon stammt von Ihnen?"

„Nicht das kleinste bisschen", wehrte sie ab. „Pfadfinderehrenwort. Es sieht nur so aus, als ob jede Menge Leute gerade versuchen, Sie dazu zu bringen, zu tun, was sie wollen."

„Wirklich komisch", sagte Jack. „Denn ich habe mich nicht das allerkleinste bisschen mit den Medienleuten abgegeben. Ist es wirklich so schlimm?"

„Manches schon", sagte sie. Sie verzog das Gesicht und schüttelte den Kopf. „Das haben Sie nicht verdient, so viel steht fest."

Aha. Es musste ziemlich schlimm sein. Er nahm sein Smartphone. Zwei Balken in der Ladeanzeige – vermutlich genug, um online zu surfen.

Er sah zu ihr hinüber. „Haben Sie schon entschieden?"

„Was entschieden?"

„Ob Sie gehen."

„Oh", sagte sie und starrte auf den Boden vor sich.

„Ich meine – dieses Gespräch von letzter Woche. Warum Sie immer noch hier sind. Ich würde wirklich gern Ihre Antwort kennen."

„Nein, würden Sie nicht", sagte sie, ohne aufzublicken.

Jack seufzte und schloss die Bibel. „Ihrem Vater zu Ehren, sagten Sie. Erzählen Sie mir etwas darüber. Was bedeutet das für Sie?"

Sie hatte die Arme um die Knie geschlungen und blickte forschend über das Wasser. „Nicht, dass wir gut miteinander ausgekommen wären“, sagte sie. „Ein Grund, warum ich gegangen bin, war, dass es für mich so schwer war, in seiner Nähe zu sein.“

„Verstehe“, sagte Jack. „Wären Sie zurückgekommen, wenn er nicht krank gewesen wäre? Würden Sie bleiben, wenn er nicht … Sie wissen, was ich meine.“

„Gestorben wäre?“, ergänzte sie. Sie wandte den Kopf, sah ihn an und dann wieder auf das Wasser hinaus. „Sie können es ruhig aussprechen, Jack. Es ist kein Geheimnis.“ Flussabwärts kräuselte eine Windbö das Wasser. „Ich weiß ja, dass ich mein eigenes Leben leben muss“, sagte sie. „Und ich ziehe … ich ziehe mehr als eine Möglichkeit in Erwägung. Aber die Wahrheit?“

Sie hob die Hände vors Gesicht, als ob sie betete. Vielleicht tat sie es.

„Alles, was ich bin und jemals sein werde, bin ich durch meinen Vater“, fuhr sie fort. „Was ich an mir mag. Womit ich zu kämpfen habe. Die Journalistin und Herausgeberin. Die Perfektionistin. Die Frau, die es nicht wagt, zu lieben. Und dann … komme ich nach Hause, bevor er starb. Und erkenne, dass er den Menschen, der ich geworden bin, liebt.“ Sie lachte zittrig. „So verrückt, wie dieser Mensch manchmal sein kann.“

Sie atmete tief durch. „Wissen Sie, Jack, ich glaube, es gibt nichts Mächtigeres als das Wissen, dass Ihr Vater Sie liebt.“

Er nickte. „Das trifft ziemlich ins Schwarze.“

Sie sah ihn fast schüchtern an und wandte dann den Blick ab. „Predigen Sie am Sonntag wieder?“

„Hmmh.“

„Sie gehen also noch nicht?“

„Ach ja“, sagte er. Er griff wieder zum Smartphone, gab seinen Namen in die Suchmaske ein und war nicht überrascht, als er feststellte, dass an der Spitze der 1336000 Einträge die Nachricht stand, dass er nach Grace Cathedral zurückkehren würde.

„Vergebung für geschassten Pastor aus Seattle?“, las er als Erstes.

„Lügen-Jack bald wieder auf seiner Kanzel?“, fragte eine andere Headline.

„Ziemlich viele Fragezeichen in diesen Headlines“, kommentierte er. „Und was ist das hier? Ein Video: Christliche Nächstenliebe oder Fototermin? War das Cathy? Cathleen? Wie heißt sie noch?“

„Ach das“, sagte sie. „Das ist eine Schmutzkampagne mit freundlichen Grüßen von unserem guten Bürgermeister. Die Geschichte, die zu drucken ich mich geweigert habe.“

„Will ich das wirklich sehen?“ Sein Finger zögerte über dem Link.

„Wenn Sie gern sehen wollen, wie man Sie bezichtigt, so ungefähr jedes Verbrechen bis auf Leichenschändung begangen zu haben, nur um wieder im Licht der Öffentlichkeit zu stehen.“

„Oha“, hauchte Jack. Dann steckte er das Smartphone in sein Jackett. „Der Coach hätte tatsächlich besser ihn zum Quarterback gemacht.“

„Dann hätten sie es nie ins Finale geschafft“, erwiderte sie. Sie gab sich einen Schubs, um auf die Beine zu kommen, klopfte sich den Staub ab und blickte ein paar Augenblicke aufs Wasser hinunter.

„Worüber predigen Sie am Sonntag?“

„Es ist der erste Sonntag nach Epiphanias. Die Taufe von Jesus“, gab er zur Antwort. „Also … ich hab noch keine Idee.“

„Ihre Predigt letzte Woche hat mir gefallen“, sagte sie. „Sie gab mir das Gefühl …“

„Was für ein Gefühl?“

„… als wäre ich nicht allein.“ Sie errötete und die Röte stieg ihr langsam vom Hals her in die Wangen.

„Das muss Ihnen doch nicht peinlich sein“, sagte er und sah auf die Uhr. „Mist in Tüten. Ich komme zu spät zum Training.“ Er sammelte rasch seine Utensilien ein, klopfte ihr im Gehen auf die Schulter und stürzte zum Auto.

„Jack“, rief sie ihm nach. „Was werden Sie denn nun machen?“
Er lachte kopfschüttelnd. „Sie werden Nachrichten gucken müssen“, antwortete er.

17.

Am Samstag fühlte sich Tom nicht wohl und ging früh ins Bett, sodass Jack, Mary und Dennis zu dritt am Tisch saßen und einen von Marys Zitronenbaiseraufläufen genossen – selbst gemacht, nicht fertig gekauft, wie sie stolz betonte. Direkt aus Fannie Farmers Kochbuch.

„Hoffentlich ist es keine Grippe", sagte sie. „Die geht gerade rum."

„Oder dieser Darmvirus", ergänzte Jack. „Drei von den Medienfritzen da draußen hat's schon erwischt." Er lächelte. „Bis jetzt."

„Hey, Zwölf", begann Dennis. „Ich wollte … tja …" Seine Stimme verlor sich. Dann zuckte er leicht zusammen, als habe ihn jemand unter dem Tisch getreten.

„Hast du Dennis gerade getreten?", fragte Jack Mary.

„Verrat ich nicht", sagte sie leichthin. „Aber ich glaube, Dennis möchte dich was fragen."

„Kann … könnte …" Dennis sah zur Decke empor, als könne irgendwo da oben eine Antwort schweben.

„Spuck's einfach aus, Achtundsiebzig", ermutigte Jack ihn. „Spuck's aus."

„Tja, also", setzte Dennis an. „Ich war noch nie ein eifriger Kirchgänger …"

„Er ist noch nie im Leben durch eine Kirchentür gegangen", warf Mary ein. Jack wurde plötzlich klar: Es lag vielleicht nicht einfach daran, dass irgendjemand hier Angst hatte, sich festzulegen, dass diese Beziehung noch nicht den Weg zum Altar angetreten hatte.

„Aber ich dachte, ich komme am Sonntag vielleicht. Um deine Predigt zu hören."

Jack nickte. „Und du fragst dich, ob du dich nach meiner Predigt mies fühlen wirst?"

Dennis nickte nicht gerade, aber er schüttelte auch nicht den Kopf.

„Ob du dich da fehl am Platz fühlst?"

„Ich glaube, er möchte nur wissen, ob es okay ist", sagte Mary. „Ganz ehrlich."

„Dennis", antwortete Jack, „du bist dort mehr willkommen, als du ahnst."

„Ich bin nicht grade der fehlerloseste Mensch dieser Welt", meinte Dennis.

„Ich glaube kaum, dass du auf 123 Fernsehkanälen Ehebruch begangen hast", sagte Jack.

„Wie ein paar andere Leute", ergänzte Mary.

„Dennis", fuhr Jack fort und knuffte ihn in seinen massigen Unterarm, der einem kleinen Baumstamm glich. „Ich werde einfach sagen, was wahr ist. Die gute Nachricht predigen." Plötzlich spürte er fast körperlich, dass Francis nicht da war. Er konnte nicht glauben, dass er immer noch verärgert war, und verstand auch nicht, worüber.

Oder verstand er es vielleicht doch?

„Wir gehen also am Sonntag zur Kirche", erklärte Mary. „Du kannst neben mir sitzen. Und danach haben wir noch ein weiteres kleines Projekt vor, stimmt's, Jack?"

Jack atmete einmal tief durch. „Stimmt allerdings", bestätigte er. „Übrigens", fuhr er fort, „habt ihr dieses Video auf CNN gesehen?"

Beide entschlossen sich schlagartig, intensiv die Decke zu studieren.

„Oha. So schlimm?"

Dennis nickte grimmig. „Ich sollte …"

„Nicht vor den Ohren des Pastors", warnte Mary ihn und drehte sich zu Jack um. „Es war ziemlich schlimm. Ich bin deine Schwester, und Jamie hat selbst mich fast dazu gebracht, manches davon zu glauben." Sie schluckte einmal und fragte dann: „Jack, gehst du wirklich?"

„Sie haben es mir angeboten", sagte Jack. „Das weißt du ja. Ich habe nicht angenommen."

Sie wollte noch etwas fragen, überlegte es sich dann aber anders.

Sie sprachen darüber, dass sie mit Alison nach San Antonio in den Zoo fahren wollten und zum Essen hinunter ins „Riverwalk". Und nach Kerrville, um ihr Stiefel zu kaufen.

Als Mary und Dennis gegangen waren, schlich Jack sich hoch zu Toms Zimmer, öffnete leise die Tür und spähte hinein.

Tom schlief unruhig, aber er schlief. Das kann nur gut sein, dachte Jack.

Aber am Sonntagmorgen ging es Tom schlechter. Er musste dreimal zur Toilette, bevor sie zur Kirche aufbrachen. Jack fühlte ihm die Stirn und dachte, er habe Fieber. Er wollte ein Thermometer holen, aber Tom ließ es nicht zu. „Ich sterbe ohnehin schon, Jack. Ich will dich jetzt predigen hören." Wie hätte Jack dieser Logik widersprechen können?

Die Kirche war noch voller als in der letzten Woche, und der Medienrummel übertraf alles, was Jack bisher erlebt hatte. Alle großen Sender hatten Journalisten gesandt, und eine Menge Medienleute standen im hinteren Teil der Kirche. Die Kirchenvorsteher mussten sie auf eine Seite dirigieren, damit die Leute überhaupt in die Kirche konnten.

„Ich mache Ihnen ein Angebot", rief Jack, sobald sie ihn erblickt hatten und über den Rasen auf ihn zugekrochen kamen wie ein Tausendfüßler. „Bitte, bleiben Sie fair. Ich erlaube Ihnen eine Kamera von der Empore hinten. Sie können entscheiden, wer die Aufnahme macht, und Sie alle können sie nutzen. Und nach dem

Gottesdienst stehe ich Ihnen noch einmal zur Verfügung. Genau hier."

Er überließ es ihnen, sich über die Details zu streiten. Er musste eine Predigt halten und einer Gemeinde begegnen.

Bill stand an der Tür. Er begrüßte Jack mit einem Lächeln und einem Händedruck. „Jack", sagte er. „Willkommen."

„Danke", antwortete Jack. „Geht's deiner Familie gut?"

Bill nickte. „Nett, dass du fragst." Dann wandte er sich anderen Gottesdienstbesuchern zu.

Der Gottesdienst verlief wie beim letzten Mal. Choräle, Begrüßung vom Vorsitzenden des Kirchenvorstands, die Lesungen. Auch diesmal hatte Tom das Evangelium zu lesen, und er war sichtbar geschwächt. Er nahm die Stufen in einem Anlauf und hustete dann eine endlose Zeitspanne lang, bevor er begann, das Evangelium von der Taufe Jesu vorzulesen.

Und dann stand Jack auf der Kanzel und sah die Menge vor sich. Jede Bank war zum Bersten voll, jeder zusätzliche Stuhl besetzt, hinten im Kirchenraum und auf der Empore standen die Leute, viele auch noch im Vorraum. Die Kamera war auf der Empore installiert, und zahllose Menschen würden dies jetzt oder später sehen. Jack lächelte.

„Guten Morgen", sagte er.

„Guten Morgen", kam donnernd die Antwort.

„Es ist schön, Sie alle heute Morgen hier zu sehen", fuhr er fort. Er warf Dennis, dessen massiger Körper auf einer Seite von Mary und auf der anderen von einer jungen Frau eingezwängt wurde, die er nicht kannte, ein Lächeln zu. „Willkommen in Saint Paul's."

Er sprach über das Evangelium von der Taufe Jesu. Wer war dieser Johannes der Täufer? Warum wollte Jesus überhaupt getauft werden?

Er bemerkte, dass Pater Francis sich hereingestohlen hatte und hinten stand, mit trotzig geneigtem Kinn. *Ich bin da, aber ich bin immer noch verärgert.*

„Ich habe mich diese Woche mit einer Freundin unterhalten“, sagte Jack, „und sie hat etwas gesagt, das sicherlich bei vielen von Ihnen ein Echo finden wird. Sie sagte: ‚Es gibt nichts Mächtigeres als das Wissen, dass Ihr Vater Sie liebt.‘

Unsere Mütter müssen uns lieben. Sie haben uns das Leben geschenkt, uns aufgezogen, genährt, oftmals am eigenen Leib. Und, liebe Frauen, glauben Sie mir, wenn ich sage: Wir sind dankbar. Ich habe meine Mutter geliebt, und ich weiß, dass sie mich geliebt hat, bis zu ihrer letzten Stunde.“

Er blinzelte, warf einen Blick auf seine Notizen und sah dann wieder hoch.

„Aber zu wissen, dass dein Vater dich liebt, das ist etwas anderes. Ein Vater muss mich nicht lieben. Er hat mich nicht zur Welt gebracht. Von jeher war der Vater eher nicht zu Hause; er war fort, um zu arbeiten, zu jagen, das Feld zu bestellen, Steuern zu prüfen. Wir sind auf eine Weise von unseren Vätern getrennt, wie wir es von unseren Müttern nicht sind.“

Er sah zu Tom hinunter, der leise in ein Taschentuch hustete. „Dad“, sagte er, „ich möchte gern eine Geschichte von dir erzählen. Hab ich dein Einverständnis?“

Tom sah hoch und nahm das Taschentuch vom Mund. „Komme ich in dieser Geschichte gut weg?“, fragte er.

Jack nickte.

„Dann unbedingt“, sagte Tom zu einer Welle von Gelächter.

Jack betrachtete die Menschen vor sich und suchte nach bekannten Gesichtern.

„Die unter Ihnen, die in Mayfield wohnen, wissen, dass mein Vater und ich jahrelang nicht miteinander gesprochen haben. Vielleicht wissen Sie es überhaupt alle. Es war ja weithin bekannt“, sagte er mit einem Blick ins Auge der Nachrichtenkamera. „Ich habe etwas getan, was meinen Vater sehr enttäuschte, und in meinem Zorn und meiner Auflehnung ging ich fort. Zehn Jahre lang gehörte er in keiner Weise mehr in mein Leben, obwohl er es sich so sehr gewünscht hätte. Er hat immer wieder den Kontakt aufgenommen, auch dann noch, als ich ihn aufs Abstellgleis geschoben hatte.

Und eines Tages vor nicht allzu langer Zeit war ich dann am Ende. Ich habe den bekannten Fehler gemacht, von dem Sie alle wissen, und ich dachte, ich wäre erledigt. Sie wissen schon, wie im Film: ‚Und jetzt, meine Herren, werden Sie ohne mich weitermachen.'"

Jack lächelte, obwohl das hier gerade nicht lustig war.

„Ohne dass ich ihn um Verzeihung gebeten hatte – ich glaube, ich habe überhaupt noch nie jemanden um Verzeihung gebeten", sagte er plötzlich, selbst überrascht von dieser Erkenntnis. Er wandte sich Tom zu. „Dad, es tut mir wirklich leid. Aber ohne dass ich ihn um Verzeihung gebeten hätte, vergab mir mein Vater. Als ich nichts getan hatte, um seine Liebe zu verdienen, hat er mir seine Liebe geschenkt."

Tom nickte. Es war wahr. Jack schielte auf seine Notizen. Er bekam seine Stimme wieder unter Kontrolle.

„Und als ich glaubte, es gäbe keinen Grund mehr, weiterzumachen, liebte mein Vater mich so sehr, dass er mir sagte, ich stünde am Beginn von etwas, nicht am Ende."

In der Kirche war es mucksmäuschenstill, viele saßen vornübergebeugt auf ihren Plätzen.

„Und ich dachte: Wenn mein irdischer Vater eine solche Liebe und Vergebungsbereitschaft beweist, müssen dann die Liebe und Vergebungsbereitschaft Gottes nicht noch viel überwältigender sein?

In unserem Evangelium von der Taufe Jesu lässt sich Jesus nicht taufen, weil er es nötig hätte, sich seine Sünden vergeben zu lassen – wir glauben, dass er der eine makellose und perfekte Mensch war. Aber er tut es für uns – für alle von uns, deren Menschlichkeit er teilt. Und er tut es, damit wir verstehen können, dass Gott uns liebt. Sündhaft, traurig, kaputt wie wir sein mögen – Gott liebt uns über alle Maßen."

Jack ließ seinen Blick über die Menschen schweifen, nach links und rechts und zur Empore hinauf, und er wusste, sie waren jetzt bereit für seine Schlusssätze. „Als Jesus aus dem Wasser steigt, sagt sein Vater zu ihm: ‚Dies ist mein geliebter Sohn, der meine ganze Freude ist.' Meine Brüder und Schwestern, wir sollten wissen, dass Gott genau dieselben Worte auch über jeden von uns spricht. ‚Dies ist mein geliebtes Kind, und ich liebe ihn, ich liebe sie, ohne jede Einschränkung. Was immer auch passiert.'"

Er hob die Hände zum Segen, und ohne dass er dazu aufgefordert hätte, erhoben sich alle. Er lächelte ihnen zu, und in diesem Augenblick empfand er etwas, was er in Seattle nie gespürt hatte – nicht Stolz, nicht den Kick der Erregung, sondern etwas Tieferes, Beglückenderes: eine innige Liebe für jeden einzelnen Menschen in dieser Kirche. Ein intensives Gefühl, dass sie alle eine heilige Gemeinschaft waren.

„Geht aus dieser Tür und in euren Alltag in der tiefen Gewissheit, dass euer Vater euch liebt. Und der Segen Gottes, des Vaters, des Sohnes und des Heiligen Geistes, sei mit euch – heute und alle Tage eures Lebens. Amen."

„Amen", erwiderte die Gemeinde einstimmig.

Bill hatte Jack gebeten, die Kommunion auszuteilen. An diesem Sonntag teilte er mit Bill zusammen das Brot aus. Für einen scheinbar endlosen Menschenstrom – Mary, seinen Vater, Dennis, Mrs Calhoun und schließlich auch Pater Francis – brach Jack das selbst gebackene Brot in kleine Stücke, legte sie ihnen in die Hand, und sagte: „Christi Leib, für dich gegeben."

Anfangs überraschte es ihn, dass viele Tränen in den Augen hatten, aber als er darüber nachdachte, ergab es Sinn. Gab es denn ein greifbareres Symbol dafür, wie sehr der Vater sie liebte, als den gebrochenen Leib Christi?

Nach dem Gottesdienst stand er an der Tür und verabschiedete Gemeindeglieder und Besucher – vor allem Besucher. Die bärenstarke Umarmung von Dennis erdrückte ihn fast. Pater Francis gab ihm die Hand und sagte, die Predigt sei wunderbar gewesen „und noch dazu wahr".

Es hatte den Anschein, als ob ihm vergeben worden war, ohne dass er darum gebeten hatte.

Die Pressekonferenz war kurz. Sie bestand größtenteils darin, dass Jack den Journalisten sagte, er sei nun in Mayfield, er habe hier Arbeit zu erledigen, und sie sollten jetzt besser gehen und sich eine andere Story suchen. Ganz sicher gab es anderswo Priester oder Pastoren, die in der letzten Woche irgendeinen Mist gebaut hatten.

„Aber, Jack, werden Sie nach Seattle zurückkehren?" Das war die Frage, die von allen Seiten herandrang, und viele, die gerade aus der Kirche heraustraten oder den Medienrummel begafften, spitzten die Ohren, um zu hören, was er antwortete.

„Ich hatte einen Anruf aus Seattle", erklärte Jack. „Im Augenblick habe ich keine konkreten Pläne außer dem, bei jemandem eine Garage einzureißen, sobald ich mich umgezogen habe. Und nächste Woche werde ich meine Tochter zu ihrem ersten Besuch in Mayfield willkommen heißen. Mehr habe ich nicht zu sagen."

Die Fragen rissen nicht ab, als er zum Haus der Gobels kam. Während sie Dachschindeln von dem wackeligen Gestell lösten, das jeden Moment unter ihnen zusammenzubrechen drohte, fragte Sam Rodriguez immer wieder: „Wir haben da eine gute Sache ins Rollen gebracht, *hombre,* oder?"

„Ich weiß", wiederholte Jack unermüdlich. Draußen auf der Straße, hinter dem Stapel an Baumaterial, das die Leute gebracht hatten, und jenseits des immer größer werdenden Straßenabschnitts, auf dem die Nachbarschaftsparty stattfand, konnte er Randy im Streifenwagen sitzen sehen, die Zähne zusammengepresst und mit geballten Fäusten.

„Wir haben da eine gute Sache ins Rollen gebracht, *hombre.*"

Jack nickte. „Ich hoffe, wir können sie auch am Rollen halten."

Die Menge war heute noch größer – es waren mehr Leute aus

der Baptistengemeinde da. James Taylor war zwar nicht dabei, aber Cameron war unter den Jungs von der Highschool, die genüsslich den Vorschlaghammer schwangen, um den alten Carport einzureißen. Und Darla teilte zu den Speisen und Erfrischungen Getränke aus – Eistee, wie Jack annahm. Jemand hatte Tische und Stühle aufgestellt.

„Sieht ganz nach den exzellenten Rezepten der Ladys von First Baptist aus“, meinte Warren Koenig zu Jack und wischte sich den Schweiß von der Stirn.

Der alte Carport stürzte mit einem Brüllen wie dem eines sterbenden Dinosauriers und unter den Bravo-Rufen der Highschool-Jungs zusammen, die sich inzwischen ein Diplom in Abrisstechnik erworben hatten. Eine Gruppe von Helfern begann, die Wände hochzuziehen, eine andere ließ Fundamentbohlen in den Beton ein, eine dritte begann, das Material für das neue Dach abzuladen. Jack und Mr Gonzalez hatten beschlossen, falls sie genug Helfer hatten – und das hatten sie ganz sicher – und falls genügend Baumaterial da war – und die Leute hatten mehr als genug angeschleppt –, würden sie den Gobels eine richtige Garage bauen, mit allem, was dazugehörte.

Es waren zu viele Männer und Jungs aufgetaucht, um alle auf einmal einzusetzen, und daher übernahmen Jack und Mr Rodriguez es, die einzelnen Gruppen zu unterstützen, Leute ablösen zu lassen und sicherzustellen, dass die freiwilligen Helfer die Nägel gerade einschlugen und die Winkel korrekt ausmaßen.

Jack behielt Randy im Auge, der anscheinend einen endlosen Ärger über die ganze Situation verspürte und nur mit geschürzten Lippen in seinem Streifenwagen herumsaß.

Als die Mauern hochgezogen waren und sie begannen, das Dach zu befestigen, sah Jack, dass Randy telefonierte. Der Polizist nickte, biss noch immer die Zähne zusammen und schien noch wütender als zuvor.

Die Leute kamen, um Jack die Hand zu schütteln oder auf die

Schulter zu klopfen, aber er ahnte, dass viele ihn mit mehr oder weniger großer Neugier oder auch Argwohn begutachteten. Jacks Medizin dagegen war es, so hart oder härter zu arbeiten als jeder andere der Helfer. Die schwersten Balken zu schleppen, die meisten Nägel einzuschlagen …

„Dies ist kein Olympiawettbewerb, Junge", erklang Pater Francis' Stimme hinter Jack, als er einen Moment innehielt, um einen Schluck Bier zu trinken und seinen schmerzenden Muskeln ein wenig Ruhe zu gönnen.

„Ich weiß", erwiderte er, „ich weiß."

„Du musst niemandem etwas beweisen."

Jack schnellte herum. „Doch, muss ich doch. Mir selbst. Den anderen. Vielleicht auch Ihnen."

„Hast du eigentlich selbst gehört, was du heute Morgen gepredigt hast?", fragte Francis. Zum ersten Mal seit Tagen lächelte er.

„Ich versuche mir hier nichts zu verdienen", empörte sich Jack. Er brach ab. „Deswegen mache ich es nicht …"

„Weiß ich doch", sagte Francis und hob die Hand. „Du machst das hier, weil es eine gute Sache ist. Das Richtige." Er steckte die Hände in die Taschen seiner Jeans und kickte irgendetwas auf dem Boden weg. „Und es tut mir leid, Jack. Mein Ärger tut mir leid. Wenn du dich entscheidest zu gehen, dann lässt du hier, glaube ich, einen veränderten Menschen zurück. Aber ich hoffe, dass du nicht gehst."

„Tja", erwiderte Jack und leerte sein Bier. „Sie haben viel Zeit und Mühe in diese arme Protestantenseele investiert, Pater."

„Noch längst nicht genug", grinste Francis. „Aber ich habe noch Hoffnung."

„Autsch", kommentierte Jack. Er sah sich im Hof und im Wohnviertel um. Die Garagenwände waren hochgezogen, die Dachbalken wurden gerade gesetzt, und die Holzverschalung, Teerpappe und Ziegel würden folgen. Es war schon erstaunlich – die Arbeit von mehreren Tagen hatten sie an einem Nachmittag geschafft, nur weil alle dazugekommen waren und sich beteiligt hatten.

Es war eine Gemeinschaftsaktion. Jack sah seinen Vater nicht – er war vermutlich nach Hause gegangen, um sich auszuruhen –, aber viele Gemeindeglieder von Saint Paul's blieben. Er sah auch bekannte Gesichter von St. Mary's, der katholischen Gemeinde von Pater Francis. Der baptistische Prediger Bruder Raymond aß mit Genuss von etwas, das wie ein gutes lutherisches Schmorgericht aussah, und zum ersten Mal kam heute die größte Gruppe von Helfern von den Baptisten, was vor allem den jugendlichen Abrissingenieuren geschuldet war.

Und dann sah Jack den einzigen Menschen von First Baptist, den er hier nicht sehen wollte. James. Er hatte etwas weiter unten in der Straße geparkt und kam nun mit grimmiger Miene durch den Vorgarten auf Darla zu. Jack sah nach rechts – Cameron hatte ihn auch wahrgenommen. Er war aschfahl geworden.

James trat von hinten an Darla heran, die mit drei anderen Frauen lachend Eistee in rote Plastiktassen ausschenkte. Er packte sie am Ellenbogen und drehte sie zu sich um. Eistee spritzte in alle Richtungen, und obwohl Jack nicht hören konnte, was gesagt wurde, wusste er doch genau, was da vorging.

Er kannte James lange genug, als dass ihn noch irgendetwas, das er tat, überraschen könnte.

Komm. Wir gehen nach Hause.

Lass meinen Arm los.

Wie kannst du mich so bloßstellen? Cameron ist auch hier? James blickte sich im Garten um, und Cameron sah aus, als wollte er am liebsten im Erdboden versinken.

Jack trat einen Schritt näher zu James und Darla heran. Weiter kam er nicht. Randy Fields war aus seinem Streifenwagen gestiegen und überquerte die Straße. Jetzt stand er direkt vor Jack, eine Hand am Gürtel, wo er, wie Jack erstaunt feststellte, tatsächlich ein Gewehr hielt.

„Jack Chisholm?“, sagte Randy, und wenn bisher seine Kiefer zusammengepresst gewesen waren, so waren sie jetzt weiß.

„Du weißt doch, dass ich's bin, Randy“, erwiderte Jack. Er schickte sich an, einfach an Randy vorbeizugehen. James hielt Darla immer noch am Arm, und sie entwand sich gerade seinem Griff. Beiden stand die Röte im Gesicht. Eine der Frauen versuchte, zwischen James und Darla zu treten.

„Jack, du stehst unter Arrest.“

„Weswegen?“, verlangte Pater Francis zu wissen, und unter den Umstehenden schien sich so etwas wie Panik auszubreiten.

„Öffentliche Unruhestiftung, ungenehmigte Versammlung, Bauen ohne Baugenehmigung, Bauunternehmertätigkeit ohne Zulassung“, spulte Randy herunter, als hake er jeden Punkt in einer Liste ab. Randy inspizierte den Vorgarten – und sowohl er als auch Jack spürten, dass die Stimmung auf einmal sehr hässlich geworden war.

„Er tut doch nichts Ungesetzliches“, rief Mr Rodriguez scharf. „Niemand hier tut etwas Ungesetzliches, Randy!“ Jetzt kamen andere heran, gestikulierten, schrien durcheinander, und Randys Hand griff wieder zu seinem Gewehr.

Jack hob die Hände. „Bitte“, sagte er. „Bitte. Menschen werden nervös, wenn andere mit Hämmern und Elektrosägen herumfuchteln.“ Jacks Blicke beschworen die, die am nächsten standen. „Bitte. Bringt das hier zu Ende. Wir finden eine Lösung. Ich komme mit dir, Randy. Der Rest bleibt hier und sorgt dafür, dass der Carport für die Gobels fertig wird.“

„Der Rest“, sagte Randy, „wird sich jetzt auflösen.“ Aber es klang nicht so, als wäre er davon noch sehr überzeugt. Er würde es so nehmen, wie es kam.

„Ich komme mit dir“, bekräftigte Jack noch einmal gegenüber Randy. „Treib es nicht zu weit.“

Jacks Blick schweifte über den Rasen. Darla und James waren gegangen; Cameron war noch da und stand mitten in einer zornigen Gruppe, die den beiden in einiger Entfernung folgte. Jack wandte sich um, um sie an die Arbeit zurückzuscheuchen. „Wir finden eine Lösung. Ihr alle hier …“

Irgendwie hatten die Medienleute Wind davon bekommen, was los war. Bis dahin hatten sie in ihren Übertragungswagen herumgesessen oder auch auf dem Rasen und Eintopf und Tamales gegessen.

Jetzt surrten von allen Seiten die Kameras, während Jack in den Arrest abgeführt wurde.

Er schüttelte den Kopf. Ein öffentlicher Skandal. Schon wieder. Großartig. Oder egal.

„Bringt das hier zusammen zu Ende“, rief er.

„Wir stehen hinter dir, Zwölf“, schrie ein hammerschwingender Dennis, der selbst Jack einen Schrecken einjagte. Kein Wunder, dass Randy befürchtete, er müsse vielleicht zum Gewehr greifen.

„Macht den Carport fertig“, wiederholte Jack. „Das ist jetzt das Wichtigste.“

Er wandte sich Randy zu. „Okay“, sagte er, „gehen wir.“

Und mit hocherhobenem Kopf und direktem Blick in die Kameras und die Augen aller Anwesenden gab Jack seinen ersten Auftritt als Verhafteter auf dem Weg zum Streifenwagen.

„Gerade jetzt möchte ich mich ganz bestimmt nicht selbst googeln“, murmelte er, als die Tür hinter ihm zuknallte, mit einem Geräusch wie der Donner des Jüngsten Gerichts.

18.

Eine Polizeizelle war nicht mal der schlimmste Ort der Welt, dachte Jack, während er den Raum inspizierte. Besonders dann, wenn man sie für sich allein hatte. Das Gefängnis hatte hier hinten drei Zellen, aber es war Sonntagnachmittag, und niemand sonst hatte irgendwas getan, was auch nur entfernt Beachtung verdiente.

„Zum Glück gab's heute keine Kids, die ein illegales Baumhaus gebaut haben", rief Jack durch die Gitterstäbe in Richtung der Polizeiwache vorn, aber Randy reagierte nicht.

Jack ging es nicht schlecht. Er hatte die meisten Annehmlichkeiten, die er zu Hause auch hatte – ein Bett, einen Holzstuhl und in der Ecke Toilette und Waschbecken. Wie ein Motel 6 ohne Anschluss zum Sportkanal, dachte er. Das tat ihm wirklich leid. Noch ein Sonntagabend, an dem er die Ligaspiele verpassen würde.

Randy hatte gesagt, er habe Papierkram zu erledigen und würde ihm danach seinen Anruf gestatten. Das war schon eine Weile her. Jack wollte seinen Vater anrufen, auch wenn er begründete Zweifel hatte, dass Tom noch genug Geld im Familiensäckel verblieben war, um eine Kaution zu stellen. Illegales Bauunternehmen? Das könnte ihn Kopf und Kragen kosten.

„Randy", rief Jack nach etwa einer halben Stunde. Er hörte die Spülung von der Toilette im Flur, und als die Tür aufging, rief er noch einmal.

„Was ist?", rief Randy zurück.

„Was ist mit meinem Anruf?"

Er hörte Randy stöhnen, dann kamen Schritte in Richtung der Zelle. „Du machst mir das Leben zur Hölle, Jack. Ich hab hier gerade einen Presseskandal zu bewältigen."

„Und ich würde auch vollstes Mitgefühl für dich empfinden, Randy", antwortete Jack, „wenn ich nicht gerade eingebuchtet wäre."

Randy musste tatsächlich kichern. „Okay. Ich geb dir jetzt deinen Anruf. Aber heute ist niemand an seinem Schreibtisch, und hier haben wir es anscheinend mit einem Protestmarsch nach allen Regeln der Kunst zu tun."

Er schloss die Zelle auf und wies auf einen Schreibtisch, auf dem ein Telefon stand. „Ein Anruf. Und nicht mit der ‚New York Times'."

„Oh, Randy", seufzte Jack. „Du kennst mich einfach zu gut." Er setzte sich, merkte, dass er Toms Handynummer nicht wusste, und wählte den Festnetzanschluss. Das Telefon klingelte viermal, dann meldete sich der Anrufbeantworter. „Komisch", murmelte Jack. Er legte auf.

„Hey, Randy", sagte er. „Mein Vater hat nicht abgenommen. Ich rufe meine Schwester an."

„Ein Anruf, hab ich gesagt", schrie Randy vom Büro vorn herüber.

„Ta ta ta", sagte Jack. „Ich versteh dich so schlecht."

Er rief Mary an. Auch da antwortete niemand. Sie waren vielleicht noch auf der Baustelle.

Wir auch immer, Jack konnte nichts erreichen.

Der Lärm vor dem Gebäude schwoll an – Jack konnte Stimmen hören und glaubte, einige davon zu erkennen. War das Dennis? Oh, Mann. Er ging hinüber zum Schreibtisch des Diensthabenden, wo Randy Position bezogen hatte.

„He", rief Randy. „Was hast du vor?"

„Ich breche gerade aus", sagte Jack. Er sah sich im Raum um. Etwa dreißig Leute, die vorhin bei den Gobels gewesen waren, füllten den Raum und redeten zornig auf Randy ein. Das würde passen. Ein paar repräsentative Fernsehkanäle, Kameras und Reporter waren auch vertreten. Jack hob die Hände, und es wurde ein wenig ruhiger.

„Ich hatte euch gebeten, die Garage fertigzubauen", sagte Jack.

„Und das ohne Baugenehmigung", murmelte Randy.

„Die anderen sind dabei", antwortete Warren Koenig.

Jack sah seinen Bruder Van, den Senator, neben ihm stehen, der ihm grüßend zunickte. „Wir sind hergekommen, weil Pater Francis sagte, wir müssten Sie hier rausholen."

Pater Francis stand ganz vorn in der Menge. Er und Bruder Raymond sichteten einen Stapel von Schecks und Banknoten.

„Was machen Sie da, Francis?", fragte Jack. „Das kann doch niemand aufbringen. Ich kann es hier hinten gut aussitzen. Wenn mir jetzt noch jemand einen Fernseher und Anschluss zum Sportkanal bringen könnte …"

Francis schob das Geld über den Tisch zu Randy, der zögernd anfing, nachzuzählen.

„Wir müssen dich hier rausholen, Bruder", sagte Francis. „Es geht um deinen Vater."

Jack spürte, wie sich sein Magen zusammenkrampfte, und lehnte sich gegen den Tresen. „Was ist passiert?", fragte er und begann, um den Tresen herumzugehen.

„Du bist noch immer verhaftet, Jack", sagte Randy, ohne sich vom Zählen ablenken zu lassen. „So lange, bis ich etwas anderes sage."

Jack blieb stehen und lehnte sich wieder über den Tresen. „Francis. Bruder Raymond. Was ist passiert?"

„Mary hat Tom zu Hause gefunden – bewusstlos", sagte Francis, „und mit hohem Fieber. Atemnot."

„Sie haben ihn per Notarzt nach Kerrville gebracht", setzte Raymond hinzu. „Bis wir dort sind, werden sie etwas wissen."

„O mein Gott", rief Jack. Er sah Randy zu, der ordentliche Stapel von Fünfern, Zehnern und Zwanzigern aufschichtete. „Kannst du dich nicht beeilen?"

„Offiziell", sagte Randy, der jetzt die Schecks am Wickel hatte, „dürfen wir keine Schecks annehmen. Und ich darf dich nicht entlassen, bevor du nicht einem Haftrichter vorgeführt wurdest."

Das entlockte der versammelten Menge einen Aufschrei, aber auch jetzt sah Randy nicht vom Zählen auf.

„Aber inoffiziell", sagte er, „kann ich dich hier nicht brauchen. Niemanden von euch."

Mit einer Art Triumphgeste platzierte er den letzten Scheck auf seinem Stapel. „Stimmt. Fünftausend Dollar Kaution." Er steckte Banknoten und Schecks in einen Umschlag, schrieb Jacks Namen und die Summe darauf und legte den Umschlag in eine Blechkiste, die derjenigen ähnlich sah, die Jack als Kind beim Angeln benutzt hatte.

„Willst du mich auf den Arm nehmen?", fragte Jack. „Fünftausend Dollar?" Er wusste nicht, ob er den Beleidigten spielen oder lieber lachen sollte. „Besteht etwa Fluchtgefahr?"

„War nicht meine Idee, Jack", sagte Randy, verschloss die Kiste mit einem Vorhängeschloss und stellte sie dann in eine Schublade. „Du hättest eigentlich recht lange hierbleiben sollen. Aber wie ich schon sagte, mir ist's ganz recht, wenn du mir hier nicht im Weg bist." Er schob die Schublade zu und schloss sie ab.

Dann schob er Jack einen Umschlag über den Schreibtisch zu. Seine persönlichen Sachen – Brieftasche, Wechselgeld, Handy, Schlüssel. Jack sah, dass er sieben Nachrichten auf dem Handy hatte, die meisten von Mary.

„Deine Verhandlung ist für Donnerstagnachmittag, 15.00 Uhr, angesetzt", fuhr Randy fort. „Beim Bezirksgericht. Ich würde mir einen Anwalt nehmen."

Jack hörte ihm kaum zu. „Wo ist mein Vater?", fragte er. Es war ihm zwischendurch entfallen, aber wo immer er war, er musste so schnell wie möglich dorthin.

„Kerrville“, sagte Raymond.

„Ich fahre dich“, sagte Pater Francis. „Ich fahr auch gern mal zu schnell. Eigentlich …“

„Ich begleite Sie“, bot Raymond an. Er und Francis nickten einander zu. „Wenn wir angehalten werden, sind zwei Pfarrer …“

„Drei“, sagte Francis freundlich. Er nahm Jack beim Arm, führte ihn durch die Menge und durch die Halle zu seinem alten Chrysler. Jack setzte sich auf den Beifahrersitz. Bruder Raymond stieg hinten ein und schob Francis' Kiste mit Kassetten beiseite. Irish Folk. Rockmusik der Siebziger. „Was soll das denn sein?“, fragte Raymond, als verlange man von ihm, neben einem Schweinekadaver zu sitzen.

„Reines Gold“, antwortete Francis und legte den Rückwärtsgang ein. Und los ging's.

Sie brachten die Fahrt in kurzer Zeit hinter sich und begegneten keinem einzigen Gesetzeshüter. Mary hatte Jack gesagt, dass sie in der Notaufnahme waren.

Francis parkte, offensichtlich geübt, auf dem Parkplatz für kirchliche Mitarbeiter. Er und Raymond hatten bereits mehr als ihr Teil an Krankenhausbesuchen absolviert. Jetzt eilten sie zum Empfang der Notaufnahme. „Tom Chisholm?“, fragte Jack die Schwester, die Dienst hatte.

„Sind Sie verwandt?“, fragte sie und sah zu ihm auf.

„Er ist mein Vater“, sagte Jack.

„Und diese Herren?“, erkundigte sie sich, während sie einen Eintrag im PC vornahm.

„Pfarrer“, sagte Bruder Raymond.

Die Schwester nickte beeindruckt und winkte sie durch. „Nummer acht, direkt geradeaus, hinter dem Pflegestützpunkt.“

Sie gingen nach hinten durch. Der Pflegestützpunkt war rechts; links schob ein Sanitäter jemanden mit einem blutigen Hemd und einem Kopfverband in eine Nische. Pater Francis blieb stehen und schlug das Kreuzzeichen, bevor er bei Nummer acht zu ihnen stieß.

Tom war an ein Atemgerät angeschlossen. Jack spürte, wie ihm Tränen in die Augen traten. Dann lag Mary ihm in den Armen. Sie weinte. „Gott sei Dank“, sagte sie. „Gott sei Dank, dass du da bist.“

Ein Arzt beugte sich über Tom und trug ein paar Daten in seinen Tablet-PC ein. Er drehte sich um und sah die neuen Besucher. „Jack, nicht wahr?“, fragte er. Er war etwa in Jacks Alter, hatte kurzes, leicht ergrautes Haar und trug blassgrüne OP-Bekleidung und darüber einen weißen Kittel. „Ich bin Dr. Powell. Bin froh, dass Sie da sind. Wirklich froh. Sie sind der medizinisch Bevollmächtigte.“

„Was?“, fragte Jack.

Mary nickte. „Anscheinend warst du es immer, wie sich herausgestellt hat.“

„Tja“, sagte Jack. „Aber das ist doch … Quatsch. Ich bin ja nie hergekommen, bis neulich …“

„Wir haben ihn während des Transports verloren“, sagte der Arzt. „Und so haben die Sanis ihn intubiert. Vielleicht hätten Sie das nicht gewünscht.“

„Natürlich hätte ich es gewünscht“, sagte Jack und versuchte, nicht laut zu werden. „Warum hätte ich es denn nicht …“

„Nun ja, er hat eine Patientenverfügung erteilt, in der er keine lebensverlängernden Maßnahmen möchte. Keine Wiederbelebungsmaßnahmen. Wir fanden sie, als er eingeliefert wurde. Aber dies hier ist nicht der Krebs.“ Er zeigte Jack eine Röntgenaufnahme der Lunge, die weiße Flächen zeigte. „Der Krebs hat ihn geschwächt, ganz sicher, und so war er anfälliger für diese Infektion. Es ist eine akute Lungenentzündung.“

Francis und Bruder Raymond standen bereits am Bett. Francis hatte Toms Hand in die seine genommen, die, in der keine Injektionsschläuche steckten. Raymond hatte seine Taschenbibel herausgeholt und eine Hand auf Toms schweißnassen Kopf gelegt.

„Wird er …“, Jack sah den Arzt an, „wird er durchkommen?“

„Es ist möglich“, antwortete der Arzt.

„Meine Tochter … seine Enkeltochter … kommt am Freitag", sagte Jack. „Zum ersten Mal." Mary nickte und nahm ihn am Arm.

„Selbst, wenn es ihm besser geht", sagte der Arzt und wählte seine Worte mit Bedacht, „muss er wohl noch hier im Krankenhaus bleiben." Er schüttelte den Kopf. „Sein Alter, sein Allgemeinzustand – beides bedeutet, jede Krankheit ist viel ernster als gewöhnlich." Er kam einen Schritt näher, legte Jack die Hand auf die Schulter und sagte behutsam: „Es ist ein Wunder, dass er noch hier ist."

„Im Krankenhaus?", fragte Jack verblüfft.

„Auf dieser Erde", antwortete der Arzt.

„Tja", sagte Jack und nickte leise. „Man sollte glauben, es gab noch ein paar Dinge, für die er leben wollte."

„Ich hoffe, das bleibt auch so", erwiderte Dr. Powell. „Ich habe ein Bett für ihn auf der Intensivstation, wo wir ihn rund um die Uhr überwachen können." Er sah auf die Uhr, machte noch einen Vermerk und sah sie an. „Wir werden uns um ihn kümmern, so gut wir nur können. Er wird viel Ruhe brauchen. Aber für die erste Nacht dürfen Angehörige bei ihm bleiben." Er machte noch eine letzte Notiz und schaltete sein Tablet aus.

„Vielen Dank, Dr. Powell", sagte Jack. Sie gaben sich die Hand, Mary dankte ihm ebenfalls, und dann ging der Arzt hinaus in den Vorraum, wo Jack hörte, wie er die Sanitäter fragte: „Und, wen haben wir als Nächstes?"

Das langsame und gleichmäßige Piepsen, das von einem Monitor kam, konnte der Herzschlag oder sonst etwas sein – Jack war nicht oft genug in Kliniken gewesen, um das zu wissen –, aber es war ein Trost. Es bedeutete, dass Tom lebte und zumindest für eine Weile auch noch weiterleben würde.

„Ich war so beunruhigt", sagte Mary. „Über ihn. Über dich."

Jack sah zum Bett hinüber, wo die beiden Kirchenmänner beteten. „Ich hatte gute Freunde", gab er zur Antwort. „Habe gute Freunde", verbesserte er sich dann und seine Stimme klang fast verwundert.

„Wie war's im Knast?", fragte sie und grub ihm ihren Ellbogen in die Seite.

„Nicht so fantastisch, wie sie immer sagen", gab er zurück. „Ich bin so froh, dass du hier warst. Ich bin froh, dass du immer hier warst."

Sie nickte. „Ja, ich auch." Ein Seufzer. „Ich glaube, es ist einfach so, wie es sein sollte."

Eineinhalb Stunden später wurde Tom auf die Intensivstation verlegt, und Francis und Raymond nahmen das zum Anlass, sich zu verabschieden, versprachen aber, wiederzukommen. Mary und Jack wechselten sich während der Nacht an Toms Bett ab. Dennis saß mit Wem-auch-immer im Wartebereich der Intensivstation – er war kurz nach Jack eingetroffen und hatte die Schwester nicht überzeugen können, dass er ausreichend nah verwandt war, um ans Bett vorgelassen zu werden. Für noch jemanden wäre kein Platz gewesen, wie es schien.

„Ich habe gesagt, dass er demnächst mein Schwiegervater wird", sagte Dennis gegen drei Uhr nachts, als er und Jack ihre dritte Dose Dr Pepper vom Automaten in der Eingangshalle geholt hatten. „Heißt das, dass ich … also … jetzt die Hölle verdient habe oder so was in der Art?"

„Wird Tom demnächst dein Schwiegervater?", fragte Jack.

„Ich hoffe doch", sagte Dennis. „Ich habe sie gefragt, weißt du. Ob sie mich heiratet."

Jack schüttelte den Kopf. „Sie hat mir nichts erzählt. Was hat sie geantwortet?"

Dennis zuckte seine breiten Schultern. „Sie sagte, sie liebt mich", gab er Auskunft. „Und dass sie diese Empfindung für das laufende Steuerjahr geltend machen wird."

„Ach ja", grinste Jack. „Dieses BWL-Diplom wirkt sich für alle Beteiligten wirklich positiv aus."

Gegen fünf schickte Mary Jack nach Hause, damit er ein wenig schlafen und später den Laden öffnen – oder schließen – konnte.

Auf der Rückfahrt hörte Jack die Mailbox ab – Nachrichten von Mary, die zunehmend panisch klangen, eine von Pater Francis, der ihm mitteilte, dass sie auf dem Weg zu ihm waren – und dem dann einfiel, dass er die Nachricht „da im Knast und so“ wahrscheinlich gar nicht bekommen würde –, und eine von Danny Pierce.

„Jack“, sagte der. „Warum hast du noch nicht geantwortet? Martin sagte, er habe dich angerufen. Wir wollen, dass du zurückkommst. Ich möchte, dass du zurückkommst. Ich weiß nicht, was für ein Spiel du da unten noch treibst, aber wir haben hier jede Menge Schwierigkeiten und alles, wovon die Leute noch reden, ist, dass wir dich nach Hause holen sollen.“ Es folgte ein langes Schweigen. Jack wollte die Nachricht schon löschen, als Danny fortfuhr: „Ich kann diesen Job nicht machen, Jack. Ich hatte gedacht, ich könnte es schaffen. Ich hatte einen guten Lehrer. Aber ich kann es nicht. Bitte, komm zurück.“

Jack stellte das Handy zurück in den Halter, atmete tief durch und nahm das Lenkrad fest in beide Hände. Die Straße wurde jetzt sehr kurvig.

Sein Schlaf, nachdem er heimgekommen war, war alles andere als erholsam. In seinen Träumen schoss jemand auf ihn. Peng, peng, peng. Er suchte Deckung hinter einem Bus oder einem großen Fahrzeug und war umgeben von Zombies. Er sollte eine Frau retten, oder vielleicht war es auch umgekehrt. Alles war verschwommen. Schließlich wachte er auf und merkte, dass jemand heftig an die Tür klopfte.

„¡Déjame en paz!“, schrie Jack, bevor ihm bewusst wurde, dass er nicht auf der Isla Mujeres und es daher vermutlich aussichtslos war, jemanden in Mayfield zu bitten, ihn in Ruhe zu lassen, besonders auf Spanisch.

Barfuß tappte er nach unten. Er trug noch immer dieselbe Kleidung wie gestern auf der Baustelle, im Gefängnis und im Krankenhaus. Er öffnete die Tür.

Ein Hilfssheriff in Uniform stand vor der Tür. Einer der Exehemänner von Shayla Pierce. Buddy. Nein – das war der Name der Kneipe. Barry?

„Jack Chisholm?“, fragte er.

„Das wissen Sie doch“, erwiderte Jack. „Sie waren drei Klassen unter mir. Worum geht es diesmal? Will der Knast mich schon zurück?“

Buddy-Barry sah Jack an, als spräche er … tja … Spanisch. Dann reichte er ihm einen Umschlag.

„Dies wird hiermit zugestellt“, bemerkte er. „Schönen Tag noch.“

Jack öffnete den Umschlag. Amtliche Zustellungen waren immer unangenehm. Er erwartete … was eigentlich? Eine Vorladung zur Verhandlung? Eine Anzeige von den Gobels, weil ihnen die Garage nicht gefiel?

Was er fand, war Folgendes:

Oberster Gerichtshof von King County im Bundesstaat Washington in Sachen Eheschließung zwischen: Tracy Rainhold Chisholm, Antragsteller, und Jack Joseph Chisholm, Antragsgegner. Nr. 924A2013. Antrag auf Auflösung der Ehe.

Jack hob eine Hand vors Gesicht und sank gegen den Türpfosten. Er bekam keine Luft. Sein Blick verschleierte sich, aber irgendwie las er weiter.

Tracy hatte die Scheidung eingereicht. Sie waren Eltern einer minderjährigen Tochter, Alison Martha Chisholm, acht Jahre. Und der Grund für den Antrag: „Die Ehe ist unwiderruflich zerrüttet.“

Er stolperte zurück ins Haus, griff sein Handy vom Tischchen im Flur und rief Tracy an.

Sie nahm nicht ab.

„Tracy“, flüsterte er. „Bitte, bitte.“

Aber noch immer stand es da schwarz auf weiß.

Unwiderruflich zerrüttet. Es war schon fast Mittag – er hatte viel länger geschlafen, als er vorgehabt hatte. Und es war noch immer zu früh.

„Buddy's“ öffnete nicht vor vier.

Aber der kleine Supermarkt an der Ecke verkaufte um diese Uhrzeit auch Bier.

Er schlüpfte in die Schuhe. Machte sich nicht die Mühe, sie zuzubinden. Setzte sich ins Auto. Er kaufte zwei Sixpacks Bier im Angebot, was ihm ein wenig das Gefühl gab, geizig zu sein. Dann fuhr er zum Flüsschen, nahm fünf Dosen Bier mit ans Wasser, versenkte vier davon in einer Plastiktüte, die er an eine Baumwurzel band, und trank die fünfte, ohne einmal abzusetzen.

Beim dritten Bier klingelte sein Handy und er nahm es aus der Tasche.

„Ja", sagte er. „Tracy?"

„Jack", sagte Mary. „Wo steckst du? Warum warst du nicht im Laden? Gerade hatte ich einen Anruf ..."

„Spielt keine Rolle", sagte er. „Jetzt spielt gar nichts mehr eine Rolle."

Mary sagte lange nichts. Er sah aufs Display, ob die Verbindung vielleicht abgebrochen war, dann hielt er das Handy wieder ans Ohr.

„Jack", sagte sie schließlich. „Wo bist du? Was ist los?"

Er leerte das dritte Bier und ließ die leere Dose zu Boden fallen.

„Ich habe mich getäuscht, Schwesterherz. Ich habe mich in allem getäuscht. Aber ich kann sie zurückgewinnen. Ich weiß, ich kann's."

„Jack", sagte sie. „Dad ist aufgewacht. Er fragt nach dir."

„Sag ihm, ich gehe fort", gab er zurück. „Ich gehe zurück in meinen alten Job. Ich werde sie zurückgewinnen. Ich bringe alles wieder in Ordnung."

Er legte auf und öffnete Dose Nummer vier. Dann Nummer fünf. Er sollte noch ein paar Dosen in den Fluss legen, aber es gelang ihm nicht, auf die Beine zu kommen. Er würde diese letzte Dose ein wenig strecken.

Das Auto überraschte ihn nicht. „Haben Sie mir einen Peilsender eingepflanzt, Batman?", fragte er Kathy Branstetter.

„Wie geht's Ihrem Vater?"

„Großartig", sagte Jack und nahm einen großen Schluck aus Dose Nummer fünf. „Könnte nicht besser sein."

Sie kam näher, betrachtete den Müll und setzte sich neben ihn.

„Wow", kommentierte sie. „Ich dachte, Pater Francis sei nur Ihr Vorbild in pastoraler Hinsicht."

„Er taugt als verlässliches Modell in allen Lebensbereichen", sagte Jack. „Manchmal will ein Mann einfach trinken."

„Das sehe ich", versetzte sie. „Darf man fragen …"

„Scheidungsantrag", sagte Jack. „Gerade zugestellt. Von Barry. Buddy. Einem von denen."

Sie machte große Augen und senkte dann das Kinn auf die Brust.

„Oh Mann", sagte sie. „Ich – schätze, es tut mir leid?"

„Mit Fragezeichen?"

„Es tut mir leid", bekräftigte sie und starrte ihn an. „Sie sind wirklich aufgebracht, das ist nicht zu übersehen."

„Aufgebracht?", erwiderte Jack. „Aufgebracht war ich, als sie dieses Bild von mir an die Presse gegeben haben. Aufgebracht war ich, als James CNN weismachen wollte, ich sei ein Schwindler, ein falscher Fuffziger. Dies hier ist ganz was anderes. Aufgebracht?! Eher umgebracht." Er brach ab, nahm einen Schluck und sah sie an. „Auch das trifft's nicht …"

Sie schüttelte den Kopf, obwohl auch sie, ehrlich gesagt, sehr mitgenommen aussah.

„Haben Sie auch ein Bier für mich, Jack?"

„Im Auto", nickte er. „Bringen Sie gleich ein paar mit."

„Das mach ich, glaub ich", erwiderte sie.

Sie stapfte mit vier Dosen zurück – Jack steckte zwei ins Wasser, öffnete zwei und reichte ihr eine.

„Sie haben mir immer noch nicht gesagt, was Sie tun werden", bemerkte Jack. „Ich frage Sie immer wieder. Und Sie antworten mir immer wieder nicht."

„Was werden Sie denn tun?", gab sie zurück.

„Ich habe Sie zuerst gefragt." Er blickte auf die Uhr. „Hey. ‚Buddy's' hat jetzt auf."

„Ich überlege noch", sagte sie. „Und Ihre Entscheidung würde mir vielleicht helfen, meine zu treffen."

„So geht's mir auch", meinte Jack. „Genau so. Bier Nummer sechs. Ich werde gehen. So viel als Antwort auf Ihre Frage."

„Nein", sagte sie.

„Mmhhhmmm", bekräftigte er. „Ich werde in meinen alten Job zurückgehen, und wenn ich alles in Ordnung gebracht habe, wird sie zurückkommen."

„Und wenn sie nicht gestorben sind, dann leben sie glücklich und in Frieden für alle Ewigkeit …"

Er sah sie an. „Was?"

„Tut mir leid", entschuldigte sie sich. „Das war … nicht sehr nett." Sie nahm einen tiefen Zug von ihrem Bier.

„Aber ehrlich", fuhr er fort. „Ich komm schon wieder auf die Beine." Er nickte. „Ich werde hier nicht meine Zeit mit Nichtstun vertrödeln."

Sie wischte sich mit dem Handrücken den Mund ab. „Es ist nur …" Sie schüttelte den Kopf. „Ach, vergessen Sie's."

„Nein", widersprach er. „Nein, nein, kein Vergessen. Vergessen Sie was?"

Sie stellte ihr Bier ab und war jetzt sehr rot im Gesicht. „Ich … frage mich nur", stotterte sie, „ob sie Sie überhaupt noch kennt." Sie wurde jetzt ganz ruhig. „Ob sie überhaupt weiß, wie wunderbar Sie sind."

„Aber natürlich …" Jack brach ab. Er sah Kathy eindringlich an, der noch immer die Röte im Gesicht stand und die beharrlich auf den Boden starrte. „Warum wollen Sie ständig wissen, ob ich gehe oder bleibe?"

Sie errötete jetzt noch tiefer, aber sie sah ihn an – und schüttelte den Kopf.

„Manchmal", sagte sie, „sind Sie wirklich ein Idiot."

„Ein Idiot!“, rief er. „Ein Idiot? Warum bin ich …“

Dann sah er die Bewunderung in ihren Augen, und ihm wurde klar, dass er tatsächlich ein Idiot war, weil er es die ganze Zeit nicht bemerkt hatte.

„Oh“, stammelte er. „Oh. Ich – Kathy, ich kann nicht …“

„Ich wollte nur wissen, ob Sie gehen oder bleiben“, sagte Kathy und krabbelte auf die Füße. „Sie gehen? Okay. In Ordnung. Das macht die Dinge leichter. Ich werd dann wohl auch gehen. Wer will schon hier in diesem zweitklassigen Nest hocken? Ich jedenfalls nicht. Das steht fest.“ Sie stieß die letzten Sätze hervor, während sie eilig zu ihrem Auto stapfte und in ihrem Windschatten eine Bierspur zurückließ.

„Kathy“, rief er ihr nach. „Ich … hatte keine Ahnung. Ich …“

Sie war schon im Auto. Setzte zurück. War weg.

„Na prima“, sagte er. „Die eine geht zur Tür hinaus. Die andere versucht, hereinzukommen.“

Er nahm noch einen Schluck.

Und noch einen.

Als er zu „Buddy's“ kam, trank er weiter. Schließlich weigerte sich Shayla am Abend, ihm noch etwas zu bringen. „Gehen Sie heim, Jack“, sagte sie. „Schlafen Sie sich aus. Essen Sie was, bitte.“ Sie sah sich im Raum um, in den die Medienleute allmählich wieder einströmten. „Sie machen ihnen ihren Job sonst viel zu leicht.“

„Sie sind ein feines Mädel, Shayla“, gab er zurück. „Sagen Sie mal … sagen Sie … Verraten Sie mir was. Sie sind wie die Frau am Jakobsbrunnen, stimmt's? Wie viele Leute haben Ihnen Papiere zustellen lassen, in denen es um die Auflösung Ihrer Ehe ging? Wie oft war eine Ehe von Ihnen schon – irreparabel? Unwiderruflich. Unwiderruflich zerrüttet?“

Sie blinzelte ihn an, sehr rasch.

„Okay, dann nicht. Wie oft haben Sie sich schon in einen verheirateten Mann verliebt? Vielleicht war ja seine Ehe … unwiderruflich zerrüttet. Aber wie auch immer – haben Sie sich schon mal in einen verheirateten Mann verliebt?"

Shaylas Blick war jetzt verzweifelt. „Jack", flehte sie. „Bitte nicht."

„Ich hab ihn", sagte Pater Francis und stieg hoch zum Tresen. „Wir haben uns schon gefragt, wo du steckst. Jetzt wissen wir's." Er setzte sich neben Jack, packte ihn mit der Hand am Unterarm, um ihn zu stützen, und nickte Shayla zu, ihm ein Gingerale zu bringen. „Was soll dieses ganze Gerede von verheirateten Männern und unwiderruflichen Sonstwas?"

Jack griff in die Innentasche seines Jacketts, zog den Umschlag heraus und schleuderte ihn über den Tresen zu Pater Francis hinüber.

Francis öffnete ihn, schloss dann rasch die Augen und senkte den Kopf.

„Na, ist das nicht eine echte Aufmunterung?", stieß Jack hervor.

Francis atmete tief ein und dann aus und sah Jack an. „Es tut mir so leid, mein Junge", sagte er. „Das riecht hier verdammt nicht nur nach Unfairness, sondern auch nach dem schlechtest möglichen Zeitpunkt."

Er faltete den Brief behutsam zusammen, steckte ihn wieder in den Umschlag und legte ihn zurück in Jacks Hand. „Aber ich bin hier, um dir zu sagen, dass es bessere Methoden gibt, mit der Sache umzugehen."

„Sie", sagte Jack, „Sie sind hier, um mir zu sagen, dass es nicht gerade der Weisheit letzter Schluss ist, sich in eine Flasche zu verkriechen." Es war keine Frage. Er wurde lauter und die Leute fingen an, zu ihnen hinzuschauen.

„Das ist kein Weg, damit fertigzuwerden, Jack", sagte Francis. „Menschen werden dich immer wieder im Stich lassen. Dein Vater hat dich im Stich gelassen, deine Mutter hat dich im Stich gelassen, und ich werde dich ebenfalls enttäuschen, falls ich es noch nicht getan habe. Irgendwann wird jeder einmal so unwiderruflich menschlich sein, dass er dich enttäuscht. Aber Gott wird dich nicht im Stich lassen."

„Hat er ja schon", sagte Jack. Er stützte den Kopf in die Hände. „Er hat mich verlassen. Sie haben gesagt, es gäbe noch eine Berufung für mich. Eine neue Berufung. Und das jetzt? Ist das meine Belohnung? Gefängnis? Ein Vater, der stirbt? Eine zerbrochene Familie? Gott hat mich schon längst im Stich gelassen." Er stützte die Stirn schwer in beide Hände, zu zornig, um auch nur eine Träne zu vergießen.

„Hat er das?", hakte Pater Francis nach. „Hat er das, Junge?"

„Sagen Sie mir was Schlaues", schnappte Jack und wandte sich Francis zu. „Machen Sie schon. Reden Sie nur alles schön. Erzählen Sie mir wieder was davon, dass ich mich auf einen Weg machen soll, einen Weg der Liebe und Vergebung und was weiß ich noch alles." Er ließ seinen Kopf mit einem harten Schlag auf den Tresen sinken. „Es ist vorbei."

„Du glaubst immer noch, Gott gehe es vor allem um Gerechtigkeit", sagte Francis. „Als wäre er ein Richter, der Strafen für all das verhängt, was du verbockt hast."

„Genau das ist er", beharrte Jack. „Ich weiß, dass es so ist. Oder vielleicht ist es auch gar nicht Gott. Vielleicht ist es einfach nur Zufall und persönliches Pech. Das wäre dann noch schlimmer."

„Die Gerechtigkeit sagt: ‚Ich schulde dir nichts, denn du hast den Vertrag verletzt.' Aber wo die Gerechtigkeit endet, fängt die Liebe an."

Jack stöhnte. „Wusst ich's doch."

Francis lächelte und fuhr nach einem Schluck Gingerale fort: „Gott ist doch kein Zollbeamter, der die Koffer unseres Lebens durchstöbert und unsere Taten sortiert. Er durchschaut unsere Tarnung, er schaut hinter unsere Taten, seien sie nun gut oder schlecht, direkt bis in unser innerstes Wesen."

„Aber das hier geschieht mir recht", sagte Jack. Es klang altvertraut. „Das ist mein innerstes Wesen. Ich habe Schande über meine

Familie gebracht. Ich habe meine Frau und meine Gemeinde zutiefst verletzt. Und mich selbst. Ich hab's verdient …"

„Gott sei Dank fragt Gott nicht, was wir verdient haben", unterbrach ihn Francis. „Am Jüngsten Tag, wenn Jesus mich beim Namen ruft – ‚Komm, Francis, du Gesegneter meines Vaters' –, dann wird er es nicht deshalb tun, weil Gott gerecht ist, sondern weil Gott barmherzig ist."

Jacks Kopf ruhte jetzt auf dem Tresen – falls das Wort „ruhen" noch irgendeine Bedeutung hatte. Sein Kopf schmerzte. Sein ganzes Leben schmerzte. „Hören Sie auf", sagte er. „Hören Sie auf zu reden."

Francis legte ihm die Hand auf die Schulter. „Nicht ich bin es, der hier redet", sagte er.

Jack fühlte es kommen – das tiefe, herzzerreißende Schluchzen. Es schüttelte ihn, und so betrunken, wie er war, drohte es ihn aus dem Gleichgewicht zu heben.

Tracy würde sich scheiden lassen. Er würde nie mehr mit Alison zusammenleben. Sie würden nie mehr eine Familie sein. Er hatte sie enttäuscht – und jetzt verließ sie ihn wegen eines Fehlers, den er in einem schwachen Augenblick begangen hatte.

Es war alles seine Schuld.

Francis' Hand lag jetzt schwer mitten auf seinem Rücken und hielt ihn aufrecht, ein Anker. „Ist schon gut, schon gut", wiederholte er ein ums andere Mal. „Wird schon gut." Es war, als tröste ihn ein weiser, behutsamer Kobold.

„Was soll ich machen?", fragte Jack. „Was soll ich bloß machen?" Die Tränen strömten ihm übers Gesicht. Er hätte ein Taschentuch gebraucht, und er musste sein Gesicht abwenden, damit nicht jemand von CNN mitkriegte, wie er hier zusammenbrach.

Francis' Hand lag noch immer fest auf seinem Rücken und er hörte, wie Francis einen tiefen, langen Atemzug nahm. „Ich glaube", sagte er dann, „was du jetzt brauchst, ist eine Tasse starker schwarzer Kaffee. Und dann vermutlich noch eine. Und danach nehme ich dich mit zu deinem Vater. Und danach …“

Jack konnte hören, wie er lachte; es war mehr ein Schniefen als ein schallendes Gelächter. Es war wirklich nicht lustig. „Und danach ist danach.“

„Jeder Tag hat seine eigene Plage, Pater?“, fragte Jack. Er hob den Kopf. Er war irgendetwas in der Nähe von tonnenschwer.

„Das ist so ungefähr das richtige Tempo“, sagte Francis. „Für uns Tippelbrüder und Versager.“

Shayla servierte Jack den Kaffee, während Francis Mary im Krankenhaus anrief, um ihr zu sagen, dass Jack bald käme, um sie abzulösen. Auch wenn er sich vielleicht zuerst ein paarmal übergeben müsste.

„Ich erklär's später“, sagte Francis. „Oder er. Aber er kommt.“

„Also“, informierte er Jack, nachdem er aufgelegt hatte. „Die Chancen stehen jetzt etwas mehr als fünfzig Prozent, dass sie dich nicht gleich umbringt, sobald du auftauchst.“

Shaylas Kaffee war heiß und schwarz – bitter wie die Sünde und stark wie der Tod.

„Wollen Sie mir helfen?“, fragte Jack. „Oder mich umbringen?“

Sie lächelte herzlich, als sie ihm nachschenkte. „Ich versuche, Sie wieder zum Leben zu erwecken“, sagte sie.

Jack wurde klar, dass sie schon sehr vielen bedauernswerten Trunkenbolden sehr viel Kaffee eingeschenkt haben musste.

Er wollte kein bedauernswerter Trunkenbold sein.

„Das sollte erst einmal für einen klaren Kopf sorgen“, sagte Pater Francis. „Ich hoffe, du hast jetzt vor, erst mal eine Weile wach zu bleiben. Sagen wir, für den Rest der Woche.“

„Mein Vater“, sagte Jack, „wie geht …“

„Er ist sehr krank“, setzte Francis ihn ins Bild. „Aber das Fieber ist gesunken, und sie geben ihm genug Flüssigkeit. Ich glaube, diese Runde wird er gewinnen.“

Jack starrte auf seinen Kaffee, wusste, dass er noch mehr davon brauchte, und hob die Tasse an die Lippen. „Und ich hänge hier … Ich kann nicht glauben, dass ich hier …"

Francis schüttelte den Kopf, und als er ihn am Arm packte, um ihn zum Schweigen zu bringen, war sein Griff nicht sanft. „Davon reden wir nicht mehr", sagte er. Und dabei blieb es.

19.

Während der Fahrt zum Krankenhaus hielt Jack seinen Kopf größtenteils aus dem Fenster. Zweimal bat er Francis, rechts ranzufahren, damit er sich am Straßenrand übergeben konnte. Francis stand hinter ihm und stützte ihn mit dieser schweren Hand in seinem Rücken, während Jack sein ganzes Unglück und seine ganze Bitterkeit herauswürgte.

„Ich fürchte, ich habe Ihre Schuhe getroffen", sagte Jack, als sie nach dem zweiten Halt wieder ins Auto stiegen.

„Ist nicht schlimm. Es sind ja nicht gerade die roten Schuhe des Papstes", gab Francis zurück.

„Das hätte mich auch überrascht", erwiderte Jack. Francis trug verschlissene Lederhalbschuhe. „Aber trotzdem ist, glaub ich, etwas an den Bändern hängen geblieben."

Dennis und Mary waren im Warteraum, als Jack und Francis eintrafen. Jack hatte sich die Zähne geputzt, den Mund gespült und das Gesicht gewaschen. Er war blass, sah aber respektabel aus.

Francis hatte seinen Schuh gesäubert.

Mary verlangte ausnahmsweise einmal keine Einzelheiten. Sie warf einen Blick auf Jack, zog ein langes Gesicht und stand auf, um ihn in die Arme zu schließen. „Oh, Jackie", rief sie. „Was ist dir denn passiert?"

„Ich hatte einen schlechten Tag", erwiderte Jack. „Bitte mach kein Foto."

Der Spruch war aus einem alten R.E.M.-Song, wie Dennis erkannte.

„Hey“, sagte er und wies mit dem Finger auf Jack. „Das hab ich kapiert.“

Mary ließ ihn los, und Jack konnte sehen, dass sie geweint hatte.

„Wegen Dad?“, fragte er.

„Du kannst so ein Idiot sein“, sagte sie.

Er lachte. „Hab ich schon gehört.“

„Was ist los?“

Er gab ihr wortlos den Umschlag. Sie und Dennis öffneten ihn, als hätten sie die nächsten Oskars anzukündigen. „And the loser is …“

Ihr Gesicht rötete sich vor Ärger. „Sie macht einen großen Fehler“, erklärte Mary. Wenn Tracy in diesem Moment hier aufgetaucht wäre, hätte Jack ihr keine großen Chancen gegeben.

„Nett von dir“, sagte Jack. „Aber ich glaube, sie weiß, was sie tut.“

„Du bist ein Glücksfund“, sagte Mary. „Ein besonderer Fang. Ein wunderbarer Mann.“ Sie stieß ihm ihren Ellenbogen in die Rippengegend. „Stimmt's nicht, Dennis?“

„Yep, Zwölf“, sagte er. „Ich bin sicher, das … bist du.“

Jack nickte. „Danke, Achtundsiebzig, für diese unverblümte Sympathiebekundung.“

Mary reichte ihm mit spitzen Fingern den Umschlag zurück, als könne er mit Anthrax verseucht sein. „Vielleicht überlegt sie sich's ja noch. Und wenn nicht, dann ist sie diejenige, die aufgibt. Nicht du.“

Sie setzten sich und einen Augenblick schwiegen alle. Sie sahen ihn alle an, als wäre zu befürchten, dass er sich gleich wieder übergeben müsste.

„Und was willst du machen?“, fragte Mary.

„Ich weiß es nicht. Ich dachte – ich hab daran gedacht, dass ich vielleicht doch nach Seattle zurückgehen sollte“, gab Jack Auskunft und schaute dabei auf Pater Francis, ob diese Mitteilung ihn vielleicht wieder explodieren lassen würde. „Vielleicht käme sie ja zurück, wenn sie sehen würde, dass die Dinge wieder so sind wie früher."

Mary schüttelte den Kopf. „Hauptfach Englisch, stimmt's? Selbst wir im Mathekurs haben dieses Frost-Gedicht gelesen, über ‚den Weg, der weniger begangen war'. ‚Doch wissend, wie's mit Wegen ist, wie Weg zu Weg führt, erschien mir zweifelhaft, dass ich je wiederkommen würde.' Oder so ähnlich."

„Oder so ähnlich", gestand Jack zu.

Jack hatte etwas mit in den Raum gebracht, das niemand gern sah, das man aber auch nicht ignorieren konnte. Einen großen, schwarzen, stinkenden Hund.

Sie tauschten verstohlene Blicke. Jack sah, wie Mary und Dennis sich ansahen. Sie nickte ihm zu. Er nickte ebenfalls, beugte sich zu Jack vor und räusperte sich.

„Ich … also … ich hoffe, dass du nicht gehst", sagte Dennis.

Jack sah ihn an. Dennis spielte nervös mit den Fingern. „Und warum das, Achtundsiebzig?"

Er zuckte mit den Achseln, kreiste mit seinen massigen Schultern. „Früher", sagte er, „in Seattle, da war ich mächtig stolz auf dich. All diese Menschen. So viel Aufmerksamkeit. Aber …" – jetzt ließ er seinen mächtigen Kopf sinken und Jack bemerkte gerührt, dass er errötete. Dennis blickte konzentriert auf etwas am Ende des Raumes, nicht auf Jack. „In den letzten drei Wochen war ich stolzer auf dich als jemals zuvor." Er sah jetzt wieder Jack an. „Sogar mehr als damals, als du uns ins Finale gebracht hast."

„Dennis", begann Jack.

„Nein", wehrte Dennis ab. „Was du getan hast – was du am Sonntag, gestern …" Er suchte nach Worten.

„Es war keine große Sache", entgegnete Jack.

„Ich habe noch nie erlebt, dass irgendjemand vom Kirchenvolk etwas gesagt hat, das so klang, als ob es ehrlich gemeint wäre", sagte Dennis. „Jedenfalls nicht bis gestern."

Jack konnte nicht umhin, einen Blick auf Francis zu werfen, der an die Decke starrte und versuchte, sich seinen Triumph nicht anmerken zu lassen.

„Sag einfach die Wahrheit", murmelte Jack. „Predige die gute Nachricht."

„Ich denke, ich konnte tatsächlich etwas von diesem Gott verstehen." Dennis zuckte noch einmal die Achseln. „Das ist alles."

„Dieser Gott bleibt ja hier", sagte Jack. „Ob ich nun bleibe oder nicht."

Die zuständige Schwester öffnete die Tür. Das kam unerwartet – die Besuchszeit war zu Ende und ihre Sonderrechte hatten sich irgendwie nach der ersten Nacht verflüchtigt.

„Er ist wach", sagte sie. „Ihr Vater fragt nach Jack." Ihr Blick fiel auf ihn und sie erkannte ihn errötend. „Ich nehme an, das sind Sie."

Jack nickte. „Sagen Sie ihm, dass ich gleich komme." Er sah Mary an, dann Dennis, dann Pater Francis und er bemerkte etwas: Trotz seiner abgrundtiefen Trauer war sein Herz erfüllt von etwas, das ihn wärmte wie Shaylas heißer Kaffee.

Liebe.

„Ich habe heute Abend etwas verstanden", sagte er. „Ihr solltet jetzt alle nach Hause fahren." Er lächelte, fast gegen seinen Willen. „Danke."

„Zwölf", sagte Dennis und streckte ihm die Hand entgegen.

„Wir reden morgen, okay?", sagte Mary und umarmte ihn. „Wir müssen Pläne für Alison machen. Sie kommt doch trotzdem, oder?"

Jack nickte. „Ich glaube, daran hat sich nichts geändert. Ich erkundige mich noch mal. Aber – ja. Danke."

„Ich lasse dich hier nur ungern gestrandet zurück, mein Junge", sagte Francis, nachdem sie sich voneinander gelöst hatten.

Jack reichte ihm die Hand. „Sie lassen mich hier nicht gestrandet zurück", entgegnete er. „Sie haben mich vielmehr gerettet, glaube ich."

Francis schüttelte den Kopf, aber er nahm Jacks angebotene Hand. „Dazu hat Gott uns hierhergesetzt", sagte er. „Damit wir einander retten." Er wies mit dem Kopf in Richtung Intensivstation. „Jetzt geh und rette ihn."

„Schon geschehen", sagte Jack.

Die Schwester führte ihn nach hinten in Toms Zimmer. Tom war hoch gebettet, um besser atmen zu können, aber wenigstens atmete er wieder aus eigener Kraft. Sie hatten auch den Intubationsschlauch entfernt. Das war ein gutes Zeichen.

„Dad", sagte Jack. Er durchquerte den Raum und ergriff Toms freie Hand.

„Wo hast du gesteckt?", fragte Tom. Er war ein wenig benommen, aber seine Augen waren wach.

Jack drückte ihm die Hand. „Es tut mir leid", sagte er. „Ich habe schlechte Nachrichten bekommen, und ich …" Er blinzelte ein paar Tränen fort und wischte sich ärgerlich die Augenwinkel mit den Fingern. Er musste jetzt stark sein. „Es … also, es hat mich ein bisschen aus der Bahn geworfen", fuhr er fort. „Nicht nur ein bisschen."

„Tracy", sagte Tom mit rauer Stimme. „Es ging um Tracy."

Jack nickte. „Woher weißt du?"

Tom fuhr sich mit der Zunge über die Lippen. Sie waren trocken. Jack fand das Wasserglas und steckte ihm den Strohhalm in den Mund. Tom saugte daran und nickte ihm dankbar zu.

„Ich glaube, ich wusste es", antwortete er. „Wusste es schon in Boston. Sie wollte dich nicht ansehen." Er bewegte einen Moment lautlos die Lippen und sprach dann weiter. „Ich wusste, sie hatte sich schon entschieden."

„Warum hast du es mir dann nicht gesagt?", fragte Jack. Einen Moment lang packte ihn Zorn, dann war es vorbei. „Es hat mich wirklich umgehauen. Es kam wie ein Blitz aus heiterem Himmel. Ich dachte …" Er brach ab und nahm etwas zur Kenntnis. „Ich dachte."

„Vielleicht hätte ich es dir sagen sollen", gestand Tom zu. „Aber du warst so voller Vorfreude. So voller Hoffnung."

„Ich war der Einzige, der glaubte, das ließe sich wieder in Ordnung bringen", sagte Jack. „Oder etwa nicht?"

Tom sah ihn an und in seinem Blick lag Trauer. Jack setzte sich neben das Bett.

„Entweder vergeben die Leute dir, Jack", sagte er, „oder sie tun es nicht."

Er drückte Jacks Hand und schloss die Augen.

Tom war eingeschlafen, als die Schwester zurückkam. „Es tut mir leid …", begann sie.

„Ich weiß", sagte Jack. „Besuchszeit vorbei." Er wischte ihr Bedauern mit einer Geste fort. „Danke, dass Sie mich noch zu ihm gelassen haben. Ich werde im Warteraum ein Nickerchen machen. Bitte rufen Sie mich, wenn er mich für irgendetwas braucht."

„Selbstverständlich", sagte sie. „Das tue ich auf jeden Fall."

Jack ging zurück in den Wartebereich der Intensivstation. Am anderen Ende schlief eine weitere Familie, in die Sitze geschmiegt wie Katzen, aber sie waren weit genug entfernt, um seine Gedanken nicht zu stören.

Er ließ sich in einen Stuhl sinken, legte die Füße auf ein Tischchen und schloss die Augen.

Er stellte sich vor, wie er Alison in Austin vom Flughafen abholen würde, wie sie die Gangway herunterkommen und in seine Arme laufen würde.

Er dachte an die Fahrt nach Hause, wie sie die Hügel von Hill County rauf- und runterfahren und schließlich in Mayfield in dem großen alten Haus ankommen würden, in dem er selbst aufgewachsen war.

Er sah vor sich, wie sie Tom besuchen würden, und im Geiste sah er Tom lachend im Bett sitzen, und sein Zimmer war mit Luftballons geschmückt wie bei einer Party.

Er sah sie im Zoo mit Mary und Dennis, die wie die Affen lachten. Orang-Utans? Klar. Warum nicht.

Er schlief ein.

Er sah sie alle zusammen am Sonntag in der Kirche – Alison in der Bank neben Mary und Dennis, Pater Francis vielleicht. Warum sollte der nicht ins Bild passen? Eine große, glückliche Familie. Und worüber predigte er?

Er sprach davon, dass Gott immer verlässlich ist. Und dass er immer vergibt. Und brachte er da gerade eine PowerPoint-Präsentation zum Einsatz?

An diesem Punkt wurde ihm klar, dass er träumte.

Tom blieb auch am Dienstag und am Mittwoch auf der Intensivstation. Er sei noch sehr schwach, teilte der Stationsarzt ihnen am Mittwochmorgen mit, aber sie hofften, Tom zum Ende der Woche auf die Normalstation verlegen zu können.

Die Reihe der Besucher aus Mayfield riss nicht ab, obwohl den meisten klar war, dass sie Tom selbst nicht sehen würden. Es war, als wollten sie da sein – einfach für die Familie da sein. Bruder Raymond erschien mit seiner Frau Sarah und den beiden großen Töchtern Evangeline und GennyBell. „Genevieve" hatten die Lehrer sie beim morgendlichen Aufruf genannt.

Bill Hall kam ohne seine Töchter, die in der Schule waren, und er und Jack saßen am Dienstagnachmittag eine Stunde lang zusammen, weitgehend schweigend, aber ohne dass das eine Spannung erzeugt hätte. Jack erkundigte sich nach den Mädchen und dem Geschäft; Bill antwortete mit knappen Worten. Aber er war schon immer wortkarg gewesen.

Darla Taylor erschien am Mittwochvormittag mit einem Blumenstrauß. „Darf er hier Blumen haben?", fragte sie mit einem schmerzlichen Gesichtsausdruck, während sie Mary den Strauß überreichte. „Daran hab ich gar nicht gedacht ..."

„Keine Sorge", sagte Mary. Sie hatte Darla nie gemocht – oder jedenfalls nicht mehr, seit sie damals in der Highschool-Zeit mit

Jack Schluss gemacht hatte. Also den größten Teil ihres Lebens. Aber das hätte man aus der Art, wie sie sich umarmten, nicht schließen können. Vielleicht konnten sich die Dinge ja ändern, dachte Jack.

„Was macht Cameron?", fragte Jack, nachdem sie Darla über Toms Zustand ins Bild gesetzt und sich in ihrer kleinen Ecke des Warteraums eingerichtet hatten.

„Er arbeitet deine Beobachtungen von letzter Woche durch und ich soll dir sagen, dass er jetzt vom Standbein aus wirft. Oder etwas in der Art." Sie sah zur Seite. „Übrigens – wegen Sonntag. Das tut mir leid. Die Sache ...", sie lachte nervös, „mit deiner Verhaftung."

Jack lachte. „Halb so schlimm", meinte er. „Solche Sachen passieren. Und mir tut es leid, dass Jamie dich fortgeschleppt hat. Ich hatte den Eindruck, dass du ganz in deinem Element warst." Er sah sie forschend an. „Er hat dich doch ... nicht verletzt, oder?"

Darlas Blick wanderte zum anderen Ende des Raumes und dann wieder zurück zu Mary und Jack. „Wir ... nun ja, also, wir nehmen ein wenig Abstand voneinander." Sie schüttelte den Kopf. „Oder auch ein wenig mehr Abstand."

„Bist du ausgezogen?", fragte Mary und riss die Augen auf.

„Willst du mich veräppeln?", erwiderte Darla. „Mädel, ich hab ihn vor die Tür gesetzt."

„Vor die Tür gesetzt", wiederholte Mary atemlos.

„Vor die Tür seines eigenen Hauses", bekräftigte Darla. Wirklich, sie kicherte. Aber dann wurde sie wieder ernst. „Was bedeutet, dass bei deiner Verhandlung nicht gut Kirschen essen mit ihm sein wird", fuhr sie fort. „Und das tut mir leid."

Jacks Verhandlung war noch immer für Donnerstag im Bezirksgericht angesetzt, und obwohl Randy ihm nahegelegt hatte, sich einen Anwalt zu nehmen, hatten sie doch jetzt kein Geld für etwas dergleichen. Und es sah nicht so aus, als ob die Anwälte aus Seattle einfliegen würden, um Jack in dieser Sache zu verteidigen. Sie hatten barsch genug reagiert, als Jack nur anrief, um sicherzugehen, dass Alison am Wochenende tatsächlich kommen würde.

Sie nahmen an, er sei noch in Haft. Es war ja über alle Fernsehsender gegangen.

„Nee", hatte er gesagt. „Ich bin ausgebüxt." Ein echter Kerl, hatte er gedacht, würde etwas in der Art sagen.

„Wenn Sie unseren Bescheid gelesen hätten", hatte einer der Anwälte gesagt, „dann wüssten Sie doch, dass das Besuchsrecht gerichtlich verfügt wurde. Das gilt auch für diesen ersten Besuch."

„Fein", sagte er. „Cool. Wenn Tracy meine Anrufe beantworten würde, hätte ich das auch direkt mit ihr klären können."

„Ich könnte mir vorstellen, dass Mrs Chisholm die Anwälte eingeschaltet hat, damit sie genau das nicht tun muss", sagte der Anwalt lebhaft.

Wäre das Ganze ein Film, dann hätte Jack sich entschlossen und mit ganzer Beredsamkeit darauf vorbereitet, wie er sich verteidigen würde. Aber dies hier war das wirkliche Leben. Es gab nichts vorzubereiten. Er würde vor dem Bezirksgericht erscheinen, wo ein zornschnaubender Bürgermeister nur darauf wartete, ihn mit irgendeinem Kniff zu Fall zu bringen. Er und James würden streiten, vielleicht auch schreien, der Richter hätte zu vermitteln und Randy würde vielleicht als Zeuge hinzugezogen.

Wer auch immer auftauchen würde, Jack erwartete nicht, dass die Sache glimpflich ausging. Aber was konnte ihm im schlimmsten Fall schon passieren? Ein Bußgeld?

Er war pleite.

Ein erneuter Gefängnisaufenthalt?

Randy wollte ihn nicht füttern. Jack hatte den Verdacht, er würde ihm eigenhändig eine Feile hineinschmuggeln.

Wollte man ihn bloßstellen?

Nach allem, was Jack in letzter Zeit durchgemacht hatte, hielt er es für durchaus wahrscheinlich, dass er in seinem ganzen Leben nie mehr aus Scham erröten würde.

Sie würden jede gesetzliche Möglichkeit nutzen, um ihm zu schaden. Jede noch so kleine Möglichkeit. Oder jede große.

„Dann soll es so sein", sagte Jack, während er sich für die Verhandlung ankleidete. Wrangler Jeans, Stiefel, blaues Hemd und ein altes Marinejackett seines Vaters mit monumentalen Goldknöpfen, auf dem Mary bestanden hatte.

„Keine Krawatte", widersprach er ihr und sie schob die Lippen vor. Mary dachte, er sollte sich kleiden wie ein IBM-Manager aus früheren Zeiten.

Jack konnte in der Main Street keinen Parkplatz finden, um zu seiner eigenen Verhandlung zu gehen. Es waren mehr Medienvertreter in der Stadt als am vergangenen Sonntag. „Warum interessiert das eigentlich irgendjemanden?", fragte er sich laut, während er zwei Straßen weiter einparkte.

Als er aus dem Auto stieg, klingelte sein Telefon. Er nahm ab, während er die Tür zuwarf.

„Jack", sagte Martin Fox. „Ich wollte dir viel Glück für deine Verhandlung wünschen. Und dich wissen lassen, dass wir ein wenig juristische Unterstützung in deine Richtung in Marsch gesetzt haben."

„Vergiss es", sagte Jack.

„Nein, jetzt mal ehrlich", fuhr Martin fort. „Wir wollen diese Sache aus der Welt schaffen und dich so bald wie möglich wieder in Seattle haben."

„Jetzt mal ehrlich", wiederholte Jack. „Vergiss es. Ich habe dich nicht um Hilfe gebeten. Meinetwegen – wie hast du noch gesagt? – zerreißen sich die Leute an den Stammtischen den Mund über die Gemeinde. Das war euch doch oberpeinlich."

„Aber nein", versicherte Martin ihm. „Diese Sache ist für uns überhaupt nicht peinlich. Es geht doch um ein soziales Projekt. Und du stehst auf der Seite der Guten. Wir werden die Sache aus der Welt schaffen und …"

„Ich brauche deine Hilfe nicht, Martin", unterbrach Jack ihn. „Und ich will sie auch nicht."

Martin schwieg. Jack stellte sich vor, wie sein Hirn rasend schnell alle Optionen durchratterte wie ein Computer aus den 1950er-Jahren, bevor er seine Lösung ausspuckte.

„Nimm sie doch einfach als Berater“, sagte Martin dann. „Eine Rückendeckung. Für den Fall, dass du sie brauchst. Wir stehen hinter dir, Jack. Wir stehen immer hinter dir.“

„Wie wahr“, sagte Jack.

Weiteres schweigendes Hirnrattern. „Wir ... also, wir haben einfach ein wenig Zeit gebraucht, verstehst du ...“

„Ich bin jetzt in der Verhandlung“, sagte Jack.

„Wir reden noch ...“, verhieß ihm Martin, als Jack auflegte.

Seit sie ihn erblickt hatten, schwamm er durch Massen von Medienleuten. Was wollten all diese Leute hier? Man hätte meinen können, er habe seine Kinder in der Badewanne ertränkt oder eine Studentin getötet und in Stücke zerlegt. Amerikas unersättlicher Appetit für das Drama irgendeines anderen überflutete ihn.

„Lassen Sie ihn durch“, befahl die mächtige Stimme von Dennis Mays. „Lassen Sie ihn durch, oder bei Gott ...“ Und plötzlich öffnete sich ein Pfad, wo vorher keiner gewesen war. Noch einmal griff Dennis ein. Jack fand den Durchschlupf und folgte ihm ins Gebäude.

„Du hättest nicht kommen müssen“, begann Jack.

„Wir wollten alle hier sein“, erwiderte Dennis.

Sie gingen jetzt den langen gefliesten Flur zum Gerichtssaal entlang.

„Wir“, sagte Jack.

Dennis nickte.

„Alle“, sagte Jack.

Dennis nickte wieder, und ein Lächeln stahl sich über sein Gesicht. Er stieß die Tür zum Gerichtssaal auf, und Jack hörte eher, als er es sah, dass der Raum gedrängt voll war von Menschen: Mitglieder der verschiedenen Gemeinden, Kunden des Ladens, Domino-Freunde seines Vaters. Über hundert Menschen drängten sich in einem Raum, der für fünfzig gedacht war – sie saßen oder standen, redeten durcheinander und gestikulierten wild, Lutheraner und Baptisten, Katholiken und Heiden.

Warren und Van Koenig saßen da. Und Shayla Pierce. Da war Betty vom Imbiss. Darla Scroggins Taylor, die ihm von ihrem Platz hinten im Saal zuwinkte. Nora Calhoun saß neben jemandem, der ihre Enkeltochter Lyndi sein musste, wie er annahm. Und sogar Manny, hol's der Geier, saß neben Mrs Gutierez und sie lachten über irgendetwas. Vielleicht erzählten sie sich Geschichten über Pancho Villa.

Jack war überwältigt. Er blieb wie angewurzelt stehen. Er dachte an den Balkon seines Hotelzimmers auf Isla Mujeres und daran, wie er nur ein paar Wochen zuvor dort gelegen hatte – einsam, fallen gelassen und bereit, zu sterben.

„Also wirklich, Zwölf", sagte Dennis. „Du hast doch wohl nicht geglaubt, deine Freunde lassen dich die Sache allein ausfechten, oder?"

„Oh Mann", sagte Jack. Er sah Dennis an. „Wie viel zahlst du ihnen dafür, dass sie hier aufgetaucht sind?"

Dennis stieß einen Schlachtruf aus, der ihnen die gesammelte Aufmerksamkeit des Saales einbrachte. „Geht aufs Haus", sagte er und schlug ihm so kräftig auf die Schulter, als wolle er ihm einen Arm abhauen.

Sie gingen vor und nahmen ihre Plätze auf der Anklagebank ein, wo bereits drei Männer saßen, die sie nicht kannten.

Anwälte, dachte Jack, ihren eleganten Anzügen und ihrer zur Schau getragenen Geringschätzung nach zu urteilen.

„Reverend Chisholm", sagte der älteste und vornehmste der drei. „Wir sind hier, um Ihnen …"

„Sie werden ein wenig zusammenrücken müssen", sagte Jack und wies auf die Körperfülle von Dennis Mays, „um Platz zu machen für meinen Anwalt."

„Meine Herren", sagte Dennis, wie ein Riese vielleicht „Ich rieche, rieche Menschenfleisch" sagen würde. Ein unziemliches und erschrockenes Geschubse in dem Bemühen, Platz zu machen, folgte, und als schließlich alle Platz genommen hatten, saß der jüngste der drei Juristen zur Hälfte neben der Bank.

„Bitte erheben Sie sich", rief der Justizsekretär. Der Saal erhob sich mit Donnergetöse. Wie wenn die Gemeinde in Saint Paul's sich zum Gebet oder Gesang erhob, und dann noch einmal, wenn man sich wieder setzte.

„In der Strafsache Stadt Mayfield gegen Jack Chisholm", las der Sekretär. „Wie lautet Ihr Plädoyer?" Sein Blick ruhte auf den Großstadt-Juristen. Der älteste wies mit einer Kopfbewegung auf Dennis.

„Euer Ehren", sagte Dennis, indem er aufstand und sein Hemd in die Hose steckte, „in dieser Verballhornung von Gerechtigkeit trifft uns absolut keine Schuld."

Der Sekretär blinzelte. Dennis ließ sich auf den Stuhl zurückfallen.

„Das Protokoll möge festhalten", sagte Richter Leonard Clark schleppend, „dass der Angeklagte auf ‚nicht schuldig' plädiert." Er sah in seine Papiere. „Herr Bürgermeister", wandte er sich dann an James Taylor, der mit dem Vertreter der Stadt auf der anderen Seite saß, „wenn ich recht verstehe, dann haben Sie die Anklage vorgebracht?"

„Ja, Euer Ehren", bestätigte James und erhob sich. „So ist es. Es geht um die öffentliche Ordnung und Sicherheit. Mr Chisholm hat drei gemeinschaftliche Bauvorhaben organisiert – falls man diese Zusammenkünfte mit einem solchen Wort würdigen kann –, für die keine Baugenehmigungen vorliegen. Er hat dabei blutige Amateure als Zimmerleute beschäftigt, unter anderem auch Schüler, die Vorschlaghämmer schwangen."

„Zum Beispiel Ihren Sohn", ertönte eine ruhige männliche Stimme von der Empore.

„Keine Zwischenrufe aus dem Publikum", sagte der Richter.

„Dies ist eine gerichtliche Anhörung, keine Sitzung des Stadtrats." Er warf wieder einen Blick in die Papiere, die er vor sich liegen hatte. „Dies ist eine sehr ... kreative ... Liste von Anklagepunkten."

Der Rechtsvertreter der Stadt stand auf. „Nicht die Stadt hat die Anklagepunkte gewählt. Der Angeklagte hat es getan. Sein Verhalten bedeutet eine Gefährdung für die öffentliche Ordnung und Sicherheit ..."

„Rufen Sie Ihren Zeugen auf", ordnete der Richter an.

Randy Fields begab sich in den Zeugenstand. Er presste die Kiefer zusammen und wirkte ärgerlich. Zornig sogar. Er sah Jack an, dann James und schüttelte den Kopf. Das hier war kindisch.

Der Vertreter der Stadt erhob sich und trat näher. „Hauptkommissar Fields", sagte er. „Sie waren bei jedem dieser drei unorganisierten Massenaufläufe zugegen." Die vornehmen Anwälte aus Seattle warfen Dennis Blicke zu. „Ähm, Einspruch?", rief Dennis.

„Stattgegeben", bekundete der Richter. „Stellen Sie eine Frage, Mr Prana."

„Hauptkommissar", setzte der an, nunmehr eine Frage formulierend. „Haben Sie drei Gelegenheiten miterlebt, bei denen der Angeklagte Leute für Bauprojekte zusammengetrommelt hat?"

Randy nickte kaum merklich.

„Lauter, Hauptkommissar", sagte der Richter.

„Ja", zischte Randy.

„Haben Sie persönlich gesehen, dass der Beschuldigte Gebäude errichtet hat, ohne eine amtliche Genehmigung dafür zu haben?", fragte der Anwalt der Stadt.

Randy saß mit starrer Miene da.

„Randy", sagte James, und in seiner Stimme lag etwas Warnendes.

Der Richter wies mit dem Finger auf James. „Halten Sie den Mund, Herr Bürgermeister."

Die Menge lauschte mit gespannter Aufmerksamkeit. Irgendetwas ging da im Zeugenstand vor sich. Aber was?

„Hauptkommissar“, wiederholte der Anwalt der Stadt. „Was haben Sie gesehen …?“

„Ich mache das nicht mehr mit“, sagte Randy Fields plötzlich.

„Ich beantrage, den Zeugen als Zeugen der Gegenpartei zu betrachten“, stieß der Anwalt hervor.

Der Richter hob die Hand, um alle zum Schweigen zu bringen. „Hauptkommissar?“

Randy nahm seine Uniformmütze ab und drehte sie in den Händen. Er blickte seitlich zum Richter. Dann glitt sein Blick über den Saal voller Menschen, Menschen, die anlässlich der jüngsten Bauprojekte zu einer Gemeinschaft zusammengewachsen waren.

Er sah Jack an.

„Ich habe für den Angeklagten nicht viel übrig“, sagte er. „Und hatte es noch nie. Aber die Wahrheit ist: Seit er in diese Stadt zurückgekommen ist, hat er nichts getan, was für diese Stadt nicht gut gewesen wäre.“

„Randy!“, schrie James noch einmal, aber im allgemeinen Getöse, das sich jetzt im Saal erhob, ging sein Ruf unter.

Richter Leonard Clark schlug volle dreißig Sekunden lang seinen Hammer, bevor er auch nur ein wenig Ordnung wiederherstellen konnte. „Hauptkommissar“, fragte er ruhig, als er sein eigenes Wort wieder verstehen konnte. „Haben wir hier heute eine Anhörung?“

Randy sah James an, der nun seinerseits den kieferverbissenen Ärger zur Schau stellte. Auf Randy machte das keinen Eindruck mehr.

Er sah den Richter an.

Er sah Jack an.

Er sah in den Saal, wo hundert Menschen den Atem anhielten.

Und Randy schüttelte den Kopf.

„Nein, Euer Ehren“, sagte er. „Ich glaube, das haben wir nicht.“

Er warf einen Blick auf Jack und schüttelte den Kopf, als könnte er selbst nicht glauben, was er gleich sagen würde. „Die Polizeidirektion von Mayfield wird keinen Beweis dafür vorbringen, dass der Beschuldigte eine Straftat begangen hat."

James sprang auf – aber auch das ging unter, da sich die meisten Menschen im Saal jetzt erhoben.

Der Richter hob die Hand in Jacks Richtung. Gut. Das hätten wir. Er schlug einmal mit dem Hammer auf den Tisch. Jack konnte kaum verstehen, was der Richter sagte. „Das Verfahren ist eingestellt."

Dennis schlug ihm auf den Rücken, dass es schmerzte, die Anwälte schüttelten sich gegenseitig die Hände und alle lachten sie. Das war der Moment, in dem er begriff.

Er sah sich im Saal um, und was er sah, war eine Gemeinschaft – Menschen, die hoffen wollten, die lieben wollten, die einander unterstützen wollten.

„All diese Menschen ...", begann er.

Und im selben Augenblick traf er seine Entscheidung.

„Ich weiß, was ich tun werde", flüsterte er.

„Und was ist das, Zwölf?", frage Dennis.

Jack schüttelte ihm die Hand. „Großartige Verteidigung", war alles, was er sagte. „Komm. Reden wir mit der Presse."

Dennis bahnte ihm einen Weg durch all die Glückwünsche und die Feierstimmung. Auf dem Weg aus dem Saal schüttelte Jack Hände, wurde abgeklatscht und deutete selbst auf Menschen, die weit entfernt vom Gang standen, wie er es beim Präsidenten anlässlich dessen Rede zur Lage der Nation gesehen hatte. Einer von denen, auf die er deutete, war Pater Francis, der mit einigen seiner Gemeindeschäfchen direkt hinter Jacks Bank gesessen hatte.

Wieder konnte er nicht hören, was Francis sagte, aber er konnte es von seinen Lippen ablesen: „Gut gemacht, Bruder", sagte er und reckte beide Daumen in die Höhe.

Jack nickte ihm zu. Er lächelte.

Was jetzt kam, würde Francis sehr gefallen.

Als sie draußen waren, stellte sich Jack auf die oberste Stufe der Treppe, und sofort war er umringt von Medienleuten. Dennis blieb neben ihm stehen, nicht, weil er unbedingt vor der Kamera stehen wollte, sondern weil er sich nicht in den Hintergrund zurückziehen konnte, ohne jemanden zu zerquetschen. Die Anwälte aus Seattle versuchten, sich mit den Ellbogen einen Weg vor die Kamera freizukämpfen, mussten aber feststellen, dass der Hunger der Medienvertreter nach einer Story größer war als der ihre nach einem öffentlichkeitswirksamen Auftritt. Sie beschieden sich schließlich damit, sich in der Nähe der Tür herumzudrücken.

„Jack", ertönte es von allen Seiten. „Jack." Fotoapparate klickten, Videokameras wurden ihm entgegengestreckt und drangen damit in seinen persönlichen Luftraum ein.

Er hob die Hände, um sich Gehör zu verschaffen, und bedeutete mit Gesten, dass sie ein wenig Platz machen sollten. Schließlich trat Ruhe ein, mehr oder weniger – wie zuvor durch das Hammerschlagen des Richters.

„Ich möchte eine Erklärung abgeben", sagte er, „und dann können Sie Ihre Fragen stellen."

„Na endlich", sagte einer der Reporter, den es vermutlich schon längst drängte, in die zivilisierte Welt zurückzukehren und wieder Sushi zu essen.

„Ich danke Richter Clark und Hauptkommissar Fields dafür, dass sie anerkennen, dass es kein Verbrechen, sondern eine Bürgerpflicht ist, seinem Nächsten zu helfen. Wir sind nur so stark, wie wir zusammenstehen. Und nachdem ich gesehen habe, wie die Menschen hier auf die sehr realen Bedürfnisse der Alten und der Armen in dieser Gemeinde reagiert haben, werde ich nächste Woche die Kirchengemeinden am Ort bitten, mit mir zusammen die Gründung einer neuen gemeinnützigen Organisation zu beantragen, die den Zweck haben wird, auf der Basis von Gemeinnützigkeit Bauvorhaben für bedürftige Nachbarn durchzuführen. Wir nennen sie …" – er blickte auf die Menge, in Augen und Gesichter, die gespannt auf seine nächsten Worte warteten – „Wir nennen sie ‚Begegnung 1:1'."

„Werden Sie wieder nach Seattle gehen, Jack?", erklang eine Stimme aus der Menge. Er hob die Hand und schüttelte den Kopf. Noch wollte er diese Frage nicht beantworten.

„Wie viele andere Kleinstädte in den USA hat auch Mayfield, Texas, schwere Zeiten hinter sich. Aber die Menschen hier sind voller Freude, Mut, Güte und mehr Energie, als mir noch in Erinnerung war. Dies ist ein guter Ort. Die Menschen hier sind gute Menschen."

Einige Reporter schrieben rasant mit. Er bemerkte Kathy Branstetter unter ihnen. Aber sie sah nicht zu ihm herüber.

„Im letzten Jahr habe ich eine Reihe von Fehlern gemacht. Ich sage: ‚eine Reihe von Fehlern.' Zum ersten Mal in meinem Leben war ich meiner Frau untreu, und dann habe ich dies durch Lügen zu vertuschen versucht. Ich habe mich geweigert, die Verantwortung zu übernehmen. Ich versuchte, so zu tun, als wäre es nicht passiert. Und dadurch habe ich Menschen verletzt – meine Frau, meine Familie und die Gemeinde, die ich in Seattle gegründet hatte, Grace Cathedral, eine großartige Gemeinde mit einer glänzenden Zukunft."

„Jack", warf jemand ein, und wieder hob er abwehrend die Hand.

„Was ich getan habe, tut mir aufrichtig leid, ebenso wie alles, was dann folgte, denn es hat die Menschen, die mich liebten, tief beschämt. Was ich getan habe, war falsch, und ich entschuldige mich dafür. Ich entschuldige mich bei meiner Frau, bei meiner Familie, bei meiner Gemeinde, bei jedem, der mir Vertrauen geschenkt hatte und nun das Gefühl hat, dass ich dieses Vertrauen missbraucht habe. Ich weiß, dass manche von euch mir nicht werden vergeben können. Ich weiß, dass andere nie werden vergessen können, was ich getan habe, und zur Tagesordnung übergehen. Auch das tut mir aufrichtig leid.

Aber bei aller Trauer über diese Dinge bin ich auch dankbar.

Dankbar für alles, was ich gelernt habe – über Freundschaft, über den Wert der Familie, über Gott, der uns liebt, auch dann, wenn wir versagen. Ich bin sehr dankbar dafür, dass es bei allem Schmerz die Möglichkeit gibt, weiterzugehen, jeden Tag ein Stück weiterzugehen."

Sein Blick schweifte über die versammelten Journalisten. „Wenn Sie mir Handzeichen geben, werde ich jetzt der Reihe nach ein paar Fragen beantworten."

Es ging nicht der Reihe nach. Sie schrien wild durcheinander. Er hob beide Hände, bis zumindest etwas Ruhe wiederhergestellt war.

„Bitte heben Sie die Hand", sagte er, „und ich werde Ihre Fragen beantworten."

„Sie", sagte er und wies auf die wild winkenden Hände eines bekannten Moderators direkt vor ihm.

„Wir haben unsere Show in dieser Woche immer direkt aus Mayfield gesendet", sagte der Moderator. „Dies hier ist das wirkliche Amerika, wo Menschen einander helfen und sich die Regierung nicht einmischt …"

„Was ist Ihre Frage?", erkundigte sich Jack.

Der Moderator sah pikiert aus, erholte sich aber rasch und lächelte. „Warum sind Sie nach Mayfield zurückgekommen?", fragte er.

Jack lächelte. „Das war nicht mein eigener Entschluss", sagte er. „Mein Vater hat mich gerettet. Als ich nicht mehr wusste, wohin ich gehen könnte, und als ich es nicht mehr verdiente, kam er zu mir und holte mich nach Hause. Und dafür bin ich ihm so dankbar, dass mir dafür die Worte fehlen. Danke, Dad."

„Gehen Sie zurück nach Seattle?", rief eine weibliche Stimme. Kathy sah plötzlich auf und wartete auf seine Antwort.

„Sie haben sich nicht gemeldet", sagte Jack. Er blickte über die Menge zu Kathy hinüber.

„Sie", sagte er. „Kathy Branstetter von der ‚Washington Post'."

Sie sah ihn unsicher an.

Er nickte.

Sie hob die Hand.

Er nickte noch einmal.

„Werden Sie …“ Sie blickte einen Moment auf ihre Notizen, dann straffte sie sich und ihre Stimme gewann an Festigkeit. „Werden Sie in Mayfield bleiben oder kehren Sie zu Ihrer Gemeinde in Seattle zurück?“

„Ich bin froh, dass Sie danach fragen“, sagte er. „Es hat, wie es scheint, eine Menge Missverständnisse darüber gegeben, was ich hier tue. Ich habe das Dach einer Freundin, die Hilfe brauchte, nicht deswegen repariert, damit ich wieder im Mittelpunkt des öffentlichen Interesses stehe. Als ich in der Gemeinde meiner Familie gepredigt habe, hatte ich keine Nebenabsichten.“

Er hob die Hände vor die Brust. „Ich habe entdeckt, dass es hier in Mayfield Dinge zu tun gibt, die ich tun sollte.“ Und er nickte Kathy Branstetter zu. „Und deswegen werde ich genau hier bleiben.“

Sie erwiderte das Nicken und ein Lächeln huschte über ihr Gesicht, bevor sie ihre Selbstbeherrschung wiederfand.

„Die ‚Washington Post‘ ist höchst erfreut über diese Nachricht“, sagte sie.

Jacks Handy begann zu klingeln, bevor er die nächste Frage aufrufen konnte. Er zog es aus der Tasche und warf einen Blick darauf. Martin Fox. Seattle, Washington. „Ich werde hier in Mayfield leben“, fuhr er fort, während er Martin in die Jackentasche zurückbeförderte. „Ich werde meine Familie lieben, meine Tochter großziehen, meine Freundschaften pflegen, schreiben, unterrichten, versuchen, Gott zu dienen.“

Er zuckte die Schultern und verdrehte die Arme nach außen. „Es wird nicht so aussehen, dass hier Zehntausende nur darauf warten, von mir zu hören, was ich zu verkünden habe. Es wird ganz gewiss nicht so aussehen, wie diese Veranstaltung hier, mit Mediengedränge und Ihnen allen, die wissen wollen, was ich zum

Frühstück gegessen habe. Es waren übrigens Eier. Nein, es scheint, dass ich noch keine Ahnung habe, wie mein Leben aussehen wird. Aber ein befreundeter Priester sagte neulich zu mir: ‚Besser eine angeschlagene Seele, die im Leben auf einer Entdeckungsreise unterwegs ist, als eine furchtsame Seele, die nie herausfindet, wer sie ist.‘

Das ist die ganze Geschichte. Ich werde eine angeschlagene Seele sein, die auf einer Entdeckungsreise ist. Ich werde Kleinstadtpastor sein, wenn man mich haben will. Ich werde im Eisenwarengeschäft meiner Familie arbeiten.“ Er lachte. „Ich werde vielleicht sogar meinen Teil dazu beitragen, dass die ‚Mayfield Wildcats‘ wieder ins Finale kommen …“

„‚Wildcats‘, vor!“, schrie jemand aus der Menge und die Presseleute lachten tatsächlich.

„Was ich damit sagen will, ist Folgendes: Wenn es hier je eine Story gegeben hat, dann gibt es sie jetzt nicht mehr. Gehen Sie nach Hause, leben Sie Ihr Leben. Gehen Sie zurück zu Ihren Familien. Gehen Sie nach Hause.“ Er hob seine Hände wie zum Segen – und er meinte es auch so. „Und gehen Sie mit Gott.“

Er ließ die Hände sinken und nickte. Das war alles.

Dennis trat vor ihn, um ihm einen Weg zu bahnen, aber es war nicht nötig. Die Journalisten, Kameraleute und Techniker begannen, ihm Platz zu machen. Freiwillig sogar.

Manche streckten ihm die Hand entgegen, wollten Jacks Hand schütteln.

Manche sagten: „Danke“ oder: „Viel Glück“ oder sogar: „Gottes Segen.“

Manche nickten nur, als er vorüberging.

Dennis begleitete Jack durch die Menge bis zu seinem Auto. Als sie dort ankamen, streckte er ihm die Hand entgegen.

„Du bist immer für eine Überraschung gut, Zwölf“, sagte er und schüttelte seine Hand wie eine Rassel. „Also dann … danke, dass du bleibst.“

„Dafür schuldest du mir ein paar Grillrippchen“, sagte Jack und befreite erleichtert seine Hand. „Dieses Wochenende wäre nicht zu früh.“

Er wollte gerade ins Auto steigen, als er bemerkte, dass Kathy ihnen zur Straße gefolgt war. Er stieg wieder aus und lehnte sich über das Dach zu ihr hinüber.

„Habe ich Ihnen die Story gegeben, die Sie wollten, Ms Branstetter?“, fragte er.

Sie nickte.

„Gehen Sie jetzt zurück zur ‚Post‘?“

Sie atmete tief durch, überlegte und zuckte die Schultern.

„Ich denke, ich werde noch ein Weilchen hierbleiben“, sagte sie. „Mal sehen, was sich ergibt. Sie wissen ja: ‚Besser eine angeschlagene Seele auf einer Entdeckungsreise …‘ und so weiter.“ Sie schüttelte den Kopf. „Klingt nach Pater Francis.“

„Klingt ganz so“, sagte er. „Also … dann sehen wir uns?“

Sie nickte. „Sicher.“

Jack stieg ins Auto seines Vaters, startete den Motor und stellte das Radio an. Tagsüber war der Empfang meistens gestört. Hier draußen gab es keine UKW-Sender, nur einige über Mittelwelle, und die waren auch sehr bescheiden. Die Musik verlor sich zwischen den Hügeln und in den Tälern, prallte an Kalksteinfelsen und Wasser ab.

Aber abends konnte man Sender aus Mexiko, Talkshows von der Westküste und sogar klassischen Rock über einen UKW-Sender aus Chicago empfangen.

Mayfield, Texas, war am Ende der Welt.

Und es war das Zentrum des Universums.

Wo immer es war, beschloss Jack, als er aus der Stadt hinausfuhr, um seinen Vater zu besuchen, Mayfield, Texas, war von heute an Welt genug für ihn.

20.

Alison lief aus dem Flugzeug direkt in Jacks Arme, wie er es sich erträumt hatte.

Am Freitagabend vor dem Abendessen ritt Dennis mit ihnen aus. Alison hatte noch nie auf einem Pferd gesessen, und Jack wusste schon ein paar Minuten, nachdem sie losgeritten waren, dass sie restlos begeistert war. Sie versprach, Lady aus Boston Briefe zu schreiben, und Dennis versprach, dass er sie dem Pferd vorlesen würde. Jack glaubte es ihm aufs Wort.

Am Samstagvormittag besuchten sie Tom im Krankenhaus auf dem Weg nach San Antonio. Tom wirkte noch geschwächt, aber sehr viel erholter. Er machte seine Späßchen mit Alison. Eine geschlagene Stunde lang beschäftigten sie sich mit Barbie-Malbüchern und verglichen ihre Farbwahl und Outfits.

„Du hast einen Blick für das Modische, Dad", sagte Mary.

„Meine zweite Karriere", sagte er, ohne den Blick von seinem Werk zu nehmen. „Ich glaube, alles, was ich über Eisenwaren weiß, habe ich dort schon investiert."

Tom hatte die Nachricht, dass Jack in Mayfield bleiben wollte, ohne erkennbare Begeisterung aufgenommen, fast so, als hätte er schon damit gerechnet. „Das freut mich", sagte er nur.

Er sagte nichts davon, dass er schon im Fernsehen gesehen hatte, wie Jack sein Bleiben ankündigte, aber alle vermuteten, dass das wohl der Fall war.

Und während Jack zusah, wie sein Vater und seine Tochter zusammen spielten, wie seine Schwester am Krankenhausbett ihres Vaters saß, begann er, sich seine Zukunft vorzustellen.

Der Kirchenvorstand von Saint Paul's hatte am Donnerstagabend getagt und sich einstimmig dafür entschieden, Jack als Pastor zu berufen. Gehalt: Fünfhundert Dollar im Jahr.

„Das scheint ... völlig ausreichend", hatte er Bill geantwortet, der ihn im Krankenhaus angerufen hatte, um das Abstimmungsergebnis mitzuteilen.

Er würde einen Weg finden. Zu Schulzeiten hatte er im kleinen Supermarkt an der Ecke gearbeitet, um seine Einkünfte vom Zeitungenaustragen aufzubessern. Jetzt würde er eben im Eisenwarengeschäft arbeiten, um seine Predigertätigkeit zu subventionieren.

Mayfield würde ihn nicht verhungern lassen.

Er hatte wieder begonnen zu schreiben, im Moment noch im Geheimen, aber es würde nicht lange ein Geheimnis bleiben. Shayla hatte er schon erzählt, woran er arbeitete, und sie war ebenfalls der Meinung, dass es genau das war, was die Leute jetzt brauchten.

„Wie wird das Buch heißen?", fragte sie so begeistert, wie er sie schon lange nicht mehr erlebt hatte.

Er hatte sich bereits Gedanken über den Titel gemacht, und er glaubte, er wusste genau, wie er lauten müsste.

„Bettler am Tor der Gnade", verriet er.

Es erschien ihm nur passend, irgendwie.

Und obwohl noch Monate bis dahin vergehen würden und noch vieles sich ändern konnte, machte Jack bereits innerlich Pläne für eine Reise.

Wenn Tom sich völlig erholt hatte und Alisons Osterferien vor der Tür standen, wollte er mit allen eine Reise nach Florida machen – Tom, Jack, Mary, Dennis und Alison. Tracy hatte bereits ihre Einwilligung erteilt. Es war sogar so, dass sie überraschend großzügig mit der Besuchsregelung umging, seit sie erkannt hatte, dass Jack im Blick auf die Scheidung nicht als Gegner aufzutreten gedachte.

Sie würden irgendwo am Strand von Destin unterkommen, in irgendeinem kleinen Familienmotel wie dem, in das sie immer gefahren waren, als Jack und Mary und Martha Kinder waren. Und sie würden Liegestühle und Sonnenschirme am Strand aufbauen und den ganzen Tag dort verbringen.

Dennis würde sieben verschiedene Fleischsorten grillen. Mary würde unter dem Sonnenschirm sitzen, ihre blasse Haut schützen und statt Steuertabellen zur Abwechslung einmal Krimis lesen. Alison würde Sandburgen bauen, eine Modenschau mit Bikinis in leuchtenden Farben abhalten, in den Wellen spielen und glücklich vor den Möwen davonlaufen.

Und Jack …

Jack würde mit Tom über den warmen weißen Sand zum Wellenrand gehen, ihn bei der Hand nehmen, ihn in die Brandung locken und ihn stützen, während die Wellen über ihnen zusammenschlugen.

Sein Vater hatte den Strand immer geliebt.

Und er würde ihn wiedersehen, zusammen mit seiner Familie. Wenn auch vielleicht nur noch dieses eine Mal.

Nachwort von Greg Garrett

Ich wünschte, Brennan Manning wäre mir schon viel, viel früher begegnet.

Und ich wünschte, er wäre noch am Leben und ich könnte ihm noch einmal begegnen.

Ich wurde von liebevollen Eltern in einer gesetzlichen und nicht sonderlich mit Gnade ausgestatteten Ecke der Kirche aufgezogen. Zwar gab es in unserer Tradition viele gute Leute, viel gute Musik und tonnenweise gutes Essen, aber was ich vom Gottesdienst aufsog, war vor allem das Gefühl meiner eigenen Wertlosigkeit. Wenn Gott mich liebte – und alle Songs verkündeten, dass er das tat –, dann gaben die Predigten Sonntag für Sonntag jedenfalls keinen Hinweis darauf. Im Gegenteil, wenn man dem Prediger zuhörte – und das tat ich –, schien Gott zornig auf uns zu sein, echt zornig, und nichts, was ich hätte tun können, würde jemals seinen Ansprüchen genügen.

Als sensible und bereits mit Schuldgefühlen belastete Seele, die ich war, nahm ich diese Wertlosigkeit auf bis ins Mark. Wie konnte Gott oder überhaupt jemand mich – fehlerhaft und kaputt, wie ich war – lieben?

Ich floh aus dieser Kirche, aus dieser Tradition, floh vor dem christlichen Glauben überhaupt und wäre vielleicht noch immer auf der Flucht, wenn mich nicht Jahrzehnte später am Tiefpunkt meines Lebens eine andere Gemeinde gerettet hätte.

Brennan Manning hätte mich vor etlichen dieser Erfahrungen retten können. Angesichts einer amerikanischen Christenheit, die verkündet, dass Menschen sich ihren Weg zu Gott verdienen müssen, bot Brennan das notwendige Korrektiv. Dass wir unwiderstehlich umworben werden von dem, der uns schuf. Dass uns Vergebung angeboten wird, und wenn wir noch so oft danebenliegen (das tun wir ja täglich). Dass niemand so schwer sündigen kann, dass es ihn oder sie von Gottes Liebe trennen könnte. Und er bot dazu seine eigene Geschichte als Beispiel an – ein katholischer Priester, der sein Priesteramt aufgab, um zu heiraten, seine Kämpfe mit dem Alkohol hatte und seine ureigenen Erfahrungen von Leid, Sünde und Erlösung.

Brennans Werk hatte ich erst entdeckt, als ich bereits wieder zum Glauben zurückgefunden hatte. Aber als ich auf seine Botschaft stieß – eine Botschaft von Liebe, Gnade und Vergebung –, als ich entdeckte, dass dieser inspirierende Autor und Geschichtenerzähler eine ebenso unvollkommene und beschädigte Seele war wie ich, wie wir alle, da hatte ich den Eindruck, ich hätte einen Freund und Seelenverwandten entdeckt.

Ich verliebte mich in Brennan Manning, in seine Ehrlichkeit, in seine Behutsamkeit.

Und wieder wünschte ich mir, ich wäre ihm schon viel früher begegnet, ich hätte irgendwie seine Botschaft gehört: dass Gott mich, der ich so viel Mist gebaut hatte und noch baue, liebt, und zwar über alle Maßen.

Gegen Ende seines Lebens wollte Brennan gern einen Roman schreiben, der eindrucksvoll genau die Dinge illustrieren würde, über die er sein Leben lang gepredigt und die er in die Tat umgesetzt hatte: Gnade, Liebe, Vergebung, Glauben, Sich-umeinander-Kümmern.

In *Größer als dein Herz* hat Brennan Figuren aus großen Romanen wie *Der Kinogeher* und *Die Brüder Karamasow* als Beispiele verwendet und ich erinnerte mich, dass er ausdrücklich die Auffassung vertrat, Geschichten, Gedichte und Musik könnten die eindrucksvollsten Wege sein, wie wir Liebe, Gnade und Vergebung verstehen und erfahren:

„Wenn Gott nicht im Sturm ist, dann ist er vielleicht in einem Woody-Allen-Film oder in einem Bruce-Springsteen-Konzert. Die meisten Menschen verstehen Bilder und Symbole besser als Lehrsätze und Dogmen. Bilder rühren das Herz an und wecken Vorstellungen. Ein Theologe behauptete, Springsteens Album ‚Tunnel der Liebe', in dem er symbolisch über Sünde, Tod, Verzweiflung und Erlösung singt, sei für manche Katholiken wichtiger als der letzte Papstbesuch. Troubadoure sind schon immer wichtiger und einflussreicher gewesen als Theologen und Kirchenfürsten." (B. Manning, Größer als dein Herz. Erleben, was Gnade heißt, Wuppertal 1998, S. 81.)

Daher leuchtete es mir ein, dass Brennan nicht nur seine eigene Geschichte erzählen wollte, sondern sich dem Roman zuwandte, um Menschen die Botschaft seines Lebens lebendig vor Augen zu malen.

Ein paar Wochen, nachdem man mich gebeten hatte, mit Brennan zusammenzuarbeiten, waren wir uns einig: Wir würden das Gleichnis vom verlorenen Sohn neu erzählen. Es war Brennans Lieblingsgeschichte. In ihm, der mit dem Alkohol gekämpft hatte, dem ausgestiegenen Priester, dem gescheiterten Ehemann, fand diese Geschichte einen Widerhall – Vagabundenzeiten wies sein Lebenskonto reichlich auf.

Wie viele andere wusste Brennan nur zu gut, wie es ist, vom Kurs abzukommen, in einen Sumpf zu schliddern, den man selbst verschuldet hatte, sich verzweifelt zu wünschen, man könnte heimkehren. Wie viele andere wusste er, wie es sich anfühlt, wenn man glaubt, man sei wertlos, man habe seine Chancen verspielt, man habe zu Hause kein Zuhause mehr. Aber die Geschichte von Jesus über den Sohn, der seinen Vater beleidigt, indem er sein Erbe fordert, während der Vater noch lebt, der den Vater beschämt, indem er dieses Erbe mit Wein und Frauen durchbringt, ist eine Geschichte über Gnade in Reinform und über eine Liebe, die niemals jemanden abschreibt.

Für Brennan war die Geschichte vom verlorenen Sohn *die* Geschichte, die den christlichen Glauben erklärt, und es war sicher die Geschichte, die für sein eigenes Leben am meisten Bedeutung hatte. Die Vorstellung von einem liebenden und vergebenden Vater war zentral für seinen persönlichen Glauben und für das, was er weitergab. Er sprach oft von Gott als „Abba"; er verwendete diesen zärtlichen Namen „Papa" für „Vater", mit dem Jesus Gott anredete. Die Geschichte des verlorenen Sohns bestätigt, dass wir alle „unser Erbteil mit Prassen durchgebracht haben" (wie die Lutherübersetzung Lukas 15,13 wiedergibt). An irgendeinem Punkt haben wir uns alle von Gott entfernt, manche weiter als andere. Wir haben alle gedacht, wir würden nie zurückkehren. Aber zu Brennans Lieblingsbibelversen gehörte der, der das Wiedersehen des verlorenen Sohns mit seinem Vater beschreibt: „So kehrte er zu seinem Vater nach Hause zurück. Er war noch weit entfernt, als sein Vater ihn kommen sah. Voller Liebe und Mitleid lief er seinem Sohn entgegen, schloss ihn in die Arme und küsste ihn" (Lukas 15,20). Brennan hat oft darauf hingewiesen, dass dies die einzige Stelle in der Bibel ist, wo es heißt: „Gott lief ihm entgegen." Wenn wir uns nur einmal Gott zuwenden, werden wir feststellen, dass Gott schon unterwegs ist, um uns zu begegnen; dass er uns längst vergeben hat; dass er nie aufgehört hat, uns zu lieben.

In *Größer als dein Herz*, bevor er die Geschichte des verlorenen Sohns entfaltet, sagt Brennan es so: „Das Evangelium der Gnade verkündet: Vergebung geht der Buße voraus. Der Sünder ist angenommen, bevor er um Barmherzigkeit bittet. Sie ist ihm bereits gewährt. Er muss sie nur annehmen. Generalamnestie. Unverdiente Vergebung." (S. 160)

Brennan und ich hatten beide unser Leben vor die Wand gefahren. Wir wussten, wie es sich anfühlt, alles zu verlieren, sich in schlechte, zerstörerische Gewohnheiten zu verstricken – Jack Chisholm profitierte von unseren Erfahrungen und wurde so eine überzeugendere Figur. Seine Verfehlungen lassen ihn zu Beginn der Geschichte ein wenig unsympathisch erscheinen, aber wir glauben, die Leser und Leserinnen werden schließlich sich selbst in ihm erkennen. Wir beide waren außerdem in den Genuss gekommen, eine überwältigende Gnade zu erfahren, Vergebung zugesprochen zu bekommen – nicht, weil wir sie verdient hätten, sondern aus reiner Liebe –, und so gelangt auch Jack an den Punkt, an dem er die Macht von Gnade und Vergebung erkennt und sein Leben verlässlich wieder selbst in die Hand nimmt.

Jack, so zeigte sich bald, nimmt auch einige aktuelle Ereignisse in seiner Figur auf. Der Skandal um den Radrennfahrer Lance Armstrong war gerade auf seinem Höhepunkt, als wir mit der Planung des Buches begannen. Sie erinnern sich sicher: Armstrong war bereits seit Jahren beschuldigt worden, illegale leistungssteigernde Medikamente zu verwenden, hatte dies aber stets bestritten – und versuchte, jeden zu ruinieren, der die Wahrheit aussprach. Dann gab es im Januar 2013 jene berüchtigten Interviews bei Oprah Winfrey, in denen er eingestand, dass er tatsächlich all die Dinge getan hatte, die man ihm vorwarf.

Ich hatte diese Interviews zusammen mit meiner Freundin Jeanie angeschaut. Nachher sahen wir einander kopfschüttelnd an.

„Es scheint ihm überhaupt nicht leidzutun", sagte ich.

„Es tut ihm nur leid, dass er erwischt wurde", entgegnete sie.

Lances Weigerung, sich zu entschuldigen, inspirierte unsere Charakterisierung von Jack Chisholm zu Beginn des Romans. Wie so viele Prominente hält sich Jack ans Drehbuch – leugnen, leugnen und schließlich bekunden, man bedauere es, wenn irgendjemand verletzt worden sei.

Richard Francis Xavier Manning, besser bekannt als Brennan

Manning, steht offensichtlich als Inspiration hinter Francis Xaver Malone, dem „Pater Francis" in unserem Roman. Pater Francis ist das moralische Zentrum des Buches. Er spricht in Brennans Tonfall, manchmal auch direkt in seinen Worten, und er vermittelt den anderen Figuren im Buch etwas von Gnade, Liebe und Mitgefühl. Ich hoffe, dass Pater Francis nun, wo Brennan uns vorangegangen ist zu seinem himmlischen Abba, so etwas sein kann wie eine Erinnerung an den Humor, die Freundlichkeit, die Weisheit und den Glauben, die Brennan für so viele Menschen zu einem Licht auf ihrem Weg gemacht haben.

Andy Andrews

Die Begegnung

Manchmal muss man die Dinge
nur ein bisschen anders sehen

160 Seiten, gebunden
ISBN 978-3-7655-1764-8

„Manchmal muss man die Dinge nur ein bisschen anders sehen". Diesen Satz kann Andy nicht vergessen. Dieser Satz von Jones, dem Mann mit dem Koffer, hat sein Leben zum Guten verändert, hat ihm Freude und Perspektiven fürs Leben gegeben. Wie Andy geht es vielen anderen in Orange Beach: einem Paar kurz vor der Trennung, jungen Leuten ohne Hoffnung, einem Unternehmer mit unsauberen Geschäften, zwei alten Menschen ohne Freude. Alle finden sie auf die Spur des Lebens zurück, alle erleben und entdecken sie Unglaubliches. Und alle fragen sie sich: Wer ist der Mann mit dem Koffer, der nie zu altern scheint?

John Eldredge / Samuel Eldredge

Kämpferherz

Das wilde Abenteuer,
ein Mann zu sein

208 Seiten, gebunden
ISBN 978-3-7655-0922-3

Schule geschafft? Uni geschafft? Abschluss gemacht? Und jetzt? Freiheit!

Von wegen … Fühlt sich dein Leben auch manchmal so an, als müsstest du ganz allein einen Dschungel durchqueren – mit nichts als einem iPhone in der Tasche?

Vielen jungen Männern, die gerade die Schule oder das Studium beendet haben, geht es genauso. Das Leben in Unabhängigkeit und Freiheit bietet unzählige Möglichkeiten – und trotzdem hat man keine Ahnung, wie man die tausend Fragen, die einem im Kopf herumschwirren, beantworten soll und was eigentlich die eigenen Träume sind, für die es sich zu kämpfen lohnt.

John und Samuel Eldredge haben sich gemeinsam aufgemacht, einen Weg durch den Dschungel der Fragen und Unsicherheiten zu bahnen …

BRUNNEN VERLAG GMBH
www.brunnen-verlag.de